O Guardião

Daniel Polansky

cidade das sombras
O Guardião

Tradução:
Ricardo Gozzi

GERAÇÃO

Título original: Low Town
Copyright © 2012 by Daniel Polansky

3ª edição - Maio de 2014

Grafia atualizada segundo o Acordo Ortográfico da Língua Portuguesa
de 1990, que entrou em vigor no Brasil em 2009.

Editor e Publisher
Luiz Fernando Emediato

Diretora Editorial
Fernanda Emediato

Produtora Editorial e Gráfica
Priscila Hernandez

Assistente Editorial
Carla Anaya Del Matto

Auxiliar de Produção Editorial
Isabella Vieira

Ilustração da Capa
Alejandro Colucci

Projeto Gráfico e Diagramação
Alan Maia

Revisão
Glaucon Robson de Brito

DADOS INTERNACIONAIS DE CATALOGAÇÃO NA PUBLICAÇÃO (CIP)
(Câmara Brasileira do Livro, SP, Brasil)

Polansky, Daniel
O guardião / Daniel Polansky ; [tradução Ricardo Gozzi].
-- São Paulo : Geração Editorial, 2012.

Título original: Low Town.

ISBN 978-85-8130-060-3

1. Ficção - Literatura norte-americana
I. Título.

12-01844   CDD-813

Índices para catálogo sistemático

1. Ficção : Literatura norte-americana   813

GERAÇÃO EDITORIAL

Rua Gomes Freire, 225 — Lapa
CEP: 05075-010 — São Paulo — SP
Telefax: (+ 55 11) 3256-4444
Email: geracaoeditorial@geracaoeditorial.com.br
www.geracaoeditorial.com.br

Impresso no Brasil
Printed in Brazil

Para mamãe e papai

CAPÍTULO 1

Nos primeiros dias da Grande Guerra, nos campos de batalha de Apres e Ives, eu desenvolvi a capacidade de abandonar o sono com o mero tremular de uma pálpebra. Foi uma adaptação necessária, uma vez que os dorminhocos provavelmente acabariam despertados por um comando dren de navalha em punho. Este é um vestígio do meu passado que eu preferia ter deixado para trás, levando-se tudo em conta hoje. Rara é a situação que requer pleno funcionamento de todas as percepções de um indivíduo, e no geral o mundo se torna um lugar melhor quando visto apenas de soslaio.

Um bom exemplo disso: meu quarto era o tipo de lugar melhor de olhar quando se estivesse meio sonolento ou em torpor alcoólico. A luz do fim do outono atravessava minha janela empoeirada e fazia o interior, já situado apenas a poucos graus acima da imundície, parecer ainda menos atraente. Até mesmo para os meus parâmetros aquele lugar era um lixo. E meus parâmetros são baixos. Uma penteadeira gasta e um jogo de mesa e cadeiras lascadas eram os únicos móveis além da cama, enquanto o chão e as paredes eram cobertos por uma camada de sujeira. Urinei no penico e joguei o mijo na viela logo abaixo.

 A Cidade Baixa estava a toda, com as ruas ecoando os berros dos vendedores de lampreias anunciando a pesca do dia aos carregadores, que as levavam para a Cidade Velha, ao norte. No mercado, algumas quadras para a direita, mercadores do leste vendiam produtos trapaceando no peso a intermediários por cobre prensado, enquanto na Rua da Luz os trombadinhas ficavam de olho na oportunidade de pegar desprevenido um vendedor qualquer ou algum sangue-azul muito longe de casa. Nas esquinas e nos becos, os garotos trabalhadores anunciavam as mesmas coisas que os vendedores de lampreias, mas num tom de voz mais baixo e por um preço mais alto. Prostitutas imundas estendendo o turno se insinuavam a quem passasse, na esperança de que seu encanto desbotado rendesse mais um dia de bebida ou abrigo. Os homens perigosos estavam quase todos dormindo ainda, com suas navalhas guardadas perto da cama. Os homens realmente perigosos estiveram acordados por horas, e suas penas e seus livros contábeis andavam sendo bastante utilizados.

 Peguei do chão um espelho de mão e o segurei à distância de um braço. Na melhor das hipóteses, perfumado e bem cuidado, eu sou um homem feio. Um nariz grosseiro jaz abaixo de olhos grandes demais, enquanto uma boca mais parecida com um ferimento de faca compõe o centro do rosto. Reforçando meus encantos naturais há um acúmulo de cicatrizes que faria um masoquista corar. Uma linha incolor sobe pela minha bochecha, onde um estilhaço de artilharia passou a poucos centímetros de me botar na cova, e a carne revirada da minha orelha esquerda denuncia a briga de rua em que terminei em segundo lugar.

Um frasco de Sopro de Fada dava bom dia da madeira imunda da minha mesa. Saquei a rolha e inalei. Vapores intensamente adocicados preencheram minhas narinas, causando logo a seguir um familiar zumbido em meus ouvidos. Sacudi a garrafa, já meio vazia. Tinha ido rápido. Vesti a camisa e as botas, peguei minha bolsa embaixo da cama e desci as escadas para saudar o fim da manhã.

O Conde de Sinuosa era quieto naquela hora do dia e, na ausência da multidão, o salão principal era dominado pela gigantesca figura atrás do bar, Adolphus, o Grande, coproprietário e taberneiro. Apesar da altura — ele era uma cabeça inteira mais alto que meu metro e oitenta —, seu torso tinha forma de barril e era tão largo que dava a impressão de corpulência. Porém, um olhar mais atento revelaria o equilíbrio de seu corpanzil com os músculos. Adolphus já era um homem feio antes de um dardo dren ter custado seu olho esquerdo, mas o pano preto que ele usava para cobrir a cavidade e a cicatriz em sua bochecha esburacada não o ajudava em nada. Tudo isso, somado a seu lento ato de encarar, o faziam parecer um bandido e um idiota e, apesar de ele não ser uma coisa nem outra, essa impressão costumava manter as pessoas civilizadas em sua presença.

Ele estava limpando o bar e pontificando sobre as injustiças do dia a um de nossos mais sóbrios fregueses. Era um passatempo popular. Eu me infiltrei e peguei o banco mais limpo para me sentar.

Adolphus estava dedicado demais à solução dos problemas da nação para permitir que a cortesia interrompesse seu monólogo. Então, como forma de me cumprimentar, ele fez um movimento sutil com a cabeça.

— E não tenho dúvida que vocês concordam comigo, tendo em vista o fracasso que sua senhoria tem sido como Alto Chanceler: deixem-no voltar a caçar rebeldes como Executor da Justiça do Trono. Esta pelo menos é uma tarefa para a qual ele é talhado.

— Não sei bem do que você está falando, Adolphus. Todo mundo sabe que nossos líderes são tão sábios quanto são honestos. Está muito tarde para um prato de ovos? — perguntei.

Ele virou a cabeça na direção da cozinha e berrou:

— Mulher, ovos. — E no momento seguinte voltou a falar com seu embriagado refém: — Cinco anos eu dei à Coroa. Cinco anos e um olho — Adolphus gostava de enfiar seu ferimento na conversa, aparentemente querendo dar a impressão de que era sem querer — Cinco anos atolado até o pescoço na merda e na sujeira, cinco anos enquanto os banqueiros e os nobres aqui enriqueciam à custa do meu sangue. Meio ocre por mês não é muito por cinco anos daquilo, mas isso é coisa minha e maldito seja eu se os deixar esquecer. — Ele atirou seu paninho no balcão e apontou seu dedo do tamanho de uma salsicha em minha direção, na tentativa de me encorajar. — É seu meio ocre também, meu amigo. Você está muito quieto para um homem esquecido pela rainha e pelo país.

O que havia a dizer? O Alto Chanceler iria fazer o que quisesse e era improvável que os impropérios de um ex-lanceiro caolho servissem de alguma coisa para dissuadi-lo. Rosnei sem me comprometer. Adeline, quieta e pequena, justamente o contrário de seu marido, saiu da cozinha e me entregou o prato com um discreto sorriso. Aceitei o primeiro e retribuí o segundo. Adolphus continuou com suas divagações, mas eu o ignorei e me concentrei nos ovos. Éramos amigos havia uma década e meia porque eu suportava sua tagarelice e ele aguentava meu jeito taciturno.

A baforada de Sopro de Fada estava batendo. Podia sentir meus nervos mais estáveis, minha visão mais aguçada. Levei o pão preto assado até a boca enquanto avaliava o dia de trabalho pela frente. Eu precisava visitar meu homem na alfândega. Ele me havia prometido passes livres duas semanas antes, mas ainda não cumprira a promessa. Também tinha que fazer as habituais rondas aos distribuidores que compravam de mim, garçons sombrios, negociantes menores, cafetões e traficantes. À noite eu precisava parar numa festa lá para os lados do Morro de Kor — eu tinha prometido a Yancey, o Rimador, que apareceria antes de sua apresentação.

De volta ao salão principal do bar, o bêbado encontrou uma chance de interromper a torrente de calúnias cívicas semicoerente de Adolphus.

— Você ouviu algo sobre a pequenina?

O gigante e eu trocamos olhares descontentes.

— O burburinho é inútil — disse Adolphus, e voltou à limpeza. Três dias antes, a filha de um trabalhador das docas havia desaparecido em uma viela perto de sua casa. Desde então, a "Tarinha" tornou-se uma espécie de causa nobre para o povo da Cidade Baixa. A associação de pescadores oferecia uma recompensa, a Igreja de Prachetas rezou uma missa para ela e até mesmo os guardas deixaram de lado a letargia durante algumas horas para bater em portas e olhar em poços. Nada havia sido descoberto e setenta e duas horas era tempo demais para uma criança permanecer perdida no quilômetro quadrado mais densamente povoado do Império. Se Sakra quiser, a garota estará bem, mas eu não apostaria nisso meu meio ocre.

A recordação da criança provocou o pequeno milagre de calar a boca de Adolphus. Terminei meu café da manhã em silêncio, empurrei o prato de lado e me levantei.

— Anote qualquer recado. Estarei de volta depois do anoitecer.

Adolphus acenou para mim.

Saí para o caos da Cidade Baixa ao meio-dia e iniciei minha caminhada para o leste, na direção das docas. Encostado na parede, uma quadra pra frente do Conde, enrolando um cigarro de cara fechada, avistei o metro e sessenta e cinco de Kid Mac, cafetão e valentão extraordinário. Seus olhos negros se esgueiravam por cima de velhas cicatrizes de duelos e, como sempre, suas roupas estavam uniformemente perfeitas, da aba larga de seu chapéu à empunhadura prateada de seu florete. Ele se apoiava contra os tijolos com uma expressão que era ao mesmo tempo de violência iminente e de profunda indolência.

Nos anos que se passaram depois de sua chegada ao bairro, Mac conseguiu dominar um pequeno território graças a sua habilidade com uma espada e à aberta dedicação de suas prostitutas, tão apegadas a ele quanto uma mãe a seu primeiro filho. Às vezes me passava pela cabeça a ideia de que Mac tinha o trabalho mais fácil da Cidade Baixa, que parecia ser, em grande parte, garantir que suas prostitutas não se matassem umas às outras, competindo por sua atenção. Mas não se podia dizer isso com base na expressão de raiva entalhada em seu rosto. Tínhamos uma relação amistosa desde que ele se estabeleceu ali, passando informações um ao outro, além do favor ocasional.

— Mac.

— Guardião. — Ele me ofereceu um cigarro.

Mac derrubou um pouco de tabaco de sua bolsa e começou a enrolar outro fumo.

— Aquela criança perdida as mantém mais ocupadas que uma carroça de galinhas. A Annie fez todas passarem metade da noite chorando, até que a Euphemia foi atrás delas com um açoite.

— Elas são muito sensíveis — respondi. Enfiei a mão na minha bolsa e sub-repticiamente entreguei a ele sua encomenda. — Alguma notícia do Eddie, o Vagina Molhada? — perguntei sobre seu rival que havia sido expulso da Cidade Baixa uns dias antes.

— Ele trabalha a um passo da Central e acha que não tem que pagar suborno a fraude? Eddie é burro demais para viver. Ele não vai ver o fim do inverno. Eu aposto uma prata nisso. — Mac terminou de enrolar o cigarro com uma mão e guardou o pacote no bolso com a outra.

— Eu não apostaria nisso — respondi.

Mac apertou o cigarro com desleixo. Observamos a diminuição do movimento de nosso posto.

— Você ainda não arrumou aqueles passes? — perguntou ele.

— Vou ver meu homem hoje. Deve haver algo pra você em breve.

Ele grunhiu algo que deve ter sido um assentimento e eu me virei para ir embora. — Você já deve saber que os meninos do Lábio Leporino estão vendendo a leste do canal. — Ele tragou e exalou círculos perfeitos de fumaça, um depois do outro para o céu clemente. — As meninas têm visto o grupo dele por aí, de uma semana para cá mais ou menos.

— Estou sabendo. Continue esperto, Mac.

Ele voltou a parecer ameaçador.

Passei o restante da tarde distribuindo o produto e fazendo negócios. Meu agente na alfândega finalmente apareceu com os passes, mas pelo ritmo com que o vício dele em Sopro de Fada ia progredindo, era bastante possível que aquele fosse o último favor que ele faria para mim.

Era começo de noite quando terminei e parei diante da minha barraca de rua favorita para pegar uma marmita de bife com molho de pimenta. Eu ainda precisava ver o Yancey antes da apresentação. Ele estava se apresentando para uns aristocratas pretensiosos perto da Cidade Velha e seria uma boa caminhada até lá. Cortava caminho por uma viela para economizar tempo quando vi algo que deteve meu progresso tão abruptamente que eu quase caí pra trás.

O Rimador teria que esperar. Diante de mim estava o corpo de uma criança, terrivelmente contorcido e enrolado em um pano empapado de sangue.

Parece que eu tinha encontrado a pequena Tara.

De repente fiquei sem apetite. Atirei meu jantar na sarjeta.

CAPÍTULO

2

Passei alguns segundos tomando pé da situação. Os ratos da Cidade Baixa são uma multidão insolente, então o fato de o corpo da menina continuar intacto sugeria que ele não estava ali há muito tempo. Eu me agachei e pousei a palma de uma das mãos sobre seu pequeno peito. Frio. Ela fora morta algum tempo antes de ter sido despejado ali. De perto eu podia ver com mais clareza as indignidades que seu torturador havia infligido a ela. Estremeci e recuei depois de perceber um cheiro estranho, não o cheiro enjoativamente doce da carne em decomposição, mas um cheiro abrasivo e alquímico, que entrou rasgando no fundo da minha garganta.

Saí da viela para a rua principal e fiz sinal para uma dupla de crianças de rua que estava sem fazer nada sob uma cobertura. Entre as classes mais baixas meu nome tem algum pequeno peso e eles se apresentaram como se estivessem à espera de que eu os envolvesse em alguma espécie de esquema, pareciam empolgados com a oportunidade. Mostrei um cobre para o olhar bestificado dos dois e pedi a um deles que procurasse um guarda. Quando ele dobrou a esquina, virei-me para o que ficou.

Eu mantenho metade da guarda da Cidade Baixa com prostitutas e cerveja aguada, então os guardas não seriam um problema. Acontece que um assassinato desse tipo exigiria a atenção de um agente, e quem quer que eles enviassem poderia ser tolo o bastante para me considerar um suspeito. Eu precisava me livrar da minha mercadoria.

O garoto me olhava com seus olhos castanhos fundos no rosto pálido. Como a maior parte das crianças de rua, ele parecia um vira-lata — características dos três povos Rigun misturadas a um sem número de raças estrangeiras. Até mesmo para os padrões dos despossuídos, ele era de uma magreza de dar aflição e os trapos que usava como roupa eram insuficientes para esconder a protuberância dos ossos das clavículas e dos cotovelos.

— Sabe quem eu sou? — perguntei.

— Você é o Guardião.

— Sabe onde fica o Conde de Sinuosa?

Ele fez que sim com a cabeça. Os olhos escuros, mas límpidos. Joguei minha bolsa na direção dele.

— Leve isso até lá e entregue para o ciclope atrás do bar. Diga a ele que eu disse que ele te deve uma prata.

Ele foi até a bolsa e eu afundei meus dedos na curva do pescoço dele.

— Eu conheço todas as putas, todos os batedores de carteira, todos os viciados e todos os valentões da Cidade Baixa, e já marquei o seu rosto. Se minha bolsa não estiver lá quando eu for procurar por ela eu irei atrás de você. Entendido? — Afrouxei os dedos de seu pescoço.

Ele não se acovardou.

O Guardião

— Não sou desonesto. — A voz do menino me surpreendeu pela confiança e pela calma. Eu tinha escolhido o garoto certo.

— Vai embora então. — Soltei a bolsa. Ele saiu correndo e dobrou a esquina.

Voltei para a viela e fumei um cigarro enquanto esperava a fraude aparecer. Eles demoraram mais do que eu imaginei que fossem, dada a gravidade da situação. É perturbador constatar que a má impressão que se tem das forças da lei é injustamente elogiosa. Dois cigarros queimados depois o primeiro menino voltou com uma dupla de guardas a reboque.

Eu os conhecia vagamente. Um era novo, tinha entrado para a força havia uns seis meses, mas o segundo estava no meu bolso fazia anos. Veremos se o suborno compensou se as coisas azedarem.

— Olá, Wendell. — Estendi minha mão. — É bom te ver de novo, ainda que sob essas circunstâncias.

Wendell retribuiu o aperto de mão com vigor.

— Igualmente — respondeu. — Eu esperava que o menino estivesse mentindo.

Não havia muito o que falar a respeito. Wendell ajoelhou-se ao lado do corpo, com seu sobretudo se arrastando na lama. Atrás dele, seu parceiro mais jovem começava a ganhar os tons de brancura que precedem o vômito. Wendell olhou para trás, por cima do ombro, e o repreendeu.

— Para com isso. Você é um porra de um guarda. Demonstre um pouco de dignidade. — Ele se voltou então para o cadáver, em dúvida sobre o que fazer a seguir. — Acho que tenho de chamar um agente agora — disse ele, quase como que pedindo a mim para que o fizesse em seu lugar.

— Acho que sim.

— Vá até o quartel — ordenou Wendell a seu subordinado — e diga a eles para mandarem para um gélido. Diga a eles que mandem dois.

A guarda preserva as leis e os costumes da cidade, a não ser que seja paga para fingir que não vê, mas a investigação de crimes está mais ou menos além de sua alçada. Se o assassino não estiver ajoelhado sobre o cadáver empunhando uma faca ensanguentada, os guardas não são de muita utilidade. Quando ocorre um crime que interesse a alguém influente, um Agente da Coroa é enviado, oficialmente incumbido de aplicar a Justiça do Trono. Frios, gélidos, homens da neve, demônios cinzentos, chame-os como preferir, mas abaixe a cabeça quando eles passarem e responda prontamente se te perguntarem alguma coisa, porque o gélido não é a guarda e a única coisa mais perigosa que uma guarda incompetente é um Agente da Coroa competente. Normalmente, um corpo desovado na Cidade Baixa não atrai a atenção deles, o que é um fato assombroso dada a taxa de homicídios. Mas não se trata de um bêbado afogado numa poça nem de um viciado esfaqueado. Eles mandariam um agente para atender esse caso.

Depois de alguns minutos, um pequeno grupo de guardas chegou ao local. Dois deles isolaram a área. O que sobrou ficou olhando em volta com ar de importante. Eles não estavam fazendo um grande trabalho, mas não fui deselegante ao ponto de dizer isso a eles.

Cansado de esperar, ou querendo mostrar ser mais importante que os novatos, Wendell decidiu tentar fazer o trabalho da polícia.

— Provavelmente algum herege — especulou ele enquanto coçava o queixo dividido. — Passava pelas docas a caminho de Kirentown, viu a menina e... — fez um gesto grave.

— É, ouvi dizer que tem muito disso por aí.

O parceiro dele entrou na conversa, com sua carinha de bebê destilando veneno e o forte hálito da bile engasgada.

— Ou talvez um ilhéu. Você sabe como eles são.

Wendell assentiu sabiamente. Ele realmente sabia como eles eram.

Ouvi dizer que, em muitos dos manicômios mais novos, os médicos colocaram os loucos e os estúpidos congênitos para desempenhar tarefas de rotina, pondo-os a pregar botões em montanhas de tecido, fazendo do trabalho fútil um curativo para suas mentes danificadas. Às vezes me pego a pensar se a guarda não seria uma extensão dessa terapia numa escala bem maior, como parte de um elaborado programa social destinado a dar aos menos capacitados um propósito ilusório. Mas isso não seria feito em detrimento dos internos.

A tentativa de raciocínio pareceu ter cansado tanto Wendell quanto seu subordinado, e ambos ficaram em silêncio.

A noite outonal perseguiu os últimos resquícios da luz do dia até o horizonte. Os sons do comércio honesto, se é que existe algo assim na Cidade Baixa, foram substituídos por um silêncio tenso. Nas habitações ao redor alguém estava com o fogo aceso e a madeira queimada quase anulou o cheiro do corpo em decomposição. Enrolei um cigarro para anular o restante.

É possível senti-los chegar antes mesmo de vê-los, as massas aglomeradas da Cidade Baixa abrindo caminho como os destroços de um naufrágio levados por uma enxurrada. Alguns segundos se passam e você os vê, separados do movimento da multidão. Os gélidos orgulham-se da uniformidade de suas roupas, cada um deles um integrante intercambiável do pequeno exército que controlava a cidade e a maior parte da nação. Um casaco cinza-gelo com a gola voltada para cima, levando a um chapéu de aba larga combinando com o traje. Uma espada curta com empunhadura prateada pende do cinto, sendo ao mesmo tempo uma maravilha estética e um perfeito instrumento de violência. Uma joia escura presa em um cordão de prata pendendo da garganta — o Olho da Coroa, símbolo oficial de sua autoridade. Em cada detalhe a personificação da ordem, um punho cerrado numa luva de veludo.

Por tudo que eu jamais diria em voz alta, por tudo o que me envergonharia até de pensar, eu não podia mentir: sentia falta daquele uniforme.

Crispin reconheceu-me ao olhar de aproximadamente uma quadra de distância e seu rosto endureceu, mas a velocidade de seus passos continuou a mesma. Cinco anos não foram suficientes para mudar sua aparência. A mesma cara de nobre me encarava por baixo da aba do chapéu, o mesmo porte ereto que denunciava uma juventude vivida sob a tutela de mestres de dança e professores de etiqueta. Seu cabelo castanho havia regredido um pouco em relação à antiga profusão, mas a curva de seu nariz continuava revelando a longa história de seu sangue a quem quisesse saber. Eu sabia que ele lamentava me ver ali, assim como eu lamentava o fato de ele ter sido chamado.

O outro eu não reconheci. Devia ser novo. Assim como Crispin, ele tinha um nariz de rouender, comprido e arrogante, mas seu cabelo era tão loiro que parecia quase branco. À exceção da juba platinada, ele parecia o arquétipo do agente, com olhos azuis inquisidores sem sagacidade, o corpo sob o uniforme rijo o bastante para convencer qualquer um de seu perigo, levando-se em conta que você não soubesse o que estava procurando.

Eles pararam na entrada da viela. O olhar de Crispin lançou-se sobre a cena, repousando brevemente sobre o cadáver coberto antes de cair em Wendell, que estava em prontidão, passando sua melhor impressão de um agente da lei.

— Guarda — saudou Crispin, fazendo um sinal agudo com a cabeça. O segundo agente, ainda sem nome, não fez nada disso, mantendo-se com os braços firmemente cruzados e uma espécie de sorriso forçado no rosto. Suficientemente atento aos protocolos, Crispin dirigiu-se a mim: — Você que a encontrou?

— Quarenta minutos atrás, mas ela já devia estar aqui um pouco antes disso. A menina foi despejada depois que ele acabou com ela.

Lentamente, Crispin deu uma volta pelo local. Uma porta de madeira levava a um prédio abandonado um pouco para dentro da viela. Ele parou e pôs a mão na porta.

— Você acha que ele veio por aqui?

— Não necessariamente. O corpo é pequeno o bastante para ser escondido, fosse numa cestinha ou num barril de cerveja vazio. No pôr do sol essa rua não tem muito movimento. Era possível desovar e sair andando — respondi.

— Crime organizado?

— Você sabe que não. Uma criança imaculada custa quinhentos ocres nos currais de Bukhirra. Nenhum traficante de escravos seria idiota o bastante para arruinar seu lucro e, se o fizesse, arrumaria um jeito melhor de desovar o cadáver.

O subordinado de Crispin achou que havia muita deferência da parte de seu superior em relação a um estranho. Ele deu alguns passos, tomado pela arrogância de quem tem uma noção hereditária de superioridade cimentada pelo desempenho de um cargo público.

— Quem é este homem? O que ele estava fazendo quando achou o corpo? — questionou. Ele me olhou com ar de desprezo. É preciso admitir que sabia como desprezar alguém. Por se tratar de algo com múltiplas manifestações, o desprezo não é uma coisa que qualquer um consegue controlar.

Como eu não respondi, ele então se dirigiu a Wendell:

— Onde estão as coisas dele? Qual foi o resultado da revista?

— Bem, senhor — começou Wendell, com seu sotaque da Cidade Baixa ficando mais acentuado. — Ao ver a forma como ele alertou para o corpo, nós imaginamos que... isso quer dizer... — ele coçou o nariz com as costas de sua mão gorda e soltou uma resposta — Ele não foi revistado, senhor.

— É isso que acontece quando a guarda investiga? Um suspeito é encontrado ao lado de uma criança assassinada e vocês conversam cordialmente com ele sobre o cadáver? Faça seu trabalho e reviste este homem.

A cara de bobo de Wendell corou. Ele encolheu os ombros, como que se desculpando, e se mexeu para me averiguar.

— Isto não será necessário, agente Guiscard — interrompeu Crispin. — Este homem é... um velho aliado. Ele está acima de qualquer suspeita.

— Apenas nesta questão, posso lhe assegurar. Agente Guiscard, não é? De qualquer forma, agente Guiscard, reviste-me. Ser cuidadoso nunca é demais. Quem pode assegurar que eu não sequestrei, violentei e torturei a criança, desovei o corpo, esperei uma hora e chamei a guarda? — argumentei. O rosto de Guiscard ficou vermelho, contrastando com seu cabelo. — Que prodígio, não é? Acho que toda essa esperteza já vem junto com seu pedigree — provoquei. Guiscard cerrou o punho. Eu forcei um sorriso.

Crispin meteu-se no meio de nós dois e começou a dar ordens.

— Nada disso. Temos trabalho a fazer. Agente Guiscard, volte para a Casa Negra e diga a eles que mandem um vidente; se você for rápido talvez haja tempo para que ele capte alguma coisa. O restante de vocês estabeleça um perímetro. Vai haver meia centena de cidadãos aqui em dez minutos e eu não os quero bagunçando a cena do crime. E, pelo amor de Sakra, um de vocês vá chamar os pais desta pobre criança.

Guiscard olhou para mim com ar de raiva e depois saiu. Peguei um pouco de tabaco da minha bolsinha e comecei a enrolar um cigarro.

— O novo parceiro é uma peça rara. Sobrinho de quem ele é?

Crispin deu um sorriso discreto.

— Do conde de Grenwick — respondeu.

— É bom ver que nada mudou.

— Ele não é tão ruim quanto parece. Você ficou provocando.

— Esse caiu fácil na provocação.

— Assim como já aconteceu com você um dia.

Ele estava provavelmente certo quanto a isso. A idade me tornou mais calmo, ou pelo menos isso é o que eu gosto de pensar. Ofereci o cigarro a meu ex-parceiro.

— Parei. Isso estava acabando com meu fôlego.

Coloquei o cigarro entre os lábios. Os anos de amizade se embrenhavam desajeitadamente entre nós.

— Se você descobrir alguma coisa, me procure. Não faça nada sozinho — disse Crispin, no meio do caminho entre um pedido e uma ordem.

— Eu não soluciono crimes, Crispin, porque não sou mais um agente. — Risquei um fósforo na parede e acendi meu fumo. — Você garantiu que isso acontecesse — acusei.

— Você que garantiu que isso acontecesse. Eu apenas assisti à sua queda — respondeu.

Aquilo já tinha se estendido demais. — Havia um cheiro forte exalando do corpo. Pode ser que já tenha desaparecido, mas é bom averiguar — sugeri. Não consegui me recompor ao ponto de lhe desejar sorte.

Uma multidão de curiosos estava se formando quando saí da cobertura da viela. O espectro da miséria humana é sempre uma atração popular. O vento estava mais forte. Fechei bem meu casaco e acelerei o passo.

CAPÍTULO 3

De volta ao Conde de Sinuosa, o movimento do fim da semana estava a todo vapor. O cumprimento de Adolphus reverberou pelas paredes enquanto eu abria meu caminho pelos clientes apertados e arrumava um assento no bar. Ele serviu um copo de cerveja e se inclinou quando foi me entregar.

— O menino chegou aqui com seu pacote. Deixei no seu quarto — disse ele.

De alguma forma eu sabia que o garoto não ia decepcionar.

Adolphus estava ali meio sem jeito, com um olhar de preocupação em seu rosto deformado.

— Ele me contou o que você encontrou — disse então.

Tomei um gole da minha bebida.

— Se você quiser falar sobre...

— Não quero — interrompi.

A cerveja era espessa e escura e abriu caminho para meia dúzia de rodadas enquanto eu tentava tirar da cabeça a imagem das mãos torcidas e brancas, da pele machucada da menina. A multidão ao redor de mim aumentou, encheu de trabalhadores das fábricas no fim de seus turnos e de bravatas sobre as aventuras noturnas. Nós estávamos fazendo o tipo de negócio que me fazia lembrar por que eu era sócio ali, mas a massa de indivíduos nefastos amigáveis tomando bebida barata era má companhia para meu humor.

Terminei meu copo e me levantei do balcão.

Adolphus se afastou de um cliente e veio até mim.

— Você está indo embora?

Resmunguei afirmativamente. O olhar em meu rosto deve ter subentendido a intenção de violência, pois ele colocou uma de suas enormes patas em meu braço enquanto eu me afastava e perguntou: — Você precisa de uma navalha? Ou de companhia?

Fiz que não com a cabeça. Ele se afastou e voltou para conversar com os clientes.

Eu estava devendo uma visita a Tancredo, o Lábio Leporino, desde o dia que vi um de seus garotos passando vinonírica em meu território umas duas semanas antes. Tancredo era um operador menor que havia conseguido abrir seu caminho rumo a uma certa notoriedade por meio de uma combinação repugnante de violência barata e malandragem, mas ele não seria capaz de continuar assim por mais do que algumas estações. Ele iria pagar menos do que devia a seus garotos, ou tentar enganar algum guarda quanto a seu porcentual, ou dar mancada com alguma organização para acabar morrendo em um beco com uma punhalada em seus órgãos vitais. Eu nunca havia visto nenhuma grande necessidade de apressar seu encontro com Aquela que Espera Por Trás de Todas as Coisas, mas nosso negócio não admite erros. Vender em meu território equivaleu a me mandar uma mensagem e a etiqueta exigia uma resposta.

O Guardião

Lábio Leporino havia conseguido um estreito território a oeste do canal, perto do cotovelo, e conduzia suas operações de um lixo de um bar chamado Sangue de Virgem. Ele fez a maior parte de seu dinheiro de negócios que eram muito pequenos ou muito imorais até mesmo para os garotos das organizações, arrancando dinheiro de qualquer lugar onde os mercadores vizinhos fossem patéticos o bastante para pagar por proteção. Era uma longa caminhada até seu estabelecimento de merda, mas isso me daria tempo para passar o barato. Subi as escadas, peguei uma garrafa de Sopro de Fada e comecei.

O extremo oeste da Cidade Baixa estava quieto, os mercadores tinham ido para suas casas e a vida noturna se concentrava mais ao sul, na direção das docas, motivo pelo qual caminhei uma dúzia de quadras até o canal em relativa solidão. Nessa hora da noite a Ponte Hermes parecia sinistra, em vez de apenas dilapidada, com seus detalhes em mármore irreconhecíveis pela ação do tempo e por atos triviais de vandalismo. As ásperas mãos dos Daevas de pedra enroladas em súplica aos céus, as faces cansadas de olhos arregalados e bocas escancaradas. Sob a ponte, o Rio Andel corria preguiçoso e devagar, transportando o lixo da cidade em majestosa procissão até o porto e para o mar. Segui meu caminho, parando na entrada de um prédio indescritível cerca de oitocentos metros a oeste.

O barulho do segundo andar chegava às sombras embaixo. Puxei um tiro de Sopro de Fada, depois mais um e mais outro, até a garrafa ficar vazia e o zunido começar a se parecer com um enxame de abelhas em volta dos meus ouvidos. Atirei a ampola na parede e subi os degraus, dois de cada vez.

O Sangue de Virgem é aquele tipo de mergulho que faz você querer esfregar a pele com desinfetante assim que consegue sair. Ele faz a atmosfera do Conde parecer um chá na corte. Lamparinas lançavam uma luz engordurada no interior impalatável, uma decadente estrutura de madeira montada sobre um punhado de quartos que o Lábio Leporino alugava por hora, junto com um contingente de prostitutas de ar abatido. Elas faziam dupla jornada como empregadas e a iluminação precária era suficiente para evidenciar um prolongado comprometimento com sua vocação.

Peguei um lugar de frente para uma abertura na parede que servia de janela e acenei para uma das atendentes.

— Você sabe quem sou eu? — perguntei. Ela fez que sim, com o cabelo preso por cima do rosto esticado, os olhos tortos entediados e inabaláveis. — Traga pra mim algo que não tenha sido cuspido e avise seu chefe que estou aqui — pedi. Joguei um cobre pra ela e a vi se afastar com cansaço.

O Sopro de Fada estava batendo forte e cerrei os punhos com firmeza para que as mãos parassem de tremer. Olhei atentamente para os clientes e me pus a pensar em como um ato incendiário bem localizado ajudaria a melhorar a vizinhança.

A servente reapareceu alguns minutos depois com uma caneca de cerveja pela metade.

— Ele vai aparecer logo — disse ela.

A cerveja era basicamente água da chuva. Entornei a caneca e tentei não pensar na criança.

A porta dos fundos se abriu e Lábio Leporino apareceu acompanhado de dois de seus garotos. Tancredo tinha um apelido condizente. A fenda em seu rosto dividia sua boca, uma aberração que nem mesmo sua barba espessa ajudava a ocultar. Além disso, havia pouco mais a falar sobre ele para o bem ou para o mal. Em algum momento ele adquiriu a reputação de ser durão, apesar de eu desconfiar que ela tenha resultado de sua deformidade.

Os dois parasitas pareciam violentos e estúpidos, o tipo de durão barato de rua de que Tancredo gostava de se cercar. Eu conhecia um deles: Aranha, um anão meio-ilhéu atarracado com um olho cego que ganhou num dia em que resolveu fazer onda na frente de um pelotão da guarda. Ele costumava perambular com um grupo de insignificantes ratos de rio, atacando embarcações de carga na calada da noite e saindo com o que fosse capaz de carregar. Eu nunca tinha visto o outro, mas o rosto empipocado e o cheiro azedo que emanava indicavam maus costumes, o que de certo condizia com o meio onde vivia e a carreira que havia escolhido. Parti do princípio de que ambos estavam armados, apesar de somente a arma de Aranha estar visível, um punhal mal lavrado que se sobressaía agressivamente de sua cinta.

Eles se espalharam pela mesa para me encurralar.

— Olá, Tancredo — disse eu — qual é a boa nova?

Ele me olhou com ar de desprezo, ou talvez não tenha olhado. O lábio dificultava a interpretação.

— Ouvi dizer que seu pessoal teve problemas com suas marcações — continuei.

Agora eu tinha certeza que ele me olhava com desprezo.

— Problemas, Guardião? O que você quer dizer com isso?

— O canal é o limite entre nossos negócios, Tancredo. Você conhece o canal. É aquela enorme fossa a leste daqui, cheia d'água — ironizei.

Ele sorriu, com aquela faixa sem carne entre seu lábio superior e o nariz deixando sua gengiva apodrecida incisivamente visível.

— Ah, aquele era o limite?

— Em nosso negócio, Tancredo, é importante se lembrar dos acordos. Se você estiver tendo problemas, talvez seja o momento de procurar trabalhar mais na conservação de seus talentos naturais. Você daria uma amável cantora de coral.

— Você tem uma língua afiada — rosnou ele.

— E você tem uma língua deformada, mas nós somos do jeito que o Criador nos fez. De qualquer forma, não estou aqui para discutir teologia. Geografia é o que interessa no momento. Então por que você não começa e me diz qual é a nossa fronteira?

Lábio Leporino deu um passo atrás e seus garotos avançaram.

— Me parece que chegou a hora de redesenhar nosso mapa. Não sei quais são seus negócios com as organizações e não me importa o quanto você é amigo da guarda. Você não tem força para manter o território que mantém. Até onde eu sei, você é um operador independente, e não há mais espaço para operadores independentes nos dias de hoje — argumentou.

Ele continuou se animando com o conflito que estava por vir, mas eu mal podia ouvi-lo por conta do zumbido em meus ouvidos. Não que os detalhes de seu monólogo interessassem. Eu não estava ali para discutir e ele não havia mobilizado seus homens para ajudá-lo a negociar.

O zunido cedeu enquanto Tancredo concluía qualquer que fosse o ultimato que estivesse fazendo. Aranha colocou a mão em sua arma. O bandidinho sem nome mostrou a língua em um riso forçado. De alguma forma eles ficaram com a impressão de que seria fácil. Eu pretendia corrigir essa falsa impressão.

Terminei minha cerveja e empurrei a caneca com minha mão esquerda. Aranha olhou-a estilhaçar-se no chão e eu o golpeei com o punho, afundando seu nariz. Antes que seu parceiro pudesse sacar uma arma, abracei-o pelos ombros e me lancei pela janela aberta o levando comigo.

Por uma fração de segundo tudo o que podia ouvir era a rajada de vento e a batida rápida do meu coração. Então nós caímos no chão e meus oitenta e poucos quilos enterraram ele na lama de barriga pra cima e um ruído baixo me permitiu perceber que ele havia quebrado algumas costelas. Livrei-me dele e fiquei em pé. A lua brilhava sobre o beco escuro. Respirei fundo e senti o sangue descer da minha cabeça. O homem empipocado tentava se recompor e afundei minha bota na cabeça dele. Ele soltou um gemido e parou de se agitar.

Eu tinha uma vaga noção de que a queda havia feito alguma coisa com meu tornozelo, mas já tinha ido longe demais para sentir algo naquele momento. Eu precisava terminar aquilo rápido, antes que meu corpo tivesse tempo de acordar para o estrago que tinha sido feito.

Voltei para dentro do Sangue de Virgem e vi Aranha descendo a escada a toda velocidade, com sangue pingando do nariz e seu punhal em mãos. Ele avançou sobre mim com fúria. Um tonto, pois Aranha é daquele tipo de homem que se contorce por causa de uma dorzinha qualquer. Fui ao encontro dele, me agachei, encaixei meus ombros nos joelhos dele e o atirei escada abaixo. Ao me virar para terminar o serviço, vi o branco de um osso exposto em sua mão e percebi que não havia necessidade de mais violência. Deixei-o segurando o pulso e gritando como um recém-nascido.

De volta ao andar de cima, a maioria dos clientes estava encostada contra a parede à espera do desfecho. Em algum momento enquanto estive ocupado, Tancredo pegou um pesado porrete de madeira e o batia contra a palma da outra mão. Seu rosto retorcido havia se transformado em uma máscara da morte e havia uma longa fileira de fendas em seu porrete, mas ele estava de olhos arregalados e eu sabia que ele iria cair facilmente.

Eu me esquivei quando seu bastão passou zunindo perto da minha cabeça, fechei o punho e o golpeei no estômago. Tancredo cambaleou para trás, procurando ar enquanto sacudia seu porrete impotente. Na sequência eu peguei seu pulso e o torci com força, trazendo-o para mais perto de mim enquanto ele gritava e deixava sua arma cair. Encarei-o de perto, seus lábios deformados tremiam, e apliquei-lhe um golpe que fez suas calças caírem.

Ele ficou aos meus pés, choramingando pateticamente. Um pequeno grupo de espectadores olhava por trás de mim, com seus narizes batatudos de beberrões e olhos de mongoloides imbecis, um zoológico de cruzamentos grotescos, gentalha e asmáticos. Tive vontade de pegar o porrete de Tancredo, agitá-lo na direção do público e começar acertar suas cabeças, *crack, crack, crack*, empapando a serragem de vermelho. Deixei aquele pensamento de lado, dizendo a mim mesmo que ele era apenas o efeito do Sopro de Fada. Era hora de acabar com aquilo, mas não tão rápido. A encenação tinha seu valor. Eu queria que aquelas dragas espalhassem o que tinham visto.

Arrastei o corpo mole de Lábio Leporino até uma mesa próxima, prendi um dos braços dele na madeira. Mantendo a palma de sua mão aberta sob minha mão esquerda, peguei seu dedinho com firmeza com minha mão direita.

— Qual é nossa fronteira? — perguntei, partindo-lhe o dedinho.

Ele gritou, mas não respondeu.

— Qual é nossa fronteira? — perguntei novamente, quebrando o dedo seguinte. Ele chorava agora, procurando ar e quase incapaz de falar. Ele precisava tentar. Torci mais um dedo.

— Você tem uma outra mão inteira que eu ainda nem encostei! — ameacei. Eu gargalhava e já não tinha certeza se aquilo fazia parte da encenação. — Qual é a nossa fronteira?

— O canal — gritou ele. — O canal é a nossa fronteira!

Não se ouvia mais nada no bar além de seus gemidos. Virei minha cabeça na direção dos observadores, saboreando o momento, e depois continuei em voz alta o bastante para ser ouvido nas primeiras fileiras do público.

— Seu negócio termina no canal. Esqueça-se disso mais uma vez e irão te encontrar boiando nele — disse eu. Soltei seu último dedo, deixei-o cair no chão e caminhei lentamente até a saída. Aranha estava sentado no pé da escada e desviou o olhar quando passei por ele.

    Estava uma dúzia de quadras a leste quando passou o efeito do Sopro de Fada. Apoiei-me na parede de um beco e vomitei quase até não conseguir mais respirar, afundando-me na sujeira. Ajoelhei-me por um instante, à espera de meus batimentos voltarem ao normal. No caminho minha perna não aguentou e eu tive de comprar uma muleta de um falso aleijado para conseguir chegar mancando em casa.

CAPÍTULO

Acordei com uma dor de cabeça que fazia meu joelho inchado parecer uma punheta batida por uma puta de dez ocres a hora. Tentei ficar em pé, mas tudo girava e meu estômago se dizia pronto para repetir a performance da noite anterior, então me sentei de novo. Pela boceta de Pracheta, mesmo se eu nunca mais usar Sopro de Fada, ainda assim não seria cedo demais.

O sol em minha janela indicava que já passava do meio-dia. Minha sensação sempre era a de que, se você perdeu a manhã, poderia muito bem perder a tarde também, mas havia trabalho a fazer. Eu me firmei, vesti minhas roupas e desci as escadas.

Tomei um assento no balcão. Adolphus tinha se esquecido de cobrir o olho e aquele buraco em sua cabeça me fez adotar um ar de reprovação.

— Já está muito tarde para os ovos. Nem pense em pedir — foi logo avisando. Eu imaginava que uma da tarde fosse provavelmente bem depois do movimento do café da manhã, mas não fiquei feliz em ver minha suspeita confirmada. — O garoto da noite passada passou as últimas três horas esperando você acordar — disse.

— Tem pelo menos um pouco de café? E onde está minha sombra exatamente? — perguntei.

— Não tem café e ele está ali no canto — respondeu Adolphus.

Virei-me para ver o garoto da noite anterior surgir de uma parede. Ele tinha um talento peculiar para passar despercebido, ou talvez minha ressaca estivesse pior do que eu imaginava. Olhamos um para o outro em silêncio, uma discrição natural impedindo-o de começar.

— Não fui eu quem passou metade da manhã na frente da sua porta — falei. — O que você quer?

— Um trabalho — foi a resposta do garoto.

Ele pelo menos era direto, e conciso. Já era alguma coisa. Minha cabeça latejava e eu tentava pensar em como ter um desjejum.

— E de que jeito você poderia me ser útil?

— Posso fazer serviços pra você, como na noite passada — disse ele.

— Se você acha que é todo o dia que eu me deparo com cadáveres de crianças, está enganado. O caso da noite de ontem foi uma ocorrência rara. Não acho que eu possa ter um empregado em tempo integral apenas na expectativa de que aquilo ocorra novamente — disse eu, mas minha objeção parece ter feito pouco para dissuadi-lo. — O que você acha que eu faço exatamente? — perguntei.

Ele sorriu maliciosamente, como se tivesse feito algo errado e estivesse contente em me fazer perceber.

— Você manda na Cidade Baixa.

E que maravilha de domínio era o meu.

— Os guardas podem discordar disso — rebati.

Ele bufou. E era para bufar mesmo.

— Eu tive uma noite longa. Não estou no clima para essa insensatez. Cai fora.

— Eu posso fazer serviços, entregar mensagens, qualquer coisa que você precise. Conheço essas ruas como a palma da minha mão, posso brigar e ninguém me enxerga quando não quero que me vejam — insistiu.

— Veja só, garoto. Este é um trabalho de um homem só. E se eu fosse arrumar um assistente, minha primeira exigência seria que ele já estivesse na puberdade.

A provocação de pouco serviu para irritá-lo. Não tenho dúvida de que ele já ouviu coisa bem pior.

— Eu fiz o seu mandado ontem, não fiz?

— Ontem você andou seis quadras e não me ferrou. Eu poderia treinar um cachorro pra fazer a mesma coisa e não teria que pagar nada pra ele.

— Me dê outra coisa então.

— Vou te dar uma surra se você não parar de me encher — disse eu, levantando a mão em um gesto que deveria ter parecido ameaçador.

A julgar por sua falta de reação, ele não estava nem um pouco impressionando com a ameaça.

— Pelo Perdido, você é um pentelho chato — esbravejei. A descida pela escada havia reacendido uma dor aguda no meu tornozelo e aquela conversa toda estava embrulhando meu estômago. Procurei algum dinheiro no bolso e achei uma prata. — Vai correndo até o mercado e me traga duas laranjas, uma bandeja de damascos, um rolo de barbante, um moedeiro e uma faca de carpinteiro. Se você não trouxer metade disso de troco, vou saber que você é uma fraude ou ruim demais na hora de pechinchar.

Ele saiu correndo numa velocidade que me deixou pensando se ele iria se lembrar de tudo. Alguma coisa naquele menino me impedia de apostar contra ele. Voltei-me para o balcão e esperei a chegada do meu desjejum, mas me distraí com a carranca de Adolphus.

— Você tem algo a dizer? — perguntei.

— Não sabia que você estava tão desesperado por arrumar um parceiro.

— O que você queria que eu fizesse, batesse nele? — questionei enquanto massageava minha têmpora com os dedos. — Alguma notícia?

— Vão fazer um funeral para Tara em frente à Igreja de Prachetas daqui a algumas horas. Não deveria supor que você fosse?

— Você não supôs corretamente. Tem mais alguma coisa pegando?

— A notícia do seu encontro com Lábio Leporino já correu, se é isso que você quer saber.

— Era isso mesmo.

— Então, já se espalhou — confirmou Adolphus.

Foi mais ou menos nessa hora que meu cérebro decidiu que era hora de se libertar dos longos anos de aprisionamento e iniciou um furioso e nada produtivo esforço de bater contra o crânio. Dos fundos, Adeline percebeu minha agonia e me mandou uma caneca de café fervendo.

Eu estava já na segunda caneca, o café era preto e doce, quando o garoto retornou. Ele colocou as coisas em cima do balcão e deixou o troco do lado.

— Sobraram sete cobres — reparei. — Do que você se esqueceu?

— Está tudo aí — disse o garoto. Ele não estava exatamente sorrindo, mas sua boca queria dizer alguma coisa. — Surrupiei a faca de carpinteiro.

— Parabéns, você é um batedor de carteira. Este é realmente um clube bastante seleto — ironizei. Peguei uma laranja na sacola e comecei a descascá-la. — De quem você comprou as frutas, da Sarah ou do Ilhéu Yephet?

— Do Ilhéu. As da Sarah estavam meio passadas.
Mordi o pedaço da laranja.
— O Ilhéu estava sendo ajudado pelo filho ou pela filha hoje?
— Pela filha. O filho não aparece por aí há semanas.
— Qual era a cor da blusa dela?
Ele fez uma pausa e disse:
— Ela usava um avental cinza — o sorriso de canto de boca voltou. — Mas você não saberia dizer se é verdade ou não, pois ainda não saiu do bar.
— Eu saberia se você tentasse mentir pra mim — rebati. Terminei a laranja, joguei a casca dentro do bar e coloquei dois dedos no peito dele. — Eu sempre sei — disse.
Ele concordou sem tirar os olhos dos meus.
Joguei as moedas do troco dentro do moedeiro que ele tinha comprado e o segurei na minha frente de maneira convidativa.
— Você tem nome? — perguntei.
— Os outros garotos me chamam de Garrincha — respondeu.
— Considere isto o pagamento do resto da semana — disse enquanto jogava o moedeiro pra ele. — Use um pouco do dinheiro pra comprar uma camiseta nova. Você está parecendo um vagabundo. Passe aqui mais tarde, já à noite. Talvez eu tenha alguma coisa pra você fazer.
Ele aceitou tudo aquilo sem dar nenhuma resposta nem demonstrar nenhuma emoção, como se tanto fizesse.
— E pare de roubar — prossegui. — Se você vai trabalhar pra mim, não quero você sugando fundos da vizinhança.
— O que "sugando fundos" quer dizer?
— Neste contexto, roubar — esclareci e fiz um sinal com a cabeça para a saída. — Agora vai embora — mandei. Ele se dirigiu para a porta da frente, mas sem nenhuma pressa. Tirei a segunda laranja da sacola. Adolphus estava carrancudo de novo.
— Você tem algo a me dizer? — perguntei.

Ele fez que não com a cabeça e começou a limpar copos sujos da noite anterior.

— Você é tão sutil quanto uma pedra. Desembucha logo o que tiver a dizer ou pare de me fuzilar com os olhos.

— Você não é carpinteiro — disse ele.

— Então o que estou fazendo com essa faca de carpinteiro? — perguntei, mexendo na ferramenta. Adolphus continuava de cara amarrada. — Tudo bem, eu não sou um carpinteiro.

— E você também não é ferreiro.

— Nem há nenhuma espécie de confusão quanto a isso.

Adolphus bateu uma caneca com tudo e em sua expressão de raiva eu me lembrei de um dia em Apres no qual aqueles braços enormes esmagaram a cabeça de um dren com tanta facilidade que mais pareciam quebrar um ovo, sangue e pedaços do cérebro vazando do crânio.

— Se você não é um carpinteiro e não é um ferreiro, o que diabos você acha que está fazendo pegando um aprendiz? — indagou. Ele cuspiu essa última frase olhando na minha direção, junto com um pouco de, pois bem, cuspe.

O buraco de seu olho vazio dava a ele uma vantagem injusta e eu desviei o olhar. — Não o julgo pelo seu trabalho, mas não é algo que uma criança deva aprender.

— Qual o problema em pedir a ele que me traga um desjejum?

Adolphus encolheu os ombros, mas continuava incomodado.

Terminei a segunda laranja e comecei a comer os damascos em relativo silêncio.

Era sempre perturbador ver Adolphus de mau humor. Em parte porque isso me fazia lembrar que se ele perdesse a cabeça será preciso chamar metade da fraude da cidade para contê-lo, mas mais porque era extremamente desagradável ver um homem gordo atordoado.

A expressão do seu rosto ficou mais fechada, castigada mais que o de costume pela idade.

— A criança — disse ele.

Estava claro que ele não falava do garoto que acabara de sair.

— Este é um mundo doente, mas não é a primeira vez que temos uma evidência disto — comentei.

— Quem vai acertar as contas pela criança?

— A guarda vai dar uma olhada nisso — disse eu, bem capaz de apreciar o duplo consolo daquela frase.

— A guarda não pegaria gonorreia em um puteiro.

— Eles chamaram a Coroa. Dois agentes em seus melhores trajes. Chamaram até os videntes. Eles vão descobrir alguma coisa — argumentei.

— Se essa criança for confiar na Coroa para ter justiça, sua alma nunca vai ficar em paz — disse ele. Seu único olho hesitou ao me encarar.

Dessa vez eu não demonstrei hesitação.

— Não é problema meu — esquivei-me.

— Você vai deixar o estuprador livre por aí? — questionou. Os vestígios do sotaque Skythan ficam mais acentuados em seus frequentes momentos de melodrama. — Vai deixá-lo respirar o nosso ar, sujar as nossas fontes?

— Ele está em algum lugar por aqui? Diga onde ele está e eu arrumo alguma coisa pesada para dar na cabeça dele.

— Você poderia procurar por ele.

Cuspi a casca de um damasco no chão.

— Quem é mesmo que estava dizendo por esses dias que eu opero no lado oposto ao da lei?

— Isso mesmo. Dê de ombros, faça piadas, se faça de bobo — reclamou. Adolphus deu um soco no balcão de madeira pesada, fazendo-o tremer todo. — Mas eu sei por que você saiu daqui ontem à noite e eu me lembro de quando te resgatei do campo em Giscan, quando todos já haviam fugido e o cheiro da morte pairava no ar — prosseguiu. As prateleiras do bar pararam de balançar. — Não finja que isso não te incomoda.

O problema dos velhos amigos é que eles se lembram de histórias que você preferiria esquecer. É claro que eu não precisaria de muito esforço para lembrar. O último damasco desapareceu.

— Tenho algumas coisas para resolver — falei. — Jogue o resto desse lixo fora e dê comida para o garoto se ele retornar.

O abrupto fim de nosso conflito deixou Adolphus arrasado, sua raiva extravasada, o olho saltado, o rosto cansado. Enquanto eu deixava a taverna, Adolphus limpava o balcão sem ver por onde passava o pano, tentando não chorar.

CAPÍTULO 5

Saí do Conde meio chateado. Dependo de Adolphus para uma dose matinal de leveza e me sinto um aleijado quando saio sem ela. Somando isso ao tempo fechado, eu estava começando a desejar que tivesse mantido minha vontade original e passado o restante da tarde na cama, queimando vinonírica. Até ali, o melhor que se poderia dizer sobre o dia era que ele já tinha passado da metade.

O inesperado encontro da noite anterior havia me desviado de minha intenção original de visitar o Rimador — uma circunstância que eu precisava retificar. Ele perdoaria a minha ausência. Provavelmente já sabia o motivo. Mas nós ainda precisávamos nos falar. Àquela hora do dia ele podia estar trabalhando nas docas ou então na casa de sua mãe. A mãe dele tinha a mania de tentar me arranjar com as mulheres do bairro, então decidi que ele estaria no cais e segui naquela direção, com a dor no meu tornozelo mostrando-se tão relutante em diminuir quanto a de minha cabeça.

Yancey era provavelmente o mais talentoso músico da Cidade Baixa, além de um excelente contato. Eu o conheci na época em que era agente — ele fazia parte de uma trupe de ilhéus que se apresentava em bailes a frequentadores da corte e aristocratas. Eu o ajudei a sair de uma fria uma vez e em troca ele começou a me passar informações, frivolidades, conversas de bastidores. Ele jamais comprometeu ninguém. Desde então, as trajetórias de nossas carreiras tomaram direções diametralmente opostas e hoje em dia suas habilidades são requisitadas em alguns dos mais exclusivos eventos da capital. Ele ainda mantém os ouvidos abertos para mim, apesar de as aplicações para as informações que ele me fornece terem mudado.

A ironia da situação não era ignorada por nenhum de nós dois.

Eu o encontrei a apenas alguns passos do cais oeste, cercado por um punhado de passantes indiferentes, tocando um número de Kpanlogo enquanto recitava a poesia rítmica que lhe rendeu seu apelido. Por tudo o que Yancey sabia, eu o considerava um dos piores artistas de rua que já tinha visto. Ele não atendia a pedidos, parava em lugares de pouco movimento e era grosseiro com quem ficava olhando. Na maior parte dos dias, ele tinha sorte se conseguia arrecadar alguns cobres, uma recompensa modesta para um homem com todas as suas habilidades. Apesar de tudo isso, ele sempre fazia festa quando me via e eu acho que ele não gostava de exibir sua estonteante habilidade a um público ingrato. Ele ganhava dinheiro suficiente tocando para as classes mais abastadas e aquelas exibições não tinham nenhum propósito mesmo.

Enrolei um cigarro. Yancey detestava ser interrompido no meio de uma apresentação, independentemente do que estivesse tocando. Certa vez eu tive de desatracá-lo de um cortesão que cometeu o erro de rir durante sua apresentação. Ele tinha o humor imprevisível dos baixinhos, aquela raiva que surge violentamente com a mesma rapidez que vai embora.

Um momento depois ele terminou seus versos e o pequeno público respondeu com aplausos baixos. Ele riu da falta de entusiasmo deles e depois se dirigiu a mim.

— Veja só se não é o Guardião. Finalmente conseguiu vir visitar seu amigo Yancey — disse ele com sua voz era grossa e doce.

— Tive uns imprevistos — respondi.

— Ouvi falar — disse ele enquanto sacudia a cabeça em tom de lamentação. — Que coisa terrível. Você vai ao funeral? — perguntou ele.

— Não.

— Bom, eu vou, então me ajude a arrumar tudo isso aqui — pediu. Yancey começou a desmontar suas coisas, envolvendo cada um de seus pequenos tambores em sacos de algodão. Eu peguei a menor das peças e fiz o mesmo, mas deixei-a cair. Como regra, Yancey era capaz de esfolar qualquer pessoa tola o bastante para encostar em seus instrumento, mas ele sabia qual era a minha e deixou passar sem falar nada. — A nobreza ficou desapontada por você não ter aparecido na noite passada — comentou.

— E a tristeza deles muito me comove — ironizei.

— Tenho certeza que você perdeu o sono por isso. Se quiser, pode aparecer na propriedade do Duque de Illador na terça-feira à noite, por volta das dez — convidou.

— Você sabe como a opinião da nobreza é importante para mim. Devo supor que você esteja esperando sua porcentagem de sempre?

— A não ser que você queira aumentá-la — brincou.

Eu não ia. Continuamos em silêncio até que os curiosos se afastarem mais.

— Disseram que foi você quem a encontrou — disse Yancey então.

— As pessoas dizem coisas.
— Você está firme?
— Como uma rocha.
Ele balançou a cabeça em sinal de compreensão.
— Que coisa terrível — lamentou. Ele terminou de guardar suas coisas em um espesso saco de lona e depois o levou ao ombro. — A gente conversa melhor depois. Quero achar um lugar decente na praça — ele disse isso, bateu no meu pulso e saiu.
— Fica tranquilo.

As docas estavam praticamente desertas. A massa de trabalhadores, mercadores e clientes estava a caminho do funeral e, como Yancey, feliz por matar algumas horas de trabalho para participar de um espetáculo de luto público. Com a ausência de todo esse povo, um silêncio estranho se estabeleceu naquela área, em extremo contraste com o costumeiro comércio pulsante. Depois de ter certeza que não havia ninguém olhando, peguei minha garrafinha para uma dose de Sopro de Fada. A dor na cabeça diminuiu, assim como a que eu sentia no tornozelo. Observei o reflexo do céu acinzentado na água, lembrei-me do dia em que estive nas docas junto com cinco mil outros jovens preparando-me para embarcar em um navio para a Gália. Meu uniforme tinha uma bela aparência, eu achava, e meu capacete de aço reluzia ao sol.

Pensei em acender uma vinonífera, mas depois achei que seria melhor não. Nunca é boa ideia ficar chapado quando se está sentimental. A vinonífera tende a acentuar nossas ansiedades, ao invés de embotá-las. Aquela solidão não estava caindo bem e de repente meus pés se viram caminhando para o norte, na direção da igreja. Depois de tudo aquilo, parece que eu estava a caminho do funeral.

Na hora que cheguei a missa já havia começado e a Praça da Benevolência estava tão cheia que mal era possível enxergar o palanque. Contornei a multidão, entrei em uma viela que saía da praça principal e me acomodei sobre uns caixotes. Era longe demais para ouvir o que o sacerdote de Prachetas estava falando, mas eu tinha certeza de que era algo muito bonito. Não se encontra um sentido em uma vida na qual as pessoas se vestem com objetos de ouro se você não for capaz de dizer coisas muito bonitas nos momentos oportunos. Além do mais, o vento estava mais forte, então a maior parte da multidão também não conseguia ouvir o que estava sendo dito. Primeiro a multidão tentou se aproximar o mais que pôde, aguçando os ouvidos para conseguir escutar. Como isso não funcionou, as pessoas começaram a ficar agitadas, com as crianças pulando sobre seus pais e trabalhadores tentando aquecer os pés.

Sentada no palanque, uns respeitosos dez passos atrás do sacerdote, estava a mãe da menina, reconhecível até mesmo de longe pela expressão em seu rosto. Era a mesma expressão que eu via na guerra, nos olhos de jovens que haviam perdido os membros, no olhar de alguém que sofreu um ferimento que deveria ter sido mortífero, mas não o foi. Essa expressão tende a se acomodar como um molde de gesso, ficando permanentemente marcada na pele. Suspeito que esta seja uma máscara que aquela pobre mulher jamais seja capaz de deixar cair, a não ser que um dia se torne pesada demais e ela acabe por enfiar um estilete no pulso em alguma noite de frio.

O sacerdote alcançou um ápice, ou pelo menos eu achei que tivesse. Ainda não conseguia ouvir nada, mas seus gestos grandiloquentes e as bênçãos repetidas pela multidão pareciam indicar alguma espécie de clímax. Eu tentava acender um cigarro, mas o vento continuava apagando o fogo. Gastei uma meia dúzia de fósforos antes de desistir. Era uma tarde desse tipo.

Então acabou. As orações foram concluídas e as invocações oferecidas. O sacerdote segurou a estátua dourada de Prachetas sobre sua cabeça e desceu do palanque, os carregadores de caixão vinham logo atrás dele com o corpo da menina. Uma parte da multidão acompanhou a procissão. Mas a maioria não seguiu. Estava ficando frio e o cemitério era longe.

Esperei a multidão esvaziar a praça e me levantei. Em algum ponto do discurso que eu não ouvira, decidi violar meu exílio autoimposto e voltar ao Ninho para conversar com o Grou Azul.

Malditos funerais. Maldita mãe. Maldita criança.

CAPÍTULO 6

O Ninho está para a Cidade Baixa assim como Sakra, o Primogênito, está para Chinvat. Um pilar perfeitamente erigido, azul-escuro contra o cinza dos cortiços e dos puteiros infinitamente enfileirados. Com a exceção do Palácio Real, com suas fortificações cristalinas e amplas ruas, é a mais extraordinária obra da cidade. Havia quase trinta anos ele subjugava o horizonte, proporcionando um glorioso contraste aos cortiços ao redor. Era um conforto, quando jovem, ter uma evidência visível que de o restante do que você enxergava não era tudo o que existia para ver, que alguma parte da existência permanecia impoluta pelo fedor e pelo mijo.

Aquela expectativa provou-se falsa, é claro, mas era um problema só meu e de mais ninguém. Fazia muito tempo que eu via a torre como nada além do que restou de uma promessa descumprida, da esperança inocente de uma criança tola.

Eles aplanaram todo um quarteirão para abrir espaço para a Praça da Exultação, como o pátio ao redor do Ninho era chamado, apesar de ninguém se lembrar. Foi nos tempos sombrios da grande peste, quando a população da Cidade Baixa foi reduzida a uma fração do que era nos anos anteriores. No lugar dos cortiços foi construído um labirinto de pedra branca em torno da torre, extremamente complexo, mas pouco acima da linha da cintura, o que permitia a todos olhar por cima do muro. Quando criança, passei horas incontáveis ali brincando de pegar e esconder, correndo pelas fileiras de granito ou correndo na ponta dos dedos sobre as fortificações.

A praça era provavelmente a única parte da Cidade Baixa onde o povo ainda não havia agido ativamente para dilapidar. Não há dúvida que a reputação de Grou como um dos mais habilidosos praticantes de magia da nação fez sua parte para conter o vandalismo, mas o mais próximo da verdade era que o povo da Cidade Baixa venerava seu patrono e não aceitaria a profanação de seu monumento. Falar mal do Grou era pedir para ser espancado em qualquer taberna entre as docas e o canal ou para levar uma facada nos intestinos nos lugares mais barra-pesada. Ele era nossa figura mais amada, tido em mais alta estima que a Rainha e o Patriarca juntos, com sua caridade financiando uma meia dúzia de orfanatos e suas dádivas sendo alegremente recebidas por um público agradecido.

Parei na frente da casa de meu mais antigo amigo e acendi um cigarro. O vento havia diminuído o bastante para permitir a satisfação de meus pequenos prazeres. Havia muitos bons motivos para eu não ter visitado meu mentor nos últimos cinco anos. Soprei a fumaça do fumo no ar frio e soltei uma sobre a outra até elas desaparecerem na loucura que me havia levado até ali. Eu ainda podia acabar com minha idiotice, voltar ao Conde, acender algumas vinoníferas e dormir até o dia seguinte. A impressão mental de lençóis suaves e fumaça colorida desapareceu quando pisei no primeiro arco, com meus pés me conduzindo adiante contra os meus mais aguçados instintos, instintos estes que eu parecia estar ignorando bastante ultimamente.

Caminhei pelo labirinto em meio a lembranças meio esquecidas me levando para a direita ou para a esquerda. Meu cigarro havia apagado, mas eu não tinha energia para reacendê-lo e coloquei o que sobrou no bolso do casaco para não sujar o pátio do Grou.

Mais uma curva e eu estaria de frente para a entrada, um esboço de uma porta na parede completamente azul, sem uma aldrava nem outros meios óbvios de anunciar a chegada. Empoleirada sobre a entrada, instalada perto da entrada do edifício, havia uma gárgula da mesma pedra branca que o labirinto, com seu papo sugerindo mais um sorriso disfarçado do que um ar ameaçador. Segundos se passaram. Fiquei feliz por não haver ninguém por perto para testemunhar minha covardia. Por fim decidi que não havia atravessado o labirinto para nada e bati duas vezes na porta.

— Saudações, jovem.

A voz que Grou havia criado para sua sentinela não combinava com o propósito, mais suave e amistosa do que se esperaria da composição da criatura. Seus olhos de concreto me observaram de cima a baixo lentamente.

— Talvez não tão jovem atualmente. O Mestre está avisado e o receberá no sótão. Tenho ordens expressas para permitir sua entrada sempre que aqui vier — prosseguiu a gárgula.

A abertura da fachada expandiu-se, as pedras escorregando uma após a outra. Acima o rosto da gárgula contorceu-se com ar de orgulho, o que não era pouco para uma criatura mineral.

— Mas eu nunca pensei que um dia precisaria segui-las — troçou.

Não era a primeira vez que eu me pegava pensando em o que, em nome do Primogênito, levou Grou a imbuir sua criação de um senso de sarcasmo, uma vez que não se trata de algo escasso entre a raça humana. Entrei na sala de espera sem responder.

Era um lugar pequeno, não mais do que uma plataforma de acesso a escadaria circular que levava para o alto. Comecei a subir para os andares superiores, com meu caminho iluminado por candeeiros igualmente espaçados na parede liberando uma luz clara e branca. Na metade da subida eu parei para recuperar o fôlego. Era muito mais fácil quando eu era criança, subir correndo as escadas em curva com a naturalidade de quem não era viciado em tabaco. Depois de descansar um pouco eu continuei a subir, lutando contra a vontade de recuar a cada degrau.

Uma espaçosa sala de estar ocupava a maior parte do andar superior do Ninho. Os móveis eram sóbrios e funcionais, compondo uma estética límpida e sem opulência. Duas grandes cadeiras estavam posicionadas diante de uma estreita lareira construída na parede que separava essa área da ala privada do Mestre. A decoração continuava a mesma desde a primeira vez que eu havia vislumbrado o interior. Vieram então à tona lembranças espontâneas de tardes de inverno à frente da lareira e de uma infância já esquecida.

Eu vi a silhueta dele pela grande janela de vidro com vista para o sudeste, sobre o porto. Naquela altura o fedor e o barulho da Cidade Baixa evaporavam, abrindo caminho para o oceano infinito na distância.

Grou se virou lentamente e pousou suas mãos atrofiadas sobre as minhas. Eu estava consciente de meu desejo de desviar o olhar.

— Faz muito tempo — falei.

Os anos eram a prova. Grou sempre tivera aparência frágil. Seu corpo era magro demais para suportar seu peso, tufos desordenados de cabelos brancos pendiam de sua cabeça e de sua bochecha ossuda. Ao mesmo tempo, ele sempre dispôs de uma energia improvável que parecia disfarçar sua idade. Agora eu já não era capaz de detectar muitos vestígios disto. Sua pele estava esticada sobre o esqueleto, fina como papel, e havia um matiz de ictérico em seus olhos. Pelo menos suas roupas continuavam as mesmas, uma túnica sem adornos, azul escura como tudo o mais nesta fortaleza.

— Minhas saudações a você, Mestre — comecei. — Agradeço por me receber sem marcar horário.

— Mestre? É assim que se saúda um homem que despejou unguento sobre seus joelhos esfolados, que lhe fez chocolate quente para espantar o frio?

Estava claro que ele não iria facilitar as coisas.

— Achei que não seria de bom tom presumir intimidades do passado — respondi.

Sua expressão azedou-se e Grou cruzou os braços com firmeza.

— Eu entendo sua reticência em retornar. Mesmo quando criança você era mais orgulhoso do que metade da corte real. Mas não ache que virei minhas costas para você, ou que um dia viraria. Mesmo depois de você ter deixado o Serviço da Coroa e (...) assumido sua nova vocação.

— Você quer dizer depois de eu ter perdido a patente e começado a vender drogas nas ruas?

Ele suspirou. Eu podia me lembrar de quando ele fez o mesmo som uma vez que cheguei com o olho roxo de uma briga, ou do dia em que ele percebeu que todos os meus brinquedos novos eram roubados. — Passei anos tentando desviá-lo daquele hábito.

— Qual hábito? — perguntei.

— Esse seu jeito de interpretar tudo como insulto. Isto é um sinal de má criação.

— Eu sou malcriado.

— Você poderia se esforçar mais para esconder isso — ele disse isso, sorriu e eu me peguei sorrindo também. — Seja como for, você regressou e, da mesma forma que sou agradecido por poder lhe ver, não posso deixar de me perguntar a que devo o retorno de meu filho pródigo? Ou você reapareceu aqui na minha soleira depois de cinco anos apenas para saber como estou de saúde? — perguntou.

Quando eu era criança, Grou foi meu benfeitor e meu protetor, fazendo por mim tantas gentilezas que fariam ceder o mais violento filho da Cidade Baixa. Quando agente, recorri a ele algumas vezes, tanto por aconselhamento quando pela ajuda que suas prodigiosas habilidades poderiam proporcionar. E a despeito de toda a minha prática, essa nova rodada de súplica sufocou-me na hora de falar.

— Preciso de sua ajuda.

O rosto dele ficou tenso, uma reação justa a um pedido de ajuda de um homem com quem não se falou durante meia década, particularmente se tratando de alguém à margem da lei.

— E de que tipo de serviço você precisa?

— Eu encontrei a pequena Tara — comecei — e preciso saber se você captou algo vindo dela por meio de seus canais. Se houver alguma visão que você ache que possa ser útil, eu pediria que me contasse também, mas sem alertar a Casa Negra nem o ministério em questão.

Acho que ele pensou inicialmente que eu estivesse ali por causa de dinheiro, ou por conta de alguma coisa ilícita. A descoberta de que não era nada disso fez voltar seu comportamento natural, amigável e sutilmente ferino.

— Parece que eu estava enganado sobre todo o alcance de suas novas atividades.

— Não sei se entendi — respondi, apesar de certamente ter entendido.

— Deixe-me ser mais claro então. De que forma exatamente encontrar o assassino de uma criança se encaixa em suas atuais funções?

— Como ajudar um criminoso se encaixaria nas funções de um Primeiro Feiticeiro do Reino?

— Ah, Primeiro Feiticeiro! — disse ele e depois tossiu em sua mão, fazendo um som úmido e desagradável. — Não frequento a corte desde o Jubileu da Rainha. Nem sei por onde andam minhas túnicas.

— Aquelas com uns cordões douradas que valem metade das docas?

— Irritavam meu pescoço demais — brincou. O riso de Grou foi forçado e a seguir a luz do fim da tarde repousou sobre um homem velho e cansado. — Sinto muito, meu amigo, mas não tenho certeza de que haja algo em que possa ajudá-lo. Ontem à noite, quando soube do crime, mandei uma mensagem para o Departamento de Assuntos Mágicos. Eles disseram que um vidente foi chamado, mas não descobriu nada. Se eles não conseguiram nada, não imagino que eu venha a ter muito mais sorte.

— Como isso é possível? — perguntei. — A vidência está bloqueada?

— Seria necessário um artista de excepcional habilidade para apagar completamente qualquer vestígio de sua presença. Não há duas dúzias de praticantes em toda a Rigus capazes de um trabalho tão complexo, e eu não consigo imaginar nenhum deles recorrendo a um artifício tão vil.

— Poder não é garantia de decência. O mais comum é justamente o contrário. Mas eu posso lhe garantir que um mago de tamanha capacidade teria meios mais fáceis de satisfazer seus desejos se inclinar-se nesse sentido — comentei. Eu podia perceber os velhos músculos em funcionamento novamente, abandonando o ostracismo depois de anos de negligência. Fazia muito tempo que eu não investigava nada. — Além de magia, o que mais poderia funcionar contra sua vidência? — perguntei então.

Ele pegou um decantador cheio de um líquido verde de aparência esquisita de cima de uma prateleira e o despejou num copo que estava perto.

— Remédio, para a minha garganta — explicou ele antes de virar o fluido em um rápido gole. — Se o corpo dela tiver sido limpo muito a fundo, ou desinfetado com algum tipo de produto químico. Se a roupa que ela estava vestindo havia ficado em contato com o corpo durante apenas pouco tempo também poderia funcionar. Essa não é a minha especialidade. Não posso afirmar nada com certeza.

O cheiro que eu havia sentido vindo do corpo da menina poderia muito bem ser um produto de limpeza. Poderia ser uma dúzia de outras coisas também, mas aquilo já era alguma coisa para começar.

— Já é um começo ao menos — eu disse. Depois de ter encontrado coragem para voltar, agora relutava em ir embora. Parte de mim queria se sentar em sua macia cadeira azul e deixá-la me envolver, tomar uma xícara de chá com meu velho mentor e falar de tempos passados. — Agradeço por sua ajuda. E agradeço por ter recebido a mim. Eu aviso se descobrir alguma coisa.

— Eu espero que você encontre a pessoa que fez isso, e espero que esta não tenha sido sua última visita. Senti falta de você, e também dos problemas que você causava, como um gato de rua com um pombo morto.

Retribuí o sorriso e fiz menção de sair, mas sua voz me conteve, repentinamente severa.

— Célia quer vê-lo antes de você sair — disse ele. Tentei não hesitar ao ouvir o nome dela, mas acho que não consegui. — Ela está no conservatório. Você ainda sabe o caminho — aquilo não era uma pergunta.

— Como ela está? — perguntei.

— Ela será promovida a Primeiro Escalão dentro de algumas semanas. É uma grande honra — contou.

Feiticeira de Primeiro Escalão era o cargo mais elevado que um praticante poderia alcançar, ocupado talvez por vinte artistas em todo o reino, e todos eles realizavam serviços nobres pelo melhor interesse do país — ou haviam realizado os favores certos para as pessoas certas. Grou estava totalmente correto: trata-se de uma grande honra, especialmente na idade de Célia. Mas também não era o que eu tinha perguntado.

— E como ela está? — insisti.

Os olhos de Grou desviaram-se e ele me deu a resposta que eu precisava ouvir.

— Bem — disse ele. — Ela está... bem.

Voltei pelos degraus e parei em frente a uma porta de vidro jateado um andar abaixo da cúpula. Resisti à tentação de dar uma cheirada de Sopro de Fada. Era melhor fazer isso logo, e sóbrio.

O conservatório era bonito, assim como tudo no Ninho. Plantas cultivadas vindas de todas as Treze Terras armazenadas em pequenas estufas, deixando um colorido espectro de flores que complementava as paredes de pedra azul. Cepas violetas de Dedos de Rainha opunham-se aos tons alaranjados de Peles de Pato, enquanto o aroma dos ramalhetes de Daevas se espalhava por todo o espaço, também ocupado por algumas coisas ainda mais estranhas naquele ambiente quente e úmido.

Ela ouviu minha aproximação, mas não parou o que estava fazendo e continuou trabalhando em uma pequena samambaia num canto com um decantador de prata trabalhada. Uma blusa azul apertava-lhe a cintura e terminava pouco abaixo da coxa, mas quando ela ficava ereta descia até o joelho. Ela então virou-se na minha direção e tive um primeiro vislumbre de seu rosto, ainda familiar apesar da distância no tempo, de seus macios cabelos castanhos e de seus olhos amendoados. Um colar barato abraçava as curvas de seu pescoço cor de mel, um medalhão de madeira laqueada suspenso por um cordão, com ideogramas kiren gravados na frente.

— Você voltou — disse ela, mas eu não estava muito seguro quanto ao tom que ela usou nem a como se sentia quanto a isso. — Deixe-me olhar pra você — continuou ela, colocando as duas mãos perto do meu rosto e podia tanto me acariciar quanto me dar um tapa. Qualquer uma das opções seria adequada. — Você envelheceu — sentenciou ela finalmente, optando pela primeira, passando os dedos pelo meu rosto enrugado.

— Dizem que isso é culpa do tempo — comentei. Apesar de o passar dos anos ter atrofiado meu corpo e marcado meu rosto, para ela os efeitos não tinham sido outra coisa que não positivos.

— É o que dizem por aí — rebateu. Quando ela sorriu, vi alguma coisa da menina que ela foi um dia, no jeito aberto e amistoso com o qual me olhava, na rapidez com que perdoava minha ausência, na luz que ela irradiava instintivamente e sem pensar duas vezes. — Estive no Conde todos os dias durante um mês inteiro depois que você saiu da Casa Negra. Adolphus dizia que você estava na rua. Ele dizia isso sempre. Depois de algum tempo eu parei de aparecer.

Eu não respondi, fosse para corrigir sua crença em relação a como eu deixara de servir à Coroa ou para explicar minha ausência.

— Você nos deixou por cinco anos, desapareceu completamente, sem deixar nenhuma mensagem, sem dizer uma palavra — expressou. Ela não parecia brava, nem ao menos triste, a ferida perdera o viço, mas ainda era perceptível. — E agora você não pode nem ao menos dar uma explicação? — cobrou.

— Tive meus motivos — disse eu.

— Foram motivos ruins.

— Eles podem ter sido ruins. Tomei um monte de decisões ruins.

— Não vou discutir isso — sentenciou Célia. Não era bem uma piada, mas foi engraçado. — É muito bom te ver — disse ela enfim, escolhendo bem cada uma das palavras, como se quisesse dizer mais.

Olhei para os meus pés. Eles não pareciam me dizer nada que eu já não soubesse.

— Fiquei sabendo que você está para ser promovida a Feiticeira de Primeiro Escalão. Parabéns.

— É uma honra que eu não sei bem se mereço. Certamente a palavra do Mestre muito ajudou para suavizar minha ascensão.

— Isso quer dizer que agora você estará livre para destruir qualquer coisinha de que não gostar e transformar servos desobedientes em roedores?

As feições de seu rosto ganharam uma pose esticada que às vezes via em seu rosto quando ela era criança e não entendia uma brincadeira.

— Eu me dediquei para seguir os passos do Mestre, e por isso estudei as especialidades que ele aperfeiçoou: alquimia, feitiços de proteção e cura. O Mestre nunca achou adequado aprender os caminhos pelos quais os praticantes fazem mal a seus semelhantes, e eu não pensaria em trilhar vias que ele decidiu ignorar. É preciso um certo tipo de pessoa até mesmo para praticar os matizes mais escuros da Arte. E nenhum de nós é capaz disto.

Qualquer um é capaz de qualquer coisa, pensei eu, mas não em voz alta.

— Ele é extraordinário. Não acho que em nenhum momento tenhamos percebido isso quando éramos crianças. Ter tido a honra de aprender a seu lado... — ela levou suas pequeninas mãos ao peito e balançou a cabeça. — Você tem ideia do que o feitiço de proteção do Mestre significou para esta cidade? Para este país? Quanta gente morreu na peste? Quantos mais teriam morrido se suas salvaguardas não nos protegessem até os dias de hoje? Antes do trabalho dele, o crematório precisava funcionar vinte e quatro horas por dia no verão para dar conta — e isso foi quando a peste estava em declínio. Quando veio a Febre Vermelha não havia sobrado ninguém nem para se desfazer dos corpos.

Uma lembrança me veio à mente, uma criança de seis ou sete anos andando com cuidado sobre os corpos de seus vizinhos, com cuidado para não pisar nos membros espalhados, gritando por uma ajuda que nunca viria.

— Eu sei o que o trabalho dele significou — respondi.

— Você não sabe. E acho que ninguém sabe, na verdade. Nós não temos a menor ideia do número de mortos na Cidade Baixa, entre os ilhéus, entre os trabalhadores das docas. Com o saneamento do jeito que era, pode ter chegado a um terço, à metade, talvez até mais. Ele é o responsável por termos vencido a guerra. Sem ele, não haveria homens vivos em quantidade suficiente para lutar — os olhos dela voltaram-se de maneira reverente para cima. — Nós nunca poderemos retribuir o que ele fez. Nunca.

Eu não respondi e ela ficou um pouco corada, repentinamente autoconsciente.

— Mas você me provocou de novo — seu sorriso solto revelou uma fina rede de linhas pela pele, linhas estas que contrariavam a lembrança que eu tinha dela de quando jovem, imagens que eu sabia não existirem mais, mas que eu não podia esquecer. — Tenho certeza de que você não voltou aqui para ouvir minhas velhas opiniões sobre o Mestre.

— Não especificamente.

Demorei demais a perceber que minha resposta pela metade permitiu a ela elaborar uma explicação própria para minha aparição.

— Isso é um interrogatório forçado? Acaso devo te amarrar a uma cadeira e forçar uma confissão?

Eu não havia planejado contar a ela. Eu nem ao menos havia planejado conversar com Célia. E era melhor eu dizer a ela quais eram meus verdadeiros motivos do que alimentar quaisquer que fossem as fantasias às quais ela estava se apegando.

— Você ouviu falar da pequena Tara? — perguntei.

Ela ficou pálida e seu sorriso quente despareceu.

— Nós não estamos tão apartados da cidade quanto você pensa — defendeu-se.

— Eu encontrei o corpo dela ontem — continuei. — E eu vim aqui para saber se o Mestre sabia de algo.

Célia mordeu o lábio inferior — aquele cacoete, pelo menos, era alguma coisa que havia sobrado de nossos tempos de criança.

— Vou acender uma vela para que Prachetas possa confortar a família dela, e uma para Lizben, para que a alma da menina encontre o caminho de casa. Mas, francamente, eu não sei o que você tem a ver com isso. Deixe a Coroa resolver isso.

— Por que, Célia? Isso parece mais uma frase que eu diria, e não você.

Ela ficou corada novamente, ligeiramente envergonhada.

Dei alguns passos na direção de uma planta alta totalmente desabrochada, trazida de algum canto distante do globo. O odor era enjoativo e forte.

— Você se sente feliz aqui, seguindo os passos dele? — perguntei.

— Eu jamais terei o mesmo conhecimento que ele, nem serei capaz de ter tanto domínio sobre a Arte. Mas é uma honra ser a herdeira do Grou. Estudo dia e noite para ser merecedora desse privilégio.

— Você pretende substituí-lo?

— Não subsitituí-lo, é claro. Ninguém jamais poderia substituir o Mestre. Mas ele não vai viver para sempre. Alguém terá de assegurar a continuidade de seu trabalho. O Mestre entende isso, o que é parte do motivo de minha promoção — explicou. Célia levantou o queixo, confiante, quase soberba. — Quando chegar o momento eu estarei pronta para proteger o povo da Cidade Baixa.

— Sozinha na torre? Parece-me uma busca solitária. O Grou já havia passado da meia-idade quando se retirou para cá.

— O sacrifício é parte da responsabilidade.

— O que houve com seu cargo no Birô de Assuntos Mágicos? — perguntei ao me lembrar da posição que ela ocupava na última vez que conversamos. — Você parecia gostar, pelo que me lembro.

— Eu percebi que tinha ambições maiores do que passar o resto da minha vida remexendo papéis em uma mesa e discutindo com funcionários e burocratas — os olhos dela congelaram, em contraste com a doçura que até aquele momento ela me oferecera. — É uma meta com a qual você estaria mais familiarizado se ao menos tivesse se dado ao trabalho de falar comigo em algum momento nos últimos cinco anos.

Difícil rebater uma dessas. Virei-me de costas, em direção às plantas.

Célia extravasou a raiva e no momento seguinte voltara seu costumeiro jeito jovial.

— Vamos parar já com isso — temos anos e anos para repor a conversa. O que você tem feito de bom? Como está Adolphus?

Não era bom estender aquela conversa, para nenhum de nós dois.

— Foi bom te ver. É bom saber que você continua cuidando do Mestre — falei. E que ele continua cuidando de você, pensei comigo.

O sorriso dela vacilou.

— Você vai voltar amanhã então? Apareça para jantar — deixaremos um lugar na mesa para você, como nos velhos tempos — convidou.

Dei um peteleco em uma flor para a qual olhava, espalhando pólen pelo ar.

— Tchau, Célia. Fique tão bem quanto for possível — saí dali antes que ela pudesse responder. Quando cheguei ao fim da escadaria eu já estava praticamente correndo, empurrando a porta da torre e fugindo para a noite em seu início.

Meia quadra depois da Praça da Exultação eu me encostei na parede de uma viela e procurei em minha bolsa por um pouco de Sopro de Fada. Minhas mãos estavam trêmulas e me peguei tendo dificuldade para destampar a garrafa antes de finalmente arrancar a rolha e levar o frasco até meu nariz. Dei uma puxada longa e profunda — e depois outra.

Foi uma caminhada conturbada de volta ao Conde e eu teria sido alvo fácil de qualquer ladrão que quisesse me pegar, mas isso se houvesse algum por perto. Não havia. Eu estava sozinho.

CAPÍTULO 7

O garoto estava sentado em uma mesa de frente para Adolphus. O sorriso largo e os gestos amplos indicavam que o grandão estava no meio de alguma piada exagerada mesmo antes de eu conseguir ouvir o que ele dizia.

— E o tenente diz: "O que te faz pensar que é pro leste?" E ele fala: "Porque ou o sol da manhã está nos meus olhos ou estou sendo cegado por seu brilho, e se fosse o segundo caso, você saberia usar uma bússola". — Adolphus riu ruidosamente da piada enquanto seu enorme rosto sacudia. — Você consegue imaginar uma coisa dessa? Ali, na frente de um batalhão inteiro. O tenente não sabia se borrava as calças ou se levava ele à corte marcial!

— Garoto — interrompi. Garrincha desceu lentamente de sua cadeira, talvez tentando deixar claro para Adolphus que suas histórias de nossas carreiras militares não haviam infundido nele nenhuma espécie de influência. — Você conhece bem Kirentown? — perguntei.

— Encontro o que você precisar que eu encontre — ele respondeu.

— Siga pela Rua do Largo, passe a Fonte do Viajante e você vai ver um bar à sua direita, abaixo de um desenho de um dragão azul. No balcão estará um cara gordo com cara de vira-lata espancado. Diga a ele para dizer a Ling Chi que eu te mandei lá. Diga a ele para dizer a Ling Chi que eu andarei pelo território dele amanhã. Diga a ele que não tem nada a ver com negócios. Diga a ele que eu considero isso um favor. Ele não vai te dizer nada. Esse pessoal é todo silencioso. Mas ele não precisa dizer nada. Apenas passe o recado e volte aqui — orientei.

Garrincha fez sinal com a cabeça de que havia entendido e se dirigiu para a saída.

— E me traga alguma coisa pra comer quando voltar — gritei, sem saber se ele tinha ouvido.

Virei para o gigante e disse:

— Pare de contar histórias da guerra ao garoto. Não há necessidade de deixar a cabeça dele cheia dessa insensatez.

— Insensatez! Cada palavra dessa história é verdadeira! Ainda há pouco você ria enquanto ele saía.

— O que aconteceu com o tenente?

Adolphus parou de sorrir.

— Ele cortou os pulsos uma noite depois de ter forçado a carga em Reaves — recordou.

— Nós o encontramos já sem sangue depois que ele não apareceu para o toque de alvorada. Então vamos parar com os bons e velhos tempos. Eles não têm nada de bons.

Adolphus fixou seu olho em mim.

— Pelo Primogênito, você está num humor.

Ele não estava errado.

— Tive um dia complicado — aleguei.

— Vamos lá, vou lhe servir uma cerveja — ofereceu Adolphus. Ele foi até o bar e pegou para mim uma caneca alta de cerveja. Fiquei bebericando enquanto aguardávamos o movimento noturno começar a pegar fogo.

— Eu gosto desse menino — disse Adolphus, como se tivesse acabado de perceber aquilo. — Ele não incomoda muito, já que fica quieto com relação à maior parte do que vê. Você tem alguma ideia de onde ele estaria dormindo?

— Na rua, eu suponho. É onde meninos de rua costumam viver.

— Não seja tão sentimental. Vai acabar deixando o balcão manchado de lágrimas.

— Você tem ideia de quantas crianças perdidas vivem na Cidade Baixa? — perguntei. — Esse moleque não tem nada de mais. Ele nem é meu parente. Até ontem à noite eu nem sabia que ele existia.

— Você acha mesmo que acredita no que diz?

O dia pesava sobre meus ombros.

— Estou cansado demais para discutir contigo, Adolphus. Deixe de rodeio e vá direto ao assunto.

— Eu ia convidá-lo a dormir nos fundos. Adeline também gosta dele.

— O bar é seu, Adolphus, você pode fazer o que quiser aqui. Mas aposto um ocre que ele vai sumir com seu colchão.

— Apostado. Diga isso ao garoto quando ele voltar. Tenho que trabalhar.

Os clientes estavam chegando e Adolphus voltou ao trabalho. Fiquei ali tomando minha cerveja enquanto começava a ficar sentimental. Depois de algum tempo o garoto retornou, trazendo consigo uma embalagem pequena de bife com pimenta. Ele tinha ouvido apurado. Eu ia me lembrar disso. Comecei a comer e perguntei:

— Adolphus te deu comida?

O garoto fez sinal afirmativo com a cabeça.

— Você ainda está com fome? Quando eu tinha sua idade tinha fome o tempo inteiro.

— Estou bem. Peguei um negócio de uma barraca de peixe no caminho de volta — disse ele, como se fosse algo de que se orgulhar.

— Eu te dei dinheiro hoje de manhã, não dei?

— Deu.

— E você já gastou tudo?

— Nem um cobre.

— Então não tem necessidade de você roubar comida. Só os degenerados roubam quando não precisam. Se você quiser seguir esse caminho, afaste-se de mim. Não preciso dar trabalho a nenhum maluco que rouba bolsas só porque acha isso emocionante.

A julgar pela careta dele, ele não se incomodou nada com minha comparação, mas também não disse nada em resposta.

— Onde você dorme? — perguntei.

— Diferentes lugares. Eu dormia embaixo do cais quando estava quente. Ultimamente tenho me abrigado em uma fábrica abandonada perto de Brennock. Lá tem um vigia, mas ele só faz ronda quando escurece e um pouco antes do amanhecer.

— Adolphus disse que você pode dormir nos fundos. Adeline provavelmente fará uma cama para você — falei.

Seus olhos ganharam um certo ar de revolta, como se a domesticação fosse o pior dos insultos a um jovem selvagem.

— Eu pedi um trabalho, nada mais. Não preciso de sua caridade — respondeu ele.

— Tem uma coisa que você deve saber sobre mim, garoto, caso seja burro demais e ainda não tenha percebido: eu não faço caridade. E eu não me importo nem um pouco com onde você dorme. Vá dormir dentro do rio Andel se quiser. Estou repassando uma oferta do grandão. Se quiser, aceite. Se não quiser, amanhã eu não vou lembrar que tivemos essa conversa — rebati. Como prova, voltei para minha bebida e depois de um momento ele se esgueirou pela multidão.

Terminei minha refeição e subi antes que o bar começasse a lotar. Em algum ponto da caminhada de volta do Ninho meu tornozelo machucado começou a doer de novo, e a curta escalada foi mais desagradável do que deveria ter sido.

Deitei-me na cama e enrolei um trabuco de vinonírica. O ar da noite entrava pela janela, trazendo um cheiro almíscar. Acendi o cigarro e pensei no trabalho do dia seguinte. O cheiro que vinha do corpo era forte, mais forte do que qualquer desinfetante usado para limpar cozinhas ou banheiros. E um desinfetante comum não seria forte o bastante para contornar um bom vidente. Talvez as fábricas de sabão, ou então as fábricas de cola, com seus solventes pesados. Os kirens detinham o monopólio daquele tipo de trabalho, e foi por isso que eu mandei o garoto liberar minha passagem com o chefe deles. Eu não iria causar problemas para o meu verdadeiro negócio enquanto fazia um desvio para tratar disso.

Apaguei a luz e dei baforadas de fumaça colorida no ar. Era uma mistura boa, doce para o paladar e forte para o meu peito, e enchia o quarto de sienna queimada. Quando o pavio estava pela metade, apaguei a ponta embaixo da minha cama e adormeci, com uma euforia discreta se espalhando pelo meu corpo com intensidade suficiente para anular o barulho de nossos clientes lá embaixo.

* * *

No meu sonho eu era criança novamente, perdida e sem ter onde morar, a mãe e o pai mortos pela peste, minha irmãzinha morta durante os distúrbios que acabaram com o pouco que restava de autoridade civil três semanas antes. Era minha primeira vez nas ruas da Cidade Baixa. Foi quando eu aprendi a arrumar comida, a ter apreço pela sujeira por conta do calor que ela emite enquanto você dorme. Foi quando eu vi as profundezas nas quais afunda um homem comum e aprendi que havia algo a ganhar indo ainda mais a fundo.

Eu estava no fundo de um beco, com as pernas bem encolhidas contra meu corpo, quando a aproximação deles me fez despertar.

— Viadinho. Ei, viadinho. O que você tá fazendo no nosso território? — gritou um deles. Estavam em três e eram mais velhos que eu, apenas alguns anos, mas aqueles poucos anos seriam suficientes. A tendência de poupar crianças foi uma das mais curiosas características da Febre Vermelha. Era bem possível que aqueles fossem os seres humanos mais velhos em um raio de dez quadras.

Eu nunca tive nenhum objeto de valor. Minhas roupas eram farrapos que não sobreviveriam se fossem arrancadas e eu havia perdido meus calçados em algum momento do caos do mês anterior. Eu não comia nada havia um dia e meio e dormia num buraco que havia escavado na parede de uma rua lateral. Mas eles não queriam nada de mim além de uma oportunidade para praticar a violência, e as redondezas aguçavam a crueldade natural das crianças a um nível febril.

Fiquei em pé, mas a fome tornava exaustivo até mesmo esse simples movimento. Os três tomaram posições. Eram jovens esfarrapados, de roupas e aparência não muito melhores que a minha. O que falava era um sobrevivente da febre, as marcas em seu rosto atestavam uma luta árdua mas vitoriosa contra a peste. Fora isso, havia pouco que o diferenciasse de seus colegas, com a fome e a miséria transformando-os em catadores esqueléticos, em fantasmas no meio do lixo, praticamente indistinguíveis.

— Você tem coragem, seu chupeteiro de meia tigela, para vir no nosso bairro sem ter a decência de pedir permissão.

Continuei calado. Ainda criança eu já achava absurdas as inócuas discussões que precedem as brigas. É só ir direto ao assunto.

— Você não tem nada a me dizer? — o líder se voltou para os outros dois, como se estivesse chocado com a minha falta de educação, e deu um soco na lateral da minha cabeça que me fez cair girando no chão. Deitei e esperei a surra que viria a seguir, resignado demais para questionar a justiça disso, resignado demais para pensar em algo além de sangrar. Ele me deu um chute na têmpora e minha visão ficou borrada. Eu não gritei. Não achei que tivesse forças para tanto.

Havia algo em meu silencio que o incomodava e de repente ele estava no meu peito, com os joelhos me prendendo no chão, com o antebraço em meu pescoço.

— Viado! Viadinho de merda!

De algum lugar distante eu ouvia os colegas de meu agressor tentando dissuadi-lo, mas os protestos deles foram ineficazes. Resisti brevemente, mas ele me acertou novamente no rosto, acabando com minhas tentativas ineficazes de autodefesa.

Estava deitado no chão com o cotovelo dele na minha garganta, o mundo girando ao meu redor, o sangue na minha língua, então pensei: isto é a morte. Passei um tempão daquele jeito. Aquela que Espera por Trás de Todas as Coisas devia estar tendo muito trabalho na Cidade Baixa naquele ano e eu era um garotinho. Ela poderia ser perdoada por esse pequeno deslize, especialmente agora que ela viria retificar seu erro.

As luzes começaram a se apagar.

Um barulho alto se fez em meus ouvidos, parecido com o som de uma queda d'água.

Então minha mão se fixou em algo firme e pesado e eu bati com uma pedra na cabeça do garoto. A pressão em meu pescoço diminuiu e eu dei socos para cima até que ele perdesse todo o domínio. Eu estava agora em cima dele e o barulho que eu ouvia era o de seus gritos e o dos meus. Continuei assim, até que então somente eu gritava.

Depois veio o silêncio e eu estava sobre o corpo dele. Os amigos dele não riam mais. Em vez disso, olhavam como ninguém nunca havia me olhado e, apesar de os dois serem maiores que eu, recuaram cautelosamente e depois saíram em disparada. E enquanto eu os via ir embora, percebi que tinha gostado do olhar que vi nos olhos deles, tinha gostado de não ser a pessoa que olhava daquele jeito. E se aquilo significasse que eu precisava ter minhas mãos molhadas de pequenos pedaços do cérebro do garoto, que assim fosse, pois não era um preço alto demais a pagar. Não chegava nem mesmo a ser um preço.

Um sorriso selvagem veio de dentro de mim e eu o vomitei para o mundo.

* * *

Quando eu acordei, meu peito estava pesado e eu estava sem fôlego. Eu me levantei e forcei meu coração a entrar no ritmo, contando as batidas, um dois, um dois. Já estava quase de manhã. Vesti minhas roupas e desci as escadas.

O bar estava quieto. Nossos clientes já tinham ido para casa bater em suas mulheres ou dormiam de porre. Tomei assento em uma mesa lateral e fiquei sentado no escuro durante alguns minutos, depois fui para os fundos.

O fogo já estava reduzido a brasas e o lugar estava frio. No chão, perto do fogo morto, havia um colchão que não havia sido usado. Não havia nenhum vestígio do garoto.

Saí pela porta da frente do Conde e me recostei em uma parede, enrolando um cigarro enquanto tremia. Ainda faltavam alguns minutos para o amanhecer e no lusco-fusco a cidade era da cor da fumaça. Minha tosse cortante, causada pelo frio do outono, ecoou com vigor pelas ruas abandonadas. Acendi o cigarro para atenuá-la. À distância, um galo anunciou a aurora.

 Quando eu achar o filho da puta que fez aquilo com a menina, farei com que o que aconteceu com Lábio Leporino se pareça com a carícia de um novo amor. Por tudo o que é sagrado, ele terá uma morte lenta.

CAPÍTULO

Oito horas e seis ocres depois eu não estava mais próximo de alcançar meu objetivo. Eu havia visitado todas as operações ou usado todos os solventes possíveis da Rua do Largo à Rua da Luz, tudo isso sem encontrar nenhuma pista. Alguns cobres costumavam ser o bastante para se conseguir informações — se isso não funcionasse, eu mostrava um papel segundo o qual eu era membro da guarda e me tornava menos afável. Era bastante fácil conseguir respostas — é sempre fácil encontrar respostas que não levam a lugar nenhum.

Garrincha havia me encontrado pouco antes de eu sair do Conde, sem oferecer nenhuma explicação para seu desaparecimento, sem dizer nada, apenas vindo atrás de mim. Ele estava sendo resistente, presumivelmente sem ter previsto que trabalhar para mim seria tão chato. Eu não estava gostando de nosso negócio muito mais do que ele. Quanto mais continuava a busca, mais absurdo parecia ter confiado o resultado da investigação a meus sentidos olfativos, e eu já começava a me lembrar que uma das virtudes de meu negócio por adoção era que as pessoas vinham atrás de mim, e não o contrário. Mas a recordação de uma menina morta e minha obstinação inata me levavam adiante, com a esperança de que eu conseguiria um golpe de sorte apesar dos melhores ditames da razão.

Num balcão gasto estava sentada uma vovó igualmente gasta que não moveu nenhum centímetro de seu rosto acinzentado durante toda a conversa. Não, nenhum dos funcionários dela estivera ausente nos últimos três dias. Na verdade eram duas mulheres apenas, e elas trabalhavam seis dias por semana do amanhecer à meia-noite. Não era uma história interessante o bastante para justificar os três cobres que dei a ela.

Saí da pequena loja no meio da tarde, já pensando que era hora de parar, de voltar para o Conde para recompor, quando o vento mudou de direção e trouxe até mim um cheiro familiar. Um sorriso se formou nos cantos da minha boca. Garrincha percebeu e empinou a cabeça com curiosidade.

— O que é isso? — perguntou ele, mas eu o ignorei e segui contra a brisa.

Duas quadras adiante aquele cheiro ácido estava mais forte. Mais alguns passos à frente e ele estava quase insuportável. E depois de mais alguns passos descobri o motivo. Estávamos diante de uma enorme fábrica de cola, onde uma portaria de pedra levava a um amplo pátio de trabalho onde um pequeno exército de kirens submergia ossos e medulas em barris ferventes. Eu estava perto. Abri a porta e entrei, com Garrincha logo atrás de mim.

Mostrei rapidamente meus documentos falsos e o gerente se transformou na imagem da obsequiosidade amigável em pessoa. Falei no pior kiren possível.

— Trabalhadores, todos aqui últimos três dias? Algum não? — coloquei uma prata na mesa e os olhos dele se acenderam. — Informação importante, preço grande — continuei.

Meio segundo para sua consciência justificar a delação comprada de um membro de sua raça para um estrangeiro, a moeda desapareceu e ele apontou discretamente para um homem no pátio.

Ele era maior que eu, maior que praticamente todos os kirens que eu já havia visto — praticamente todos esses hereges eram baixinhos e fortes. Ele carregava um grande saco de pólvora na direção de um tanque no pátio e seus movimentos pareciam descontentes e cansados. Havia uma espécie de ferimento superficial no lado direito de seu rosto, do tipo que poderia muito bem ter sido feito por uma menina tentando se defender freneticamente de um homem inclinado a machucá-la. É claro que aquilo poderia ter acontecido com qualquer pessoa de mil outros jeitos.

Não era o caso porém.

E eu senti aquele velho arrepio subindo por minha virilha e se espalhando pelo corpo até alcançar meu peito e minhas extremidades. Aquele era o cara — olhos mortiços lembrando vagamente o de seus conterrâneos, a expressão de seu rosto entregando seus crimes até mesmo a distância. Um sorriso peculiar se formou em meu rosto, do tipo que eu não usava desde antes de ser exonerado pela Coroa. Respirei profundamente aquele ar envenenado e mordi um sorriso.

— Garoto, volte para o Conde. Você está dispensado por hoje — ordenei.

Depois de ter passado tanto tempo naquela busca, era compreensível que Garrincha quisesse ficar para ver o desfecho.

— Eu vou ficar — desobedeceu.

O kiren olhava para mim agora e eu falava sem tirar os olhos dele.

— Esta não é uma associação entre iguais. Você é meu lacaio. Se eu te mandar engolir carvão quente, você vai correr até a fogueira mais próxima, e se mandar você ir embora, você vai sumir da minha frente. Agora... suma.

Garrincha ficou ali por mais um instante antes de ir embora. Pensei se ele iria voltar para o bar ou se iria ficar zanzando pelas ruas para retribuir meu insulto. Imaginei que ele fosse optar pela segunda possibilidade, mas não estava nada preocupado com aquilo.

O kiren estava tentando decifrar o motivo de meu interesse. A essa altura seus crimes corriam soltos por sua memória e a cabeça tentava convencê-lo de que minha atenção era inocente, que só podia ser isso, que não havia meios de eu saber.

Pus mais uma prata na mesa e disse ao dono, numa mistura enrolada de nossos idiomas: — Eu não estive aqui.

O gerente curvou-se servilmente e a prata foi parar num dos bolsos de seu casaco, com um sorriso vago no rosto.

Retribui o sorriso, mas sem desviar os olhos de meu alvo. Uma pausa de uns poucos segundos para lhe acalmar os nervos e depois eu me virei e saí do prédio.

Aquele tipo de operação seria mais bem feito com a ajuda de pelo menos mais três pessoas, uma para observar cada saída e uma terceira para garantir, mas eu não estava preocupado. Parecia improvável que meu homem fosse correr o risco de sair mais cedo do trabalho. Eu podia até imaginá-lo lá dentro tentando convencer a si mesmo de que seus medos não tinham justificativa, que eu era apenas um *guai lo* ignorante, e que além do mais ele havia sido aplicado e cuidadoso com o corpo, chegando ao ponto de limpá-lo com ácido que ele havia roubado do trabalho.

Sentei-me em um barril no beco de frente para a entrada principal e esperei as sombras se alongarem. Quando eu era agente, uma vez fiquei parado em frente a um puteiro durante dezoito horas vestido como mendigo até minha presa sair e eu ter a chance de acertá-lo na cabeça com uma muleta. Mas aquilo aconteceu quando eu estava em modo de combate — a paciência é uma habilidade que se perde rapidamente quando não se usa. Resisti ao impulso de enrolar um cigarro.

Uma hora se passou, e depois outra.

Agradeci quando o sino em cima do portão tocou, anunciando o fim do dia de trabalho, e os kirens saíram rapidamente pela porta da fábrica. Endireitei meu corpo dolorido e arrumei um lugar no fim daquela multidão. Meu alvo era bem mais alto que seus conterrâneos, uma vantagem para segui-lo da qual não precisava, mas tiraria proveito. A horda rumou ao sul, entrando num bar com inscrições em kiren que eu desconhecia. Sentei do lado de fora e enrolei um cigarro. Depois de alguns minutos terminei de fumar, joguei a ponta fora e entrei.

Era um tipo de taberna comum para os hereges, grandes e mal-iluminados, cheios de fileiras de longas mesas de madeira. Um contingente desatento e grosseiro de funcionários levava canecas de kisvas, uma bebida amarga e esverdeada, a qualquer um que tivesse dinheiro para pagar. Peguei uma cadeira encostada na parede dos fundos, ciente de ser o único não-kiren no recinto, mas sem deixar que aquilo me irritasse. Um funcionário, com uma cara que mais parecia ter sido atingida por um bastão de carvalho, passou perto e eu pedi uma caneca do que se entendia por bebida para os estrangeiros ali. O pedido foi atendido com uma velocidade surpreendente e tomei um gole enquanto observava o local.

Ele estava sentado sozinho, o que não era surpresa. Seu tipo de depravação costuma marcar as pessoas, e pela minha experiência os outros praticamente conseguem farejar isso. Os outros trabalhadores jamais descreveriam dessa forma, certamente. Eles iriam dizer que ele era estranho, quieto, não escovava os dentes ou não tomava banho — mas o que eles queriam dizer é que havia algo *errado* com ele, algo que se pode sentir, mas não exatamente definir em palavras. Os tipos realmente perigosos aprendem a esconder, a camuflar sua loucura em meio ao mar de imoralidade banal que os cerca. Mas esse não era um tipo esperto o bastante para tanto e por isso estava sentado sozinho em um longo banco, uma figura solitária em meio a grupos de trabalhadores embriagados.

O kiren fingiu não notar que eu o vigiava, mas entornou sua bebida numa velocidade que traía sua tranquilidade. Francamente, eu estava impressionado com sua compostura — estava surpreso com sua presença de espírito de manter sua rotina normal depois de sair do trabalho. Verifiquei dentro de minha sacola para ver se estava ali a navalha que eu mantinha presa à lona. Não tinha grande valor como arma, mas ficaria à mão para o que eu planejava fazer a seguir. Ele empalideceu e seus olhos se desviaram dos meus.

Era hora de avançar um pouco mais. Bebi o que restava de meu kisvas, fazendo caretas com o amargo do fim, e saí de onde estava para me sentar ao lado de minha presa. Quando percebeu o que eu estava fazendo, ele encolheu a boca e olhou para baixo, na direção de sua bebida. Os homens que estavam perto dele me olhavam com ansiedade, desgostosos com o fato de seu compatriota lutar contra o antagonismo instintivo de um homem de mesma cor contra um intruso de brancura diferente. Eu os desarmei ao abrir um sorriso, um pouco alto, simulando embriaguez.

— *Kisvas, hao chi!* Kisvas bom! — falei alto, esfregando a barriga.

Suas suspeitas diminuíram. Eles retribuíram meu sorriso, felizes em ver um homem branco bancando o palhaço. Eles falavam demais, rápido demais para que eu pudesse decifrar o que diziam.

Meu alvo não compartilhou a diversão nem caiu no meu golpe. Eu não queria que ele caísse. Joguei meu corpo em um banco de frente pra ele e repeti meu mantra.

— Kisvas, hao chi — continuei, esticando ainda mais o sorriso ao ponto da imbecilidade. — Nu ren (menina nova) hao chi ma? — perguntei. Sua pele amarelada transpirou desespero. — Kisvas, hao chi! Nu ren, hao hao chi!

O kiren gigante levantou-se abruptamente, escapando por uma estreita abertura entre as longas fileiras de mesas. Eu me levantei e bloqueei seu caminho, ficando perto o bastante para sentir o cheiro de suor de seu corpo sem banho, perto bastante para que ele me ouvisse abandonando a encenação do bêbado e condenando-o num kiren ruim, mas decifrável:

— Eu sei o que você fez com a menina. Você estará morto na próxima hora.

Ele bateu com sua pata em meu peito e eu caí na mesa de trás. A multidão gargalhou e eu ri com ela, gargalhando com estardalhaço, curtindo meu teatro, curtindo o negócio todo. Continuei indiferente, ouvindo as ridicularizações dos hereges, observando pelas grandes janelas ao lado da porta enquanto ele fugia. Assim que ele saiu do meu campo de visão, saí da mesa e corri para a porta dos fundos, passando por uma cozinha imunda e falando algo sobre os problemas de beber tanto. Fui para fora e saí correndo em disparada, na esperança de interceptá-lo onde a rua lateral se encontrava com a principal.

Cheguei até o cruzamento e encostei-me na parede do beco casualmente, como se tivesse passado o dia inteiro ali. O kiren dobrou a esquina com a cabeça torta sobre o ombro e, quando me viu, sua pele ficou tão branca que ele passaria tranquilamente por um rouender. Mordi a língua para não começar a rir. O medo dele era tão potente quanto uma bebida forte. Por Sakra, eu tinha me esquecido disso — existem prazeres que a vida no crime não proporciona.

Em me curvei quando ele passou por mim e me desencostei da parede. Ele estava praticamente perdido agora, dominado pela culpa e pelo terror. Sem saber se andava ou se corria, ele optou por um método de deslocamento que carecia tanto de velocidade quanto de sutileza. Eu o acompanhei num passo constante, mais rápido que o de um pedestre comum, mas sem fazer força para alcançá-lo.

Depois de algumas quadras, ele entrou em uma viela e caiu em minhas mãos. Ele havia entrado em uma daquelas curiosas ruas comuns em Kirentown que terminam no centro da quadra e não deixam saída nenhuma a não ser voltar para a entrada. Um sorriso se fez em meu rosto. Com dias de planejamento e todos os recursos da Coroa à disposição eu não teria feito melhor. Diminuí o passo e pensei em como poderia pegá-lo.

Ele era grande, tão alto quanto Adolphus, mas não tão largo. Mas, como acontece com muitos grandalhões, eu apostaria que ele jamais aprendera realmente a brigar, a antecipar as reações do oponente, a reconhecer as fraquezas e tirar proveito delas, quais partes do corpo de um homem são firmes e quais partes o Criador não fez direito. Ainda assim, a falta de técnica não importaria nada se ele pusesse aquelas mãos monstruosas perto do meu pescoço. Eu precisaria derrubá-lo primeiro. Ele colocou a perna direita na frente — eu trabalharia com aquilo.

Quando dobrei a última esquina, o kiren olhava desesperadamente ao redor em busca de um jeito de escapar. Como a maior parte das pessoas com as mesmas inclinações, ele estava apavorado com o perigo, apesar de todo o seu tamanho, era inclinado a entrar em combate somente quando todas as outras opções estivessem fora de questão. Ele girou em minha direção e pude ver seu tênue controle sobre a sanidade cair por terra. Gotas de saliva saíram de sua boca enquanto ele esbravejava algum impropério e batia com o punho grosso no peito. Fui tomado por uma sensação de certeza, pelo calor que sinto sempre que chego ao ponto no qual a violência é inevitável. Não havia mais recuo agora para nenhum de nós dois. Levantei a guarda na frente do rosto e fui em direção a ele, circulando para a esquerda para atrapalhar seu equilíbrio.

De repente, de trás de mim veio uma corrente gelada de ar acompanhada de um cheiro de fezes e de carne em decomposição. Senti um calafrio e me afastei para o lado, cobrindo o nariz com o braço enquanto me abrigava contra a parede de tijolos gastos.

A coisa tinha uns dois metros e meio de altura, mas era difícil dizer o tamanho exato porque ele não andava, mas sim flutuava a alguns centímetros do chão. Sua forma era uma imitação blasfema de um bípede, mas suficientemente alterada para tornar impossível a confusão com um membro da raça humana. Esgueirando-se, com seus braços obscenos para baixo do corpo, cada um com duas mãos em movimento maiores que minha cabeça. É difícil descrever mais que isso, já que a maior parte de seu corpo era coberta por algo que parecia uma espessa capa negra, mas de perto mais se parecia com uma estranha carapaça. Tive vislumbres da estrutura da criatura sob o invólucro, rija e branca como osso.

Eu jamais imaginei que fosse ver aquilo novamente. Mais um pedido meu a Sakra que não foi atendido.

Seu rosto era uma paródia contorcida do meu, uma casca apertada firmemente contra os ossos, olhos violentos e cruéis. Senti uma dor no peito e desabei no chão, a agonia se espalhando por mim de um jeito tão terrível que meu longo histórico de ferimentos parecia não ser nada diante daquilo. Um grito natimorto se aproximou de meus lábios. Por um terrível momento eu pensei em todo mundo que eu trairia, na humilhação que eu aceitaria e em qualquer maldade que eu seria capaz de perpetrar apenas para aliviar aquele tormento. Então aquela coisa desviou-se de mim e seguiu adiante e a tortura terminou de forma tão abrupta quanto começou. Continuei no chão, completamente extenuado.

A criatura parou a alguns metros do gigante. A parte inferior da mandíbula parecia deslocada, puxada uns quinze centímetros para baixo para revelar o vazio arroxeado.

— Não era para a criança ter sido maltratada — disse a criatura. Sua voz era esganiçada como porcelana quebrada e uma mulher ferida. — Como ela sofreu, agora você sofrerá — prosseguiu. O kiren continuava aterrorizado, sem que o medo tivesse sido diluído pela consciência. Com uma velocidade que traiu seu propósito, a coisa parou, agarrando o pescoço do homem com uma de suas mãos. Sem nenhum esforço aparente ela levantou o corpo do chão e o manteve suspenso, inerte.

Durante a meia década que servi na força e durante as longas horas que passei atormentando criminosos nos subterrâneos da Casa Negra, eu acreditava não haver expressão de dor com a qual eu não estivesse familiarizado, mas eu jamais ouvira algo que se comparasse aos gritos do kiren. Ele fez barulhos que penetraram a profundeza dos meus ossos, como parafusos enferrujados, e pressionei as mãos na cabeça com tanta força que pensei que meus tímpanos fossem estourar. O sangue escorria de suas narinas, menos um sangramento de nariz que um machucado nos ossos do nariz, e ele sacudia a cabeça para a frente e para trás na tentativa de se livrar das garras da aberração. As tentativas do kiren de se libertar eram tão furiosas que ele perdeu a mão ferida na substância impenetrável de seu inimigo, com seus dedos se quebrando enquanto ele tentava segurar a cobertura negra. Alguma pressão interna aconteceu, seu olho direito explodiu e seus gritos dobraram de intensidade contra a minha cabeça. Então eles cessaram. Os gritos emudecidos e o inchaço de sua garganta indicavam que ele havia sido mordido desde a base da língua e agora estava lutando sem sucesso para engoli-la.

De todos os muitos demônios que habitavam minha memória, não existia análogo a este horror.

Por fim, a coisa sacudiu o que restava do corpo, como um cão *terrier* faria com um rato. Houve um barulho de ossos se quebrando e o corpo foi jogado no chão, uma massa revirada de orifícios abertos e carne retorcida. Com a missão estava encerrada, a coisa virou-se como uma folha no vento e sumiu de meu campo de visão. O resultado da dor era tão intenso que eu não tive forças nem para acompanhar seu movimento com os olhos.

Encostado na parede, olhando para o corpo destruído do homem que eu vinha seguindo pela metade do dia, pensei que pelo menos o kiren não havia me desmentido. Em todos aqueles anos eu jamais assistira a uma morte tão horrível. Qualquer que seja o tormento que ele esteja passando agora, foi uma libertação daquilo que o mandou para o lado de lá.

CAPÍTULO 9

Com toda aquela agitação, imaginei que fosse um bom momento para ficar desacordado, então eu nunca soube quem chamou a guarda nem quando foi que eles trouxeram o pequeno grupo de agentes que me cercava na hora que eu acordei. Suponho que o assassinato brutal de um estuprador de crianças por uma força demoníaca superaria até mesmo a aversão à autoridade governamental incrustada nos hereges.

É claro que eu não pensava em nada disso, já que fui rispidamente sacudido em meu repouso, com minha atenção exigida para assuntos mais imediatos. O primeiro deles era a cara nada amigável de um ex-colega na Casa Negra. O segundo era o punho cerrado em frente ao meu rosto.

Então minha mandíbula doía e os homens de cinza-gelo despejavam perguntas sobre mim, com qualquer que fosse a memória de nosso passado compartilhado sepultada nas universais inclinações violentas dos homens da lei por todas as Treze

Terras, ou pelo menos de todas as que eu conhecia. Felizmente, minha posição contra a parede e o número exagerado de participantes — e eu já havia batido em muita gente algemada para saber que mais de três agentes era puro exibicionismo — tornaram o entusiasmo deles menos eficaz do que poderia ter sido. De qualquer forma, não era nada de mais em uma noite já marcada por tantos dissabores.

Crispin conseguiu afastar meus agressores o bastante para que eu me levantasse e me encostasse no carro funerário. O cadáver estilhaçado do kiren jazia sobre a carroça, ostensivamente descoberto. Apesar do sangue que escorria de minha boca, a loucura da noite havia me deixado perturbado e estranhamente alegre.

— E aí, parceiro, sentiu minha falta? — cumprimentei.

Crispin não estava impressionado. Por um momento pensei que ele fosse descarregar o lado mais negro de sua personalidade em minha cara machucada, mas ele manteve a raiva sob controle como um bom soldadinho.

— Em nome do Guardião dos Juramentos, o que aconteceu aqui? — perguntou ele.

— Eu diria que foi a justiça divina, mas não tenho essa opinião tão terrível dos Daevas — disse isso e cheguei perto o bastante de Crispin para que ninguém mais me ouvisse. — Essa coisa perto de nós é o que sobrou do homem responsável pelo último cadáver sobre o qual conversamos. Com relação ao que o matou, se aquela coisa tem um nome, eu desconheço. Mas se eu fosse o responsável você não teria encontrado seus restos nem eu teria apagado perto do corpo — percebi com certa alegria que nosso contato havia manchado seu casaco com uma borrifada de fluido sanguíneo.

Uma multidão de hereges havia se reunido na entrada do beco sem saída, falando alto, com medo e raiva nos olhos. Os gélidos precisavam cobrir o corpo e estabelecer um perímetro decente, mas precisavam fazer isso rápido. Que diabos havia acontecido na Casa Negra depois que saí de lá? Era bom e produtivo incorrer em um pouco de violência banal contra um suspeito, mas não às custas do profissionalismo. Quem eles pensavam que eram, a fraude?

Os anos que passamos juntos caçando a mais baixa escória da humanidade pelos detritos gerais da civilização eram suficientes para convencer Crispin da minha credibilidade como testemunha, mas as garantias de um ex-agente em desgraça convertido em criminoso não seriam suficientes para o resto.

— Você tem alguma prova? — perguntou-me.

— Nenhuma. Mas se você descobrir o nome e o endereço dele vai encontrar alguma lembrança, talvez algum pedaço da roupa da menina. É provável que você encontre mais de uma recordação.

— Você não sabe nem o nome dele?

— Não tenho tempo para essas trivialidades, Crispin. Trabalho no setor privado agora.

A multidão estava ficando mais agitada, gritando pelo frágil cordão de agentes que bloqueava a entrada do beco, mas eu não sabia o motivo. Será que eles queriam minha cabeça pela morte de um dos deles? Será que correram as notícias sobre os crimes daquele homem? Talvez fosse apenas o desprezo natural pela polícia permitido a qualquer pessoa razoável. Independentemente do que fosse, aquela coisa toda estava começando a ficar feia. Vi um dos guardas ir para cima de uma pessoa na multidão, segurando-a com os braços para trás enquanto gritava xingamentos étnicos.

Crispin percebeu a mesma coisa que eu.

— Agente Eingers, pegue Marat e impeça esses idiotas de piorarem ainda mais a situação. Tenneson, você está no comando. Guiscard e eu vamos levar o suspeito para o quartel-general

— ordenou. Ele se voltou para mim. — Eu vou te algemar — disse ele sem rodeios. Não era nada chocante, mas também não me agradava. Fiquei em pé e Crispin prendeu minhas mãos, com firmeza, mas sem nenhuma crueldade desnecessária. Guiscard ficou na minha frente sem falar nada. Sua personalidade normalmente desagradável estava suavizada e percebi com certa surpresa que ele não havia participado dos abusos perpetrados por seus camaradas.

Os dois me levaram algemado até a entrada do beco, onde dois agentes tentavam sem sucesso conter a multidão. Guiscard, indo na frente, tentou abrir caminho para nós, mas os hereges, normalmente uma raça dócil, não se moviam. Um impasse parecia iminente e eu não estava em uma situação vantajosa. Não com aquelas algemas.

Crispin colocou a mão na empunhadura da espada, um ar perigoso, mas sem representar uma ameaça imediata.

— Pela autoridade a mim outorgada como Agente da Coroa, ordeno que se dispersem ou serão considerados fora da proteção do Trono — advertiu.

A multidão não estava dando a mínima. A brutalidade da fraude e a indignidade demonstrada com o corpo eram suficientes para sustentar aquela incomum postura desafiadora. Apesar de a inclinação natural dos hereges para a obediência ser suficiente para que eles não avançassem sobre nós, eles não reagiram ao comando de Crispin.

Crispin fechou a mão em torno da gema que pendia de seu pescoço. Ele fechou os olhos brevemente e a joia produziu uma luz azul que vazava por seu pulso. Desta vez suas palavras não permitiriam desafio.

— Pela autoridade a mim outorgada como Agente da Coroa, eu ordeno a vocês que se dispersem ou se considerem fora da proteção do Trono. *Abram caminho ou serão considerados inimi-*

gos da Coroa — ameaçou. E apesar de ele não ter elevado o tom de sua voz enquanto falava, sua voz ecoou pela multidão e os kirens abriram espaço, se aquietando respeitosamente e se encostando nas paredes.

O Olho da Coroa era outra coisa que me fazia ter saudade dos tempos de agente.

Crispin acenou para uma dupla de guardas que tomaram posições nos flancos enquanto ele seguia pela rua principal. Depois de dobrar uma esquina, fora da vista dos kirens, Crispin apoiou-se com as mãos na parede e parou.

— Um momento — suspirou, de boca aberta, com os pulmões precisando desesperadamente de ar. O Olho da Coroa consome a energia de quem o usa. Nem mesmo um agente experiente como Crispin é capaz de usar seu poder sem ficar exaurido.

Esperamos com ansiedade até que Crispin conseguisse recuperar o fôlego. Eu estava ficando impaciente. A coisa ficaria feia se a multidão se reagrupasse e nos cercasse naquela viela estreita. Guiscard pôs uma das mãos no ombro de seu superior.

— Precisamos continuar andando — disse ele, com um olhar firme. Crispin tomou fôlego pela última vez e se recompôs.

Eles me escoltaram por metade da cidade, como um dignitário com uma guarda de honra, embora no passado eu nunca tenha ficado com a impressão de que eles estivessem ligados. Era a segunda vez que eu chegava algemado à Casa Negra, mas agora não era tão desagradável quanto na primeira.

A Casa Negra é, com sinceridade, menos imponente do que provavelmente deveria ser. É um prédio atarracado e sem atrativos, mais parecido com um grande mercado do que com o quartel-general da mais temida força policial da face do planeta. É uma edificação perturbadora, mas sem grandeza, posicionada em um movimentado cruzamento que demarcava a fronteira entre a Cidade Velha e Wormington's Shingle. Três pavimentos de um quarteirão e um labirinto subterrâneo serviam de lembrete à massa que os olhos inabaláveis da Coroa estavam por todos os lugares. Há pouca ornamentação e, de fora, a estrutura não inspira nem intimida.

Ela é, porém, quase toda negra. Então aí está.

Quando chegamos à sombria entrada de ébano, Crispin mandou dois guardas de volta à cena do crime. A seguir, ele e Guiscard me conduziram para dentro. Nós fomos entrando pelo prédio e passamos reto em frente à porta sem nada escrito que leva às salas subterrâneas onde ocorrem os verdadeiros interrogatórios, o que me fez dar um rápido suspiro de alívio. Era uma experiência que eu não tinha a menor vontade de repetir, nem como participante nem como vítima. Quando chegamos ao saguão principal, Crispin separou-se de nós, presumivelmente para se reportar a superiores, e Guiscard continuou me escoltando. Eu me preparei para novos abusos, mas o rouender não demonstrava nenhum interesse em reacender nosso conflito.

Ele abriu a porta que levava à área de detenção, uma sala de pedra que não tinha nada além de uma mesa de madeira e três cadeiras desconfortáveis. Ele me conduziu até uma delas e disse:

— Crispin vai voltar logo.

Havia sangue ressecado embaixo do meu nariz.

— Não tem interesse em aproveitar sua vez? — provoquei.

— O homem morto, foi ele o responsável pela menina? — questionou.

Assenti com a cabeça.

— Como você sabe disso? — prosseguiu ele.

— Todo mundo sabia — respondi. — Apenas não contamos a vocês.

Ele virou os olhos e saiu da sala.

Passei cerca de uma hora e meia na cadeira, remoendo a dor na minha cabeça e tentando ter uma ideia de quantas costelas me haviam quebrado. Meu palpite era três, mas não teria como saber com certeza sem usar as mãos. Pensei em deixar as algemas escorregarem como um sinal de foda-se para Crispin e seus comandados, mas parecia uma vingança mesquinha e provavelmente me renderia uma outra surra.

A porta finalmente se abriu e Crispin entrou com um olhar sombrio. Sentou-se de frente para mim.

— Eles vão deixar quieto — disse ele.

Mesmo que eu fosse lerdo para entender, era compreensível em vista das circunstâncias.

— O que isso significa?

— Significa que, no que se refere à Casa Negra, este assunto está encerrado. Zhange Jue, operário e capanga eventual, foi o assassino de Tara Potgieter e de diversas outras meninas, com identidade ainda a ser determinada. Ele foi morto por uma ou mais pessoas desconhecidas de modo ainda indeterminado. Você passou pela pessoa ou pessoas envolvidas no assassinato, mas foi deixado inconsciente antes que pudesse determinar a identidade ou identidades dos agressores.

— Pessoa ou pessoas desconhecidas? Você perdeu o juízo? Você acha que o kiren foi morto a facadas? Você sabe tão bem quanto eu que isso tem cheiro de Arte.

— Eu sei disso.

— Nem mesmo a guarda é estúpida ao ponto de achar outra coisa.

— Nem ela.

— Então o que você está querendo dizer é que o caso está encerrado? — questionei.

Crispin esfregou as têmporas, como se tentasse aliviar alguma dor oculta.

— Você trabalhou aqui por bastante tempo. Vou ter que desenhar pra você entender? Ninguém quer se envolver em algo feio assim, nem com a versão de um traficante. O kiren matou Tara e agora está morto. Ponto final.

Já fazia muito tempo que eu não ficava diante de um ultraje sem estar cansado o bastante para aceitá-lo.

— Entendi. Ninguém se importa com a menina morta. Aliás, por que alguém se importaria? É só mais uma menina do cortiço mesmo. Mas existe algo faltando na Cidade Baixa e foi arrancado do coração do vazio. As pessoas precisam saber.

— Ninguém vai saber de nada. Eles vão queimar o corpo e você vai ficar de bico calado e depois de um tempo isso acaba — disse ele.

— Se você acha que isso acabou, então é tão burro quanto seus superiores.

— Você sabe tanta coisa assim? — perguntou.

— Eu sabia o suficiente para encontrar o assassino de Tara enquanto o resto de vocês estava aqui olhando para o próprio umbigo.

— Então por que você não me conta exatamente o que aconteceu, ou você quer que eu acredite que você estava perambulando por becos de Kirentown quando se deparou com o homem responsável pelo corpo que você encontrou dois dias atrás?

— Não, Crispin. É óbvio que eu estava atrás dele. Supus que, por integrar uma organização investigativa de elite, eu não precisaria soletrar tudo tintim por tintim pra você como se falasse com uma criança.

Seu lábio superior tremeu embaixo de seu nariz pontudo.

— Eu falei para você não ir atrás dele.

— Optei por ignorar sua sugestão — disse eu.

— Não foi uma sugestão. Foi uma ordem de um representante com poder legalmente concedido pela Coroa.

— Suas ordens não significavam muito para mim quando eu era agente e agora, meia década depois de ter deixado o serviço, a importância disso não aumentou nem um pouco — provoquei.

Crispin avançou sobre a mesa e bateu no meu rosto, quase sem querer, mas com força suficiente para que eu tivesse dificuldade para me equilibrar na cadeira. Caramba, o homem continuava ágil.

Mexi com a língua em um dente mole, diminuindo a dor e torcendo para que ele não caísse.

— Vá se foder! Eu não te devo nada.

— Eu passei os últimos quarenta e cinco minutos tentando convencer o capitão a não te deixar nas mãos da Operações Especiais. Se não fosse por mim, eles estariam esquartejando você com um escalpelo neste exato minuto — contou. Um desdém se instalou meio sem jeito em seu rosto. Crispin não era, por natureza, propenso a zombar dos infortúnios alheios. — Você tem ideia de quantos daqueles animais querem que você caia nas mãos deles?

Muitos, infelizmente, eu imaginei. Trabalhei na Operações Especiais perto do fim de minha carreira de agente. A unidade era incumbida de resolver assuntos fora da alçada normal dos agentes da lei. O plano de aposentadoria desse grupo normalmente consistia em morte violenta e uma vala comum. Evitar esse destino infeliz precisava de um pouco mais de sorte do que faria um homem inteligente se arriscar duas vezes. Eu devia a Crispin por ter evitado um reencontro e até mesmo o meu afiado senso de ingratidão não era suficiente para negar aquilo.

De dentro do casaco Crispiam puxou um documento e o jogou girando sobre a mesa.

— Aqui está o seu depoimento. Os itens ilegais encontrados na viela foram considerados propriedade de Zhange Jue e serão destruídos conforme a política oficial — detalhou. Tudo bem, eles provavelmente encontraram minha bolsa. Acho que devia mais aquela a Crispin; dez ocres de Sopro de Fada davam cinco anos em um campo de trabalho forçado, três a mais do que um prisioneiro sobrevive em média. — Assine embaixo — disse ele antes de se inclinar na mesa e abrir minhas algemas.

Passei um tempo devolvendo a circulação do sangue aos meus pulsos.

— É bom ver que o caso está encerrado, a justiça foi feita, a retidão foi restaurada e tudo mais — ironizei.

— Isto não me agrada mais do que a você. Se fosse do meu jeito, estaríamos revirando a casa do kiren e metade da força estaria investigando sua história. Isto... — ele sacudiu a cabeça com descontentamento e eu vi ali o mesmo jovem que havia conhecido dez anos antes, que imaginava que seu serviço à Coroa fosse justamente aquilo, em serviço, e que qualquer mal que existisse no mundo poderia ser derrotado pelo braço correto e forte de um homem virtuoso. — Isto não é justiça — disse, enfim.

Por todo o seu intelecto e sua valentia, no fim do dia Crispin não tinha desempenhado muito bem sua função. Suas fantasias sobre o que deveria ser o tornavam cego para a realidade e aquilo o havia limitado aos escalões médios apesar de sua família ser uma das mais tradicionais de Rigus e de serviço à Coroa ser nobre e distinto. Justiça? Eu quase ri. Um agente não busca a justiça, ele mantém a ordem.

Justiça? Pelo Perdido, o que se pode dizer quanto a isso?

Eu não tinha energia para dar a ele mais uma aula de educação cívica, e de qualquer forma essa é uma discussão antiga. Crescer cercado de tapeçarias com imagens de seus ancestrais liderando cargas contra adversidades insuperáveis fizeram dele um ser iludido por palavras que não dizem nada. Assinei meu nome no fim do documento com um floreio.

— O kiren teve o que merecia e eu deixo a justiça para o Primogênito. No momento estou mais preocupado com o que vai acontecer quando a coisa que o matou voltar.

— Se eu fosse você, esperaria que ela não voltasse — por enquanto, você é a única conexão. Enquanto ela estiver longe, ninguém dá a mínima para você, não mais. Mas se isso começar a pipocar de novo, o pessoal de Operações Especiais vai reservar um lugar especial para você lá embaixo, e não haverá nada que eu possa fazer.

Foi um comentário tão agradável quanto qualquer outro.

— Enquanto esse dia feliz não chega — disse eu, despedindo-me dele com um aceno.

Ele não retribuiu o aceno e ficou com os olhos abatidos fixados em um ponto no centro da mesa.

Deixei a Casa Negra o mais rápido que pude, na esperança de evitar lembranças e eventuais intenções de ex-colegas de demonstrar fisicamente sua insatisfação com os rumos de minha carreira. Tive mais sucesso com a segunda expectativa do que com a primeira e na hora que alcancei a rua meu humor estava alguma coisa próximo do absoluto desespero. Fui para casa com a esperança de ainda ter algum estoque e poder dar um rápido mergulho nele.

CAPÍTULO
10

Q uando regressei ao Conde, tomei um barril de cerveja e dormi por cerca de um dia e meio, acordando somente para fazer um relato superficial a Adolphus em cima de um prato de ovos. Fui vago quanto ao que aconteceu exatamente ao kiren — quanto menos as pessoas soubessem, melhor seria para todos. Ele estava convenientemente impressionado.

Pela semana seguinte eu toquei meus negócios com bastante atenção, voltando sobre meus próprios passos e deixando falsos rastros para o caso de alguém estar atrás de mim, mas eu tinha em mente que estava por contra própria. Nada de espíritos etéreos, nada de aparições sombrias surgindo na minha visão periférica — apenas a fervura na bunda de Rigus que é a Cidade Baixa, cozinhando toda a sua glória fétida.

Por algum tempo eu presumi que as coisas fossem ficar daquele jeito mesmo. Tive algumas noites mais longas pensando na monstruosidade, mas mesmo que eu estivesse interessado em localizá-la, não tinha um ponto de partida. E para bem da verdade, eu já tinha tido minha cota de brincar de detetive. Fingir ser um agente mostrou-se ainda menos satisfatório do que ser um de verdade.

Então a Gangue da Adaga Quebrada entrou em guerra com uma facção de ilhéus de perto das docas e eu não tinha tempo para pensar em nada que não fosse a sobrevivência cotidiana de meu negócio. Passava as tardes explicando a hereges caras-de-pau por que eu não devia a eles nenhum imposto por minhas operações e as noites convencendo um grupo de rudes garotos viciados que eu estava doido demais para sair de onde estava, então não sobrava muito tempo para atividades extracurriculares.

Até onde o restante de Rigus sabia, as pessoas importantes consideravam o assunto esquecido e as pessoas desimportantes não contavam. O gélidos controlavam a situação como um todo com rédeas bem curtas. Havia rumores sobre magia negra e demônios escondidos nas sombras e, por um momento, houve uma explosão nas vendas de encantos de proteção de eficácia duvidosa, especialmente entre os kirens, um povo supersticioso por natureza. Mas a Cidade Baixa é um lugar movimentado e, quando o outono dava lugar ao início do inverno, o assassinato de Tara Potgieter havia se transformado em uma sutil lembrança que se apagava da memória.

Pensei na possibilidade de voltar ao Ninho e contar ao Grou o que tinha acontecido. Imaginei que devesse isso a ele. Mas então eu me lembrei que devia a ele muitas coisas mais e, como eu jamais conseguiria retribuir tudo, resolvi cancelar aquela dívida também. Ele entenderia, mesmo que Célia não entendesse. Coce uma ferida por muito tempo e logo ela irá começar a abrir novamente. Aquela época da minha vida estava acabada. Até onde eu estava ciente, aquele reencontro fora um incidente isolado.

O Guardião

Apesar de todo esforço de Adeline, Garrincha recusava-se a passar a noite inteira dentro do Conde. Como uma versão bem treinada de seu xará alado, ele viria para filar um pouco de comida e depois sairia voando novamente sem dizer aonde iria. Um dia eu o flagrei pegando alguma coisa de uma barraca no bairro e ele sumiu por uma semana inteira, o que deixou Adeline com pena dele e furiosa comigo. Mas ele reapareceu numa certa noite, entrando pela porta dos fundos como se nada tivesse acontecido.

Mesmo sendo reticente demais para viver parado num lugar só, Garrincha estava sempre por perto quando eu precisava dele e transformou-se num ajudante, se não um agente ativo, em minhas operações. Eu o mantinha afastado das coisas mais sérias e nunca o deixava carregar nenhum peso, mas suas pernas ágeis eram úteis quando eu precisava passar uma mensagem e de repente me vi me acostumando a sua presença lacônica, um daqueles poucos indivíduos desapegados da necessidade de encher o ar com retórica.

Adolphus ofereceu-se para ensinar pugilismo ao garoto e, por mais que lhe tenha custado admitir que aquela era uma habilidade que ele precisava dominar, Garrincha teve o bom senso de aceitar a proposta do grandão. Ele provou ser talentoso e eu gostava de passar algumas horas ocasionais vendo os dois boxeando, queimando um cigarro de vinonífera enquanto Adolphus fazia uma demonstração básica do trabalho dos pés com seu corpo colossal. Era com esse negócio ocioso que eu estava envolvido quando Adeline, sem saber, me colocou no caminho da ruína.

— É mais fácil aguentar cinco golpes no peito do que um na cabeça — dizia Adolphus, com o rosto cheio de suor, quando sua esposa veio até o quintal. — Sempre mantenha as mãos levantadas — continuou Adolphus enquanto Garrincha imitava suas ações como uma miniatura a seu lado.

A voz de Adeline é tão suave que, nas poucas vezes que ela altera pouco além de um sussurro, soa como se ela estivesse gritando.

— Outra menina desapareceu — disse ela.

Eu me lembrei de soltar a fumaça do peito. Adolphus baixou as mãos para os lados e perguntou com a voz baixa e gutural:

— Quem? Quando?

— Ontem à noite. A Anne da padaria que me contou. A guarda está vendo isso agora. Eu não conheço a menina. A Anne disse que o pai é alfaiate de perto do canal — relatou Adeline.

Adolphus me olhou de um jeito amargo, depois falou para Garrincha:

— O treino acabou. Vá se lavar e ajude Adeline.

Pude ver que o garoto não gostou de ter sido excluído, mas Adolphus podia ficar nervoso e o garoto manteve a língua descansando dentro da boca.

Esperamos até que os dois entrassem antes de continuarmos.

— O que você acha? — Adolphus me perguntou.

— Talvez ela tenha se perdido brincando de esconde-esconde. Talvez ela tenha ficado no caminho de um traficante de escravos e agora está dentro de um barril a caminho do leste. Talvez o pai dela a tenha espancado até a morte e escondido o corpo em algum lugar. Pode ser um monte de coisa.

Seu olho observou meu rosto, fazendo dupla jornada como sempre.

— Pode ser um monte de coisa. Certo. É isso então?

É sempre melhor prever o pior e agir a partir disso.

— Provavelmente — disse eu.

— O que você vai fazer? — insistiu ele.

— Eu vou manter meu nariz limpo e ficar de fora disso — respondi. Apesar de eu duvidar que aquela opção estivesse disponível. Se fosse trabalho da mesma turma que pegou a outra menina, haveria problemas. A Coroa garantiria isso. Ela pode não estar nem aí para a filha morta de um trabalhador das docas da Cidade Baixa, mas se envolve quando alguém tenta descobrir que está mexendo com entidades de outro mundo. Somente a Coroa se envolve com as artes negras. Trata-se de um privilégio que ela preserva com extremo rigor. Naquele momento eu era a única conexão com o que quer que tenha matado o kiren, o que já bastava para me render uma sessão nos porões da Casa Negra.

— Será que os que mataram a menina virão atrás de você? — Adolphus perguntou.

— Já cansei de bancar o homem da lei.

— E os seus ex-camaradas deixaram você sair tão facilmente? Eu não disse nada. Adolphus sabia a resposta.

— Lamento por tê-lo envolvido nisso.

Eu me dei conta então dos pelos brancos que pipocavam em sua barba e de tufos esparsos em sua cabeleira.

— Eu vou até o Ninho, ver se é possível encontrar uma forma melhor de lidar com essa situação. Faz tempo que falei com o Grou — disse eu. Deixei Adolphus no quintal e subi para pegar minha bolsa. Pensei em levar uma navalha, mas achei melhor não. Se a menina aparecesse flutuando no canal eu tinha certeza de que seria visitado pela lei e se aquilo acontecesse eu jamais veria novamente nada daquilo que estivesse comigo. Além disso, até onde me constava, uma simples navalha não seria de grande utilidade contra a abominação que presenciei. Saí do bar e caminhei num passo ligeiro, pensando naquele que eu pensava ter sido meu primeiro e único encontro com a coisa que matou o kiren.

CAPÍTULO 11

A Guerra estava quase acabada — nós pairávamos no precipício da vitória. Por todos os lados a prostituta dren se prostava, as defesas superadas, os castelos defendidos por velhos empunhando lanças tortas e meninos imberbes. Dos dezessete territórios que antes integravam as Províncias Unidas, apenas quatro estavam nas mãos dos drens e assim que tomássemos Donknacht, suas outras posições restantes certamente também cairiam. Meus cinco longos anos de serviço, matando e sangrando para avançar coisa de cem metros por dia, estavam quase acabando. Nós todos passaríamos o Solstício de Inverno em casa, tomando chá quente ao redor de uma lareira acesa. Naquele exato momento, Wilhelm van Agt, chefe de Estado da República Dren, avaliava um armistício como prelúdio de uma total capitulação.

Infelizmente, parece que as notícias da solução de nosso conflito ainda não haviam chegado aos ouvidos dos próprios drens, que resistiam como leões nos arredores de sua capital, rugindo sua resistência ante o poder Aliado. Meia década de preparação e o controle de táticas de sítio permitiram a eles criar aquele que provavelmente foi o perímetro defensivo mais perfeito da longa história de violência da humanidade. Parecia que eles nunca tinham ouvido falar na fome e nas doenças que atingiam suas fileiras, das terríveis derrotas por eles sofridas em Karsk e Lauvengod, da natureza totalmente perdida de sua causa. Ou, se ouviram falar, a notícia não enfraqueceu em nenhum momento sua determinação.

Era aquela intransigência coletiva, uma intransigência que beirava a total estupidez, que eu culpava por me obrigar a sair da cama no meio da madrugada para levar a cabo alguma missão secreta. Era à estupidez de nossos oficiais, no entanto, que eu atribuía o fracasso logístico que deixara a mim e a meu grupo carentes da camuflagem adequada para realizar a missão.

Interiormente, pelo menos. Exteriormente, nossos oficiais não resmungavam sobre esses pequenos contratempos administrativos, mesmo daqueles que provavelmente resultariam em morte.

O soldado Carolinus não sofria dessas fraquezas.

— Tenente, como esperam que a gente realize uma missão noturna sem nenhuma tinta de camuflagem? — perguntou ele nervoso, como se eu tivesse uma explicação ou então um tonel daquela coisa escondida embaixo do meu rolo de dormir. Carolinus era ruivo e tinha o rosto avermelhado, um rouender do norte, de uma raça específica de homens cujos ancestrais invadiram o Vaal três séculos antes e nunca mais saíram de lá. Atarracado e duro como o carvão que ele cresceu extraindo, ele era tão veloz para reclamar quando para ir às vias de fato. Ele havia se transformado, com sinceridade, numa fonte constante de aborrecimento, mas com Adolphus inválido em casa ele era o único homem que eu considerava capaz de assumir caso eu fosse pego por um dardo perdido. — Tenente, os drens tem olhos de coruja. Nós vamos ser presas fáceis com certeza se não estivermos camuflados — insistiu.

Ajustei com força as amarras de minha armadura de couro, verifiquei se as armas estavam no lugar e se meu punhal estava comigo.

— Eles não esperam que você faça nada, soldado. Eu, no entanto, ordeno que você feche essa porra da sua boca e se arrume, pois vai atravessar a muralha em 15 minutos se estiver sem roupa ou coberto de fuligem. E não se preocupe com o inimigo. Pelo que ouvi dizer, eles só atiram em homens.

Os outros riram e até Carolinus deu um riso forçado, mas os risos de todos eram tão forçados quanto o meu. Não era somente a ausência da tinta de camuflagem. Eu nem sabia em que estávamos metidos até quarenta minutos antes, quando um ajudante do comandante da companhia me acordou bruscamente da primeira noite decente de sono que eu tinha em uma semana dizendo para eu pegar os melhores homens disponíveis e me apresentar ao major.

A verdade é que nada daquilo parecia direito. Donknacht, a imbatível, era a capital dos Estados Drens e estava livre de jugo estrangeiro havia um milênio e meio. Quando todas as demais províncias dren foram engolidas por seus vizinhos, Donknacht sozinha continuou a ser uma cidade livre. E quando um aumento do nacionalismo dren setenta anos antes acabou unificando aqueles diferentes Estados em uma forte confederação, Donknacht transformou-se no pivô em torno do qual aquela comunidade havia sido formada.

Não posso falar pelo restante das províncias, mas os soldados separados de nós por apenas uma terra de ninguém de menos de um quilômetro de extensão morriam em missões suicidas amaldiçoando nossas mães. Suas defesas não seriam superadas sem um ataque com força total precedido por cargas de artilharia e bruxaria, e ainda assim era provável que a ofensiva nos custasse meia divisão de guerreiros. Isso se os bastardos não voltassem para a cidade para lutar por cada casa e cada rua. Como todos os demais, eu tinha esperança em que os rumores de armistício fossem verdadeiros e nosso penoso avanço terminasse ali, nas planícies de frente para a capital. De qualquer modo, eu estava sendo obrigado a imaginar como cinco milicos solitários fariam para mudar a situação, com ou sem tinta de camuflagem.

Fui até Saavedra, nosso ponteiro desde que uma cápsula perdida de artilharia arrancou o alto do crânio do pobre Donnely. Seus olhos negros e seu rosto fechado entregavam sua descendência asher, mas por que ele se inscreveu como membro de nossa unidade mista em vez de nos regimentos de seu próprio povo nenhum de nós saberia dizer. Saavedra recusava-se a conversar sobre este ou qualquer outro assunto e os homens da Primeira Infantaria da Capital não eram do tipo que davam atenção aos detalhes dos documentos desde que o candidato assumisse sua posição e fizesse mais do que se exigia dele. Apesar de seu exílio entre nós parecer agressivo, Saavedra não negava sua raça, taciturna e indecifrável, e era o melhor jogador de cartas do regimento, assim como um terror com o espadim. Ele devia ter tintura de camuflagem estocada em algum lugar para poder enegrecer ainda mais suas próprias características, mas tão certa quanto a crueldade do deus único de sua raça, ele não teria o suficiente para duas pessoas.

— Faça o resto dos homens ficarem prontos. Vou ver o major.

Saavedra consentiu, silencioso como de costume. Fui até o centro do acampamento.

Nosso major, Cirellus Grenwald, era tolo e covarde, mas não era um completo lunático e somente aquilo já era suficiente para distingui-lo na metade superior dos corpos de oficiais. Se seu maior talento era o de ter nascido no alto de uma ladeira, era verdade ao menos que ele ainda não a tinha descido. Ele estava conversando com um homem que vestia um colete de couro com ornamentos prateados, que à primeira vista pareceu-me tratar-se de um civil.

O major me ofereceu um sorriso ingênuo que, mais do que sua real competência, acelerou sua ascensão na hierarquia.

— Tenente, eu conversava com o Terceiro Feiticeiro Adelweid justamente sobre você. À frente do mais feroz pelotão desta divisão. Ele fornecerá uma defesa impermeável para sua... missão.

O feiticeiro Adelweid tinha o rosto branco e era magro, mas revestido por uma verminosa capa de pele em excesso. Ela havia encontrado tempo para prender seu cabelo negro e lustroso na altura dos ombros com uma presilha pontilhada de joias, um adorno que, junto com seu cinturão de fivela dourada e seus braceletes prateados, pareciam especialmente inadequados para a situação em que nos encontrávamos. Eu não gostei dele e passei a gostar menos ainda quando descobri que minha missão envolvia protegê-lo. À exceção do Grou, eu odiava feiticeiros. Nenhum milico da força gostava e não era apenas porque eles eram exibicionistas, resmungões e tinham seus pedidos para itens misteriosos atendidos no minuto seguinte enquanto nós precisávamos mendigar botas de couro e reforços. Nada disso. Cada um daqueles milicos odiava os feiticeiros porque, para um homem e sem exageros, todos sem exceção tinham alguma história na qual perderam camaradas enquanto algum fazedor de feitiços cometia algum descuido no meio de alguma guerra de mágica e aniquilava metade de uma unidade em meio a uma saraivada de sangue e ossos. Os comandantes certamente os achavam muito divertidos, convencidos de que qualquer novo esquema que eles propusessem seria uma arma secreta que nos permitiria vencer a guerra.

Mas nada daquilo faria meu rancor ficar evidente no rosto. Cumprimentei o homem com uma reverência firme que ele retribuiu com apatia e sem comentários. O Major Grenwald continuou:

— Bem-vindo à Operação Ingresso, tenente. Suas ordens são as seguintes. Você e seus homens levarão o feiticeiro Adelweid por quatrocentos metros dentro da terra de ninguém, parando no lugar que ele escolher. Nesse ponto, o feiticeiro realizará um trabalho. Você deixará um homem para protegê-los. Depois, você e o restante de seus homens avançarão por mais duzentos metros na direção das linhas dren, onde você deixará este talismã — ele me entregou então uma pequena joia negra — em algum lugar de onde seja possível avistar as defesas inimigas. Você manterá essa posição até que o feiticeiro Adelweid conclua sua parte na missão.

Calculando as distâncias eu cheguei à infeliz conta de seiscentos metros, mais perto do território dren do que do nosso e ao alcance até mesmo das patrulhas de curta distância. Também não pude deixar de notar que Grenwald não apresentou nenhuma estimativa com relação ao tempo que Adelweid precisaria para completar seu trabalho. Seriam dez minutos? Vinte? Uma hora? Além disso, por que todos nós deveríamos acreditar que aquele pedaço escorregadio de vidro negro iria realmente funcionar? Pelo que eu já tinha visto da Arte, era mais provável que aquilo explodisse nas minhas mãos.

Eu não imaginei que fosse obter respostas, mesmo que eu fosse idiota o bastante para fazer perguntas. Em vez disso, fiz um aceno para Grenwald, rezando para que aquela não fosse a última vez que eu saudaria aquele filho da puta orgulhoso. A seguir, me virei para Adelweid:

— Senhor, nossa unidade está agrupada na trincheira dianteira. Queira me acompanhar.

O Guardião

 Ele fez um aceno vago na direção do major e depois veio atrás de mim sem nenhum comentário. Aproveitei para fazer um:

— Senhor, agora seria uma boa hora de remover qualquer item reflexivo que o senhor possua. Aquela presilha de cabelo entregaria nossa posição para qualquer atirador-explorador por que passássemos.

— Obrigado por sua sugestão, tenente, mas meus trajes continuam como estão — sua voz era tão pastosa quanto eu imaginava e ele esfregava aqueles braceletes brilhantes de um jeito possessivo. — Nossa missão seria impossível de ser concluída sem isso. Além do mais, não desejo retornar do campo vitorioso para chegar aqui e descobrir que algum milico sumiu com os braceletes dados a mim pelo líder da Ordem do Carvalho Torto.

Melhor isso do que não voltar, pensei, e melhor ainda do que sacrificar a mim e a meus homens para satisfazer a seu ego inflado. Apesar de que ele estava certo, pois alguém roubaria suas coisas mesmo.

Na hora que chegamos à extremidade do acampamento, os homens já estavam em posição, com as armas preparadas e a armadura bem apertada. Nós seis formamos um círculo e eu repeti as ordens. Ficou claro que eles não estavam nada contentes, nem com a missão nem com Adelweid, mas eram todos profissionais e ficaram quietos. Ao terminar, ordenei uma última checagem dos equipamentos, subimos as escadas e ficamos sozinhos no devastado descampado entre nosso acampamento e o dos drens.

— Daqui em diante estão em vigor as restrições de luz cheia e barulho — fiz um sinal para Saavedra, que estava com o rosto coberto de fuligem, como eu previa. Ele saiu andando em um silêncio treinado e depois de quinze segundos eu mal conseguia percebê-lo. Carolinus foi atrás dele e eu segui com Adelweid alguns passos à minha frente.

Atrás de mim estava nosso atirador de elite, Milligan, um perspicaz e decente tarasaihgn capaz de perfurar a face da rainha em uma moeda de um ocre a cem passos de distância. Eu não sabia que serventia ele teria para nós. Estava escuro demais para ficar lançando dardos. Ele pelo menos era calmo no meio da confusão, nada especial, mas estável e confiável.

No fim da fila vinha Cilliers, um gigante vaalão sério que sorria pouco e falava menos ainda. Ele era o único homem da companhia que ainda não havia aderido exclusivamente ao punhal de lâmina cerrada, levando ainda consigo sua espada ondulada nas costas, uma arma que passou de geração em geração desde antes de seus ancestrais terem jurado fidelidade ao Trono Rigun. Ele era muito grande para que fosse de muita utilidade em uma operação secreta, mas ficaríamos felizes de poder contar com sua espada de lâmina dupla e ondulada se houvesse um entrevero em campo aberto.

Anos de combates haviam transformado aquele cenário antes exuberante em um deserto estéril. Bombardeios, artilharia e mágica haviam destruído a maior parte da vegetação e toda a fauna de variedade não roedora. Até mesmo a topografia do terreno havia mudado. Explosivos aplainaram colinas e deixaram pilhas de escombros em seu lugar. Além de qualquer questão estética, a devastação significava que havia pouco lugar onde se esconder. Sem tinta de camuflagem, numa noite de luar, seríamos presas fáceis para qualquer patrulha que chegasse a uns cinquenta metros de distância.

Precisávamos andar rápido e em silêncio. Não era de surpreender que o feiticeiro estivesse tendo dificuldade com as duas coisas. Seu jeito de andar era mais adequado para uma caminhada matinal do que para nossa missão clandestina. Eu dava um passo atrás cada vez que a luz batia em seus adornos brilhantes e percebi que Milligan fazia a mesma coisa. Se algum de nós se machucasse porque aquele idiota não havia tirado suas joias, acho que não teria como impedir que os homens acabassem com ele num episódio de "fogo amigo". Acho que eu nem tentaria impedir.

Depois de algum tempo de caminhada eu me inclinei perto de Adelweid e sussurrei:

— Quatrocentos metros. Avise-nos onde parar.

Ele apontou para um pequeno aclive e disse em um tom de voz que não nos ajudava em nada a permanecer ocultos:

— Aquela colina é um bom lugar. Levem-me até lá e depois posicione o talismã.

Fiz sinal para Saavedra e seguimos em fila na direção do aclive. Vou fazer uma concessão a Adelweid: o bastardo entendia do assunto. Assim que chegamos ao alto ele tirou alguns materiais estranhos de dentro de sua sacola e começou a desenhar símbolos intrincados na terra com um galho curto de carvalho negro. Seus movimentos eram certeiros e naturais e eu conhecia a Arte bem o suficiente para saber que não era uma coisa simples desenhar um pentagrama no escuro, ainda mais quando qualquer erro significa ficar sujeito a forças que poderiam fritar seu cérebro. No meio de seu trabalho ele se dirigiu a mim:

— Continue a missão, tenente. Eu cuido da minha parte.

— Soldado Carolinus, você fica de guarda. Se nós não voltarmos em quarenta e cinco minutos, pegue o feiticeiro e retorne à base — disse eu. Carolinus sacou seu punhal e fez sinal de que havia entendido a ordem. Saavedra voltou para a ponta e os quatro restantes de nós seguimos em fila na direção do território dren.

Duzentos metros adiante nós avistamos uma pequena inclinação de geometria diferente demais para ser outra coisa que não o resultado de uma cápsula de artilharia. À distância eu podia avistar a primeira linha das trincheiras inimigas e atrás as luzes de suas fogueiras. Sinalizei aos homens que se formassem ao meu redor, tirei o talismã de uma bolsinha em minha armadura e o coloquei na terra, sentindo-me um pouco constrangido enquanto o fazia.

— É isso? — sussurrou Milligan. — Subir numa colina e deixar um cristal no chão?

— Soldado, cale a boca e fique de olhos abertos — disse eu. A indignação de Milligan era compreensível. Aquela era a parte da missão que menos me agradava, e eu não estava particularmente estimulado por nada daquilo. No alto daquela elevação nós seríamos alvos fáceis de qualquer patrulha dren que passasse por perto, e ela estaria muito mais próxima de seus reforços do que nós.

No escuro, naquelas circunstâncias, toda sombra esconde um sentinela e todo reflexo de luz parece aço, então eu não tinha certeza de ter visto nada até que Milligan fez um sinal. Nós fizemos poeira, tentando nos esconder atrás de qualquer coisa que fosse possível. A uns vinte metros da base de nossa colina, um deles percebeu nossa presença. Ele deu um grito de alerta e eu sabia que estávamos fodidos.

Milligan lançou um dardo na direção da sentinela, mas o tiro se perdeu no escuro. Depois eles começaram a subir correndo o monte e nós nos preparamos para aguentar a carga. Saavedra pegou o primeiro, eu peguei o segundo e depois disso ficou difícil me concentrar no âmbito geral da batalha, tendo a atenção voltada para os pormenores.

O meu era jovem e com sorte tinha idade suficiente para agradar a uma mulher. Recuei ante sua falta de habilidade. Cinco anos matando qualquer um que usasse um uniforme cinza me fizeram deixar de lado minha aversão natural a matar o que era praticamente uma criança, e meu único pensamento era acabar com ele rápido. Uma finta para um lado e uma ajuda de sua defesa desajeita e ele estava no chão, com o sangue jorrando de um golpe mortal em se abdome.

Foi bom eu ter acabado com ele porque nem tudo ia bem no nosso lado. Cilliers estava mostrando a um de nossos inimigos o motivo pelo qual ele nunca abandonava sua arma ancestral e Saavedra era o mesmo de sempre, derrubando uma dupla de drens com uma demonstração de um frio e eficaz exercício de espadas. Mas Milligan estava em apuros, com um dren atarracado com um punhal numa mão e uma machadinha na outra rapidamente fazendo recuar ladeira abaixo pela colina. Peguei uma faca que levava em minha armadura e a atirei nas costas do agressor de Milligan, desejando que aquilo fosse suficiente para deixar tudo em pé de igualdade. Não tive tempo de fazer mais, porque um dos homens que encarava Saavedra se desvencilhou e partiu para cima de mim. Ergui meu punhal e peguei o porrete que pendia de meu cinto.

Este era melhor, bom para falar a verdade, e eu não precisava ver a cicatriz que separava seu Mariz em duas massas desiguais de carne para saber que se tratava de um veterano em nosso conflito. Ele sabia como matar com uma lâmina curta, interrompendo o reconhecimento em círculo com uma rápida troca de golpes e uma mão livre para encerrar o negócio com firmeza. Mas aquela também não era minha primeira briga e minha arma ficou bem perto da dele, enquanto meu porrete espinhado de pregos pendia da mão esquerda à espera de uma abertura.

A abertura veio quando ele se esticou tentando um empurrão e eu acertei meu porrete em seu punho. Ele deu um berro enfurecido, mas não largou a espada. Esse porra era resistente como gusa, mas esse estoicismo, apesar de impressionante, não foi suficiente para salvar sua vida. Com a mão ferida, ele não conseguiu manter o ritmo e meio minuto depois ele estava no chão com um par de ferimentos mortíferos.

Por um momento eu pensei que a gente até pudesse recuar, até que eu ouvi o agudo da corda de um arco e observei o enorme corpo de Cilliers cair para trás com a pena de uma flecha que havia penetrado profundamente em seu peito. Quando já era tarde demais eu vi o assassino chegando ao topo da colina e recarregando seu arco enquanto seu parceiro, um dren desajeitado do tamanho de Adolphus, vinha ao lado dele com um martelo espinhado de aparência desagradável. Soltando meu porrete, saí correndo e me atirei em cima do arqueiro, derrubando-o e descendo rolando com ele pela ladeira. Nós lutamos enquanto caíamos, mas na hora que paramos de rolar eu estava por cima e acertei a cabeça dele com a empunhadura de meu punhal, até que ele perdeu a força para me segurar e eu pude virar o punhal e cortar sua garganta.

Recuperei o fôlego, corri de volta ao alto da colina. Quando cheguei, Saavedra era o único de nós que ainda restava em pé, e estava numa situação ruim. O dren gigante o havia dominado. O estilo sofisticado do asher não combinava com a selvageria de seu oponente. As defesas de Saavedra, porém, serviram de distração suficiente para que eu me aproximasse e atacasse o ogro. Meu camarada não hesitou quando dei a ele uma abertura, despachando nosso último inimigo com um golpe rápido e certeiro abaixo de sua mandíbula.

Nós dois ficamos nos olhando até que Saavedra caiu no chão e eu percebi que ele havia sido atingido. Uma mancha de sangue gotejava de sua armadura de couro. O bastardo resistente não havia mostrado aquilo até o fim do combate.

— Como está isso? — perguntei.

— Ruim — respondeu ele, com o mesmo comportamento indecifrável com que rendia a ele metade dos soldos da unidade.

Removi cuidadosamente sua armadura. Ele hesitou, mas não falou nada.

Saavedra estava certo. Ele estava mesmo mal. A extremidade pontuda do martelo de combate havia perfurado a armadura e entrado em seus intestinos. Ele teria uma chance se eu conseguisse levá-lo de volta ao acampamento. Eu o recostei em uma inclinação e fui ver como estava o restante de meus homens.

Mortos: isso não era surpresa. Aquela flecha acabou com Cillers, o fim inglório de um soldado tão valoroso. Eu queria levar sua espada ondulada de volta para a base, tentar um jeito de entregá-la a sua família. Ele teria gostado disso, mas era muito pesada e eu já teria que dar um jeito de levar Saavedra.

A cabeça de Milligan havia sido esmagada enquanto eu peleava com o arqueiro inimigo. Ele nunca fora acima da média no corpo a corpo. Eu estava contente por pelo menos nós termos dado um fim no bastardo com o martelo. Sempre gostei daquele anão amistoso. Eu sempre gostei daqueles dois, verdade seja dita.

Saavedra rezava nos tons dissonantes de sua língua estrangeira, e era o máximo que eu já ouvira falar. Aquilo era inquietante e eu desejava que ele parasse, mas não disse nada, pois não queria negar a um homem prestes a morrer a chance de se acertar com seu deus.

Eu me agachei ao lado da colina e observei o horizonte. Se uma outra patrulha aparecesse, nós estaríamos fodidos. Pensei em pegar o arco de Milligan, mas estava escuro e eu não era bom com aquelas coisas. Eu queria ter um pouco de fuligem. Eu queria que aquela joia começasse a funcionar.

Minutos se passaram. Saavedra continuava em seu monólogo estrangeiro. Comecei a pensar se uma unidade dren não havia achado Carolinus e o feiticeiro, o que me deixou à espera de um clímax que não viria. Então de trás de mim veio um som que eu não sabia o que era seguido da respiração assustada de Saavedra. Levantei-me num salto.

Uma mancha estava se formando no ar acima da joia, um buraco no universo que expelia uma estranha secreção de suas extremidades. Eu já havia visto magia antes, desde as divertidas zombarias do Grou até a capacidade de uma batalha de mágica de exterminar meio pelotão, mas nunca tinha visto nada como aquilo. O rasgo emitia um assobio agudo, quase um grito, e contra minha vontade eu olhei para dentro daquilo.

Coisas estranhas e terríveis olhavam de volta para mim, vastas membranas de olhos girando num frenesi apoplético, buchos escancarados de animais roncando incessantemente em um vazio infinito e escuro, orifícios pulsando eroticamente, rebentos se enrolando e desenrolando na noite eterna. Um gemido obsceno foi dirigido a mim numa língua semi-inteligível, prometendo recompensas terríveis em troca de sacrifícios ainda mais tenebrosos.

O barulho parou de modo tão abrupto como começou, uma gosma preta foi expelida pela abertura. Saiu do nada para a realidade e trouxe consigo um cheiro tão asqueroso que eu tive que segurar o vômito, uma podridão mais profunda que a concepção e mais antiga que a pedra. Gradualmente a gosma se aglutinou, formando o que parecia uma túnica negra que cobria uma forma de ossos esbranquiçada. Saavedra fez um barulho entre um grito e um gemido e eu sabia que ele estava morto. Tive um vislumbre da cara da criatura, com olhos vidrados sobre fileiras e mais fileiras de dentes pontudos.

Então ela se foi, indo na direção das linhas drens. Ela se movia sem sinais visíveis de esforço, como se fosse propelida por uma força externa a seu corpo. O fedor continuava.

Minha mente tinha dificuldade para se restabelecer diante de antes rígidas leis de existência. Precisava me recompor e sair. Saber que havia mais patrulhas drens perambulando pela área e a suspeita de que a simpatia delas pelo meu estado mental quando me vissem ao lado dos corpos de seus camaradas seria limitada foram argumentos suficientes para que eu me recolocasse em movimento.

Uma breve inspeção foi suficiente para confirmar que Saavedra não estava mais vivo. Ele era um patife mal-humorado, mas havia morrido como um homem e eu não tinha queixas quanto a sua conduta ou a seu caráter. Os ashers acreditam que a morte no campo de batalha é o único caminho para a salvação. Com relação a isso, sua divindade ameaçadora estava bem servida.

Não havia tempo para lamentações, e raramente há. Nove homens estavam mortos e haveria um décimo se eu continuasse mais tempo ali. Guardei meu punhal no cinto e fui ver o feiticeiro.

Adelweid estava no alto de uma pequena duna, com as mãos apertadas com firmeza na cintura, tão orgulhoso quanto um pavão, mas duas vezes mais enfeitado.

— Você viu aquilo? Deve ter visto. Você estava tão próximo do epicentro. Você deve ter conseguido um vislumbre dos reinos que existem além do nosso, deve ter visto as paredes que separa nosso mundo do seguinte bem diante de seus olhos. Você percebe o privilégio que teve?

Recostado em uma pequena pedra acinzentada estava Carolinus. Ele estava morto havia pelo menos alguns minutos. Um par de soldados drens jazia a alguns metros dele, unindo-se ao inimigo no repouso.

— O que aconteceu com ele? — perguntei, sabendo que não receberia exatamente uma resposta.

O devaneio de Adelweid foi momentaneamente interrompido.

— Quem? Ah, meu guardião. Ele está morto — limitou-se a dizer. O feiticeiro estava empolgado ao falar comigo agora, a excitação perceptível em sua voz, o mais perto de um humano que eu o havia visto até aquele momento. — Mas o sacrifício dele não foi em vão! Minha missão teve êxito e por essa terra arrasada eu posso sentir que meus camaradas também tiveram! Você foi duplamente abençoado, tenente, pois tem o privilégio de assistir ao colapso da Comunidade Dren!

Como eu não respondi, ele se virou na direção de onde deviam estar suas criações, observando enquanto explosões ocasionais de luz aconteciam ao fundo. À distância eu conseguia observar ondas daquelas criaturas seguindo em fluxo constante em direção ao leste. Adelweid tinha razão. De longe havia algo etéreo e de certa forma bonito sobre aquelas coisas. Mas a lembrança daquele fedor terrível e o som emitido por Saavedra quando seu coração parou ainda estavam frescos na minha memória e eu não compartilhava o conceito de Adelweid e pensava que o que eu havia visto não passava de uma abominação ante o Guardião dos Juramentos e todos os Daevas.

Então começou a gritaria. Um coro de gritos vindo das linhas drens. Em combate, o som da morte se mistura ao da batalha, os gritos dos feridos se misturam com os sons das espadas e dos tiros de canhão. Mas os últimos sons dos drens não eram diluídos por nenhum outro barulho, e por isso eram mil vezes mais terríveis. Adelweid abriu um sorriso.

Eu me ajoelhei ao lado de Carolinus. Ele havia cumprido sua missão e depois sangrou até a morte enquanto o feiticeiro executava horrores na escuridão bem ao lado dele. Seu punhal estava quebrado a seu lado e seus olhos estavam abertos. Eu os cerrei e peguei na mão sua arma danificada.

— Depois que você invoca aquelas coisas, seu trabalho termina? — perguntei.

Adelweid continuava olhando para o leste, à terrível devastação que sua criatura e seus irmãos estavam provocando, com uma cara em algum ponto entre a luxúria e o orgulho.

— Depois de conjuradas, as criaturas completarão suas missões e desaparecerão de volta a seu mundo — respondeu.

Ele estava tão entretido com a carnificina que não prestou atenção quando fiquei parado a seu lado e ficou ligeiramente mais atento quando enfiei a arma quebrada de Carolinus através de seu casaco feito sob medida. Retirei o punhal e joguei-o de lado. O corpo de Adelweid rolou atabalhoadamente pela colina.

Achei que alguém tinha que pagar pela morte de Saavedra e dos demais e, como não havia ninguém mais elevado na hierarquia por perto, Adelweid pagaria. E também achei que o mundo seria um lugar melhor sem ele.

Regressei a nossas linhas e informei que a missão fora concluída com sucesso, apesar do elevado número de baixas. O major não estava preocupado com as baixas, nem com a dos meus homens nem com a do feiticeiro. Fora uma grande noite e a véspera da carga final que destruiria a espinha dorsal da República Dren, e havia muita coisa a ser preparada. Ao amanhecer eu formei meu pelotão como parte de uma ofensiva total, daqueles que precisaríamos de dez mil homens para executar. Mas as defesas estavam fragmentadas, setores inteiros das trincheiras inimigas não tinham nada além de homens mortos, de corpos terrivelmente contorcidos, a causa de suas mortes incerta mesmo à plena luz da manhã. Os drens restantes estavam muitos dispersos e desestimulados para oferecer muita resistência.

À tarde o general Bors aceitou a capitulação da capital dren e no dia seguinte recebeu a rendição incondicional de Wilhelm van Agt, o último e maior chefe de Estado da Comunidade Unida Dren.

Não é assim que a história é contada no Dia da Lembrança, e eu não imagino que ela um dia chegará aos livros de história, mas eu estava lá e foi assim que a Guerra acabou. Ganhei uma medalha por aquilo — toda a companhia ganhou por ter sido a primeira a entrar em Donknacht — de ouro lavrado com um piqueiro montado em uma águia dren. Troquei a minha por uma garrafa do melhor uísque de centeio e por uma noite com uma prostituta Nestriann. Até hoje acho que quem lucrou com isso fui eu.

CAPÍTULO 12

Quando terminei de contar a história adaptada para o consumo público, o Grou se serviu de um copo de remédio amargo e o bebeu em pequenos goles, tendo arrepios. Eu nunca havia visto o Grou assustado. Não era um bom presságio para o meu futuro imediato.

— Você tem certeza que o monstro de Adelweid foi a mesma coisa que matou o kiren?

— Foi a impressão clara que eu tive.

— Uma criatura do vazio do além-mundo solta na Cidade Baixa — ele tomou o restante do remédio e depois secou os lábios com seu braço ossudo. — Pelo Guardião dos Juramentos.

— O que você pode me dizer sobre isso?

— Eu já ouvi lendas. Dizem por aí que Atrum Noctal, o falso monge de Narcassi, é capaz de espreitar o vazio entre os mundos e que as coisas que ele vê ali o atenderiam quando chamadas. Sessenta anos atrás, meu mestre, Ruão, o Implacável, liderou os feiticeiros do reino contra a Ordem da Quadratura do Círculo, cujas violações das altas leis eram tão chocantes que todos os registros de suas atividades foram destruídos. Mas por minha própria experiência... — ele parou e encolheu seus estreitos ombros — eu nunca vi. O estudo da Arte é um caminho sinuoso e repleto de ramificações. Antes da criação da Academia de Fomento às Artes Mágicas, os praticantes aprendiam o que seus mestres tinham a ensinar e estudavam o lado para o qual pendiam suas inclinações. Ruão não tinha bagagem de escuridão e, apesar de eu não mais servi-lo, mantive-me fiel a seus preceitos.

Ele então sorriu e eu percebi de certa forma surpreso que era a primeira vez que ele havia sorrido desde que eu tinha entrado. Pelo Guardião dos Juramentos, ele estava indo rápido.

— Para mim, a Arte nunca foi um caminho para o poder, muito menos uma forma de me aprofundar em segredos ocultos em um lugar onde nada que vive mora — as mãos dele começaram a emitir uma clara luz azul, com o calor gradualmente formando uma bola cintilante que descia por seus braços. Ele havia feito aquele truque uma vez para mim e para Célia quando éramos crianças, rolando a esfera por baixo das mesas e das cadeiras, sempre um pouco além do nosso alcance. — Meus dons servem à cura e à proteção, para abrigar os fracos e para dar descanso aos exaustos. Nunca desejei ser capaz de nada além disso.

Duas batidas agudas soaram de uma porta externa e Célia entrou. As ilusões diminuíram de tamanho e logo desapareceram.

O Grou voltou rapidamente seus olhos na direção dela.

— Célia, minha querida, veja quem voltou — havia um tom estranho na voz dele.

Célia cruzou a sala enquanto seu vestido verde-claro balançava suavemente, de acordo com seus movimentos. Eu me inclinei e ela beijou minha bochecha enquanto passava as mãos pelo meu rosto. Em torno de seu dedo indicador havia um anel de prata com uma enorme safira, símbolo de sua ascensão a Feiticeira de Primeiro Escalão.

— Que surpresa mais agradável. O Mestre suspeitou que não o fosse ver novamente, que a última visita tivesse sido um acaso feliz. Mas eu estava certa — disse ela.

— Sim, você estava certa, minha querida! Completamente certa! — admitiu Grou, com um sorriso tenso no rosto envelhecido. — E agora estamos todos juntos de novo aqui, como era antes — disse ele estendendo as mãos e as pousando levemente, uma em cada um de nós. — Como devia ser sempre.

Achei bom quando Célia se desvencilhou, assim eu também pude me soltar do aperto do Mestre. A boca de Célia formava um pequeno arco que parecia um sorriso.

— Tanto quanto eu amaria achar que tudo isso é puramente social, não posso evitar imaginar o que é que vocês dois pararam de falar assim que eu entrei na sala.

Dei um olhar na direção de Grou, na esperança de manter em segredo o teor da conversa, mas ou ele não percebeu meu sinal ou simplesmente o ignorou.

— Nosso amigo quer saber mais sobre a criatura que o atacou. Ele contou que viu algo parecido na Guerra. Eu acho que ele está pensando em se tornar um novo Guy, o Puro, caçando os inimigos de Sakra com uma espada de fogo sagrado — disse Grou antes de soltar uma gargalhada que se transformou em uma tossida.

Célia pegou o copo vazio das mãos de Grou e colocou um pouco mais de líquido verde do decantador antes de devolvê-lo a ele.

— Eu pensei que você estivesse cansado de brincar de heroi. Na verdade, pouca gente sobrevive a um encontro com o vazio, e aqueles que o vivem raramente anseiam por repetir a experiência — disse Célia.

— Sobrevivi a algumas coisas. Se o Primogênito quiser, sobreviverei a algumas mais.

— Sua bravura é inspiradora. Nós certamente vamos nos lembrar de encomendar um poema épico quando seu corpo estiver num caixão.

— Se vocês não conseguirem, façam então uma música. Sempre achei que merecesse uma ode.

Eu pensei que aquilo fosse pelo menos arrancar umas risadas, mas Célia não estava rindo e o Grou parecia não estar ouvindo.

— Talvez não seja uma escolha minha — eu disse. — Outra menina desapareceu.

O Grou interrompeu seu repouso e seus olhos anêmicos pousaram sobre meu rosto antes de se desviarem para os de Célia.

— Eu não sabia. Pensei que... — ele interrompeu o raciocínio, voltou a ficar em silêncio e bebeu o resto do conteúdo de seu copo. O que quer que fosse aquilo, sua ressaca seria grande no dia seguinte.

Célia colocou uma mão nas costas do Mestre e o conduziu até uma cadeira. Ele primeiro hesitou, mas depois se permitiu ser conduzido, afundando na poltrona e olhando para o vazio. Ela se inclinou e mexeu na cabeça dele, com seu colar de madeira pendendo sobre a abertura de seu vestido, que se apertou contra sua pele quando ela voltou a ficar em pé.

— É uma notícia terrível, mas não entendo o que isso tem a ver com você.

— A Coroa sabe que eu estava lá no primeiro caso. É só uma questão de tempo até virem atrás de mim, e se eu não tiver algo para dar pra eles... a coisa pode ficar ruim.

— Mas você não tem nenhuma habilidade com Arte. Eles precisam entender isso. Você era um agente. Eles vão ter que te dar ouvidos.

— Eu não deixei o serviço à Coroa com uma baixa honrosa. Eu perdi minha patente. Eles vão adorar ter algo para pregar em mim só pra juntar os pontos — disse eu. Que estranha concepção as classes mais elevadas têm das forças da lei. — Eles não são homens de bons modos.

Quando Célia voltou a falar, seu tom era firme e sério. — Tudo bem então. Se você está nessa, nós estamos nessa. Qual é o próximo passo?

— Nós?

— Por mais que sirva a sua vaidade bancar o lobo solitário, você de fato não é a única pessoa preocupada com o que acontece na Cidade Baixa. E por mais difícil que seja acreditar nisso, o tempo passa dentro do Ninho da mesma forma que passa fora — ela levantou a mão para a luz, o que chamou a atenção para o seu anel. — Dada a natureza da sua investigação, talvez não seja de todo ilógico confiar na assistência de uma Primeira Feiticeira do Reino.

— Talvez não seja — admiti.

Ela mordiscou os lábios, pensativa. Tentei não notar sua sensualidade.

— Espere aqui. Tenho uma coisa que pode ajudá-lo.

Eu a observei enquanto saía e depois me voltei para o Grou.

— Sua pupila assume com competência suas novas responsabilidades.

Ele respondeu sem olhar para cima.

— Ela não é mais a menina que era antes.

Eu ia continuar a falar, mas quando vi seu rosto na luz que diminuía, frágil como se pudesse de repente se desfazer em poeira, achei melhor não e esperei em silêncio até que Célia voltasse.

— Tire sua camisa — ordenou ela.

— Sei muito bem do meu irresistível poder de sedução, mas eu não imaginei que fosse a hora certa de sucumbir a ele — ela revirou os olhos, fez um gesto de desprezo com a mão. Eu atirei meu casaco em uma cadeira próxima e tirei minha túnica pela cabeça. Sem ela, percebi que a sala tinha uma corrente de ar forte. Esperei que a ideia de Célia não fosse perda de tempo.

Ele vasculhou um bolso de sua roupa e pegou uma safira, de um azul perfeito e aproximadamente do tamanho de uma unha.

— Eu enfeiticei isso aqui. Se ele parecer quente ou se lhe causar dor significa que você está na presença da magia negra, seja o próprio praticante ou alguém próximo dele. Ela pressionou a pedra contra meu peito, abaixo do ombro. Senti uma queimação e quando ela tirou o dedo, a joia estava presa em meu corpo.

Dei um grito baixo e esfreguei a pele em torno da joia.

— Por que você não me avisou que ia fazer isso?

— Pensei que você encararia melhor se fosse surpresa.

— Isso é bobagem — respondi.

— Acabei de lhe conceder uma dádiva poderosa, uma dádiva que pode muito bem salvar a sua vida, e você reclama da picada necessária para implantá-lo.

— Você está certa. Obrigado — senti como se tivesse algo mais a dizer, mas a gratidão é uma emoção cuja demonstração raramente me é exigida, e a inversão de nossos papéis tradicionais me deixou abalado. — Obrigado — repeti meio sem jeito.

— Não precisa agradecer. Você sabe que eu faria qualquer coisa por você — os olhos dela baixaram para meio peito nu. — Qualquer coisa.

Coloquei a camisa e peguei meu casaco, o melhor que eu pude fazer para mascarar minha incapacidade de achar algo para dizer.

— E agora? — perguntou Célia, toda empolgada.

— Tenho algumas ideias. Voltarei dentro de um ou dois dias e te avisarei se alguma coisa acontecer.

— Faça isso. Farei contato com algumas pessoas que conheço no Birô de Assuntos Mágicos, para ver se tem algo que eles possam me dizer.

Grou quebrou o silêncio com uma nova tossida e decidi que era hora de ir. Agradeci ao Mestre, que me fez um rápido aceno enquanto tossia.

Célia acompanhou-me até a porta.

— Preste atenção na joia — ela disse seriamente. — Ela o levará ao culpado.

Dei uma olhada para trás enquanto descia as escadas. A tosse de Grou ecoava pelas pedras azuis enquanto Célia me observava do terraço, seu rosto preocupado, seus olhos negros.

CAPÍTULO 13

deixando de lado os recentes sobressaltos, eu ganhava minha miserável vida vendendo drogas e não seria muito benéfico eu me esquivar da Coroa se perdesse meu negócio nesse processo. Além disso, depois de um dia de caos, um simples vislumbre de tráfico parecia a coisa certa para descansar a cabeça. Yancey tinha me pedido para aparecer na mansão de um dos nobres para o qual não dava a mínima, mas disse que haveria dinheiro na parada. Parei na barraca de um ilhéu perto das docas e pedi um rápido prato de frango apimentado antes de começar a caminhada.

Se você sair do centro e seguir reto rumo ao norte vai chegar ao Morro de Kor, onde as famílias tradicionais e os novos ricos estabeleceram um paraíso fora das vistas das massas. O ar limpo substitui o cheiro ruim das oficinas de fundição e da podridão do porto, enquanto vielas apertadas e edificações compactas dão lugar a amplas avenidas e a mansões belamente mantidas. Eu nunca gostei de ir praquele lado, cada fraude que valesse o suborno saberia que eu não era dali, mas eu também não poderia pedir a qualquer aristocrata atrás de uma grama de mercadoria para fritar seu cérebro se ele queria me encontrar na frente do Conde. Coloquei as mãos nos meus bolsos e acelerei o passo, tentando não fazer parecer que eu estava em uma missão de legalidade duvidosa.

Parei no endereço que Yancey havia me passado. Pelo portão de ferro forjado eu podia ver acres de jardins bem cuidados. A pouca luz da noite era suficiente para deixar visíveis os contornos das floreiras e das podas ornamentais. Segui o muro de tijolos que conduzia ao fundo do terreno — cavalheiros da minha profissão raramente entram pela porta da frente. Depois de algumas centenas de metros cheguei à entrada dos empregados, bem menor e bem mais feia.

O segurança perto da porta era um tarasaihgn de aparência avermelhada e mechas bagunçadas de cabelo de fogo, incomum entre os habitantes do pântano, que avançavam em um círculo quase igual do couro cabeludo até o rosto. Seu uniforme estava um pouco gasto, apesar de bem cuidado, assim como o homem que o vestia, perto dos cinquenta, mas com pouca coisa que demonstrasse isso além de uma modesta protuberância acima da linha do cinto.

— Sou amigo de Yancey, o Rimador — disse eu. — Não tenho convite.

Para a minha surpresa ele estendeu a mão para me cumprimentar.

— Sou Dunkan Ballantine e também não tenho convite.

Retribuí o cumprimento.

— Não acho que isso seja um pré-requisito para montar guarda.

— Também não é para obter entrada, pelo menos para aqueles que foram recomendados por Yancey.

— Ele já chegou? — perguntei.

— Não haveria festa sem o Rimador à mão para entreter a nobreza — disse. Ele então olhou em volta em uma mesura exagerada de segredo e disse: — É claro que, cá entre nós, ele guarda as melhores coisas para os intervalos! Você provavelmente irá encontrá-lo do lado de fora, ajudando a fazer fumaça na cozinha — ele piscou os olhos para mim e riu.

— Obrigado, Dunkan.

— Não há de quê. Talvez você me encontre aqui na saída.

Segui por um caminho de pedras pelos jardins verdejantes até o fundo da mansão. Já podia distinguir o som da música, além de um cheiro familiar de vinonífera carregado pela fria brisa da noite. O primeiro eu supus que vinha da festa, mas o segundo eu atribuí à figura pequena e de pele escura oculta pela sombra do casarão de atijolado de três pavimentos e que murmurava algo ritmadamente.

Yancey me passou o fumo que ele estava puxando sem interromper seu fluxo perfeitamente sincopado. A vinonífera de Yancey era boa, como sempre, uma mistura poderosa, mas não excessivamente forte, e eu expeli uma fumaça azul-prateada na escuridão da noite.

Ele terminou sua intonação.

— Vida segura.

— E você, irmão. Fico feliz que tenha aparecido aqui. Você andava um pouco abalado ultimamente.

— Eu estava tirando uma série de sonecas. Perdi sua apresentação?

— A primeira. Pus a banda pra tocar agora. A mãe mandou um alô. Ela quer saber por que você andou sumido nos últimos tempos. Eu disse que é porque ela continua tentando te arranjar um casamento.

— Astuto como sempre — respondi. — Quem eu vim ver?

Ele estreitou o olhar e pegou a ponta da minha mão. — Então você não sabe?

— Sua mensagem só dava o endereço.

— É o rei macaco em pessoa, irmão. O duque Rojar Calabra III, o lorde Beaconfield — ele sorriu e seus dentes brancos contrastaram com sua pele e com a escuridão da noite. — O Espada Sorridente.

Soltei um assovio baixo, desejando agora que não tivesse saído alto demais. O Espada Sorridente, cortesão famoso, duelista celebrado e *enfant terrible*. Acreditava-se que ele tinha influência sobre o príncipe herdeiro. Também era considerado o espadachim mais mortífero desde que Caravollo, o Intocável, suicidou-se depois que seu namorado morreu de Febre Vermelha trinta verões antes. Yancey normalmente tocava para os filhos mais jovens de nobres menores e para aristocratas em decadência. Ele realmente estava subindo na vida.

— Como você o conheceu? — perguntei.

— Você conhece minhas habilidades. O homem me viu rimando alguma coisa em algum lugar e abriu o espaço para eu preencher — gabou-se. Yancey não era muito inclinado à falsa modéstia. Ele soltou fumaça pelas narinas e ela se aglomerou na frente dele, envolvendo seu rosto em uma verdadeira aurora espectral. — A questão é: por que ele quer conhecer você?

— Imaginei que ele quisesse comprar um pouco de drogas e você contou para ele que eu era o homem com quem deveria conversar. Se ele me chamou aqui para aulas de dança, imagino que vá ficar chateado com nós dois.

— Eu te coloquei na linha, mas não te coloquei no esquema. Eles queriam você em particular. Para falar a verdade, se eu não soubesse que sou um gênio, eu suspeitaria ter sido contratado só por conta disso.

Essa última revelação foi suficiente para acabar com qualquer bom humor proporcionado pela vinonífera. Eu não sabia por que o duque queria me ver nem imaginava como ele havia descoberto quem eu era, mas se havia uma coisa que trinta e cinco estranhos anos incrustado nas entranhas da sociedade Rigun haviam me ensinado era nunca chamar a atenção da nobreza. Era melhor continuar sendo apenas mais um soldado do exército de Sakra nascido para atender a seus caprichos, um nome quase esquecido fornecido por outro membro de seu círculo.

— Fica esperto com esse cara, irmão — disse Yancey enquanto se livrava da ponta.

— Perigoso?

Ele respondeu em um tom extraordinariamente solene, dados nossos cinco minutos de recreação.

— E não apenas com a espada.

O Rimador me conduziu pela porta dos fundos e passamos por uma ampla cozinha, onde um exército de cozinheiros trabalhava freneticamente, cada um cuidando de uma série de quitutes tão apetitosos quanto delicados. Lamentei ter me enchido de frango apimentado, se bem que provavelmente eu não seria convidado a desfrutar do banquete. Eu e Yancey esperamos um intervalo naquela movimentação toda e então entramos discretamente no salão principal.

Eu havia ido a muitas dessas pequenas soirées oferecidas pelos contatos de Yancey, mas aquela era definitivamente uma das melhores. Os convidados eram daquele tipo de gente que parece merecer estar em um determinado lugar, o que nem sempre é o caso.

Apesar de que provavelmente muito daquilo se devia à arquitetura. A sala de estar era provavelmente três vezes maior que o Conde, mas com exceção do tamanho praticamente não havia nada ali que pudesse ser comparado com o modesto estabelecimento de Adolphus. Paredes de madeira intrincadamente trabalhadas levavam a elaborados carpetes kiren. Uma dúzia de enormes candelabros de vidro, cada um deles com umas cem velas de cera, descia do teto dourado. No centro daquilo tudo, um círculo de nobres se divertia aos passos complicados de uma contradança, movendo-se ao som da banda que havia entrado depois da apresentação da Yancey. Em torno desse grupo havia pequenas aglomerações de cortesãos rindo e conversando. Ao redor deles, ao mesmo tempo onipresentes e inofensivos, circulavam os empregados, carregando canapés e bebidas de todos os tipos.

Yancey aproximou-se de mim e disse: — Vou avisar o dono da festa que você chegou — e se embrenhou pelo meio da multidão.

Peguei uma taça de champanhe da bandeja de um garçom que passou perto de mim. Ele pigarreou com desdém. O grau de desdém que os subalternos se dispõem a manifestar em nome de seus patrões é uma perpétua fonte de distração para mim. Dei um gole em meu espumante e tentei me lembrar dos motivos pelos quais eu odiava aquelas pessoas. Era difícil lembrar. Elas eram bonitas e pareciam estar se divertindo bastante enquanto eu me esforçava para manter meu ressentimento da classe em meio à efusão de risos e cores. A vinonífera que fumei não ajudava em nada e sua sensação prazerosa embotava meu aguçado amargor.

No meio de toda luz e todo brilho, uma pessoa no canto parecia uma unha quebrada em uma mão bem cuidada. Ele era baixo e robusto, nanico mesmo, e não fazia o suficiente para cuidar do pouco corpo que tinha. Uma capa de gordura cobria a fivela de seu cinto e o nariz avermelhado indicava uma familiaridade mais que passageira com a bebida. Sua roupa adicionava uma nova peça ao mistério, uma vez que eu duvidava muito que o duque contrataria um indivíduo cujo físico denunciasse tão claramente a pobreza de sua criação e tinha certeza que ele não deixaria que a pessoa se vestisse de um jeito tão estranho. Aquela roupa já fora cara, mesmo que nunca tenha entrado na moda, uma camisa preta de botões com calças da mesma cor, com corte e tecido trabalhados por um grande alfaiate. Mas o cuidado do fabricante foi traído pelo uso inadequado e por uma mancha de barro que subia da bota de couro pela barra da calça. O casaco estava num estado um pouco melhor.

Se eu não tivesse sido convidado para preencher a vaga, eu poderia considerá-lo um concorrente, pela forma como ele combinava uma incipiente riqueza com um toque de violência. Se tivesse cruzado com aquele tipo na Cidade Baixa, teria imaginado que ele era um golpista barato ou um vendedor de baixo nível e jamais teria olhado uma segunda vez para ele. Mas aqui, cercado pela nata da sociedade Rigun, ele exigia observação.

Além disso, ele estava olhando deliberadamente para mim desde a hora que passei pela porta, com um leve sorriso de escárnio no rosto, como se soubesse de algum vergonhoso segredo meu, e estava gostando da indiscrição.

Quem quer que fosse ele, eu não tinha o menor interesse em retribuir o seu escrutínio, uma vez que observei tudo aquilo apenas de canto de olho. Mas eu continuava atento o suficiente para vê-lo caminhar lentamente em minha direção, de um jeito esquisito, meio de lado.

— Você vem sempre aqui? — perguntou ele antes de cair numa gargalhada. Sua voz tinha um sotaque carregado e ele tinha risada feia, de acordo com tudo mais nele.

Dei a ele o sorriso amarelo que se dá quando se diz a um mendigo que não tem trocado para dar.

— Qual é? Não tenho classe suficiente para que se possa conversar?

— Não é nada pessoal. Eu sou surdo-mudo.

Ele gargalhou novamente. Na maior parte das pessoas a jocosidade é uma qualidade no mínimo inocente, quando não prazerosa. Mas o estranho era daquele tipo de tagarelice que entra pelos ouvidos como uma lona áspera em cima de uma ferida aberta.

— Você é engraçado. Um verdadeiro palhaço.
— Sempre por aí para iluminar a festa.

Ele era mais jovem do que eu inicialmente imaginara, mais jovem que eu — a vida dura o envelheceu precocemente, acinzentando sua pele e enrugando seu rosto e suas mãos. As mãos eram cobertas por uma estranha variedade de anéis, prata legítima incrustada de pedras tão brilhantes e berrantes que eu imediatamente percebi que eram falsas, bugigangas que uma vez mais denunciavam riqueza gasta sem o benefício do gosto. Ele mantinha a boca entreaberta, filtrando o ar por uma fileira de dentes tortos, encardidos onde não tinham sido substituídos por ouro de tolo. Seu hálito recendia a uma combinação desagradável de carne salgada e vodca.

— Eu sei o que você está pensando — ele disse.

— Então eu espero que você não se sinta facilmente ofendido.

— Você está pensando: como é que eu vou conseguir chegar em alguma dessas belezinhas circulando por aí com esse idiota horrível buzinando no meu ouvido?

Aquilo realmente não era o que eu estava pensando. Eu estava ali a negócios e, mesmo que não estivesse, duvido que teria alguma espécie de sucesso amoroso, por ser o que eu era e pela aparência que tinha. Dito isto, se eu tivesse a esperança de encontrar uma companhia, aquele tumor grudado em mim provavelmente não me ajudaria.

— Mas veja só, essas vagabundas — ele balançou o dedo indicador na frente do meu rosto como um professor dando uma bronca — não estão interessadas em caras como nós. Nós não somos bons o bastante para elas.

Até mesmo para os meus padrões, aquilo era bastante chocante. Eu e o estranho estávamos chegando ao fim de nossa conversa, de qualquer forma.

— Temos muita coisa em comum, eu e você?

— No que diz respeito a mulheres, temos muitas coisas em comum — ele respondeu seriamente, dando ênfase a cada palavra.

— Essa foi boa — respondi. — Mas se estamos os dois na mesma ponta, que tal você me fazer um favor de dar no pé.

— Não precisa ser desrespeitoso. Eu vim até aqui, conversei com você como homem e agora você me manda embora assim. Você não difere em nada desses bastardinhos mimados de nariz empinado. E eu aqui achando que nós dois podíamos até ficar amigos.

Nós estávamos chegando perto de aquilo se transformar num espetáculo, algo que se tenta evitar quando se entra na casa de uma pessoa com a intenção de vender drogas.

— Estou bem de amigos, estou cheio de parceiros e já esgotei minha cota de conhecidos. As únicas aberturas que eu tenho são para os estranhos e para os inimigos. É melhor você continuar sendo o primeiro do que se descobrir o segundo.

Até aquele momento eu havia considerado o homem inofensivo e pensei que seria fácil assustá-lo. Mas minhas palavras tiveram pouco efeito sobre ele, a não ser por um tom de ameaça em seus olhos injetados.

— É assim que você quer. Por mim tudo bem. Já tive muitos inimigos, ainda que não por muito tempo.

Eu me peguei então desejando poder voltar para o início da cena, mas já tendo tirado as luvas, havia poucas opções além de continuar naquele tom.

— Você fala como um homem que ainda não apanhou hoje — disse eu antes de avistar Yancey, que acenava para mim. — Mas agora não é hora de corrigir essa situação.

— Você terá uma nova chance! — gritou ele pelas minhas costas, alto o bastante para chamar a atenção dos convidados que estavam por perto. — Não se preocupe com o placar!

Foi um interlúdio desagradável, daquele tipo que prenuncia futuros desconfortos, mas eu tirei aquilo da cabeça enquanto caminhava na direção do duque, com cuidado para não me intrometer nos grupos de aristocratas em flerte.

Se a raça humana alguma vez já inventou uma instituição mais eficaz na propagação de debilidades intelectuais e éticas do que a nobreza, eu ainda preciso me deparar com ela. Pegue o resultado de meio milênio de cruzamentos entre mongoloides, primos de primeiro grau e hemofílicos. Crie-os com a ajuda de gerações de babás inchadas, confessores estragados pela bebida e acadêmicos fracassados, pois Sakra sabe que a mamãe e o papai estão ocupados demais tropeçando na corte para poder cuidar da criação de um filho. Garanta que os treinamentos recebidos por eles na juventude não se estenda a nada mais prático do que a esgrima e um punhado de idiomas que ninguém mais fala, assegure a eles uma fortuna ao alcançarem a maioridade, deixe-os fora do alcance de qualquer sistema jurídico mais desenvolvido que o *código duello*, adicione as inclinações gerais humanas para a preguiça, a avareza e a intolerância, mexa bem e *voilà*, você tem a aristocracia.

À primeira vista, o lorde Beaconfield parecia-se em cada centímetro com um produto de seu motor social infernal. Seu cabelo estava cortado num estilo que imaginei ser a mais nova moda na corte e ele tinha um cheiro forte de mel e água de rosas. Suas bochechas avermelhadas conduziam a um cavanhaque tão perfeitamente barbeado que era possível jurar que tinha sido pintado e ele vestia roupas de um colorido brilhante que chegava ao ponto de ser vagamente enjoativo.

Mas havia algo que não me permitiria desqualificá-lo por completo, uma agudeza no olhar que me deixou a pensar se aquela roupa não seria quase um disfarce. Talvez fosse a forma como a mão dele flutuava sobre a empunhadura do florete, bem usado e surpreendentemente simples em relação ao restante de suas roupas. Talvez fosse o fato de por baixo de todo aquele frufru haver uma musculatura que falava mais de longas horas banhado em suor do que em perfume. Ou talvez fosse por saber que o homem diante de mim provavelmente havia matado mais homens do que o carrasco da Coroa.

Seu entourage, em contrapartida, era formado por exemplos definitivos de seu tipo ao ponto de não valer menção, todos eles vestido como seu chefe, todos eles narcotizados quase ao ponto do esquecimento.

Yancey me deu um olhar destinado a me lembrar de sua advertência anterior e começou a falar no dialeto afetado que ele usava com os ricos e os brancos.

— Este é meu parceiro, a pessoa quem falava a você.

— É um prazer conhecê-lo, milorde — disse eu, recurvando-me de um jeito que seria bem aceito em qualquer corte do reino. — E verdadeiramente posso afirmar que é uma honra ter minha presença aceita num recinto de tamanha elegância. Certamente os Daevas sobre Chinvat não festejariam melhor.

— Uma de minhas festas menores, pouco mais que um aquecimento para o baile de gala da próxima semana — ele sorriu, aberta e vitoriosamente, estranhamente natural até mesmo através da maquiagem parecida com a de uma prostituta.

— Homens de meu calibre considerariam até mesmo a mais modesta de suas diversões algo perto do divino — elogiei. Aquilo já estava ficando maçante, mas eu estava conversando com um homem maquiado.

— Disseram a mim que você era um homem de vastos recursos, mas nada me falaram sobre seu charme.

— Se eu fosse suficientemente arrogante ao ponto de contradizer o meu senhor, eu negaria tão injustificado elogio, mas sendo eu uma alma tímida, posso apenas agradecer ao meu senhor por sua gentileza.

— Você era professor de etiqueta antes de adotar sua atual profissão?

— Eu fiz muitas coisas antes de adotar minha atual profissão, meu bom senhor — respondi. Aquilo estava demorando mais do que precisava. Não havia dúvida que os convidados já começavam a se perguntar por que o anfitrião dava tanta atenção a um homem feio e sujo. — E eu faço uma série de coisas ainda hoje. Talvez sua excelência queira me indicar a qual delas considera mais agradável recorrer?

Houve uma pausa considerável no diálogo enquanto os olhos brilhantes do Espada pousavam sobre mim. Comecei a me questionar se não haveria eu superestimado a sobriedade do duque.

— Talvez um dia nós discutamos em mais detalhes a gama de assistências que você pode me proporcionar. Enquanto isso não acontece, o Tuckett aqui o colocará a par dos detalhes — ele sinalizou para um cavalheiro de boca fechada que vestia um fino casaco preto e estava ao lado. — Regresse em breve. Um homem de tantas inteligência e utilidade é bem-vindo em minha propriedade independentemente da ocasião.

Eu me recurvei uma vez mais diante dele e de seus acompanhantes. Nenhum deles retribuiu a mesura, mas Yancey fez um rápido sinal positivo com a cabeça enquanto eu me afastava. O empregado do Espada me conduziu para fora da sala e entramos em um pequeno corredor adiante.

De perto, Tuckett tinha cheiro de tinta e repartição pública. Mexendo a língua de um jeito desagradável, ele pegou um pedaço de papel de um bolso no seu peito, desembrulhou-o e me entregou.

— Isto detalha os itens que o mestre deseja adquirir.

Tentei não parecer surpreso com o volume e a variedade.

— A vinonírica e o Sopro de Fada eu posso entregar agora mesmo. O restante eu posso conseguir em um ou dois dias. Exceto pelo último item. Eu não carrego essa erva aqui. Vocês vão precisar de outra pessoa para isso.

— Eu não sabia que homens de sua linha de trabalho podiam se permitir tais particulares.

— Fico feliz por ter ajudado a aprofundar seu conhecimento.

Ele ficou irritado e se pôs a pensar em algo inteligente a dizer. Esperei alguns segundos para dar a ele a oportunidade. Quando ficou claro que ele não iria aproveitar, eu voltei a falar:

— Eu suponho que você seja o responsável pelo pagamento.

Ele pegou uma bolsa grande e a entregou a mim com um terrível ar de superioridade, já que estávamos concluindo uma transação de entorpecentes. Havia mais do que o necessário. Muito mais.

— O duque é muito generoso.

— Meu senhor está comprando o seu silêncio, e a sua lealdade.

— Diga a ele que pelo primeiro eu não cobro e que o segundo item não está à venda — coloquei o saco com o dinheiro dentro da minha sacola e entreguei a ele quase tudo o que eu tinha em mercadoria.

Ele pegou tudo com um impressionantemente coreografado ar de desdém.

— Siga por este corredor até o jardim. Uma trilha o conduzirá até a porta lateral.

— O cavalheiro com quem eu conversava antes — interrompi — quem era ele?

— Acredite o senhor em mim ou não — ele enfatizou a palavra "senhor" para deixar claro que ele não me considerava merecedor de tal tratamento — eu não cheguei ao ponto de acompanhar todos os seus movimentos.

— Você sabe de quem eu estava falando. Ele estava fora de lugar ali.

— Não que seja do seu interesse, mas eu suponho que o senhor esteja falando do feiticeiro Brightfellow.

Se havia uma pessoa que eu não confudiria com o barrilzinho que acabei de conhecer era a Rainha de Ostarrica. Mas se havia uma segunda, era um praticante da Arte. Eu deixei aquela informação encontrar seu lugar enquanto eu procurava meu caminho para a noite aberta.

No fim das contas, aquela noite não estava muito diferente de uma centena de outras, uma reunião de sangues-azuis entediados felizes em trocar a herança herdada por felicidade alquímica, e eu estava igualmente feliz por ser o agente responsável pela entrega. Um negócio como outro qualquer, de verdade, como eu achei que fosse ser, à exceção de um detalhe, uma coisa pequena em que eu mal tive tempo de pensar enquanto caminhava de volta até o Conde.

Do momento em que comecei a falar com Beaconfield até sair de sua vista, a safira no meu peito queimou como se eu estivesse sendo picado por uma vespa. Eu me incomodei com isso enquanto voltava para casa e pensei que eu talvez acabasse me encontrando com o Espada mais cedo do que ele esperava.

CAPÍTULO

cordei com a cara gorda de Adolphus em cima da minha enquanto suas enormes mãos me sacudiam rudemente em meu repouso.
— Eles encontraram a menina — avisou.

Estava claro que ele não queria dizer que ela estava viva. Eu o empurrei e me sentei.

— Os gélidos já vieram aqui? — perguntei.

— Ainda não.

Nós não tínhamos muito tempo. Peguei minha bolsa da cadeira e a entreguei para Adolphus.

— Diga ao Garrincha para levar isso até o Kid Mac. E dê a ele algo para fazer que o deixe longe do bar por algumas horas.

— Mais alguma coisa?

— Apenas não arrume confusão quando eles chegarem. Deixe que eles subam e não fique nervoso. Eu cuido disso.

Ele engoliu seco e saiu.

Vesti minhas roupas, calcei as botas e voltei a me deitar. Pelo menos eu não estaria nu quando eles chegassem; aquele era o máximo de preparativo que era possível realizar.

Adolphus estava certo de estar nervoso — Crispin era uma coisa, o que quer que houvesse entre nós, ele sabia que eu não estava matando crianças por aí. Mas eles não mandariam Crispin atrás de mim, pois Crispin ia atrás de assassinos e criminosos e ninguém importante estava interessado na menina morta. Eles estavam interessados no praticante que a havia matado, e aquilo significava Operações Especiais, e a Operações Especiais era toda uma nova caldeira de vermes.

O Império é uma imensa máquina, um grande motor, milhões de engrenagens em funcionamento, e nada assim tão complexo opera perfeitamente. Quando ele quebra, quando uma mancha de sujeira embaça uma lente ou quando a engrenagem trava, alguém precisa estar a postos para fazer os reparos necessários. Esta é a função da Operações Especiais: manter as engrenagens em rotação rápida e suave e garantir que qualquer coisa pega entre elas saia de cena sem ser percebida.

Dei um suspiro melancólico. Um dia eu cheguei a ser a estrela brilhante naquela engrenagem. A vida é estranha de vez em quando.

Quando eles vêm, eles vêm com força. Eu pude ouvir a porta lá de baixo sendo aberta com um chute e ameaças obscenas sendo gritadas. Esperava que Adolphus não fizesse nenhuma tolice. Toda aquela gordura e todo aquele bom humor escondem um homem capaz de extraordinária violência. Se a coisa azedasse, eles teriam que matá-lo para passar por ele, mas no fim o sangue no chão não seria somente o dele.

Mas eu não ouvi os sons de vidros se estilhaçando ou de móveis quebrando que sucederiam a perda das estribeiras por parte de meu amigo, então eu presumi que ele estivesse seguindo minhas ordens à risca. Passos reverberaram pela escada, a porta se abriu e de repente eu estava de frente para o lado errado de um arco enquanto um jovem agente gritava ordens para que eu me deitasse no chão. Logo atrás dele vinha uma dupla de cavalheiros grandalhões que garantiram que eu obedecesse já ao primeiro comando.

Eu estava com o rosto no chão, as mãos algemadas e com um joelho nas costas quando ouvi uma voz já quase esquecida.

— Eu sempre achei que se rodasse por aí por tempo suficiente a gente se encontraria de novo. Só não pensei que fosse ser tão bom assim.

A pressão sobre minha coluna diminuiu e mãos ásperas me colocaram novamente em pé. Diante de mim estava um homem de rosto duro sobre um corpo musculoso e repleto de cicatrizes.

— Olá, Crowley. É bom ver que a estupidez não é um empecilho para uma carreira duradoura no serviço à Coroa — provoquei.

— Ainda temos a língua afiada, hein, garoto? — ele riu de um jeito sombrio, com seus olhos pequenos e brilhantes sobre um nariz achatado e reluzente. Seu punho me atingiu e logo eu estava de joelhos, tentando não vomitar e desejando voltar atrás os últimos dez segundos. Crowley gargalhou e se inclinou perto de mim. — Peguei você, garoto. Te peguei pelos culhões.

Eu sussurrei uma resposta:

— Você sempre foi fascinado pelas minhas bolas. — Foi uma tentativa infantil de piada e eu lamentei tê-la feito antes mesmo de Crowley sentar sua outra pata gorda no meu rosto.

— Você sempre foi de aguentar uma boa surra — disse ele enquanto estalava os dedos. — Você é o campeão dos pesos-pesados de ficar com a bunda arrombada. Mas eu não sou burro ao ponto de arrancar mais pele dessa sua cara de pau. Temos especialistas para isso.

Cuspi um pouco de sangue no chão sujo e tentei parecer valente.

Crowley ergueu-me novamente.

— Cochrane, você e Talloway ficam comigo. O restante de vocês vai para a cena do crime. Levem homens suficientes — disse. Depois ele se voltou para mim. — Vou admitir que, da mesma forma que fico puto por você se safar, valeu a pena ter a chance de te quebrar de novo.

Dessa vez eu fui espeto o bastante para continuar quieto.

Adeline estava lá embaixo, ao lado da lareira, olhando feio e com toda a ferocidade de uma matriarca ferida. O momento de crise revelava sua essência firme. Adolphus estava sentado em uma mesa. Um agente com um arco o vigiava. Os dois estavam sendo muito valentes por mim. Foi algo que apreciei muito.

A caminhada pareceu muito longa. Eles não me deixaram pegar um casaco e eu tremia de frio. De vez em quando Crowley dizia algo ofensivo e nada original, mas a maior parte do que ele disse se perdeu com o vento. Em torno de nós as multidões abriam caminho. Os habitantes da Cidade Baixa não tinham a menor pressa em compartilhar o destino para o qual eu me encaminhava.

Na hora que chegamos à Casa Negra tinha começado a garoar. Crowley parou por um segundo, o suficiente para esmurrar minha barriga. Olhei para o céu cinza e fiquei vendo gotas de água fria caindo das nuvens. Uma gota caiu na minha testa. Eles então me levaram para dentro e eu tratei de manter o rosto firme, mesmo quando passamos pela porta sem nada escrito que leva aos subterrâneos da Casa Negra, mesmo quando eles abriram a porta da minha cela.

O espaço era deliberadamente vazio, exceto por uma cadeira de aço para o prisioneiro e a mesa diante dela. No centro, havia um cano de ferro pequeno, mas impossível de não ser percebido, que ia para os esgotos. Eu sempre odiei aquele lugar quando era agente e não gostava nem um pouco mais dele agora que estava do outro lado.

Parado num canto havia um interrogador. Ele vestia um tradicional traje vinho, uma capa que descia até altura dos pulsos abaixo do capuz afunilado. Uma sacola preta com seus instrumentos de trabalho pendia de sua mão. Esse era grande, gordo na verdade, com uma massa de carne saltando de seu uniforme vinho. Mas a tortura não é particularmente exigente com o físico, pelo menos não para aquele que tortura. E a corporação seguia padrões estritamente rigorosos — eu tinha certeza de que ele estava apto para a tarefa.

— Curte o cenário? — perguntou Crowley. Um chute nas costas me fez cair. Tentei me levantar com dificuldade, mas, antes que eu conseguisse, os homens de Crowley me agarraram e me levaram à força até a cadeira, soltando minhas mãos algemadas atrás das costas e prendendo-as novamente com as duas amarras de couro instaladas nos braços da cadeira.

— Eu sabia que um dia você voltaria aqui. O Comandante pensou que você fosse deixar a gente triste, que talvez você escapulisse da Cidade Baixa numa noite qualquer. De jeito nenhum, eu dizia. O garoto gosta muito da gente para um dia partir. Ele vai voltar. Mas nem mesmo eu achei que você fosse estar desesperado a esse ponto. Magia negra? — disse ele com o dedo gordo em riste na frente do meu rosto. — Desta vez você se fodeu.

Crowley pegou um cigarro no bolso. Ele mordeu a ponta com seus dentes acinzentados e quadrados e, com os lábios rosados, tragou até conseguir uma boa puxada. Uma espessa trilha de fumaça atravessava seu olhar malicioso.

— Quem você acha que nós estamos esperando agora?

Como se fosse ensaiado, entrou ali um homem de uniforme impecável e cara de avô e aí então eu constatei que estava mesmo fodido e mal pago.

A pessoa mais poderosa de Rigus podia ser a Rainha, ou então o Alto Chanceler, ou então um pequeno homem de olhar franco que trabalha em uma sala sem janelas no centro da Casa Negra e que tem dentro um recuo onde sua alma deve estar. O Comandante, o Guardião de Operações Especiais, um título até ingênuo para o chefe dos serviços de espionagem do Império. Os olhos na janela são dele. O ouvido atrás da porta também. Se alguma porcaria acontecer com você ele vai saber e se não houver nenhuma porcaria e ele precisar de uma, vai fazer acontecer. Mais homens morreram por um sinal da mão dele do que por causa da peste. Há um quarto de século ele está no comando da maior organização já construída pelo homem com o propósito de usurpar e manter o controle sobre seus semelhantes.

Se você passar por ele na rua, ele te cumprimentará com um toque no chapéu e você retribuirá o cumprimento. A maldade muitas vezes é assim.

O riso do Comandante enrugou seu rosto e seus olhos brilhavam de alegria.

— Que coisa maravilhosa é ver um de meus meninos voltar depois de uma ausência tão longa. Sentimos muito sua falta aqui em seu velho lar.

A simples visão dele foi suficiente para iniciar um pequeno incêndio em meu estômago.

— Pensei em passar aqui para ver como as coisas estavam. Vocês todos parecem muito ocupados. Talvez eu volte outra hora.

Ele continuou a sorrir e depois fez um sinal para o Interrogador, que começou imediatamente e sem alarde a desempacotar seus apetrechos em cima da mesa.

— Nós vamos usar isso em você — disse Crowley. — Nós vamos usar isso em você com força. Na hora que tivermos acabado com você, saberemos de cada pecado que macula sua alma.

Forcei um riso, o que não era fácil diante das amarras nos meus braços.

— É melhor você adiar seus planos para o jantar — eu disse. Se fosse apenas Crowley, eu não me daria ao trabalho de dizer nada. Ele é um gorila, útil apenas por sua selvageria. Mas o Comandante era afiado como uma adaga e extremamente frio. O visual de vovô oculta a mente de um grande estrategista e de um completo louco de pedra. Ele gostaria de me ver no chão, sem dúvida, mas aquilo não o influenciaria. Somente os humanos baseiam suas decisões em emoções. — Além de dar ao interrogador aqui um pouco mais de prática, o que ele não precisa, o que mais você acha que vai conseguir exatamente com toda essa bagunça?

Crowley mantinha o cigarro entre a linha irregular de seus dentes.

— Você sabe alguma coisa sobre a criança e sobre o demônio, alguma coisa que nos ajudará a chegar mais perto. E se você não souber — o sorriso dele sugeria violência — eu vou continuar aqui olhando até ver essas paredes pintadas de vermelho com suas entranhas.

— Veja só, Crowley, é por isso que você era subordinado a mim. É por isso que você nunca vai chegar aos pés do Comandante. Você não consegue enxergar além da sua próxima vítima. Você é um instrumento bruto, inútil se não houver ninguém à sua frente para indicar o caminho.

Ao meu lado, o Interrogador continuava a organizar seus instrumentos, coisas afiadas de prata sobre uma manta de veludo negro.

— Depois que vocês acabarem comigo hoje e outra criança desaparecer amanhã, o que vocês vão fazer então? Há questões aqui que vão além da submissão ao seu sadismo.

Crowley conseguiu manter a calma, apesar de seus olhos pequenos terem ficado quase do tamanho de duas gemas de ovo.

— Nós vamos pegar quem quer que esteja matando essas crianças. Não se preocupe com isso.

— Bobagem — disse eu, agora olhando para o Comandante. — Você não tem ninguém aqui tão bom quanto eu, e você sabe disso. Quem fez isso aprendeu com a Coroa. Você não pode contar nem com sua própria gente. Eu tenho apoio fora do Trono, tenho contatos em todos os cantos da Cidade Baixa e eu sei com o que isso se parece — engoli seco, era hora de jogar meu trunfo. — Eu tenho uma pista.

— Então nós vamos arrancá-la de você com uma faca e segui-la aonde ela levar — disse Crowley.

— Você não vai. Ninguém vai falar com você e você não vai conseguir juntar as peças mesmo que as pessoas falem.

Pela segunda vez apenas o Comandante falou:

— Você está tão desesperado assim para querer voltar a trabalhar comigo? Pelo que ouvi dizer, você se tornou um pouco mais que um cachorro, um viciado à espera de uma facada em qualquer beco por aí.

— Eu fui esperto o bastante para resolver o primeiro caso. Você pode deixar isso comigo ou então com o gorila, mas nós dois sabemos que isso é importante demais para deixá-lo estragar tudo.

O Comandante abriu um sorriso largo e eu sabia que suas próximas palavras iriam selar meu destino: liberdade a seu serviço ou uma sessão com o Interrogador e meu corpo jogado numa vala comum. Foi um intervalo longo. Pensando em retrospectiva, acho que me comportei de maneira admirável, e isso quer dizer que eu não me mijei todo nas calças.

Ele colocou a mão nodosa sobre meu ombro e o apertou com uma firmeza surpreendente.

— Você não vai me desapontar, meu garoto. Você vai descobrir quem está machucando essas pobres meninas e juntos nós vamos fazer com que haja justiça — Crowley ameaçou esbravejar um protesto, mas um olhar do Comandante foi suficiente

O Guardião

para calar sua boca. O Comandante desatou um dos meus braços com o cuidado de uma mãe fazendo curativo no joelho esfolado de seu filho. Ele chegou perto da outra amarra e parou.

— Uma semana deve ser suficiente, creio eu, para que um homem com o seu intelecto descubra quem foi o responsável por essas monstruosidades. — Ele sacudiu a cabeça com tristeza, como se seu lado nobre estivesse ofendido pela crueldade de um mundo insensível.

— Duas — disse eu. — Não disponho dos seus recursos. Preciso de tempo para trabalhar meus contatos.

Em uma piscadela seus olhos mudaram de expressão e cederam espaço ao monstro interior, e eu quase me retrai, mas seu rosto estava voltado em minha direção e sua voz continuava amistosa.

— Nós voltaremos a vê-lo em uma semana — decretou. A ilusão de humanidade voltou e ele soltou a segunda amarra. O Comandante falou então para Crowley — Pode acompanhar nosso querido amigo até a porta — O comandante deu um último sorriso e saiu pela porta de ferro, acompanhado dos demais agentes.

Crowley ficou olhando. Ele apertava tão forte o cigarro na boca que eu achei que fosse engasgar com ele. Ele passou algum tempo tentando pensar ou dizer alguma coisa capaz de desfazer a humilhação que acabara de sofrer. Como nada lhe ocorreu, ele se virou e saiu.

O Interrogador estava guardando suas ferramentas com um ar vago de descontentamento. Depois de perceber que minhas pernas realmente estavam firmes o bastante para andar, fiquei em pé e falei para o homem que teria me torturado.

— Você tem um cigarro?

Ele sacudiu a cabeça, com a coroa vermelha de seu capuz balançando junto.

— Eu não fumo — disse ele sem tirar os olhos do que fazia.
— Essa porcaria vai acabar te matando.
— Se o Primogênito quiser.

Lá fora a chuva havia parado, mas estava frio como nunca. Massageei os punhos e fiquei imaginando quanto daquilo tudo havia sido planejado pelo Comandante. A coisa toda teve um toque teatral. Não para Crowley, é claro. Ele não estava no esquema. Mas foi uma obra bem bufa para alguém tão sofisticado como o Comandante.

Nada daquilo importava, na verdade. Mesmo que tudo fosse um esquema para reaver meus serviços, eu não tinha nenhuma ilusão de que o prazo fosse alguma coisa além de mortalmente sério. Voltei para casa, para me equipar e fazer planos.

CAPÍTULO 15

Quando voltei para o Conde, Adolphus estava atordoado no balcão, com o rosto inchado. Acho que ele pensou que eu estivesse morto. Não era uma conclusão absurda a se chegar, mas eu estava contente por poder mostrar que ele estava errado. Ele virou-se quando a porta se abriu e antes que ela estivesse fechada Adolphus já me tinha esmagado em seus enormes braços, esfregando o rosto em lágrimas em meu cocuruto e chamando Adeline e Garrincha.

Aquilo já era exagerado demais, especialmente por conta da probabilidade de eu só ter conseguido adiar o inevitável, e o melodrama de Adolphus seria reeditado dentro de mais uma semana. Mas ele parecia contente e eu não tinha ânimo para dizer nada, até que seu afeto começou a se tornar perigoso para a integridade das minhas costelas.

Adeline veio dos fundos e abraçou-me com seu corpo redondo. Por cima da cabeça dela pude ver Garrincha descendo, com sua natural indiferença no rosto.

— Não está feliz em me ver? Mais um dia no Conde, seu benfeitor preso pela Coroa e solto antes do almoço?

Adolphus respondeu exultante:

— Ele disse que não estava preocupado! Disse que sabia que você iria voltar, então não havia motivo para ficar preocupado.

— Bom saber que você confia tanto assim em mim — disse eu. — Mas lembre-se: o fato de seu cavalo chegar no fim da corrida não significa que você fez uma aposta inteligente.

Se dependesse de Adolphus, eu teria passado o restante do dia enrolado em um cobertor como uma vítima da febre, e da mesma forma que um longo cochilo me era uma ideia atraente, as pístas iam esfriando. Desvencilhei-me dele, fui até meu quarto e retirei uma cumprida caixa preta de baixo da minha cama.

Não ando armado regularmente, e isso há pelo menos meia década, desde que deixei o serviço à Coroa e tive que levantar meus negócios das ruínas da última guerra entre os grupos organizados. Andar com uma espada significa que alguém vai fazer você usá-la, e cadáveres não fazem bem para os negócios. É melhor ser amistoso com todo mundo, pagar quem tem de pagar e manter o sorriso no rosto até que seja realmente a hora de parar de sorrir.

E para ser sincero, eu não confio em mim com uma espada na mão. Se a coisa esquenta e você começa a perder as estribeiras, desde que não esteja armado, a situação tenderá a acabar bem. Talvez alguém saia de queixo quebrado ou com o nariz partido, mas as pessoas vão embora. Com uma espada a seu lado... Pois bem, eu já carrego coisas demais na alma sem adicionar o sangue de uns pobres bastardos que me soltaram olhares enviesados enquanto eu estava no barato do Sopro de Fada.

Portanto, em situações normais, eu não ando com a espada se não souber que vou precisar dela. Mas as circunstâncias nem sempre são normais, e apesar de a coisa que matou o kiren não ter demonstrado nenhum indício de suscetibilidade à fria lâmina da espada, quem mandou a criatura deve ser. Destravei o estojo e abri a tampa.

Já vi muitas armas durante a minha vida, desde as cimitarras dos sacerdotes ashers aos punhais adornados de joias com os quais a nobreza tanto gosta de brincar, mas para o meu bolso nunca houve nenhum instrumento de assassínio tão perfeitamente desenvolvido para seu propósito quanto a espada de lâmina serrada. Mais de meio metro de aço terminando em uma empunhadura de sândalo, afiada somente de um lado para um corte mais forte, mais larga perto da ponta, mas estreitando-se agudamente a seguir. Aquela vinha sendo minha arma por opção desde a Guerra. Eu não a levaria para nenhum desfile, mas com as costas contra o muro não havia nada mais que eu preferisse ter nas mãos.

Peguei essa espada de um comando dren no meu terceiro mês na Gália. Os drens estavam sempre à nossa frente no que dizia respeito a esse tipo de coisa. Eles assumiam as trincheiras da guerra como se tivessem nascido para isso, livravam-se de todas as armaduras reluzentes e seus guerreiros camuflados começavam a atravessar os muros na calada da noite levando consigo machadinhas e bombas de pólvora negra. Os comandantes do nosso lado ainda estavam distribuindo sabres e lanças de cavalaria a nós oficiais seis meses antes do armistício, apesar de eu quase nunca ter visto cavalos nos cinco anos que passei tentando escapar das salvas de artilharia e encontrar água que ainda não tivesse sido suja pelos dejetos de meus camaradas.

Peguei a empunhadura e ergui a espada com minha mão direita. A sensação ainda era boa, natural. Peguei a pedra de amolar de dentro do estojo e afiei a lâmina até que ficasse boa o bastante para que fosse possível fazer a barba com ela. O aço refletia minha imagem, de um roxo vivo que se misturava confortavelmente a minhas cicatrizes anteriores. Era um rosto velho e eu desejei que ele estivesse à altura do que estava por vir.

Ainda de dentro do estojo eu retirei um par de adagas, pequenas demais para serem usadas numa peleja, mas ótimas para serem atiradas. Prendi uma perto do meu ombro e outra na minha bota. Um último armamento, um soco-inglês com três pontas afiadas foi parar no bolso do meu casaco, para facilitar o acesso.

O estojo estava vazio agora, exceto pelo pacote quadrado que eu vinha guardando desde a Guerra. Eu o inspecionei, para ter certeza que todos os itens ali dentro estavam em boas condições, depois o guardei novamente na caixa e empurrei tudo de novo para debaixo da cama. Sentindo-me um pouco constrangido, prendi a cintura de meu casaco com força por cima da empunhadura da espada e desci as escadas.

— Onde a menina foi encontrada? — perguntei a Adolphus.

— Ao sul da Rua da Luz, ao lado do canal. Você pretende ir até lá?

Não havia utilidade de explicar para Adolphus a barganha que eu tinha feito com a Operações Especiais, não enquanto eu tivesse alguma chance de sucesso, então eu o ignorei e me voltei para Garrincha.

— Pegue seu casaco. Vou precisar da sua ajuda por um tempo.

Partindo do pressuposto de que aquilo envolvia algo mais interessante do que transmitir mensagens e me trazer a janta, Garrincha me atendeu com um incomum entusiasmo. Adolphus me olhava, reconhecendo o contorno da espada sob minha roupa.

— O que você vai fazer? — perguntou Adolphus.

— Vou visitar um velho amigo nosso — respondi.

O olho de Adolphus tentava decifrar alguma coisa. — Por quê?

— Porque eu ainda não tive emoção suficiente por hoje.

Garrincha apareceu enrolado em uma blusa de lã horrível que Adeline tinha feito pra ele. — Eu já te falei o quanto isso é feio? — perguntei.

Ele fez que sim com a cabeça.

— Já que estamos todos no mesmo barco — disse eu a Adolphus — o garoto volta antes do pôr-do-sol. Guarde qualquer coisa que chegar para mim.

Adolphus consentiu, suficientemente familiarizado com meus costumes a essa altura para saber que eu não pediria mais nada. Eu e Garrincha saímos do Conde e nos dirigimos para o oeste.

CAPÍTULO 16

Quando Grenwald finalmente apareceu eu estava sentado no escuro havia vinte minutos, reclinado na cadeira de visitantes, com os pés em cima da mesa de madeira manchada que dominava a sala. Eu temia pela possibilidade de ele ter decidido pular alguma tarefa cotidiana que exigisse sua atenção e me deixasse esperando em seu escritório como um idiota. Mas valeu a pena ver a reação dele quando abriu a porta, seu desprezo arrogante transformando-se em horror abjeto numa fração de segundo.

Uma década havia contribuído muito para melhorar a patente de meu velho superior, mas tristemente pouco contribuiu para melhorar seu caráter e também para endurecer o aspecto de roedor de sua mandíbula. A roupa dele era cara, mas não lhe caía bem, e seu corpo antes firme engordava em uma velocidade maior do que a comum para homens de meia idade. Acendi um fósforo na madeira e o levei até meu cigarro.

— Olá, coronel. Quais as boas novas?

Ele fechou a porta, na verdade a bateu, na esperança de impedir que sua equipe soubesse daquela conversa.

— De que jeito você conseguiu entrar aqui?

Sacudi o fósforo com dois dedos e imitei o movimento com a cabeça.

— Coronel, coronel. Confesso que estou chateado. Ser recebido dessa forma por um amigo tão querido? — Estalei a língua em tom de desaprovação. — É assim que dois antigos camaradas se reveem, unidos pelos laços de nossa nobre cruzada? — perguntei.

— Não, não, claro que não — respondeu. — Apenas estou surpreso em vê-lo. Desculpe-me — prosseguiu. Essa era uma das coisas engraçadas em relação a Grenwald. Ele cedia muito facilmente.

— Isso é uma gota d'água por baixo de uma ponte — retribuí.

Ele colocou o chapéu e o casaco em um mancebo, tentando ganhar tempo para descobrir por que eu estava ali e o que ele poderia fazer para que eu saísse logo.

— Uísque? — perguntou ele enquanto se dirigia a um bar úmido no canto e servindo a si mesmo uma dose generosa.

— Eu tento não tomar nada muito forte antes do almoço, parte da minha nova vida como abstêmio em desenvolvimento. Mas sinta-se à vontade.

Ele ficou, sacudindo o copo em um movimento rápido, servindo-se mais alguns dedos e passando por trás de mim para sentar-se em sua cadeira.

— Eu pensei, depois daquela última vez — ele engoliu seco —, eu pensei que estivéssemos de relações cortadas.

— Você pensou isso?

— Entendi que você tinha dito que estávamos quites.

— Eu disse isso?

— Não quero dizer, é claro, que eu esteja triste por te ver.

O Guardião

Desfiz essa preocupação com um aceno de mão teatral.

— Do que se trata isso? — perguntou ele então.

— Talvez eu só tenha dado um pulo para dar um rápido alô a meu velho comandante — disse eu. — Você já teve vontade de reviver os velhos tempos com seus irmãos oficiais?

— É claro que já, mas é claro — respondeu, disposto a concordar com qualquer coisa que eu colocasse diante dele.

— Então por que você nunca retribui a cortesia? Você chegou tão alto que se esqueceu de seu velho subordinado?

Ele resmungou algo no meio do caminho entre um pedido de desculpas e uma conversa fiada antes de ficar em silêncio.

Deixei aquilo alimentando o constrangimento entre nós por uns quinze segundos, esforçando-me para não rir.

— Mas acontece que, e já que você tão gentilmente se ofereceu, existe uma coisa que talvez você possa fazer para me ajudar, apesar de minha relutância em pedir, já que você já fez tanto por mim.

— Isso não tem problema — respondeu ele friamente.

— Você se lembra daquela operação em Donknacht, um dia antes do armistício? — perguntei.

— Vagamente.

— Sim, eu tenho certeza que isso tem pouco valor para alguém tão elevado na hierarquia de comando. Quando se lida com importantes questões estratégicas e logísticas, é fácil esquecer os combates que habitam a memória dos escalões inferiores.

Ele não disse nada.

— Eu preciso saber o nome de todos os feiticeiros envolvidos naquele projeto, todos os que participaram e todos os que os treinaram. O Ministério da Guerra deve ter um registro — prossegui.

— Eles não teriam registros mantidos de algo assim — respondeu ele imediatamente e sem pensar. — Nada disso fica registrado.

— Eles têm — insisti.

Ele ficou em busca de alguma desculpa para evitar bancar o peão.

— Não estou certo de que eu tenha acesso a isso. Eles não guardariam isso na biblioteca central junto com o resto dos documentos da Guerra. Se houver algo assim, estará trancado com chave e cadeado na área restrita.

— Isso não deve ser um problema para um subsecretário do exército.

— Eles mudaram os protocolos — desconversou. — As coisas já não são mais como antigamente. Não posso entrar nos arquivos e sair de lá com os documentos embaixo do braço.

— Isso seria fácil como deve ser. Ou então difícil. De qualquer forma, isso será feito.

— Eu... não posso garantir nada.

— Não existem garantias na vida — respondi. — Mas o senhor vai tentar, não vai, coronel? Você vai se empenhar bastante.

Ele bebeu o restante do conteúdo de seu copo e o colocou sobre a mesa. A seguir, ele virou seu rosto de doninha na direção do meu. A bebida estava subindo, inundando-o de uma coragem que ele jamais teria sóbrio.

— Farei o que for possível — disse ele, e o tom de sua voz não me encheu de confiança com relação ao resultado de sua missão.

— E então estaremos zerados. Nada mais dessas visitas-surpresa. Estará tudo acabado.

— Engraçado. Você disse a mesma coisa na última vez que estive aqui — comentei. Apaguei meu cigarro em sua mesa, esmagando as cinzas na ponta, levantei-me e peguei meu casaco. — Nos veremos em breve, coronel.

A porta se fechou à frente de um homem que pouco merecia a patente.

Sua secretária, uma jovem bonita e burra que me deixou entrar no escritório de Grenwald por conta de uma mentira sobre a guerra, sorriu em minha direção com doçura. — O coronel conseguiu ajudá-lo com o problema da sua pensão?

— Não vai ser fácil, mas ele vai conseguir me ajudar. Você conhece o coronel. Nada é mais importante para ele do que seus homens. Ele já te contou da vez que me carregou por mais de cinco quilômetros pelas linhas inimigas depois de eu ter sido atingido por um dardo na coxa? Ele salvou a minha vida naquela noite.

— Mesmo? — perguntou ela, com os olhos arregalados e brilhantes.

— Não, claro que não. Nada disso é verdade — respondi, deixando-a ainda mais confusa que o normal enquanto eu saía.

CAPÍTULO 17

Saí do escritório de Grenwald e o garoto apareceu ao meu lado sem nada dizer. O encontro havia sido um desperdício. Grenwald era um idiota sem fibra e eu não podia confiar em que ele fosse conseguir, não em relação a algo dessa importância, não em algo com as consequências que eu sofreria se tudo desse errado. Tudo isso significava que eu precisaria recorrer ao Plano B, e justamente por ser chamado de Plano B havia uma razão para que aquele plano não ocupasse o primeiro lugar.

Por Plano B deve-se entender Crispin, o único contato que eu tinha alto o bastante para arrumar informação e ao mesmo tempo uma pessoa de quem eu imaginava ter uma chance no inferno de ouvir um sim. Depois de nosso último encontro, a simples ideia de pedir ajuda a ele me causava náuseas, mas a sobrevivência vem à frente do orgulho, então engoli o meu e comecei a andar na direção de onde Adolphus havia me contado que tinham encontrado o corpo da criança.

Meus devaneios foram interrompidos por uma voz que eu demorei a perceber que era a de Garrincha. Acho que era a primeira vez que eu o ouvia falar voluntariamente.

— O que aconteceu quando levaram você para a Casa Negra?

Andei por meio quarteirão pensando na melhor maneira de responder àquela pergunta até que disse:

— Eu voltei para o serviço da Coroa.

— Por quê?

— Eles fizeram um apelo ao meu patriotismo. Farei o que for em nome da rainha e do país.

Ele engoliu minha resposta com bom senso e a seguir comentou:

— Eu não dou a mínima para a rainha.

— A honestidade é uma virtude sobrevalorizada. E todos nós amamos a rainha.

Garrincha concordou sabiamente enquanto atravessávamos o canal. A cena do crime era um ponto de tumulto algumas dezenas de metros para o oeste.

O lugar estava cheio de agentes da lei e, em contraste com a tradição geral de incompetência, eles pareciam estar levando aquele caso a sério. Crispin estava no centro do caos, perto do corpo da criança, fazendo observações e dando instruções. Nossos olhares se cruzaram, mas ele voltou a seu trabalho sem ter dado nenhum indício de que havia notado a minha presença. Eu podia ver Guiscard à procura de testemunhas em um cruzamento mais distante e alguns dos rapazes que na última vez haviam me dado uma lição também estavam atrás de informações, mas ficavam mais à vontade causando violência do que investigando-a.

— Fique aqui.

Garrincha sentou-se numa grade. Atravessei o redemoinho, me agachei para passar pelo cordão de isolamento e me aproximei de meu antigo parceiro.

— Oi, agente!

Ele respondeu sem olhar para o alto, fazendo anotações em um caderninho de capa preta de couro.

— Por que você está aqui?

— Você está por fora das novidades? Fiquei com tanta saudade de você que fui até o Comandante e implorei para ter meu velho emprego de volta.

— É, eu ouvi falar. Crowley mandou um mensageiro mais de uma hora atrás. Imaginei que você fosse aproveitar qualquer minuto a mais que sua conversa mole tivesse proporcionado com a Operações Especiais para sair logo da cidade.

— Você nunca botou muita fé em mim.

De repente o caderninho de Crispin estava no chão e ele me segurava pela lapela. A perda do temperamento tomava conta de uma pessoa normalmente tão autocontrolada.

— Não quero saber qual foi o acordo torto que você fez com o Comandante. Este caso é meu e eu não vou permitir que suas picuinhas sejam atraídas para dentro dele.

Minha mão se ergueu e tirou a pata de Crispin do meu ombro.

— Já fui bastante manuseado pelas forças da lei para um dia só. Tão gratificante quanto isso é ver a Coroa descobrir que há população ao sul do Rio Andel. Em nossa última voltinha, sua assistência provou-se muito menos do que eficaz. Até onde posso dizer, seu trabalho consiste em ficar ao lado de cadáveres e parecer perturbado.

Pareceu injusto depois que eu disse, mas aquilo o fez recuar um pouco.

— O que você quer de mim? — perguntou ele.

— Para começar, por que você não vai em frente e revista a cena do crime?

— Sobrou pouco para ser revistado. O corpo foi encontrado por um vendedor de peixes a caminho das docas. Ele chamou a guarda, que nos chamou. A julgar pelo estado do corpo, a menina foi morta na noite passada e despejada aqui no início da manhã.

Eu me ajoelhei ao lado da menina e removi o pano que a cobria. Ela era nova, mais nova que a primeira. Seu cabelo era muito negro e estava espalhado pela pele.

— O corpo sofreu... abuso?

— Limpo, ao contrário do outro. O único ferimento é o que a matou, um corte reto na garganta.

Recobri o corpo e me levantei.

— O que seu vidente disse?

— Nada ainda. Ela quer um pouco mais de tempo para examinar o corpo.

— Eu gostaria de falar com ela.

Ele engoliria essa com amargor, mas a permissão dele seria mera formalidade e nós dois sabíamos disso. O Comandante me queria no caso, e a palavra do Comandante é a lei da natureza.

— Guiscard deverá ir até a Caixa mais tarde. Suponho que você possa ir com ele.

— Essa é a primeira coisa — disse eu. — A segunda coisa é que eu preciso que você ponha as mãos em uma lista com os nomes de todos os feiticeiros que participaram da Operação Ingresso, em Donknacht, pouco antes do fim da Guerra. Isso deve estar escondido, mas deve estar por aí — sacudi a cabeça com ar de tristeza. — O exército não suporta a ideia de deixar nada disso vazar.

Ele olhou para mim, depois olhou para o chão.

— Esses são registros militares. Como Agente da Coroa eu não tenho acesso a eles.

— Talvez não diretamente. Mas você tem dez anos de contatos e toda a envergadura que o sangue azul que corre em suas veias proporciona. Não me diga que você não consegue pensar em algo.

Quando Crispin voltou a olhar para mim, seus olhos estavam claros como vidro.

— Por que você está aqui.

— O que você quer dizer com isso?

— Por que você está aqui? Por que você está nesta cena de crime, neste exato momento, tentando descobrir o assassino desta menina? — A raiva então passou e ele só parecia esgotado. — Você não é um agente. Você não tem nenhuma espécie de status legal. Qual é a sua?

— Você acha que eu sou voluntário? O Comandante estava se preparando para me sangrar. Essa foi a única saída que eu tive.

— Então corra. Saia da Cidade Baixa. Se é do Comandante que você está com medo, corra e não olhe para trás. Eu garantirei que não haja represálias aos seus. Simplesmente... desapareça.

Chutei uma pedra solta com a minha bota.

— O quê? Nada mais engenhoso? Nenhuma réplica inteligente? — insistiu ele.

— Aonde você quer chegar?

— Isto é só pra mostrar como você é muito mais esperto que o restante de nós? Tem algum esquema seu que não estou percebendo? Saia daqui. Você não é um agente. Até onde eu sei você é o mais distante disso que há. Caso você tenha perdido algo do que se passou nos últimos cinco anos, deixe-me condensá-los para você: você é um viciado e um chefe do crime, você desencaminha pais e mães, você se aproveita de qualquer um que cruze seu caminho. Você se transformou em tudo aquilo que sempre odiou e eu não preciso de você aqui para estragar minha investigação.

— Eu fui o melhor detetive que o serviço já teve e ainda estaria dando voltas em você e todo mundo se não tivesse irritado o comando.

— Não finja que seu erro foi uma escolha. Os outros podem comprar sua conversa mole, mas eu sei por que você não é mais um agente, e não foi porque você não queria acatar uma ordem.

Fiquei pensando em como seria divertido vestir de novo aquele uniforme cinza imaculado.

— Eu não me esqueci, não se preocupe. Eu me lembro que você ficou ao lado dos outros para me julgar, quando apagaram meu nome dos registros e esmagaram meu Olho.

— Isso não foi nada. Eu te falei para não entrar para Operações Especiais e avisei mais de uma vez para não se envolver com aquela mulher.

— Meu cauteloso e responsável Crispin, não faça ondas, não veja nada que não deva ver. Você é pior que o Crowley. Ele pelo menos é honesto em relação a quem é.

— Era mais fácil fugir. Você nunca precisou fazer a coisa funcionar, nunca precisou tomar decisões difíceis. Eu segurei a onda. Não fui perfeito, mas fiz mais bem como parte da engrenagem do que você vendendo veneno.

Pude sentir meus pulsos se comprimirem e tive de resistir à vontade de dar na cara de Crispin. A julgar pelo tom sombrio de seu olhar, ele estava pensando a mesma coisa.

— Quinze anos limpando merda — disse eu. — Eles deviam lhe dar uma medalha.

Estudamos um ao outro com o olhar, na tentativa de perceber se aquele diálogo não iria terminar em violência. Ele cedeu primeiro.

— Basta! Vou conseguir essa lista e depois acabou. Eu não lhe devo nada. Quando me vir na rua, aja como se estivesse diante de qualquer outro agente.

— Cuspo no chão?

Crispin franziu o cenho, mas não respondeu.

— Mande a lista para o Conde quando a conseguir.

Voltei para a ponte e arranquei Garrincha da grade.
— Vamos embora!
Estávamos no meio do caminho quando o garoto deu uma nova demonstração de sua recente loquacidade.
— Quem era aquele?
— Era meu antigo parceiro.
— Por que ele estava gritando com você?
— Porque ele é um grande idiota.
Garrincha teve que se virar, mas suas pernas acompanhavam o ritmo das minhas.
— Por que você estava gritando com ele?
— Porque eu também sou um grande idiota.
— Ela vai nos ajudar?
— Vai.
— Por quê?
— Você era melhor companhia quando não falava tanto assim — disse eu.
Dei uma última olhada para Crispin. Ele estava inclinado sobre o corpo, decifrando algum detalhe. Imaginei ter dito algumas coisas das quais me arrependia. Imaginei também se teria a chance de me desculpar, apesar de minha falta de prática. Eu estava errado. Já estive errado sobre uma porção de coisas, mas aquela era uma que machucava.

CAPÍTULO 18

Eu estava na rua havia uns quatro anos na noite em que encontrei Célia. Eu devia ter uns dez anos, talvez um pouco mais. Aniversários tendem a ficar em segundo plano quando não se tem uma família para celebrá-los. Isso foi depois de o Grou ter executado suas proteções, então os corpos das vítimas da febre não estavam empilhados como lenha pelas ruas, mas ninguém poderia exatamente considerar a Cidade Baixa um lugar num estado muito melhor que o da anarquia pura e simples. À noite a guarda se retirava para dentro dos limites e não retornava, a não ser que fosse para usar a força. As organizações criminosas também não mexiam com a gente, talvez porque não valesse a pena mexer.

Naquela época a vizinhança tinha um estilo solitário e assombrado. Levou quase uma década até que a população voltasse a ser a mesma de antes da febre, e durante anos havia ainda algumas partes do bairro pelas quais era possível andar por meia hora sem ver uma viva-alma. Assim era fácil encontrar um lugar para dormir. Era só achar um lugar vazio, atirar uma pedra na janela e entrar. Se você estivesse com sorte, os donos tinham fugido ou morrido fora da residência. Se não, você teria que dividir o quarto com um cadáver. Qualquer das duas possibiliades era melhor que passar a noite ao relento.

Eu jamais voltaria a levar minha vida com o desprendimento ensandecido dos meus primeiros anos nas ruas. Eu não precisava de nada. A Cidade Baixa me dava. A comida eu roubava. Minhas outras pequenas necessidades eu satisfazia pela força ou pela malandragem. Cresci como um gato escaldado. Nas noites eu perambulava pelas ruas, assistindo aos detritos da cidade de meu lugar no escuro. Foi assim que eu a encontrei, na verdade eu a ouvi primeiro. Seus gritos de horror me retiraram dos devaneios na viela de trás.

Havia dois deles, viciados em erva, e estavam viajando. O primeiro era velho, a um tropeço do abismo, com as gengivas apodrecidas atestando a frequência de seu hábito, farrapos gastos repletos de fauna urbana. Seu protegido era alguns anos mais velho que eu, mas excepcionalmente magro, com cabelos ruivos revoltos sobre os olhos desconfortavelmente abertos. Os dois estavam concentrados na pequena criança diante deles. O choro baixinho dela agora estava quase inaudível. O medo roubava sua voz.

Tantos anos de compartilhamento de território iniciaram-me nos segredos das baratas e dos ratos. Eu andava de um jeito mais parecido com a correria deles do que com a forma de caminhar da maioria das crianças da minha idade. Entre aquilo e a escuridão eu era praticamente invisível, mas a dupla diante de mim estava tão concentrada na menina que eles não teriam desviado os olhos nem se passasse uma banda tocando por ali.

Fiquei bem rente à parede do beco e deslizei na direção deles, guiado mais pela curiosidade do que por qualquer outra coisa, com cuidado para ficar fora do alcance do luar.

— Três ou quatro ervas nós vamos conseguir por ela, três ou quatro ervas pelo menos — disse o velho enquanto deslizava seus dedos calejados pelo cabelo da menina. — Simplesmente a mande direto para o herege-mor e diga a ele para nos mandar um cachimbo do seu fumo mais forte — dizia ele enquanto o alvo de sua exultação permanecia mudo. Seu aspecto doentio entregava poucas evidências de compreensão.

— Eu compro ela de você — soltei aquela frase e já não era mais possível voltar atrás. Eu fazia muito aquele tipo de coisa naquela época e não demorava muito até que as consequências do que passava pela minha cabeça ecoassem do firmamento.

O mais novo se virou. Seu corpo desajeitado e seus sentidos inebriados roubaram a graça e a maior parte da velocidade de seu movimento. O mais velho foi mais rápido, agarrando a menina pelos ombros quase como se a protegesse. Por um momento o choramingo dela era a única coisa que se ouvia. O velho então gargalhou, com o som atravessando uma espessa camada de catarro.

— Nós por acaso invadimos seu campo de caça, gentil senhor? Não se preocupe. Não ficaremos aqui por pouco tempo — disse o velho, que era um daqueles viciados que deve ter sido alguém de substância antes de a erva tê-lo esvaziado, um professor ou um advogado, e apesar de sua mente há muito ter sido reduzida a suas compulsões mais básicas, ele ainda detinha uma capacidade incongruente de falar bem.

Abaixei-me e tirei o dinheiro de onde o guardava, em minha bota: três pratas que eu tinha achado ou roubado e um ocre que Rob Caolho tinha me dado por ter ficado de sentinela enquanto ele roubava o antigo banco da Rua da Luz.

— Tenho dinheiro aqui. É um negócio justo — disse eu sem saber ao certo o preço de uma criança, mas ciente de que havia muitas crianças mais vagando pelas ruas da cidade para que valesse muito mais que aquilo.

Os dois se entreolharam, entorpecidos, enquanto suas lentas mentes sujas tentavam processar o novo desdobramento. Se tivessem tempo, um dos dois iria acabar percebendo que era mais fácil me matar e sair com o dinheiro e a menina do que atender a minhas demandas. Era melhor não dar essa chance a eles.

Segurei o pequeno saco de moedas com uma mão e com a outra abri a navalha que havia puxado junto com o dinheiro.

— Estou levando a menina — disse eu. — Vocês podem escolher o pagamento: ouro ou lâmina.

O mais jovem avançou de modo ameaçador, mas eu o encarei e ele se deteve. O saco de moedas tilintava.

— Ouro ou lâmina. Vocês podem escolher.

Outra gargalhada aguda do cara que segurava a criança. Aquele som estava me irritando e tive a vontade de jogar a toalha naquele lance de negociação e ver como eram as entranhas daquele degenerado cheio de parasitas.

— Nós aceitamos — disse ele. — Isso nos poupa o estorvo de ter de levá-la às docas.

O outro parecia não ter tanta certeza, então eu joguei a bolsa de moedas no chão, diante dele. Ele se agachou para pegá-la e eu pensei em atacá-lo no rosto com minha navalha, alguns golpes rápidos, e depois ir para cima de seu parceiro. Mas o velho continuava segurando a menina com firmeza e eu não tinha dúvidas de que ele podia acabar com ela num piscar de olhos se quisesse. Era melhor jogar limpo e esperar que eles fizessem o mesmo. De qualquer forma, a perda de meu dinheiro doía. Eu não voltaria a ver um ocre por muito tempo, não com o pobre Rob cumprindo vinte em Vaca Velha por ter esfaqueado um sacerdote numa briga de bar.

— Vá andando até a outra saída do beco — disse eu enquanto o jovem se levantava com meu dinheiro suado em suas mãos. — E nem pense em trapacear.

O que segurava a menina olhava para mim. Ele então abriu um sorriso que se parecia com um tabuleiro de xadrez com quadrados pretos e verdes. — Trate de cuidar muito bem de sua protegida agora, jovem guardião.

— Se eu te vir por aqui novamente vou cortar suas bolas do saco e te deixar sangrando na rua.

Ele soltou sua gargalhada horrível e recuou, com o mais jovem logo atrás dele. Fiquei de olho neles até ter certeza que eles não pretendiam vir para cima de mim. Então fechei minha navalha e fui na direção da criança.

Os olhos amendoados e a pele mais escura mostravam sangue kiren. As roupas esfarrapadas e a pele esfolada indicavam pelo menos algumas noites nas ruas. Em torno de seu pescoço havia um colar com pingente de madeira, do tipo de que se podia comprar por um cobre em Kirentown antes de a peste ter fechado o mercado. Fiquei imaginando onde ela tinha arrumado aquilo. Um presente, provavelmente, da mãe, do pai ou de mais de uma dúzia de outros parentes agora caídos.

A saída de seus captores pouco ajudou para acalmá-la. Ela ainda soluçava incontrolavelmente. Agachei-me sobre um dos joelhos e dei um tapa em seu rosto.

— Pare de chorar. Ninguém está ouvindo.

Ela piscou duas vezes e depois esfregou o nariz. As lágrimas cessaram, mas esperei sua respiração voltar ao normal antes de continuar.

— Qual é seu nome? — perguntei.

A estreita abertura de sua garganta expandiu-se como se fosse responder, mas ela não conseguiu fazer com que seus lábios formassem as palavras.

— Seu nome, menina — disse eu de novo, tentando transmitir um pouco de delicadeza com minha voz, por tudo aquilo essa foi uma emoção com a qual tive apenas relações efêmeras.

— Célia — respondeu ela.

— Célia — repeti. — Esta foi a última vez que te machuquei, entendeu? Não precisa ter medo de mim. Vou cuidar de você, está bem? Estou do seu lado.

Ela me olhou sem saber direito como responder. O tempo que ela havia passado na rua não a havia deixado transbordando confiança em seus semelhantes.

Levantei e a peguei pela mão.

— Vamos. A gente vai encontrar um lugar quente.

Começou a garoar e depois passou a chover. Meu casaco leve logo ficou ensopado e grudou em meu corpo e o mesmo aconteceu com a roupa esfarrapada da menina. Andamos em silêncio durante algum tempo. Apesar de a chuva machucar seu corpo miúdo, Célia não chorou.

O Ninho já estava pronto. O edifício azul avançava sobre o espaço, mas o labirinto em torno dele ainda estava em construção. Tivemos dificuldade para atravessar uma centena de metros de lama revirada, o que não é uma tarefa fácil para as pernas pequenas de uma criança, mas ela mal se deu conta disso. Assim que ficamos em condições de enxergar, os olhos dela fixaram-se na torre em um misto de assombro e excitação.

Cinco semanas antes, toda a população da Cidade Baixa, inflada por multidões de estrangeiros e conduzidas por um destacamento da guarda, celebrou a instalação do Grou Azul em seu novo paradeiro. Eu vi de longe quando o Alto Chanceler homenageou uma figura alta com uma túnica extravagante. Ninguém da área havia ainda tomado coragem suficiente para se apresentar. Agora parece ser o melhor de todos os momentos para dar as boas-vindas ao mago em nosso bairro.

O Guardião

Com a pequenina ao meu lado, caminhei até a torre com toda a arrogância de que era capaz.

Algumas dezenas de passos adiante havia uma estátua monstruosa sobre uma pequena cumeeira. Ela se projetava da parede do edifício e arruinava a perfeição suave do exterior. Abaixo dela pude ver o contorno de uma porta. Bati no centro do contorno e gritei na noite.

— Abra a porta! Abra agora!

O movimento da gárgula não foi um choque pequeno. Célia deu um berro. Mordi meu lábio para não fazer o mesmo. A coisa em cima da porta moveu suas formas pesadas com uma facilidade artificial e sua voz tinha um tom sobrenatural, para não dizer ameaçador.

— Quem são vocês que perturbam o repouso da noite? O Mestre está dormindo, jovens amigos.

Eu não havia gastado as economias de uma infância mal vivida para recuar diante de uma objeção gentil. Além disso, parecia não haver razão para ter com aquela estátua muito mais deferência do que eu teria com seus equivalentes de carne.

— Então você vai precisar acordá-lo.

— Infelizmente, criança, eu não interrompo o descanso do Mestre por conta da vontade de uma dupla de moleques. Volte amanhã e ele irá querer ver vocês.

Um raio iluminou a paisagem e o pináculo erguendo-se de maneira ameaçadora sobre o solo barrento em torno dele.

— O Grou Azul vai dormir quentinho em sua cama para depois acordar e ver os cadáveres de duas crianças na soleira de sua porta?

As sobrancelhas de concreto curvaram-se para dentro e a estranha criatura parecia menos amistosa.

— Não fale isso do Mestre. Minha paciência não é infinita.

As coisas já tinham ido longe demais para recuar e até mesmo eu já entendia que o avanço muitas vezes é a melhor alternativa ao recuo. Gritei mais alto, a voz já ralhando com a tensão:

— Por acaso o Primeiro Feiticeiro não se importa com o povo de sua cidade? Ele vai ficar descansando em seu castelo enquanto as crianças da Cidade Baixa se afogam nessa tempestade? Chame-o aqui. Chame-o aqui, agora!

O rosto da gárgula brilhou ao luar e eu estava ciente do perigo que me rondava. A criatura não havia se mostrado capaz de movimento além de seu poleiro, mas não se sabia que forças ela poderia reunir na defesa da torre.

— Sua insolência é cada vez mais cansativa. Vá embora, ou as consequências... — ela silenciou no meio da frase, seu rosto congelou, todos os sinais de inteligência ausentes.

Até que inesperadamente a consciência voltou.

— Espere aqui. O Mestre se aproxima — anunciou a gárgula. Não pude deixar de sentir que aquilo não era nenhuma espécie de garantia à nossa segurança. O vento manifestou sua ira com um uivo na noite. Célia apertou minha mão.

A porta moveu-se para revelar um homem alto e magro com uma barba longa e olhos que brilhavam até mesmo enquanto ainda atravessavam a neblina do sono. Eu havia visto o Grou apenas uma vez, à distância, e ele parecia mais imponente no meio de uma multidão de pessoas. Eu via uma inclinação à genialidade combater a resposta adequada a ser despertado no meio da noite por uma dupla de seres errantes. De alguma forma não fiquei chocado ao ver a primeira vencer.

— Não estou habituado a ter companhia depois da meia-noite, principalmente de pessoas que ainda preciso conhecer. De qualquer modo, os Daevas nos dão a oportunidade de demonstrarmos gentileza a todos os nossos visitantes, e eu não farei diferente. O que vocês desejam de mim?

— Você é o Grou Azul? — perguntei.
— Sim, sou eu.
— É a você que todos chamam de salvador da Cidade Baixa?
— É o que costumam dizer.
Empurrei Célia na direção dele e disse:
— Então salve-a. Ela precisa de ajuda, não tem para onde ir.
O Grou olhou primeiro para ela, depois para mim, e disse:
— E você? Do que precisa?
A água escorria pelo meu rosto desdenhoso.
— Eu não preciso de porcaria nenhuma — respondi.
Ele balançou a cabeça e agachou-se sobre um dos joelhos com um ar de extraordinária falta de pretensão para um dos homens mais poderosos do império.
— Olá, criança. As pessoas me chamam de Grou Azul. É um nome engraçado, eu sei. Você tem algum nome que gostaria de me dizer?
A menina olhava para mim, como se pedisse permissão. Dei um leve toque nas costas dela, até que ela respondeu timidamente:
— Célia.
Os olhos de Grou simularam espanto.
— Esse é o nome que eu mais gosto em todo o mundo. Passei a vida inteira na esperança de conhecer alguém com esse nome, e agora você aparecer na minha porta na calada da noite! — disse o Grou. Célia parecia querer sorrir, mas não se lembrava bem como fazer. O Grou segurou-a pela mão e convidou: — Vamos tomar uma xícara de chá e você vai me contar tudo sobre como é se chamar Célia. Tenho certeza que é muito legal.
A fala do Grou arrancou de Célia um leve sorriso, o primeiro que eu a havia visto dar naquela noite. Ela pegou na mão do Grou enquanto ele se levantava cuidadosamente e a conduzia à torre. Ele virou-se para mim enquanto seguia até a porta e lançou um olhar convidando-me a entrar.

— Voltarei para vê-la em breve — eu disse.

Célia virou-se para me olhar, percebendo então que eu não ficaria. Ela não disse nada, mas seus olhos tremiam. Meu peito estava em chamas e senti uma leveza subindo pela minha barriga. Saí correndo na noite, deixando os dois lá parados, juntos, iluminados pela iluminação suave que saía do interior da torre.

CAPÍTULO 19

Eu estava pensando na última vez que havia levado um órfão até o Grou na tentativa de chamar a atenção do guardião. Não estava funcionando. Enfatizei uma série de epítetos enquanto atirava um pedregulho na gárgula, mas ela não esboçava nenhuma reação.

— Por que você está fazendo isso? — perguntou Garrincha, sentado no muro interno do labirinto.

— Normalmente ele responde.

— Ele quem?

— O monstro mágico pendurado sobre a porta, é claro.

Garrincha teve o bom senso de não me contrariar. Sentei-me ao lado dele, peguei a bolsinha de tabaco de dentro da minha bolsa e comecei a enrolar um cigarro.

— Maldita magia. Estaríamos todos bem melhor sem ela.

— Isso é bobagem — respondeu Garrincha, estranhamente exaltado.

— É mesmo? Então me diga uma coisa boa que já veio da Arte?

— A proteção do Grou.

Acendi meu cigarro com a mão em concha para não o deixar apagar.

— Agora diga mais uma.

— Eu ouvi dizer que o Monge Hallowell tem o dom e cura pessoas na Igreja da Matriarca Prachetas.

— O monge Hallowell já lhe curou alguma vez? — perguntei enquanto inalava veneno barato para dentro de meus pulmões.

— Não.

— Ele já curou alguém que você conheça?

Garrincha sacudiu a cabeça negativamente.

— Então não conta, não é verdade?

— Não — admitiu ele, como sempre rápido para entender as coisas —, não conta.

— Não misture as coisas na sua cabeça. Esses dois no Ninho são anomalias, exceções que confirmam a regra. Se não entender isso, você vai se meter em encrenca.

O menino ficou pensando naquilo enquanto eu terminava meu cigarro. E então perguntou:

— Há quanto tempo você conhece o Grou Azul?

— Há vinte e cinco anos.

— Então por que ele não te deixaria entrar na torre?

Pois é, por quê? Até mesmo nas raras ocasiões que o Grou não me recebeu, seu porteiro sempre se animou ao rechaçar meus apelos. Se as defesas do Ninho estavam mal-conservadas, isso significava que a saúde do Grou Azul estava pior do que eu imaginava. Peguei outra pedra, maior dessa vez, e atirei no guardião. Não teve mais efeito que a primeira e eu voltei a me sentar.

Tentei esfriar a cabeça. Ainda havia trabalho a ser feito. Garrincha balançava as pernas sobre a pedra branca. Fiz o mesmo enquanto olhávamos na direção da cidade.

— Eu gosto desse dédalo — disse Garrincha.
— Isso é um labirinto — corrigi.
— E qual é a diferença?
— O dédalo possui apenas um caminho certo e termina no meio. O labirinto tem diversos caminhos e termina onde você encontrar a saída.

Levantei-me para cumprimentar Célia. Seu vestido parecia suave na luz da tarde e ela sorria.

— Desculpe-me pela espera. Eu já aprendi a controlar o Ninho, mas ainda não sei operar direito o guardião — disse ela enquanto segurava minha mão suavemente. — Quem é esse aqui?

Olhei para baixo e vi que Garrincha havia fechado a cara. Atribuí isso ao instinto perverso tão comum entre os adolescentes quando apresentados a alguém do sexo favorito, um impulso tão incontrolável que levaria garotos a esfregarem lama nos cabelos de sua futura namorada. Havia poucas mulheres andando pelas ruas da Cidade Baixa que pudessem ser comparadas a Célia.

— Garrincha, está é a Célia. Célia, este é o Garrincha. Ignore a carranca. Ele pisou numa barra de metal enferrujado ontem. Acho que ele está ficando com tétano.

— Bom, então fico feliz que ele o tenha trazido aqui. O Mestre vai dar uma olhada nisso — disse Célia, mas sua tentativa de ganhar o garoto depois de sua manifestação irracional de antipatia não teve sucesso. Acho que ele até fechou um pouco mais a cara. Com um movimento gracioso dos ombros, Célia voltou a atenção para mim. — Você continua recolhendo crianças abandonadas?

— Ele está mais para um aprendiz. A gente vai ficar conversando na rua ou você tem planos de nos convidar para entrar?

Ela deu uma risada. Eu sempre conseguia fazê-la rir. Nós subimos até o alto da torre e Célia nos conduziu até a sala de estar do Grou.

— O Mestre deve aparecer em breve. Eu o avisei de sua chegada antes de deixá-lo entrar.

Nós vimos o sol da tarde baixar pela janela virada para o sul. Garrincha ficou por perto. Com os olhos, observava os tesouros do Grou com a intensidade de uma pessoa cujas posses todas caberiam confortavelmente dentro de uma sacola.

A porta do quarto se abriu e o Grou entrou, empolgado, mas com uma rigidez que nenhum bom-humor seria capaz de ocultar.

— Voltou por conta de algum propósito clandestino, sem dúvida — começou ele antes de notar a criança ao meu lado.

Então seus olhos se acenderam como antes, apesar de os anos parecerem tê-los apagado um pouco, e fiquei contente por ter tirado Garrincha do Conde.

— Vejo que você trouxe um convidado. Venha aqui, criança. Estou velho e minha vista já não anda mais como antigamente.

Ao contrário da animosidade demonstrada para com Célia, Garrincha foi até o Grou sem pestanejar, e uma vez mais eu me impressionei com a facilidade graciosa que o Mestre possuía com as crianças.

— Você está mais magro do que deveria para uma criança da sua idade, mas o seu mestre também era assim. O peito dele parecia um cabo de vassoura. Qual seu nome?

— Garrincha.

— Garrincha? — a gargalhada do Grou encheu a sala, desta vez sem ser acompanhada de uma tosse. — Garrincha e Grou! Podíamos muito bem passar por irmãos! É claro que o meu nome é o de uma criatura de dignidade e equilíbrio, enquanto o seu é o de uma humilde ave, notável apenas por seu canto irritante.

Aquilo não era o bastante para fazer um garoto sorrir, mas estava perto, bem perto no caso de Garrincha.

— Então, Garrincha. Você vai nos agraciar com seu canto?

O menino sacudiu a cabeça negativamente.

— Então parece que eu terei que cuidar da diversão — disse o Grou, que numa corrida jovial foi até uma prateleira sobre a lareira e pegou uma velha criação sua, um instrumento de aparência esquisita, no meio do caminho entre um trompete e um berrante, com pistões curvos de cobre polido recobertos com marfim claro. — Você tem certeza que não vai querer mostrar seus talentos musicais, jovem Garrincha?

Garrincha voltou a sacudir a cabeça, desta vez com fúria.

O Grou primeiro simulou tristeza, depois levou a coisa à boca e soprou com toda força. O som que saiu era parecido com o urro de um touro enquanto um caleidoscópio de fagulhas vermelhas e laranjas saía pela abertura, num redemoinho para o alto.

Garrincha tentou tocar as luzes cintilantes que giravam no ar. Eu adorava aquela coisa quando era criança. É estranho que há anos não me lembrava daquilo.

Célia interrompeu:

— Mestre, se você fizer a gentileza de entreter nosso novo amigo, eu preciso trocar algumas palavras com o mais velho aqui.

Pensei que ele não fosse querer, mas então me soltou um rápido sorriso antes de se voltar para o garoto.

— Cada nota solta uma cor diferente, você vê? — disse o Grou antes de dar outro sopro e soltar fagulhas azul-esverdeadas, como a espuma da água do mar.

Nós descemos para a estufa sem nada dizer. A porta de vidro estava embaçada por conta do calor. Célia a abriu e me conduziu para dentro. Antes que eu tivesse tempo de apreciar as novas flores que haviam desabrochado, Célia foi direto ao assunto:

— E então, como anda nossa investigação.

— Não deveríamos incluir o Mestre nisso?

— Se você quiser separar um homem no fim da vida de um dos poucos prazeres que lhe restam, é por sua conta.

Depois de tê-lo visto, aquele comentário não foi um choque completo. Ainda assim, não gostei de ver confirmadas as minhas suspeitas.

— Ele está morrendo?

Célia sentou-se em um banco ao lado de uma orquídea rosa e fez que sim com a cabeça, denotando tristeza.

— O que ele tem?

— Ela está velho. Ele não me contaria com exatidão, mas ele já tem, por baixo, uns setenta e cinco anos.

— Lamento muito.

— Eu também — disse ela, antes de voltar rapidamente ao assunto. — Isso chateia ele, esse negócio com as crianças. Ele sempre teve o coração mole.

— Não acho que uma pessoa precise ser hipersensível para considerar repugnante o assassinato de crianças — disse eu enquanto tentava tirar um grão de pólen do meu rosto sem espirrar.

— Não quis dizer isso. O que aconteceu com as crianças é terrível. Mas não existe nada que o Mestre possa fazer. Ele já não é mais o que era antes — disse Célia com o olhar firme. — O Grou serviu ao povo dessa cidade por meio século. Ele merece paz em seus últimos dias. Certamente você deve isso a ele, não é?

— Eu devo ao Mestre muito mais do que eu seria capaz de pagar — e ao dizer isso me veio uma lembrança do como era o Grou, com seus olhos cintilantes de sagacidade e travessura, as costas nem inclinadas nem arqueadas. — Mas não é essa a questão. Essa coisa precisa ser detida e meus recursos não permitem que eu perca um aliado — disse eu antes de dar uma risada cáustica. — Dentro de uma semana isso não vai mais importar mesmo.

— O que você quer dizer com isso?

— Deixa pra lá. Foi uma tentativa fracassada de piada.

Ela não se convenceu, mas não tentou ir além.

— Eu não estou conseguindo ajudar. Se você precisa de ajuda... Eu jamais serei como o Grou em habilidade ou em sabedoria, mas eu sou uma Feiticeira de Primeiro Escalão — disse ela antes de olhar modestamente para o anel que provava sua afirmação. — O Mestre já cuidou da Cidade Baixa por tempo suficiente. Agora que eu já assumi o Ninho, talvez seja hora de assumir o restante da túnica.

Os anos durante os quais não nos vimos envelheceram Célia. Ela não era mais a criança que eu havia trazido ao Ninho décadas atrás. Mas às vezes ela fala como naqueles tempos, adotar a túnica, que os Daevas nos salvem.

Célia interpretou meu silêncio como um consentimento.

— Você conseguiu alguma pista?

— Tenho suspeitas. Eu sempre tenho suspeitas.

— Não deixe que eu o apresse. Se você tiver algum outro assunto mais urgente sobre seus ombros, fique à vontade para cuidar disso antes.

— Eu fui a uma festa dada pelo lorde Beaconfield, o Espada Sorridente. Sua joia pulsou em meu peito enquanto conversávamos.

— E você não achou que essa fosse uma informação boa de ser compartilhada.

— Não acho que seja uma informação tão boa quanto você pensa. No que diz respeito à lei, não significa nada. Se estivéssemos falando de um vagabundo qualquer da Cidade Baixa já poderia ser suficiente, e provavelmente seria. Eu poderia apontar o dedo e o Comandante o levaria à Casa Negra para encontrar seus podres. Mas um nobre? A jurisprudência básica precisa ser mantida, e isso significa que você não pode ir buscar o camarada em sua casa e pegá-lo só por causa do palpite do talismã mágico obtido de forma ilegal por um ex-agente da Coroa.

— Não — disse ela desanimada. — Suponho que não possa.

— Além disso, eu não tenho certeza de que o amuleto esteja certo. Falei com Beaconfield. Ele parece ser um tipo violento, daquele tipo que existe aos montes nas classes mais altas. Mas matar crianças, convocar demônios... Não condiz com o jeito dele. A aristocracia tende a ser preguiçosa demais para realmente cometer um ato de malevolência. É mais fácil torrar a herança em trajes de gala e prostitutas caras.

— É possível que você o esteja sobrevalorizando?

— Não é o tipo de erro que eu costumo cometer. Mas é o que digo, digamos que seja o duque. Ele não é um artista. Eu ficaria surpreso se ele soubesse somar. Como ele seria capaz de entrar em contato com o vazio?

— Existem praticantes que acham certo vender seus conhecimentos a qualquer um com dinheiro suficiente. Havia alguém próximo desse Beaconfield que poderia se encaixar nisso?

— Sim — disse eu. — Havia, sim.

Célia cruzou as pernas. O rosa de suas coxas quase não era visível através do vestido.

— Isso pode ser algo que você queira averiguar.

— Pode ser — comentei meio atrapalhado para depois recomeçar: — Na verdade há uma outra coisa que eu queria lhe perguntar, algo que nem o Mestre conseguiu me ajudar.

— Como eu disse, estou aqui para ajudar.

— Eu gostaria de saber sobre o tempo que você passou na Academia.

— Por quê?

— Aborrecimento abjeto. Não tenho absolutamente nada para ocupar a cabeça, então imaginei que suas farras da juventude poderiam me dar algo para poder remoer.

Ela pigarreou, ficou com um sorriso amarelo, mas tudo tão de leve que o som quase não escapou de sua boca. Ela fez uma breve pausa enquanto media as palavras:

— Tudo isso aconteceu muito tempo atrás. Eu era jovem. Todos nós éramos jovens. O Mestre e todos os outros praticantes de sua estirpe não estavam interessados em ingressar na academia, então éramos somente nós os aprendizes, os fracos e os inexperientes, quem quer que eles pudessem colocar para dentro. Os instrutores, se é que os podemos chamar assim, eram pouco mais velhos que nós e em poucos casos mais competentes. Não existia realmente currículo, não naquela época, logo que estávamos começando. Eles apenas... nos reuniram em uma sala e nos deixaram soltos. De qualquer forma, aquela era a primeira vez que algo assim acontecia, a primeira vez em que éramos encorajados a compartilhar nossos conhecimentos, ao invés de escondê-los em livros de magia cifrados e em grimórios protegidos com feitiços duplos.

— Você conheceu um homem chamado Adelweid? — perguntei.

Célia apertou os olhos e mordeu os lábios.

— Não éramos um grupo grande. Todo mundo conhecia todo mundo, mais ou menos — respondeu. Célia era o tipo de pessoa que viveria alegremente o resto da vida isolada do restante de sua espécie, mas tinha grande dificuldade em reunir a má-vontade de falar mal de qualquer espécime específico dela. — O feiticeiro Adelweid era... muito talentoso — disse ela. Pensei que ela fosse continuar, mas depois ela fechou a boca, sacudiu a cabeça e foi só.

Então eu achei melhor dar um incentivo:

— O feiticeiro Adelweid participou de um projeto militar nos dias finais da Guerra, a Operação Ingresso.

— O Mestre me contou sua história.

— Você sabe alguma coisa relacionada a isso?

— Como eu disse, nós éramos deixados livres para seguir qualquer caminho de estudo que nos interessasse. Eu e Adelweid tínhamos inclinações diferentes. Ouvia rumores, coisas feias, mas nada muito específico. Se eu soubesse de qualquer coisa que achasse que pudesse ajudar, já teria lhe contado — Célia disse isso e encolheu os ombros, ansiosa por encerrar o assunto. — Adelweid está morto, e há muito tempo.

De fato ele estava morto.

— Mas Adelweid não era o único envolvido — prossegui. — Quem quer que tenha matado o kiren deve ter participado daquilo. E coisas desse tipo, um projeto militar... eles mantiveram algum registro.

Sua cabeça elevou-se do apoio nos ombros.

— São segredos de Estado — disse ela, quase insistindo. — Devem estar escondido. Você nunca vai conseguir encontrar.

— Eles devem estar escondidos e eu imagino que quem estiver cuidando dos arquivos secretos do exército não estará muito ansioso por compartilhá-los comigo. Felizmente, eu tenho outras linhas de investigação a seguir.

— Outras linhas?

— Crispin, meu antigo parceiro. Ele está cuidando disso.

— Crispin — repetiu — ele ainda é confiável? Ele vai conseguir isso pra você depois de... todo o tempo em que estiveram separados?

— Não acredito que ele esteja feliz por estar me fazendo um favor, mas ele não vai deixar que isso se transforme num obstáculo. Crispin... Crispin vale ouro. Não importa o que tenha acontecido entre nós. Se isso puder ajudar a parar com os assassinatos, se for a coisa certa a fazer, ele vai fazer.

Ela assentiu lentamente, seu rosto desviou-se do meu.

— Crispin, então é ele.

Em torno de nós, legiões de zangões voavam alegremente de uma pétala a outra para se guarnecer. A toada daquele zunido constante era um pouco soporífica.

Célia levantou-se do banco, seus olhos negros em contraste com a pele cor de mel.

— Fico feliz... — ela começou a falar e parou, sacudiu a cabeça, como que para reiniciar o discurso, e seus longos cabelos escuros foram para frente e para trás, balançando em charmoso uníssono ao redor de seu pescoço. — Tem sido bom vê-lo novamente, ainda que nessas circunstâncias. De certa forma, fico agradecido por você ter sido envolvido nessa bagunça — disse ela então tomando levemente minhas mãos nas suas e olhando-me nos olhos sem piscar.

O coração dela batia rápido por baixo da pele e o meu acelerou-se para acompanhar. Pensei em todos os motivos que faziam daquilo uma má ideia, tudo o que havia de podre, estragado e barato em relação àquilo. Depois pensei em tudo aquilo novamente. Teria sido muito mais fácil dez anos antes.

— Você e o Mestre estão sempre em meus pensamentos — eu disse baixinho.

— Isso é tudo o que você tem a dizer? Que eu ainda não saí da sua memória?

— Eu preciso ver como está o Garrincha — desconversei. Foi uma desculpa péssima para não dizer algo que era de fato verdadeiro.

Ela assentiu e me acompanhou até a porta, com a tristeza fechando seu rosto em forma de coração.

Na sala do andar de cima, o Grou estava sentado em uma velha cadeira, de costas para nós, rindo e batendo palmas ritmadamente. Cada vez que ele fazia isso, a coleção de faíscas que girava na antecâmara mudava de cor e de direção, percorrendo o teto e descendo para a janela. Garrincha não demonstrava tanta alegria quanto o Mestre, mas para minha surpresa ele tinha no rosto um sorriso sincero, algo que estava mais em seus olhos, como se tivesse medo que alguém percebesse. Isso acabou abruptamente quando ele percebeu que eu e Célia havíamos voltado.

O Grou deve ter lido nossa entrada no rosto do menino porque parou de bater palmas e as fagulhas começaram a cair lentamente para o chão para depois sumirem no espaço. Coloquei minha mão nas costas do Grou. Os ossos de seus ombros eram perceptíveis por baixo da túnica.

— Eu sempre gostei desse brinquedo.

O Grou voltou a gargalhar, um sorriso iluminado, como suas faíscas. Iria sentir muita saudade de tudo isso quando ele tiver partido. Depois o sorriso se desfez e ele levantou a cabeça em minha direção.

— Aquele assunto que falamos da última vez...

Célia o interrompeu:

— Está tudo bem, Mestre. Foi isso que ele veio nos contar. Já estamos cuidando de tudo. Você não precisa mais pensar nisso.

Os olhos do Grou percorreram o rosto de Célia e depois o meu para ter a confirmação. Fiz algum movimento que deve ter sido uma encolhida de ombros ou um aceno com a cabeça. Ele estava velho e cansado e interpretou como se fosse uma confirmação. O sorriso voltou a seu rosto, ou pelo menos algo muito parecido com um, e ele falou então para Garrincha:

— Você é um bom menino. Não é como era esse aí — comparou o Mestre, dando depois um olhar para mim.

Garrincha, porém, não estava captando nada daquilo. Para renegar seu momento de iluminação, ele tinha agora o rosto fechado no mau-humor e fez um breve gesto de despedida com a cabeça para o Mestre.

O Grou tinha muitos anos de experiência com a ingratidão de jovens extremamente orgulhosos e sabia lidar com graça com o esnobismo.

— Foi um prazer essa oportunidade de diversão, Mestre Garrincha — disse o Grou. Depois, com a mesma austeridade fingida de antes, disse a mim: — E você, senhor, como de costume, será bem-vindo aqui sempre que desejar.

Diga isso para a gárgula lá fora, pensei, mas ele parecia feliz e jovial, então mantive a boca fechada.

Célia ficou na escada e agachou-se quando Garrincha se aproximou.

— Foi muito bom te conhecer. Talvez, quando você voltar, nós tenhamos mais chance de conversar.

Garrincha não respondeu. Célia manteve o rosto amistoso e acenou quando nós dois passamos por ela.

Nós saímos do Ninho e começamos a andar para o norte. Caminhamos por algumas quadras enquanto eu digeria o que havia aprendido, peneirando o barulho em busca de algo de valor, algo que fechasse com o resto de tudo.

Garrincha interrompeu meus devaneios:

— Eu gostei da torre.

Concordei com a cabeça.

— E gostei do Grou também.

Fiquei esperando Garrincha continuar, mas ele não o fez. Continuamos andando em silêncio.

CAPÍTULO 20

Encontrei Guiscard mais ou menos uma hora depois na frente de um pequeno puteiro a apenas algumas quadras da Casa Negra. Como naquele dia eu já havia tirado proveito da hospitalidade de meus antigos empregadores, eu não estava exatamente ansioso por voltar ao bairro, mas me consolei no pensamento que, se o Comandante me quisesse morto, a proximidade não seria um problema. Não é exatamente o tipo de conforto que nos faz dormir bem à noite, mas era o que eu tinha.

O prédio em si era o tipo de estrutura que parecia ter sido construída deliberadamente para não dar nenhuma pista das atividades que ocorriam ali dentro. Era um galpão de estoque, você poderia chutar se fosse pressionando a responder, mas apenas porque não seria possível pensar em nada mais vago. Ao contrário da Casa Negra, o valor da Caixa não aumentava por ter seu propósito amplamente divulgado. Não se tratava de um segredo, mas a maior parte de Rigus preferia manter-se na ignorância. Pois dentro da Caixa os videntes faziam seu ninho, e chamar a atenção deles significava ter seus segredos revelados. E que pessoa no mundo não tem algumas coisas que prefere manter em segredo?

O garoto se colocou atrás de mim, em silêncio desde que havíamos deixado o Ninho, astuto demais até mesmo para seus próprios padrões. Não estava preocupado com a presença dele ali. Minha cabeça estava ocupada com outras coisas.

Meu agente predileto, depois apenas de Crowley, estava de cara amarrada perto da porta, fumando um cigarro como se fosse uma encenação, e não um vício. Ele já havia nos reconhecido quando estávamos a uns cem metros de distância, mas fingiu que não, ganhando tempo para que seu teatro amadurecesse. Ele estava descontente por ter companhia nessa pequena missão e queria que eu soubesse disso.

Quando estávamos próximos demais para que continuasse fingindo, Guiscard jogou seu cigarro fumado até a metade no chão, me mediu de cima a baixo com a delicadeza de sempre e depois viu Garrincha.

— Quem é esse? — perguntou ele, quase decente, antes de se flagrar e voltar os lábios à posição ensaiada de desprezo.

— Você não consegue perceber as semelhanças? — respondi, empurrando Garrincha para a frente. — O nariz refinado, a graça e o porte que evidenciam o sangue nobre. Você é um rapaz de quatorze anos, ela é uma arrumadeira de pé torto e boca grande. Quando seus pais ficam sabendo de tudo, eles a mandam para um convento e o fruto do romance é mandado para longe — disse eu, remexendo os cabelos do menino. — Mas agora ele está de volta. Acho que vocês dois têm muito o que conversar.

Garrincha deu um sorriso maroto. Guiscard sacudiu a cabeça, desdenhoso de qualquer encenação que não fosse a sua.

— É bom ver que você manteve o seu senso de humor. Achei que com tudo o que anda acontecendo você não teria muito tempo para essas brincadeiras infantis.

— Nem me diga. Já tive que trocar de calças duas vezes hoje.

Ele estava quase no limite de todo o humor de que era capaz sem contar com ajuda externa. Ao perceber isto, entrou.

— Eu volto dentro de alguns minutos — eu disse ao garoto. — Tenha juízo e evite fazer qualquer coisa que possa levar o Adolphus a querer me espancar até a morte depois.

— Não deixe o homem da neve lhe intimidar — disse ele.

Gargalhei, chocado com sua manifestação e vagamente orgulhoso por ver que o menino comprava minhas brigas como se fossem as dele.

— Eu não me deixo intimidar por ninguém — respondi. Se bem que, de fato, a maior parte da minha vida nos últimos tempos parecia consistir em fazer exatamente o contrário.

Ele ficou um pouco envergonhado e olhou para baixo. Entrei no prédio atrás de Guiscard.

Os videntes são uma raça estranha, tão estranha que seu quartel-general fica fora da Casa Negra, e não apenas porque suas funções incluem a inspeção e a dissecação de cadáveres. Eles eram envolvidos em casos grandes: assassinatos, agressões, estupros ocasionalmente. Às vezes eles conseguiam visões, imagens ou memórias sensoriais, informações fragmentadas que em poucos casos eram totalmente coerentes, mas de vez em quando ajudavam. Eles não eram artistas, pelo menos não da forma que eu conhecia a Arte. Eles não tinham a capacidade de influir no mundo físico, mas sim uma espécie de receptividade passiva a ele, um sentido extra que falta ao restante de nós.

Abençoados por essa falta, eu diria. O mundo é um lugar feio e deveríamos ser gratos por qualquer coisa que limite nossa compreensão. É melhor fugir pela superfície do que mergulhar nas águas poluídas. O "dom" dos videntes é de um tipo que torna impossível levar a vida normalmente, pois as correntes ocultas da existência borbulham em momentos inoportunos. Aqueles que nascem com esse "dom" inevitavelmente acabam indo trabalhar para o governo, simplesmente porque executar qualquer tipo de outro trabalho seria praticamente impossível. Imagine tentar vender calçados a um homem e ter visões dele espancando seus filhos, ou da mulher dele esquartejada dentro de uma bolsa. Trata-se de um jeito desagradável de viver, e a maior parte deles é composta de bêbados insensíveis ou de lunáticos na fronteira entre a sanidade e a demência. Tive alguns deles como clientes, raiz de uróboro principalmente. Mas quando passam para coisas mais pesadas, não demora muito para que o comando comece a ir atrás deles, ou para que eles decidam contornar as autoridades saltando em um rio ou cheirando meia garrafa de Sopro de Fada. É um destino bastante comum para essa espécie. Na verdade, poucos deles morrem de causas naturais.

De qualquer forma, os videntes são bastante úteis no que diz respeito a uma investigação, desde que você não dependa demais deles. À segunda vista é uma coisa muito melindrosa e para cada pista decente que recebe você fica sujeito a dois caminhos sem saída e a uma pista falsa. Uma vez eu passei um mês remexendo em cada buraco da parte habitada pelos ilhéus na Cidade Baixa para depois descobrir que o homem com quem eu trabalhava nunca tinha visto um Mirad antes e tinha confundido a pele bronzeada do assassino com o negro da pele de um marinheiro. Depois desse caso eu parei de gastar muito tempo com a Caixa, mas não que minha presença fosse muito requisitada por ali depois que eu atirei o vidente em questão pela janela do primeiro andar.

Entrei em uma antecâmara controlada por um velho ilhéu que se precipitou pela cadeira onde tirava uma soneca e destrancou a porta interna. Havia um monte de trancas e o porteiro estava no limite entre o venerável e o antigo, então tive a chance de ter uma conversa com Guiscard.

— Quem nós iremos ver? — perguntei.

Saber de algo que eu não sabia deixou Guiscard um pouco animado.

— Crispin quer a melhor de todos. Então procurou Marieke. Você se recorda dela? Ela devia estar apenas começando quando lhe passaram o machado.

— Acho que não.

— Eles a chamam de Cadela de Gelo.

Era o tipo de gozação que eu já podia ver circulando entre os gênios da Casa Negra, misógina e nada original. O fato de eu não ter rido aparentemente deixou Guiscard um pouco ofendido e ele mudou de assunto.

— Como foi que aconteceu, aliás?

— Como aconteceu o quê?

— Sua demissão.

O ilhéu chegou ao último ferrolho e abriu a porta, mostrando dificuldade com o ferro pesado.

— Eu envenenei o Príncipe Consorte.

— O Príncipe Consorte não está morto.

— Ah, é? Então quem foi mesmo que eu matei?

Ele levou algum tempo para entender aquela.

— Você não deve falar desse modo da corte real — farejou ele, como se tivesse levado o melhor da história. Ele então saiu num passo veloz e desceu pelo corredor de pedra úmida. Quanto mais avançávamos, mais pesado ficava o cheiro do lugar, uma desagradável mistura de bolor e carne humana. Guiscard passou diante de uma dúzia de portas antes de escolher uma para abrir.

A sala revelava uma organização obsessiva que aponta certamente tanto para uma mente clara quanto para o caos. Havia fileiras e mais fileiras de caixas catalogadas no alto de prateleiras espanadas e o chão era tão limpo que era possível comer nele, se por alguma razão você tivesse vontade de jantar no chão. Além da perfeição, não havia nada que sugerisse que alguém trabalhava ali: a mesa gasta encostada na parede de tijolos não tinha nada pessoal em cima e nem mesmo os detritos de sempre, como canetas, tinta, papéis e cadernos, que dariam o significado que ali seria um lugar de trabalho. Podia-se muito bem imaginar que aquele lugar não fosse nada além de um estoque bem mantido, a não ser pelo cadáver colocado sobre uma laje no centro da sala e pela mulher inclinada sobre o corpo.

Jamais se poderia dizer que ela era bonita, pois tinha muito osso onde se esperava encontrar carne, mas ela talvez pudesse flertar com a beleza sem a carranca que desfigurava seu semblante. A julgar pela altura e pelo tom da pele, tão clara que era possível ver o azul das veias em seu pescoço, ela era vaalã. E ela também não era da cidade, se eu fosse chutar. Fiquei pensando em qual série de eventos a teria feito deixar o frio norte e as ilhas rochosas habitadas por seu povo. Olhada em detalhes, ela tinha alguns traços encantadores: um porte gracioso, membros longos e bonitos, mechas de um cabelo louro-avermelhado caindo pelos ombros. Enfim, uma abundância de belos traços físicos, mas todos eles submersos pela magreza de seu corpo. Ela levantou os olhos quando a porta se abriu, um olhar examinador com olhos que muitos chamariam de azul, mas que era, na realidade, praticamente acromáticos. E logo a seguir voltou a se concentrar no cadáver em cima de sua mesa.

Eu não considerei totalmente impossível discernir a origem de seu apelido.

Guiscard me deu uma sutil cotovelada e pude perceber que seu risinho de canto de boca estava de volta, como se estivéssemos compartilhando alguma espécie de piada, mas eu não gostava dele e, mesmo que gostasse, eu não tinha tempo para brincadeira. Então ele finalmente falou:

— Vidente Uys?

Ela deu um rosnado e continuou fazendo suas anotações. Nós ficamos esperando para ver se ela seria capaz de permitir que as cortesias sociais teóricas se impusessem sobre a natureza desconfiada da espécie humana. Quando ficou claro que isso não aconteceria, Guiscard pigarreou e continuou. Em contraste com a vidente, eu não pude deixar de me impressionar com a delicadeza com que ele moveu aquele catarro. Fiquei pensando em quanto tempo na escola de etiqueta ele precisou para conseguir controlar aquele truque.

— Este é...

— Eu reconheço seu convidado, Agente — interrompeu ela enquanto rabiscava uma folha de papel com sua caneta como se estivesse se vingando de algum episódio passado de crueldade. A seguir, depois de deixar claro que nos considerava muito menos importantes do que a conclusão de procedimentos burocráticos, ela aceitou nos dar atenção. — Eu já o vi por aqui antes a nos brindar com sua presença, alguns anos atrás.

Aquilo era uma surpresa. Sou um bom fisionomista, muito bom. Essa foi uma das relativamente poucas exigências curriculares que mantive, apesar de minha mudança de emprego. É claro que aqueles últimos seis meses em Operações Especiais foram... agitados. Sakra sabe que eu perdi coisas muito mais importantes.

— Portanto a apresentação é desnecessária. Mas já que vocês estão aqui, talvez possam me esclarecer que porra ele está fazendo aqui na Caixa, pois, a julgar pela quantidade de vezes que ouvi o nome dele ser amaldiçoado por membros de sua organização, ele não anda nas graças da Casa Negra? — perguntou ela a Guiscard.

Dei uma leve risada, em parte porque achei engraçado e em parte porque eu queria desmenti-la. E de fato ela pareceu chocada com minha reação, ao perceber que sua capacidade de ofender ficou bem aquém do esperado.

Guiscard coçava a penugem embaixo de seu nariz pensando em um jeito de responder. Ele não estava bem certo do que eu fazia ali nem quem havia decidido me colocar na investigação. Obviamente, no entanto, o decoro e seu imperturbável senso de autoimportância o impediam de dizer algo assim.

— Ordens de cima — ele respondeu.

Ele apertou os olhos em uma fúria controlada, preparando-se para dar vazão total a seu rancor. Então ela congelou, piscando como se estivesse perdida e colocando a mão na mesa em busca de apoio. Ela se levantou lentamente e começou a me olhar com uma intensidade perturbadora.

Eu já havia visto ataques suficientes como aquele para saber que ela estava vendo alguma coisa.

— Se você tiver os números da loteria de amanhã, te dou a metade — falei.

Ela continuou olhando para mim, aparentemente sem ter prestado atenção na brincadeira.

— Tudo bem — disse ela enfim. Depois ela se voltou para o corpo na mesa: — O nome da menina era Caristiona Ogilvy, treze anos, descendência tarasaihgn. Ela foi levada há dois dias, de um beco perto da loja de seu pai. Não há sinais de luta em seu corpo nem evidências de que ela tenha sido levada à força.

— Alguém a dopou? — perguntou Guiscard.

Ela não gostava de ser interrompida, nem se isso fizesse parte de um diálogo normal.

— Eu não disse isso.

— Suponho que ela não se deixaria ser assassinada sem alguma espécie de protesto — rebateu ele.

— Talvez ela confiasse em quem quer que a tenha levado — disse eu. — Mas devo supor que você tenha uma teoria e que a queira compartilhar.

— Estou chegando lá. O ferimento na garganta foi o que causou a morte dela...

— Você tem certeza disso? — interrompeu Guiscard. Ele estava brincando. Sentia-se intimidado por ela e tentava amenizar o clima, mas ela não era capaz de enxergar isso, condicionada que estava a interpretar tudo o que pudesse como um insulto. Seu lábio superior, que estava grudado no inferior de um jeito plácido, ainda não exatamente afável, curvou-se para trás e revelou seus caninos. Faíscas saíram de seus olhos em antecipação ao conflito iminente.

Por mais que me agradasse a ideia de ver Guiscard derrubado com uma ou duas pancadas, o dia tinha sido longo e eu realmente não tinha tempo para aquilo.

— O que mais você pode nos dizer?

Ela voltou a olhar para mim, com uma delicadeza discreta e movimentos astutos que lembravam os de uma ave de rapina em busca de uma presa, mas eu não era Guiscard e depois de alguns segundos ela aparentemente percebeu. Economizando um rápido olhar para o agente, que, se sua cabeça não estivesse enterrada por completo na bunda, ficaria grato pelo desvio, ela continuou:

— Como eu dizia, o ferimento na jugular foi o que a matou. Não havia outros ferimentos no corpo, nem sinais de trauma sexual. Ela foi morta e depois desovada no início da manhã.

Fui adiante:

— Estamos presos às evidências físicas? Você captou alguma coisa do corpo?

— Não muito. O eco do vazio pesa tanto sobre ela que sufoca praticamente quase todo o resto. E mesmo que deixando isso de lado, não consigo captar muita coisa. Quem fez isso apagou os rastros.

— O kiren, o que levou a Tara, trabalhava em uma fábrica de cola. Concluí que ele esfregou desinfetante no corpo dela, ou algum outro produto químico que atrapalhou seu trabalho. É possível que isso tenha acontecido novamente.

— Não vejo como. Não trabalhei no caso Potgieter e não tive a oportunidade de trabalhar na cena. O truque com o ácido poderia funcionar com alguns de meus colegas menos talentosos, mas eu conseguiria achar um jeito. Mas eu estive no lugar da morte do homem que a matou e a... coisa que o matou tinha a mesma ressonância que ouvi em Caristiona.

Imaginei aquilo. Não havia uma chance em mil de aquelas mortes não estarem conectadas, mas era bom ter uma confirmação oficial.

— Você encontrou mais alguma conexão com Tara? — perguntou Guiscard, que já tinha ficado para trás.

— Não, a amostra que peguei dela já estava em decomposição. Ela sacudiu a cabeça, novamente nervosa. — Eu poderia ter muito mais sucesso se você tivesse colhões para me trazer um pedaço dela, ao invés de a deixar apodrecendo no chão.

Não criamos caso com isso, mas a melhor coisa para um vidente não é cabelo, é carne. E não precisa ser muita, apenas um pouquinho. Os bons insistem nisso e, quando eu era um gélido, dava um jeito de levar um pedaço sempre que possível. Pode ser um dedinho, às vezes uma orelha caso você ache que a vítima não vai ficar num caixão aberto. Eu não tinha a menor dúvida que, se mexesse nas prateleiras meticulosamente catalogadas daquela vidente, encontraria recipientes e mais recipientes de pedaços de carnes e tendões flutuando em salmoura.

Aquele último insulto levou Guiscard a uma resposta.

— E o que eu deveria ter feito, Marieke, entrado com uma tesoura de tosquiar no meio do funeral?

Os olhos da Cadela de Gelo se fecharam quase inteiros e ela tirou o lençol de cima do cadáver, deixando-o cair no chão. Debaixo dele a criança repousava rigidamente, com a boca e os olhos fechados, a pele branca como sal, os tufos de pelos púbicos.

— Estou certa de que ela aprecia sua disposição de manter o decoro — disse Marieke, cruel, mas sem ser enérgica. — Assim como a próxima será, não tenho dúvida — prosseguiu ela.

Guiscard desviou o olhar. Era difícil fazer outra coisa.

— Você havia comentado que não tinha muito a nos dizer. O que você está deixando de fora? — perguntei depois de achar que já havia se passado tempo suficiente.

Minha pergunta foi totalmente inocente, mas ela precisou de um tempo para raciocinar, examiná-la de todos os ângulos, ter certeza de que não havia nada que ela pudesse tomar como ofensa ou algum insulto não intencional a que ela pudesse se apegar e disparar de volta.

— Como eu disse, não captei nada vindo do corpo e as visões que eu tive se mostraram inúteis. Mas tem uma coisa estranha, uma coisa que eu nunca tinha visto antes.

Ela ficou em silêncio e eu imaginei que era melhor deixá-la usar o tempo que fosse do que tentar acelerá-la e arriscar uma reprimenda.

— Havia um... — ela parou novamente, tentou traduzir seus pensamentos para um idioma que não dispunha de termos suficientes para acomodar toda a extensão de suas sensações. E prosseguiu: — Uma aura, uma espécie de calor, que anima o corpo. Nós podemos captá-la, de vez em quando segui-la, acompanhá-la de volta a partir do local da morte, vê-la nas coisas que a pessoa morta gostava ou que tinha a seu redor.

— Você quer dizer uma alma? — perguntou Guiscard, cético.

— Não sou uma porra de um sacerdote — rebateu ela, apesar de que, francamente, os impropérios já deixavam isso bem claro. — Eu não sei que merda é, mas eu sei que deveria estar aqui agora e não está. O responsável por isso levou mais do que a vida dela.

— Você quer dizer que ela foi sacrificada?

— Não posso afirmar isso. Essas coisas são raras. Em tese, o assassinato ritual de um indivíduo, especialmente de uma criança, criaria um reservatório de energia, de um tipo de energia que poderia ser usado para iniciar um trabalho de imenso poder.

— Que tipo de trabalho?

— Não há como saber. E se houver como, eu não sei a resposta. Pergunte a um artista. Eles podem falar melhor sobre isso do que eu.

Eu faria exatamente isso, assim que tivesse uma oportunidade. Guiscard olhou para mim para ter certeza de que não havia mais nada. Balancei a cabeça e ele começou a retirada.

— Sua ajuda foi de grande valor, vidente, como sempre — disse ele. Guiscard era inteligente o bastante para saber o valor de se manter uma relação de trabalho com alguém competente como a Cadela de Gelo, por mais que todas as suas idiossincrasias deixassem algo a desejar.

Marieke retribuiu a gratidão:

— Vou conduzir mais alguns rituais, ver se consigo captar algo mais antes de ela ser enterrada amanhã. Mas não vou me prolongar. Quem quer que tenha feito isso fez bem, foi perfeito.

Fiz um aceno de despedida que ela ignorou e segui com Guiscard em direção à porta. Eu já estava pensando em minhas próximas ações quando ela me chamou.

— Você, pare — ela mandou, e estava claro a qual de nós dois era dirigido o comando. Sinalizei para Guiscard continuar em frente e ele saiu da sala.

O Guardião

Marieke me deu um olhar longo e penetrante, como se tentasse enxergar minha alma por dentro do corpo. O que quer que ela tenha captado de minha massa de ossos e músculos em processo de envelhecimento parece ter sido suficiente, pois depois de um momento ela foi até o corpo.

— Você sabe o que é isto? — perguntou ela, chamando minha atenção para a parte de dentro da coxa da menina e para uma série de manchas vermelhas que descaracterizavam sua pele.

Tentei falar, mas não consegui.

— Descubra que porra está acontecendo — disse ela, com sua constante amargura substituída pelo medo — e descubra logo.

Eu me virei e saí da sala.

— O que ela queria? — Guiscard perguntou, mas eu passei por ele sem responder.

Garrincha estava em pé ao lado dele e se preparava para dizer alguma coisa, mas eu coloquei uma mão em seu ombro e o puxei comigo. Ele era esperto o bastante para entender que era para ficar de boca fechada.

O que foi bom, pois naquele momento eu estava tão incapacitado para manter um diálogo quanto para voar. O pensamento que martelava minha cabeça era grandioso demais para dar espaço para qualquer outra coisa e acabou com o que me restava de equilíbrio, já judiado por todos os acontecimentos do dia.

Eu já havia visto aquelas manchas antes. Eu as vi uma noite no meu pai quando ele voltou da fábrica, depois na minha mãe, alguns dias depois. Vi aquilo recobrir o corpo deles como se fosse uma segunda pele, linhas de pústulas que criavam cascas que fecharam seus olhos e secaram suas línguas até que eles ficassem loucos de sede. Vi aquilo derrubar tantos homens que depois de algum tempo já não tinha mais ninguém para fazer os enterros. Vi aquelas pequenas manchas acabarem com a civilização. Eu as vi destruir o mundo.

A peste estava de volta a Rigus. No caminho para casa fui pensando em todas as orações para o Primogênito que eu me lembrava, se bem que elas não serviram para nada da outra vez.

CAPÍTULO 21

A notícia de Marieke reduziu pela metade a velocidade de meus pensamentos e demorou um pouco para eu entender por que Garrincha não conseguia ficar quieto com aquele horrível casaco de lã. Quando me dei conta já estávamos quase de volta à Cidade Baixa. Detive meu passo. Depois de um momento o garoto fez o mesmo.

— Quando você pegou isso? — perguntei.

Ele pensou em mentir para mim, mas sabia que eu o havia desmascarado.

— Quando você foi se despedir.

— Deixe-me ver.

Ele tirou a corneta, entregou para mim e encolheu os ombros.

— Por que você roubou isso?

— Porque eu quis — respondeu. Seus olhos não diziam nada. Não era a primeira vez que eu o pegava roubando nem a primeira vez que ela caía do cavalo. Fazia parte do jogo e ele o jogaria até o fim.

Então decidi tomar outro caminho.

— Eu imagino que isso seja um motivo — disse eu.

— Ele está cheio de bugiganga. Ele não precisa disso.

— Não, eu suponho que não precise.

— Você vai me bater.

— Você não vale o transtorno. Tenho mais coisas pra me preocupar do que ensinar ética a um cão vadio. E também já está tarde pra você aprender. Você nunca vai ser muito mais do que já é.

Ele apertou a boca furiosamente e estava tão envenenado pelo ódio que achei que ele fosse me dar um soco. Mas não o fez. Ao invés disso, ele cuspiu no meu pé e saiu correndo pela rua.

Esperei ele desaparecer antes de inspecionar o teor do saque. Foi uma escolha inteligente. Era pequeno o bastante esconder confortavelmente e, apesar de somente um artista ser capaz de fazer a mágica funcionar, era um artigo bem feito. Poderia render um ocre na casa de penhores certa. Na minha primeira vez no Ninho eu fiz uma escolha muito mais idiota. Peguei uma bola de quartzo do tamanho da minha cabeça. Era tão pesada que quase podia me arrastar sozinha. Além disso, estava tão claro que era um artigo de magia que nenhum desavisado tocaria nela. Ela passou dois anos escondida em um sucateiro perto das docas antes de eu criar coragem para devolvê-la.

Guardei a corneta na sacola e peguei minha garrafinha de Sopro de Fada. O vapor limpou tudo o que havia se passado na última hora, a pequena traição de Garrincha e a revelação de Marieke. Eu precisava me concentrar em qual seria meu próximo passo, caso contrário eu acabaria tropeçando nos meus próprios pés.

Eu precisava ver Beaconfield. Se o talismã de Célia estivesse certo e ele tivesse envolvimento nesse negócio com as crianças, então eu precisaria tentar descobrir sua intenção. E se não tiver sido ele, eu ainda devo um carregamento a meu novo cliente predileto. Dei outra cheirada e depois segui para o leste para ver o kiren.

Uns dois quilômetros depois eu parei no Dragão Azul. O dono do bar, obesamente mórbido e ainda por me dizer seu nome depois de três anos à frente do estabelecimento, estava em alerta no balcão. Além dele, o salão estava quase vazio, pois sua clientela convencional ainda estava encerrando o turno de trabalho nas fábricas que funcionavam ali perto.

Peguei um lugar no balcão. De perto, a pele do taberneiro parecia ondular de um jeito particularmente repulsivo, como uma montanha de gordura levantando e subindo de acordo com sua respiração cansada. À exceção da respiração forçada, ele não se movia. A apatia abria ranhuras em seu rosto.

— Qual a boa nova? — comecei, sabendo que minha afabilidade não ganharia resposta. E não ganhou mesmo. Às vezes é chato estar certo o tempo inteiro. — Eu preciso de um carregamento — disse então. Uma das melhores coisas de negociar com os kirens é que você não precisa falar em códigos. Nenhum desses hereges trabalha para a fraude e um homem branco dentro de um bar é considerado simplesmente um homem branco dentro de um bar cheio de kirens.

Os olhos dele piscaram como se fosse o bater das asas de um beija-flor. Interpretei aquilo como um sim.

— Preciso de meia garrafa de mel de daeva e seis talos de raiz de uróboro.

Houve uma extensa pausa, durante a qual o rosto do homem não deu a menor pista de ter entendido meu pedido. Isto se seguiu por um sutil desvio de seus olhos na direção da porta dos fundos.

Eu e os Dragões Azuis já fizemos um monte de negócios juntos. Não havia a necessidade de ver o chefão apenas para pegar alguns ocres de narcóticos.

— Agora não. Preciso ir pra outro lugar. Diga a Ling Chi que eu virei mais tarde.

Mais um intervalo interminável até mais uma olhadela para o mesmo lado.

Parece que eu ia ter que ver Ling Chi mesmo.

Atrás da porta havia uma pequena sala ocupada por dois kirens segurando machados meia-lua e parecendo igualmente ameaçadores e entediados. Eles guardavam uma segunda porta, tão simples quanto a primeira. O que estava à esquerda curvou-se educadamente quando passei.

— Por favor, deixe suas armas sobre a mesa. Elas serão devolvidas depois de sua reunião — disse ele com um leve sotaque, mas a gramática e a dicção eram perfeitas. Seu parceiro bocejou e coçou o nariz por dentro. Deixei meus armamentos em um banco no canto e passei para a sala seguinte.

O guarda à direita tirou a mão do rosto e ergueu seu machado de modo ameaçador. Olhei para o parceiro dele, aparentemente o cérebro por trás da dupla.

— Nós lamentamos insistir em revistá-lo — disse ele, sem dar nenhum sinal de que realmente lamentava.

Aquilo foi inesperado e, como qualquer acontecimento inesperado em uma transação criminosa, sinistro. O Clã do Dragão Azul vinha me abastecendo de produtos havia três anos, desde que assumira o controle do território do Rato Morto. Durante aquele período, nós desenvolvemos um relacionamento mutuamente benéfico, fundamentado na confiança e na constância, como em qualquer relacionamento. Nada positivo poderia derivar da alteração da rotina.

Não deixei nenhum sinal de preocupação emergir em meu rosto. Os hereges são como os cães: qualquer sinal de medo e você está perdido. Ergui os braços e o guarda que estava cutucando o nariz me fez uma revista rápida, mas completa. O outro abriu a segunda porta e fez sinal para que eu entrasse.

— Nós agradecemos a nosso estimado convidado por aceitar o insulto com boa-vontade.

Em absoluto contraste com tudo o que cercava seu campo, cada centímetro da ala privada de Ling Chi era envolvida por características ostensivamente ricas que representam o máximo do bom gosto entre os hereges. Lanternas de madeira laqueada vermelhas iluminavam parcamente o recinto ao mesmo tempo em que criavam sombras estranhas e grotescas nas paredes. O chão era recoberto de tapetes kiren intrincadamente tecidos, com figuras em tamanho real consistindo em milhares de tranças avançando para o fundo da sala. Nos cantos, braseiros com a forma de estranhos semideuses meio animais expeliam a fumaça de intermináveis incensos, preenchendo o interior com um forte perfume almíscar.

Ling Chi estava no meio de tudo isso, reclinado em um divã de seda, enquanto uma beldade estonteante massageava seus pés. Um homem no início da meia-idade, pequeno até mesmo para um kiren, mas projetando uma presença de causar inveja a alguém com o dobro de seu tamanho. Seu rosto era uma máscara de pó de arroz, interrompida somente por um par de marcas falsas, e seu cabelo era elaboradamente penteado, uma crina negra atravessada por um arame de ouro que subia por sua cabeça como se formasse um halo. Ele me observava com o mais discreto dos sorrisos, com as mãos juntas enquanto as pontas de suas unhas longas tamborilavam ritmadamente.

Por mais que ele desempenhasse o papel do déspota degenerado, havia algo naquele homem que me fazia pensar o quanto daquilo era fingimento. Eu jamais deixaria de ter a sensação de que, assim que eu botasse os pés na rua, ele mandaria a servente embora e calçaria um par de chinelos e substituiria aquele aparelho maluco em sua cabeça por um chapéu decente.

Depois novamente vinha a sensação de que talvez não. Nenhum estrangeiro jamais poderia entender um herege, não de verdade.

Mas, mesmo que sua imagem fosse fabricada, sua posição era mais que merecida: Ling Chi, a Morte que Vem por Mil Cortes, cuja palavra é a lei de Kirentown até os muros da cidade. Os boatos diziam tanto que ele era o filho bastardo do Imperador Celestial como que era o filho de uma imigrante prostituta que morreu no parto. Se eu fosse apostar, colocaria meu dinheiro na segunda opção. A nobreza tende a carecer do ímpeto necessário para a manutenção de uma atividade tão vasta.

Em menos de uma década ele transformou uma gangue de bairro em uma das mais poderosas entidades criminais de Rigus, e o fez tendo diante de si os entrincheirados interesses do submundo. Sua liderança durante a Terceira Guerra do Crime Organizado fez de seu grupo um dos raros a saírem daquele negócio sangrento mais forte do que entrou, unificando grupos kirens menores em uma tribo vigorosa o bastante para disputar lado a lado com as gangues de tarasaihgns e rouenders. Atualmente ele controla metade das docas e tem participação em praticamente todos os negócios ilícitos de seus compatriotas dentro dos limites da cidade.

Ele também é um louco completo, totalmente desprovido de qualquer daquelas qualidades como empatia ou consciência que podem se transformar em um obstáculo para a expansão ou para a consolidação de uma organização criminosa. A história diz que o ano seguinte a sua ascensão ao poder foi o melhor para os pescadores de águas rasas em cinquenta anos, o que teria acontecido pela quantidade de carne humana que Ling Chi despejou no porto.

Ele sorriu para mim com o dente pintado de preto à moda kiren:

— Meu amado amigo voltou depois de tão longa ausência.

Eu me curvei discretamente: — Meu mais íntimo confidente me deixa honrado por notar minha ausência.

— Um pequeno reconhecimento diante de tantos bons serviços fornecidos por meu amado aliado — disse ele enquanto a escrava pegava uma pedra de polir e passava suavemente pelas unhas, erguendo um pouco seus pés. O rosto de Ling Chi não ofereceu a menor pista de que ele tenha notado a ação dela. — Muita coisa aconteceu com o mais próximo de meus amigos desde a última vez que conversamos.

Esperei para ouvir aonde ele queria chegar.

— Há algumas semanas meu irmão pediu permissão para entrar em meu território. Fiquei grato por poder fazer a tão querido parceiro um favor. Meu irmão entrou, meu irmão fez perguntas. Um homem, um homem kiren, morreu. Depois, agentes reviraram a casa dele. Disseram que o homem morto era um assassino de crianças. Disseram que ele matou uma menina branca. Agora meu povo fala de coisas negras que se escondem nas sombras e perseguem crianças nas Terras Veneráveis. Também falam dos policiais de seu novo lar, que ficam felizes que isso aconteça — prosseguiu Ling Chi. E, enquanto ele dizia isso, as pontas de suas unhas douradas continuavam a tamborilar, *click, click, click.*

— Glória ao Imperador Celestial, cujos caminhos são sutis, mas corretos, e que retribui toda a maldade com o bem. Abençoados somos nós, que seguimos firmes no Caminho dos Céus, cujos passos são observados pelo mais Alto de seus Pastores. Talvez nossas palavras possam ser pronunciadas sem mentiras e nossas ações resultem na glória de sua Majestade Eterna — eu disse. Quero ver ganhar dessa seu bastardo cara-de-pau, pensei.

Ling Chi gargalhou, um som frágil como o estridular de um gafanhoto, e fez um sinal para o canto. Um garoto aproximou-se do trono com um cachimbo de quase um metro de extensão, cuidadosamente trabalhado para lembrar a figura de um dragão esticado, e o levou à boca de seu amo. Ling Chi tragou e despejou no ar uma asquerosa mistura de tabaco e opiáceos. Ele ofereceu para mim com um sinal de sua comprida unha, mas recusei e ele mandou o menino de volta para as sombras.

— A devoção de meu sócio é uma fonte de inspiração perpétua. No entanto... — o olhar dele tornou-se sombrio, com suas encolhidas pupilas negras rodeadas por um anel avermelhado — muitos são os demônios da iniquidade à espera no caminho para a iluminação, e sinuoso é o caminho. Nada satisfaz mais aos Senhores do Vício que a distorção dos trabalhos de um homem correto para seus próprios propósitos obscuros.

— As palavras de meu colega soam doces para meus ouvidos e enobrecem meu espírito — respondi.

Suas garras continuaram seu ritmo monótono.

— Somos uma comunidade pobre e ignorante, lutando para sobreviver em terra estrangeira. Esse negócio nojento, os atos terríveis de uma mente turva e pervertida, ameaça perturbar o delicado equilíbrio entre nosso pequeno cardume e o mar repleto de tubarões no qual nadamos.

Eu não respondi e depois de um momento ele continuou.

— Eu sou o ancião cujos compatriotas, perdidos no caos de seu país, procuram em busca de orientação e proteção. A pequena estima que ganhei evaporaria como o orvalho numa manhã de verão se eu fosse incapaz de defendê-los dos ataques injustificados de quem o atormenta.

— Gratos somos nós pelas ações do assassino terem sido descobertas e pelas ameaças aos filhos do Imperador estarem acabadas.

As unhas dele pararam de tamborilar.

— Não estão acabadas — disse ele, e eu temi que nosso encontro fosse terminar em violência. Mas sua perda de compostura foi momentânea e tudo sucedeu tão rapidamente que eu mal podia ter certeza de que tinha realmente acontecido. Suas unhas retomaram a cadência e durante algum tempo tudo o que se ouvia era o eco de suas batidas na sombria solidez da câmara. — Mais uma criança foi encontrada. Um acontecimento terrível. Logo seus companheiros pedirão revanche contra os hereges. Eles já clamam por represálias.

Concentrei-me em parecer impenetrável. Os hereges são um alvo útil para os de olhos grandes, mas o medo da violência é parte do que mantém o povo de Ling Chi na linha. Do que ele estava se lamuriando?

Ling Chi acenou para seu servente, que trouxe o cachimbo pela segunda vez. Ele posicionou os lábios para tragar e depois expeliu uma impressionante nuvem de vapor úmido.

— Estou terrivelmente preocupado com minha segurança íntima hoje.

— É um elogio para mim que tão exaltada pessoa possa considerar o meu bem-estar digno de nota.

— Hoje pela manhã eu fui informado por um olheiro que meu amigo foi preso por Agentes da Coroa — prosseguiu ele, estalando a língua de forma a parecer pesaroso. Foi uma coisa grotesca e antinatural, como uma loba dando de mamar a um bebê recém-nascido. — Terrível foi o desespero em minha casa. Ordenei a meus serventes que se vestissem de branco e iniciassem quarenta dias de luto pela morte de um estimado companheiro — disse Ling Chi, baixando a cabeça entre os ombros simulando pesar, respeitando um minuto teórico de silêncio.

— Eis que algo extraordinário aconteceu — prosseguiu ele, abrindo um sorriso nos lábios, mas que não chegou aos olhos. — Eu recebi outra mensagem. Meu aliado havia saído da casa da justiça! Grande foi a alegria com que a notícia da sobrevivência de meu irmão foi recebida! Ordenei que pavios de crisântemos fossem queimados e que um galo preto fosse sacrificado em sua homenagem — contou Ling Chi, curvando a cabeça com ar contemplativo. — Mas no meio de uma alegria pura, não pude me furtar às pontadas da curiosidade. De tudo que ouvi sobre tantos homens levados aos subterrâneos da Casa Negra, nunca chegaram aos meus ouvidos palavras de que algum tenha sido autorizado a sair.

— A visita de meus antigos empregadores foi uma surpresa, assim como minha libertação. Terríveis são os atos de um governo desarmonizado com o paraíso.

— Antigos empregadores...

— A sensibilidade de audição de meu sócio é comparável somente à perfeição de seu entendimento.

— Astutos são os servos de sua Rainha, misteriosos os seus objetivos. Grande deve ser a preocupação de qualquer um que se veja envolvido nas intrigas da Casa Negra.

As peças se juntaram e finalmente eu percebi o motivo daquele interminável interrogatório. Ling Chi achava que o Comandante estivesse movendo suas peças contra ele, que o kiren morto fosse seu gambito de abertura, que eu estivesse envolvido nisso e que minha detenção fosse uma desculpa para o encontro. A impossibilidade de um esquema assim seria de pouca utilidade contra as navalhas dos subalternos de Ling Chi caso ele decidisse agir com base em suas suspeitas.

— Qual interesse teriam os cidadãos honestos nos atos das autoridades da lei, por mais turva que seja a visão?

— Estou certo de que meu irmão tem a verdade a seu lado. Além disso, sou um homem simples — disse ele, parando para dar tempo para que a falta de lógica se dissipasse em meio à fumaça. — Eu converso com meus irmãos francamente. Eu não sei dos problemas que afligem a Cidade Baixa, mas não posso deixar de observar que, desde a intrusão do meu sócio, os de olhos grandes uivam pelo sangue dos meus e a Casa Negra fareja o meu lar.

Não havia mais sentido em dar continuidade àquela discussão.

— As palavras de meu honrado aliado são como água em solo árido.

Ling Chi fechou os olhos e colocou uma das mãos na testa, suficientemente habilidoso para fazer o teatro.

— Verdadeiramente, as preocupações de linhagem pesam muito sobre minha testa. Muitos são os dias em que penso como devo seguir adiante. Muitas são as noites que eu desejo que o Imperador me chame para ficar a seu lado. Meu único consolo é saber que meu aliado oferece ajuda a meu corpo frágil e conforto a minha mente senescente.

— Olho pelo meu mentor com uma visão que nunca se turva.

— E eu não esperaria menos de tão vigoroso amigo. Os itens estão no bar e eu lhe darei um desconto de um quarto em retribuição aos preciosos momentos proporcionados a mim por meu irmão. Quanto aos outros assuntos... — Ling Chi parou e inclinou o corpo para frente de modo a permitir que a servente continuasse massageando seus pés. — Lembre-se do que eu disse. Não desejo antagonizar a Casa Negra, mas eles não podem operar em meu território. Serei forçado a responder a qualquer interferência de modo... — ele parou e sorriu, um sorriso feio, os dentes negros à vista mesmo no escuro — nada amistoso.

Saí do esconderijo de Ling Chi o mais rápido que o decoro permitiu. Tudo naquela situação foi exagerado. Havia tanta fumaça em meus pulmões que eu achei que pudesse vomitar. No bar, o gordo me entregou meu pacote sem mexer seus olhos mortos. Saí pela porta sem olhar para trás.

CAPÍTULO

Na hora que voltei ao Conde o movimento do jantar estava em seu auge. Peguei uma cadeira livre no balcão e consegui desviar Adolphus de sua condição de anfitrião por tempo suficiente para pedir um prato de comida e algo escuro e forte para tomar. Estava quente e a compressão dos corpos somada ao grande barulho de vitalidade tinham um efeito letárgico. Esfreguei a cabeça e tentei me manter acordado.

Adeline apareceu dos fundos, com um prato de carne com batatas em uma das mãos e uma caneca de boa cerveja escura na outra.

— Obrigado — disse eu.

Ela assentiu agradavelmente e perguntou:

— Cadê o Garrincha?

— Ele saiu. Disse que tinha uma coisa para resolver.

Por mais que eu pudesse trocar meias verdades e mentiras deslavadas com os mais perigosos kirens de Rigus, eu parecia totalmente incapaz de repassar uma falsidade diante do rosto rechonchudo de Adeline.

— Você mandou ele embora, não foi?

— Nós tivemos um desentendimento sobre os méritos relativos dos direitos à propriedade. Ele vai acabar voltando.

Ela se projetou de um jeito substancialmente maior do que sua envergadura diminuta.

— Vai acabar voltando — repetiu. Não era uma pergunta, era mais uma frase em tom de condenação.

— Deixa isso pra lá, Adeline. Ele dormiu na rua quase a vida inteira. Mais uma noite não vai fazer diferença.

— E a criança que foi morta esta manhã?

— Garrincha não é meu filho, Adeline, e também não é seu. É melhor não se apegar tanto. Ele vai acabar mordendo sua mão no fim.

— Você é um merdinha inacreditável — disse ela antes de se virar e ir na direção da cozinha, como se não fosse se controlar se ficasse mais tempo diante de mim.

— É — disse eu a ninguém em particular. — Provavelmente sou.

Cortei minha carne enquanto tentava transformar as peças soltas que flutuavam pela minha cabeça em um cenário coerente. Não estava funcionando. Eu podia achar Beaconfield corrupto, mercenário e sádico, mas eu já havia chegado àquelas conclusões antes mesmo de conhecê-lo. Mas nada disso encaixava. Não havia muitos crimes capazes de perturbar a posição de alguém com sangue nobre, mas trazer uma criatura do vazio e usá-la no sacrifício de crianças certamente seria um deles. Se o Espada fosse pego, seu sobrenome não seria suficiente para o livrar. Ele se enforcaria, ou então tomaria uma dose de veneno enquanto estivesse à espera de julgamento. Não há dúvidas de que o duque passou a maior parte da vida nadando nas águas turvas da corte, tentando derrubar seus adversários com intrigas baratas e ocasionais atos de violência, mas esses são passatempos comuns nas classes mais abastadas, como os adolescentes com a malhação. A aristocracia goza muito do conforto que tem para arriscar tudo em uma coisa só e isso a faz alvo fácil de compreender. O que ele estaria querendo de algo que acarretaria riscos tão terríveis? E se Beaconfield não estivesse envolvido, por que o talismã de Célia quase perfurou meu peito enquanto conversávamos? Estaria o duque condenando sua alma em alguma outra empreitada totalmente desvinculada daquela que eu investigava?

Talvez Ling Chi estivesse certo e tudo isso não passasse de uma elaborada armação do Comandante para tentar desarticular alguma ameaça potencial a seu poder. Mas isso também não acrescentava nada. Eu não tinha nenhuma ilusão em relação a meu antigo chefe, mas soltar uma abominação daquelas sobre o povo da Cidade Baixa causaria transtornos demais só para reprimir alguma camarilha meia-boca, até mesmo uma chefiada por alguém tão cruel quanto meu honrado irmão. E se ele quisesse uma vida para destruir, não se daria a todo o trabalho de pegar uma criança. Ele simplesmente iria até os subterrâneos e sumiria com algum filho da puta. Além disso, o Comandante não seria tolo ao ponto de me envolver nessa operação. Se ele quisesse manter aquele rolo de barbante se desenrolando, ele não iria me querer seguindo sua trilha. Jamais. Se o Comandante estava por trás de tudo aquilo, eu nunca teria saído de dentro da Casa Negra. Teria?

Talvez Ling Chi estivesse mexendo os pauzinhos e o encontro tenha sido um ardil para me tirar de seu encalço. A única pessoa que eu podia afirmar com certeza que estava envolvida nesse negócio todo era o kiren, e eu já ouvi todas as fofocas sobre as artes negras dos hereges, apesar de que no passado eu atribuiria tudo isso a uma antipatia geral contra a raça. Talvez fosse outro grupo criminoso, ou algum frequentador da corte. Ou, que droga, talvez fosse alguma retaliação demoníaca dos drens.

Virei os sedimentos do fundo do meu copo de cerveja e tentei ficar com a cabeça no lugar. Havia muita sujeira no ar e eu não conseguia ter uma visão clara do jogo, isolar os jogadores. Já fui melhor nisso, no passado. Agora eu estava sem prática. Ser um criminoso de sucesso não exige o mesmo pacote de habilidades que é necessário para se pegar um. Também não suponho que meia década mergulhado em meus próprios estoques tenha feito maravilhas com meus poderes de dedução. Talvez Crispin estivesse certo e eu já estivesse longe fazia tempo demais para participar daquilo. Talvez meu acordo desesperado com o Comandante tenha sido uma aposta tola, um cheque pré-datado para cobrir um rombo inevitável.

Eu estava me afundando bastante em minha autodepreciação quando fui interrompido por dois tapas rápidos em meu ombro. Garrincha estava atrás de mim. Tinha o rosto vermelho de humilhação, ou então de resfriado. Fiquei surpreso e um pouco impressionado. Imaginei que ele precisaria de um dia inteiro para criar coragem e tomar seu remédio.

De qualquer forma, aquilo ainda não o tiraria totalmente da linha de tiro:

— De volta para lavar a louça de Adeline? Está lá na cozinha. Você pode conseguir uma pratas ainda.

— Você rouba — acusou ele.

— Não porque não tenho nada pra fazer. Não porque vejo algo reluzente que quero que seja meu. O roubo é uma tática, não um passatempo. Não é algo que eu faça porque tenho alguns minutos de sobra e não tenho o que fazer com eles. E jamais de um amigo. Jamais de qualquer pessoa que esteja ao meu lado — disse eu enquanto os olhos dele se desviavam dos meus. — Além disso, nada disso é por você ter roubado. É por você ter sido burro. Um delito eu posso tolerar, mas a burrice é algo repreensível.

Como a maior parte das pessoas, Garrincha preferia ser considerado imoral a incompetente:

— Eu não fui pego.

— Você quer dizer que conseguiu sair pela porta da frente. E daí? Agora ele já percebeu e você queimou uma ponte com um dos homens mais poderosos de Rigus por causa de uns trocados. Pare de pensar como um menino de rua. Se você não aprender a enxergar além da próxima refeição, um dia vai acordar com a barriga cheia e uma faca enfiada nela.

— Eu sou um menino de rua.

— Isso é uma coisa que a gente precisa conversar. Vou começar a ter mais coisas para você fazer e não posso ficar na dependência de ter que te achar sempre que precisar de alguma coisa feita. A partir de agora você vai dormir no bar.

— E se eu não quiser?

— Você não é um escravo. Se você prefere dormir na sarjeta a dormir no colchão é uma escolha sua, mas se você fizer essa escolha também ficará desempregado. Não preciso de um parceiro com o qual perco metade do dia atrás dele.

Houve uma longa pausa.

— Tudo bem — respondeu ele finalmente.

Aquilo deveria tirar Adeline do meu pé durante algumas horas. Pelo Primogênito, ela é quase tão cruel quanto o Comandante.

— Ótimo. Agora corra até a propriedade do lorde Beaconfield — ordenei e expliquei a ele o caminho. — Diga ao guarda no portão que eu quero aparecer lá esta noite para entregar o restante do que prometi.

Ele saiu. Eu voltei para minha bebida e desejei poder solucionar todos os meus outros problemas com a mesma facilidade que lidava com essas preocupações domésticas. Pensei nos meus primeiros dias de agente, antes de me atolar em Operações Especiais, quando éramos somente eu e Crispin arrombando portas e seguindo pistas. Fizemos aquilo muito bem durante algum tempo. Crispin era afiado, muito afiado, mas eu era melhor. Aprendi uma coisa naquela época, uma coisa relacionada à natureza do crime e ao que as pessoas fazem e que deveria ficar escondido. Solucionar um mistério não tem a ver com encontrar pistas ou ter sorte com um suspeito, mas decidir o que procurar, estruturando a narrativa na cabeça. Se você conseguir montar as perguntas que devem ser feitas, as respostas virão.

A maior parte dos crimes é fruto defeituoso da paixão e é cometida por alguém íntimo da vítima. Um marido chega em casa bêbado e bate na mulher com um martelo de carpinteiro, uma vida de discórdia entre dois irmãos termina em violência. É terrível e de mau gosto, mas fácil o bastante de se investigar. Se não fosse um caso assim, se não houvesse um suspeito claro, então você já teria a primeira pergunta: quem se beneficiaria daquele crime?

Essa pergunta, no entanto, não me ajudaria aqui. A primeira criança foi morta por um monstro e não havia mistério sobre seus motivos. Satisfação sexual, o silenciamento de alguma voz maluca que ecoava por sua cabeça no silêncio da noite. No segundo caso, se as suspeitas de Marieke estiverem corretas e a menina foi sacrificada, então o motivo poderia ser praticamente qualquer um. Mas já é alguma coisa então, não é? Foi um crime monstruoso, que exige uma represália brutal. Quem quer que tenha feito isso devia estar desesperado o suficiente para contemplar um risco tão grande.

Eu não sabia o porquê daquilo, mas pelo menos estava formando uma imagem do responsável. Se você não consegue entender o motivo, então você passa para a oportunidade. Quem seria capaz de cometer aquele crime?

Nesse aspecto eu já tinha um pouco mais com o que trabalhar. Não estamos falando de uma bolsa roubada, de uma garganta cortada ou de alguma coisa que qualquer alma suficientemente depravada seria capaz de arquitetar. A abominação era fruto de magia grandiosa, reza brava. Chamar aquela coisa era obra de um artista habilidoso. Melhor ainda: havia um número limitado de pessoas capazes daquele tipo de trabalho específico. A Operação Ingresso era um projeto militar secreto e as técnicas usadas não seriam divulgadas.

Tudo dependia de Crispin. Se ele conseguisse me arranjar uma lista de participantes eu poderia começar a ter a quem fazer perguntas. Se ele não conseguisse, eu teria que me enfiar em encrenca na esperança em que algo que eu fizesse resultasse em uma pista decente. Comecei a me arrepender de ter me esforçado tanto para antagonizar meu antigo parceiro.

Em me demorei em cada uma das possibilidades ao invés de pensar na situação que obscurecia o restante dos meus pensamentos: o prazo do Comandante, a ideia de passar minhas últimas horas, e sem dúvida seriam longas horas, talvez dias, com um homem de capuz vermelho revirando minhas entranhas enquanto Crowley se divertia. Aquilo não era pouca coisa. Mas eu posso dizer sem bravata que passei uma boa parte da minha vida na iminência de tão distinta possibilidade e aprendi a viver apesar disso. Mas o que Marieke havia me mostrado, algo que abriu portas nos recônditos mais profundos a minha mente e que eu imaginava fechadas e bloqueadas, é o tipo de medo que faz uma pessoa acordar no meio da noite com a garganta seca e os lençóis molhados. Se a Febre Vermelha estivesse de volta à Cidade Baixa, todo o resto não passaria de uma distração secundária, de um chuvisco para antecipar o dilúvio que se aproxima.

Será que as proteções do Grou estavam fraquejando? Será que a deterioração da saúde dele estaria enfraquecendo os feitiços feitos por ele para nos proteger? Pensei primeiro nisso, mas depois desconsiderei. Mesmo que fosse isso, quais seriam as chances de somente as crianças mortas terem sido infectadas? Não tinha ouvido falar de mais ninguém doente, e eu tenho certeza de que a notícia correria, pois toda a Cidade Baixa vivia com um medo constante da febre. Aquela peste se espalhava, bem, como uma maldita praga. Se ela estivesse entre a população, a cidade inteira estaria em alvoroço. Não, eu não imaginava que a febre estivesse de volta entre o público em geral, nem que a morte de Caristiona estivesse dissociada do fato de ela a ter pego. Não era coincidência, mas pela minha vida eu não conseguia imaginar qual seria a conexão.

Sinalizei para Adolphus que queria mais uma caneca de cerveja e pensei em correr para o quarto para tirar um breve cochilo, mas Garrincha logo estaria de volta e eu teria que sair não muito depois que ele chegasse. Adolphus me atendeu e eu tomei minha cerveja enquanto absorvia cada informação como uma criança com um pedaço de doce duro.

Alguns minutos se passaram e eu percebi que Garrincha estava de volta ao Conde, em pé ao meu lado. Pelo Guardião dos Juramentos, como aquele moleque era silencioso. Era isso ou então minha cabeça estava ainda mais fora de sintonia do que eu imaginava. Decidi acreditar na primeira opção.

— Pelo Guardião dos Juramentos, como você é silencioso.

Ele deu uma risadinha marota, mas não disse nada.

— E então? O que você tem para mim?

— O mordomo disse que o lorde Beaconfield está indisposto, mas quer que você passe lá para conversar com ele por volta das dez.

— Ele disse se quer falar comigo pessoalmente?

Garrincha balançou a cabeça afirmativamente.

Eu tinha a esperança de ter a chance de conversar com o Espada, ver se conseguia investigar alguma coisa, mas imaginei que teria ao menos de ludibriar seu subalterno. Por que Beaconfield queria conversar comigo? Seria mera curiosidade, a fascinação macabra dos bem-nutridos por aqueles de nós que batalham nas miseráveis entranhas da cidade que todos nós habitamos? De alguma forma eu duvidava que aquela fosse a primeira vez que um antro do vício cruzava o caminho de um traficante de drogas.

Do fundo do bar eu peguei uma caneta e um pergaminho e rabisquei uma anotação:

Não fale com o Espada ou com o pessoal dele até segunda ordem. Evite qualquer um que ele mande te procurar. Apareço amanhã, na hora do almoço.

Dobrei o papel, virei e fiz outra dobra.

— Leve isso à casa do Yancey e deixe com a mãe dele — disse eu ao entregar a mensagem para Garrincha. — Ele provavelmente não vai estar, mas diga a ela para entregar isso assim que ele aparecer. Depois disso você está dispensado por hoje à noite. Faça o que Adolphus mandar.

Garrincha se mandou.

— E não leia a carta! — gritei para ele, provavelmente sem necessidade.

A voz de Adolphus estava baixa no meio da tagarelice de fundo.

— Qual é o problema?

— Quanto tempo você tem? — disse eu ao pegar meu casaco. — Se eu não voltar hoje à noite, diga a Crispin para dar uma boa investigada no lorde Beaconfield e especialmente em qualquer ex-militar no bolso dele — orientei. Sem esperar resposta, fui em direção à porta e saí do Conde, deixando a multidão animada e entrando no tranquilo silêncio da noite.

CAPÍTULO 23

inha ansiedade diminuiu quando me aproximei da entrada dos fundos da mansão de Beaconfield e vi Dunkan acenando em minha direção com um grande sorriso estampado no rosto.

— E eu aqui pensando que não iria te ver. Seu garoto não sabia direito quando você iria voltar e meu turno já estava quase acabando.

— Olá, Dunkan — disse eu ao apertar sua mão estendida com um sorriso verdadeiro. — Mantendo-se aquecido?

Ele deu uma gargalhada honesta, com o rosto quase tão vermelho quanto seus cabelos.

— Está tão frio que estou até com os mamilos arrepiados, como dizia meu pai! É claro, somente entre nós, cavalheiros, que eu me abasteci com uma arma secreta contra o ataque do inverno — disse ele, pegando de seu casaco uma garrafa sem rótulo e chacoalhando-a de maneira convidativa. — Não achou que eu fosse te oferecer um gole?

Tomei um gole e meu estômago se encheu daquele líquido em chamas.

— Coisa boa, não é? — perguntou ele.

Fiz que sim com a cabeça e tomei outro trago. Era bom, forte como um coice, mas com um gosto doce no fim.

— Fermentado no fogo. É o único jeito de fazer. Meu primo tem um alambique no quintal. Ele me manda um carregamento todo mês. Um dia eu terei economizado o bastante para voltar para casa e fazer uma destilaria de verdade. Já tenho até o nome: Companhia de Destilados Ballantine. Este é o plano. É claro que eu posso mudar de ideia e gastar tudo com mulheres.

Gargalhei junto com ele. Ele era aquele tipo de companheiro.

— Se você seguir pelo primeiro caminho, quero que me mande um barril de sua primeira leva.

— Com certeza. Já tagarelamos demais. Tenho certeza que você tem coisas mais importantes para conversar. Já avisei lá dentro que você chegou. O Capitão Serragem deve estar esperando você. Se eu ainda estiver de guarda quando você sair, dê um grito e a gente toma mais um pouco.

— Espero que seja assim mesmo — disse eu antes de me dirigir para a entrada.

Ele tinha palavra e, antes que eu chegasse à porta branca externa, ela se abriu e Tuckett, o Capitão Serragem, como Dunkan se referira a ele, me media com os olhos murchos sobre o nariz pontudo.

— Você chegou — constatou ele.

— Parece que sim — respondi. O vento entrou na casa e o serviçal estava sem casaco. Foi divertido observá-lo enquanto tentava manter a compostura.

— Você vai entrar? — perguntou ele enquanto seus maneirismos meticulosos eram de certa forma maculados pelo ranger de seus dentes.

Depois de prolongar a cortesia, entrei na casa. Ele bateu palmas e um garoto apareceu para pegar meu casaco. Quando dei meu pesado casaco de lã na mão dele percebi que havia esquecido de me desarmar antes de sair do Conde. Tuckett olhou longamente para minha arma para me fazer perceber que a havia visto, mas não por tempo bastante para transformar aquilo num problema.

Ele então pegou uma lamparina presa na parede e lançou luz sobre o corredor diante de nós.

— O mestre está em seu escritório. Vou levá-lo até lá — disse ele, com sua fala no meio do caminho entre um pedido e uma ordem, incorporando os piores aspectos de ambas.

Eu o acompanhei pelo corredor, fazendo anotações mentais do lugar. Não havia nada pela linha de salas que passamos que indicasse que ali fossem celas construídas para crianças ou altares manchados de sangue, mas numa casa daquele tamanho era possível esconder praticamente qualquer coisa. Tuckett percebeu meu fascínio pela arquitetura e, para evitar que ele ficasse muito tempo pensando naquilo, decidi alfinetá-lo um pouco.

— O mestre costuma entreter traficantes de drogas em suas câmaras privadas? — perguntei quando subíamos a escada principal.

— Quem o mestre recebe não é da nossa conta.

— Bom, mas é da minha conta, pois estou prestes a ser recebido por ele.

Chegamos ao topo da escada, viramos à direita e prosseguimos mais alguns instantes em silêncio. Não pude evitar de achar que os movimentos irritantemente lentos dele eram mais uma tentativa de me incomodar do que motivados por sua idade, já que ele só tinha passado um pouco dos quarenta anos, apesar do jeito enfadonho fazê-lo parecer mais velho. Era uma retaliação insignificante, mas nem por isso ineficaz. Na hora que chegamos ao gabinete do Espada, eu estava tão desesperado por me afastar de Tuckett quanto ele de mim.

Aguardei ansiosamente enquanto ele fazia mais uma pausa interminável para reunir as energias para seguir adiante. De dentro eu ouvi o som de passos e a porta se abriu.

Beaconfield havia suavizado a aparência em relação à última vez que o vira, o que quer dizer que ele não estava vestido como uma prostituta. Um casaco preto cobria seu peito e ele vestia um par de calças sóbrio, ainda que bem costurado. Seu rosto estava limpo de maquiagem e outras frescuras e a garganta e os dedos longos pareciam quase nus sem os enfeites de antes. Na realidade, o único item de seu vestuário inalterado em relação à noite da festa era o florete pendurado a seu lado. Estaria ele usando aquilo por minha causa, eu pensei, ou será que ele costumava andar armado até mesmo dentro da própria casa.

— Obrigado, Tuckett. Isso é tudo.

O mordomo me lançou um olhar falso e pigarreou de um jeito perturbador.

— Devo lembrar ao meu senhor que o feiticeiro Brightfellow é esperado?

Beaconfield assentiu com ar sério.

— Certamente. Avise-me quando ele chegar.

Tuckett desapareceu com a alegria de um verdadeiro servo. Beaconfield cedeu passagem.

O escritório do Espada era surpreendentemente lúgubre em relação ao que eu havia visto de suas inclinações. Nenhuma tapeçaria recordando loucas bacanais nem troféus sangrentos de inimigos assassinados. Em lugar disso eu tinha diante de mim uma saleta bem equipada, luxuosa, mas de bom gosto, com as paredes repletas de prateleiras de livros com volumes antigos e tapetes kiren cobrindo o chão perto delas. Beaconfield ficou em pé atrás da mesa de ébano, de um tipo de coisa sólida e antiga capaz de sugerir que o restante da estrutura foi exclusivamente construído para acomodá-la. Ele olhou para minha arma e perguntou:

— À espera de problema?

— Seu mordomo é um mau freguês — respondi.

Ele deu uma risada decente, robusta e quase honesta, e não aquela risadinha nasalada comum a sua classe, mais próxima de uma eliminação de excessos do que de uma expressão de leveza.

— Sim, é verdade — disse ele, enquanto notava meu interesse pela decoração de seu escritório com o riso que lhe rendera parte de seu apelido. — Não é bem o que você esperava?

— Não me parece muito de seu gosto — respondi.

— É um dos aspectos negativos de se herdar uma propriedade da família. Nada do que há neste escritório já não estava aqui quando eu nasci. Olhe aquele ali — disse ele e apontou para o retrato de um homem na parede que lembrava Beaconfield. O protagonista da imagem estava todo coberto de prata e estava em pé sobre uma impressionante pilha de cadáveres, olhando para o vazio com uma expressão que parecia indicar a gravidade da situação. Se bem que o que ele fazia olhando o horizonte no meio de uma batalha ia além da minha compreensão.

— Sim.

— O que você acha dele?

— É uma pintura — respondi.

— É uma cena terrível, não é? O velho rei o deu a meu tio-avô para celebrar sua famosa vitória em... — ele fez um aceno apático com a mão — em algum lugar. Faz parte do pacote. Não posso redecorar sem trair o sangue.

— Não se trata de um problema que me atormente.

— Não, imagino que não — disse ele. — Normalmente eu sou um bom fisionomista, mas não consigo gravar a sua. Alto demais para um tarasaihgn, largo demais para um asher. Seus olhos dizem rouender, mas você é escuro demais, quase da cor de um ilhéu. De onde você veio?

— De um útero.

Ele voltou a rir e fez sinal para que eu me sentasse em uma cadeira. Tomei assento, acomodando nela meu corpo cansado com um suspiro quase audível. Beaconfield sentou-se depois de mim, acomodando-se firmemente no trono de recosto alto atrás de sua mesa.

— Teve um longo dia?

Abri minha sacola e coloquei dois itens sobre a mesa. O primeiro era um frasco sem nada escrito de resina viscosa e o segundo, um maço de raízes trançadas. — Tome cuidado com esse mel. Não foi diluido. Não use mais que um toque no lábio dele a não ser que queira realmente tornar-se íntimo do fundo de seu penico — recomendei.

— Excelente. Darei um baile de Solstício de Inverno na próxima semana. Não o faria sem que pudesse proporcionar prazeres a meus convidados — disse ele enquanto pegava um dos caules ressecados e os inspecionava distraidamente. — E como é a raiz? Eu nunca experimentei.

— É uma boa desculpa para passar três ou quatro horas olhando para o nada.

— Parece batedor.

Um riso escapou antes que eu pudesse segurá-lo.

Ele recolocou as raízes de uróboro sobre a mesa e ficou me olhando. Ele estava tentando criar coragem para me perguntar alguma coisa, mas eu me antecipei antes que ele tivesse a oportunidade. — Então Brightfellow vem daqui a pouco? Então você marca as conversas desagradáveis uma atrás da outra para depois queimar o estofamento?

— É assim que você se considera? Desagradável?

— É assim que eu considero Brightfellow.

— Eu não o apresentaria à Rainha, mas ele é útil e inteligente, muito inteligente.

— Como vocês se conheceram? Não creio que vocês dois frequentassem os mesmos círculos.

Beaconfield recostou-se na cadeira e pensou na pergunta enquanto sua mão pousava carinhosamente na empunhadura de sua espada. Tive a impressão de que a intenção dele não era intimidar, de que o duque fosse simplesmente o tipo de pessoa que gostava de acariciar seu instrumento predileto de assassínio. — Você acredita em destino, Guardião?

— Não creio que os Daevas tenham algum envolvimento na bagunça em que transformamos sua criação — respondi.

— Normalmente eu me inclinaria a concordar com você. Mas no caso de Brightfellow, parece-me que seja a melhor maneira de descrever a situação. Tive alguns... infortúnios recentemente. Ele vai me ajudar a mudar minha sorte.

— Conheci um sacerdote que gostava de dizer que o Guardião dos Juramentos preferia agir por intermédio de vassalos imperfeitos — comentei. Suspeito que aquele fosse o provérbio preferido do sacerdote porque ele não conseguia passar uma hora sem meia ampola de Sopro de Fada, então não estava nem lá nem cá.

— E o feiticeiro cumpriu sua promessa? — perguntei.

— Ainda não. Mas estou confiante no sucesso de nosso empreendimento — respondeu ele.

E esse empreendimento envolveria o assassinato de duas crianças e a abertura de uma porta para o abismo? Eu não perguntaria isso a ele, mas suspeitar não é o mesmo que ter certeza, sem contar provas. Já havia levado o duque ao mais longe que ele iria, então resolvi ficar quieto. Ele havia me chamado ali por um motivo. Se eu esperasse o bastante, ele chegaria a isso.

— Você não vai ficar surpreso em saber que fiz perguntas sobre o seu passado, sobre sua conduta e seu caráter, antes de decidir fazer negócios contigo.

— Minha vida é um livro aberto — falei. Com as páginas arrancadas, mas alguém como o Espada não teria dificuldade para chegar a um perfil. — E eu não me surpreendo com facilidade.

— Eles dizem que sua presença no mundo do crime é modesta, sem ligação com nenhum dos participantes de mais envergadura. Dizem que você é confiável, quieto.

— Eles dizem isso?

— Eles dizem uma outra coisa também. Dizem que você estava do outro lado da cerca, que se vestia de cinza antes de assumir sua ocupação atual.

— Eles vão dizer que eu era um bebê de cueiros se você regredir o bastante.

— Sim, eu imagino que sim. Não diriam? O que levou a isso, à sua queda em desgraça? — perguntou ele.

— Coisas acontecem.

— É verdade. Exatamente como você disse, coisas acontecem — disse ele enquanto seus olhos se fixavam na parede atrás de mim e o fogo crepitava no canto. O rosto dele ganhou contornos de ansiedade que tendem a induzir ao monólogo e é claro que aquela causa prenhe deu à luz um solilóquio.

— São estranhos os caminhos nos quais um homem se embrenha. Nos livros de história todos têm um momento crítico, quando o caminho se divide e as opções ficam claras diante de si, o heroísmo ou a vilania. Mas não funciona desse jeito, não é? Decisões acompanham decisões, cada detalhe intrínseco, tomadas no calor do momento ou borradas pelos instintos. Então um dia você olha adiante e percebe que está parado, que todas as respostas murmuradas representam uma grade da prisão que você construiu para si mesmo e o momento de cada decisão o faz ir adiante de modo tão inexorável quando o desejo do Primogênito.

— É um raciocínio bem articulado, mas não é verdadeiro. Eu tomei uma decisão. Se as consequências dela foram piores do que antecipei, significa que foi uma decisão ruim — argumentei.

— Mas é a isso que quero chegar, entende? Como é possível saber quais decisões são cruciais e quais não são? Há decisões que tomei e lamento, decisões que não foram quem eu sou. Há decisões que eu desfaria, caso existisse essa possibilidade.

Pelo Perdido, ele era pior que os hereges. O que ele estaria querendo admitir? As crianças estavam mortas. Não havia como voltar atrás em relação àquilo. Ou estaria eu enxergando alguma sutileza onde não havia nenhuma? Será que Beaconfield era o tipo de aristocrata que gostava de repassar com a gente do povo a difícil e miserável natureza da existência humana?

— De um jeito ou de outro a gente paga o que deve — disse eu.

— Então não há esperança para nenhum de nós?

— Nenhuma.

— Você é um homem frio.

— Este é um mundo frio. Eu apenas me ajustei à temperatura.

Ele apertou a boca e o momento de abertura terminou.

— Está certo, está certo. Nós soltamos a mão no final do jogo.

Beaconfield começou a irradiar algo que poderia ter sido ameaçador, ou então um desdém aristocrático comum, era difícil afirmar com certeza. Fiquei aliviado quando uma batida sinalizou o fim de nossa reunião.

Nós dois nos levantamos e caminhamos até a saída. O Espada abriu a porta e Tuckett enfiou a cabeça para dentro, cochichando algumas palavras para seu mestre antes de desaparecer.

— Obrigado por seus serviços — começou Beaconfield. — Acontece que eu posso precisar deles no futuro, talvez antes do Solstício. Você ainda mora no Conde de Sinuosa, então, com seu companheiro da guerra e a esposa dele? — perguntou ele, numa ameaça clara e imprevista.

— A casa de um homem é seu castelo.

Ele sorriu e disse:

— Realmente.

O dia tinha sido longo, tão longo quanto eu conseguia me lembrar, e enquanto eu percorria o caminho de volta parte de mim esperava que eu conseguisse sair dali sem me deparar com a pessoa que o duque encontraria a seguir. Mas o restante de mim achava que valeria a pena passar por ele, esta porção ficou agradecida quando cheguei ao alto das escadas e vi Brightfellow sentado em um banco lá embaixo, com o mesmo rosto simpático da primeira vez que nos vimos. Ele se levantou, abriu um largo sorriso e tantos eram os degraus de Beaconfield que eu passei uns bons quinze segundos olhando para eles enquanto descia.

Eu não imaginava que Brightfellow tivesse se transformado em um membro respeitável da raça humana desde o dia em que nos vimos e ele foi gentil em não refutar minha conclusão. Se ele não estava usando o mesmo casaco preto imundo de quando nos conhecemos, ele usava um parente muito próximo, o que tornava minha confusão razoável.

Havia, no entanto, algo que me intrigava, algo que eu já havia percebido antes, mas ainda não tinha conseguido encaixar com o restante dele. Muitos homens exageram a própria dureza, fortalecendo-se com sonhos de ameaça potencial como se fosse um tonificante. Era uma espécie de passatempo típico da Cidade Baixa, garotos de aluguel e meninos perdidos encostados nas paredes de tijolo esfarelado, convencendo-se uns aos outros de que são mais mortíferos do que feridas abertas, que sua reputação mantém os passantes no lado oposto da rua. Depois de um tempo eles se transformam em parte do cenário. Existem algumas coisas que um homem não é capaz de falsificar, e a letalidade é uma delas. Um cãozinho consegue aprender a uivar, até mesmo a mostrar os dentes de vez em quando, mas isso não faz dele um lobo.

Os de verdade não botam banca. Você consegue sentir o que eles são no fundo do estômago. Brightfellow era um matador. Não como o kiren que levou Tara, não um maníaco, apenas um assassino, um tipo comum de pessoa capaz de matar alguns membros de sua espécie sem sentir nada de especial em relação a isso. Fiquei com aquele pensamento sincero na cabeça enquanto ia em sua direção, de que o exterior burlesco era apenas uma parte de quem ele era, e talvez não uma grande parte, uma espécie de fenda que ele inflou para acobertar o resto.

Peguei minha bolsa de tabaco para enrolar o cigarro que eu queria ter acendido desde o momento em que entrei na mansão do Espada, imaginando que a fumaça pudesse fazer algo para disfarçar o cheiro de pele não lavada de Brightfellow. Ele estava de chapéu na mão e seus dentes desiguais formaram um sorriso falso no rosto.

— Veja só se não é o cara engraçado em pessoa. Como você está, engraçadinho?

— Me diga uma coisa, Brightfellow, você come fígado sempre que vai me ver ou esse já um costume tão arraigado que faz a coincidência inevitável?

Ele deu uma risada grosseira, rangendo seus dentes amarelados.

— Você lembrou do meu nome então, engraçadinho? Bom saber que ganhei alguma fama. Às vezes tenho a impressão de que todo o meu trabalho duro não tem apreciadores.

— E o que você faz exatamente?

— O que você acha que eu faço?

— Eu imagino que a maioria das pessoas aqui trabalhe para limpar qualquer merda em que o duque esteja pisando. Como você fede como uma latrina, imagino que você esteja nessa mesma linha.

Brightfellow latiu mais uma risada feia. Aquela risada era uma arma de verdade. Permitia a ele distribuir golpes e continuar avançando.

— Tenho a honra de ser o mago da corte do lorde Beaconfield e me esforço diariamente para fazer jus a isto — disse ele, deixando uma boa impressão de mordomo, mas com um sorriso cheio de dentes deixando claro que não era mais que isso.

— E o que faz um mago de corte além de ocupar o degrau mais baixo a que um artista é capaz de descer, não muito mais do que vender poções do amor em feiras ambulantes?

— Sei que pode não parecer muita coisa, mas não somos todos nós que podemos vender drogas para ganhar a vida.

— Eu vou parar por aqui, pois não quero que essas provocações fiquem no caminho de uma tentativa de salvar sua pele. Sei que você e o duque estão empenhados em alguma coisa. Você me dá sua versão agora e pode ser que eu consiga achar um equilíbrio para que você não carregue todo o peso. Não preciso de uma vela para saber que você não está no comando — a ponta de um fósforo se acendeu na madeira do corrimão e eu acendi meu cigarro. — Mas se você me deixar com o trabalho de descobrir tudo sozinho, não vai ganhar nada, ouviu? As fichas vão cair onde tiverem que cair — dei uma baforada no cigarro. — Pense nisso, mas pense rápido, pois o relógio está andando e, se você acha que o sangue-azul vai te dar apoio quando a corda estourar, então você é mais burro do que parece. E você não tem cara de gênio.

Eu não imaginava que ele fosse se sentir intimidado, mas esperava alguma outra reação além da repetição daquela risada áspera que ele vinha dirigindo a mim. Mas foi o que eu tive e, pela segunda vez, eu tive a desagradável impressão de que eu tinha calculado mal, que em nosso jogo particular estava dois a zero para ele.

Pude ouvir Tuckett descendo as escadas e imaginei que aquele fosse um bom momento para tomar o caminho da saída, pelo acesso dos serventes e pelo portão dos fundos. Dunkan já tinha ido embora, passado o turno para um colega de cara azeda que cumpriu sua tarefa sem nada dizer. Foi bom assim. Eu não estava no clima para lidar com a exuberância tarasaihgn. Cocei a pele em torno do talismã do Grou. Só agora o calor estava começando a diminuir. Voltei para o Conde na esperança de chegar antes de desmaiar.

CAPÍTULO 24

Passei metade da noite me revirando no meio da fumaça da vinonífera que tinha imolado antes de ir para a cama e acordei na manhã seguinte mais tarde do que pretendia. Mais tarde do que deveria, uma vez que, do jeito que as coisas estavam, eu teria apenas mais seis oportunidades para dormir. O sol que atravessava a janela estava no meio do caminho de seu zênite na hora que vesti minhas calças.

O bar estava vazio, o que era normal para aquela hora do dia, e Adolphus estava sentado no balcão com ar de tristeza. Adeline estava limpando embaixo de uma mesa e fez um sinal com a cabeça quando me viu.

Puxei uma cadeira ao lado de Adolphus e perguntei:

— Qual o problema?

Ele tentou esconder a careta com um riso nada convincente.

— Nada. Por que perguntas?

— Quinze anos e você ainda parte do pressuposto equivocado de que pode mentir pra mim?

Por um instante seu sorriso foi real, ainda que sutil. Depois ele foi embora.

— Mais uma criança desapareceu — disse ele. Adeline parou de varrer.

Mais uma, Sakra. Eu não esperava que aquilo fosse parar, mas eu esperava ao menos que fosse haver um intervalo maior entre uma e outra. Tentei não pensar em como isto afetaria o prazo do Comandante, ou se os durões do bairro aproveitariam a oportunidade para arrumar encrenca no território de Ling Chi.

— Quem foi? — perguntei.

Por um infeliz segundo eu temi que ele fosse começar a chorar.

— Foi Avraham, o filho da Meskie.

Um dia ruim torna-se pior. Meskie era nossa lavadeira, uma mulher doce vinda da ilha que criou uma ninhada de filhos com partes iguais de amor e rigor. Eu não conhecia Avraham em particular, a não ser como um dos membros da massa de jovens amáveis que cercavam sua matriarca.

Adeline tentou fazer uma pergunta:

— Você acha que ele ainda está... — mas parou no meio, sem querer concluir o pensamento na íntegra.

— Sempre há uma chance — respondi.

Não havia chance. A Casa Negra não iria encontrá-lo, fosse comigo ou sem mim. Eu não podia agir contra o Espada, não com o que eu tinha, mas porra, era possível que ele nem ao menos tivesse feito nada disso. Talvez algo fosse surgir em breve, talvez eu tivesse sorte, mas isso era apenas esperança, não perspectivas, e eu não sou uma pessoa otimista. A criança estava perdida. Eram dez e meia e eu já precisava de um tiro de Sopro de Fada.

Adeline concordou. Seu rosto arredondado parecia envelhecido.

— Vou lhe trazer um café — disse ela.

Eu e Adolphus ficamos ali sentados durante algum tempo, nenhum dos dois preocupado em encher o ar com conversa.

— Cadê o Garrincha? — acabei perguntando.

— Ele foi ao mercado. Adeline precisava de algumas coisas para o jantar — ele disse isso e colocou a mão no bolso, de onde retirou um pedaço de papel. — Isto chegou pra ti antes de você acordar.

Peguei e abri.

Ponte Hermes, seis e meia.
Crispin

Ele foi mais rápido do que imaginei, apesar de que eu não entendi por que ele queria me encontrar se podia simplesmente me mandar a lista. Talvez ele quisesse se desculpar por nosso desentendimento anterior, apesar de eu acreditar mais na probabilidade de ele esperar que eu me humilhasse um pouco antes de ele resmungar a informação. Acendi um fósforo na madeira do balcão e levei-o até o papel, deixando suas cinzas caírem no chão.

— A Adeline vai ter que limpar isso — reclamou Adolphus.

— Nós estamos todos limpando a sujeira de alguém.

No meio do meu desjejum Garrincha voltou com um saco e o rosto de Adolphus se animou um pouco.

— Quanto você me economizou?

— Duas pratas e seis cobres — respondeu Garrincha, despejando o troco no balcão.

Adolphus deu um tapa na perna.

— Ele pode não falar muito, mas você está diante do melhor regateador da Cidade Baixa! Você tem certeza que não tem sangue ilhéu na veia, garoto?

— Sei lá, talvez.

— Não perde uma esse garoto. Enxerga tudo, tudo o que precisa ser visto.

— Você soube do filho de Meskie? — perguntei, interrompendo os elogios de Adolphus.

Garrincha olhou para o chão.

— Vá lá e veja se os gélidos já terminaram qualquer investigação negligente que tenham começado.

— O que significa negligente?

Entornei minha xícara de café.

— Que não é sério.

Subi as escadas para pegar meus armamentos e dar um tiro de Sopro de Fada. Um menino desta vez. Qual seria a conexão? Três crianças, sexos diferentes, raças diferentes, todas da Cidade Baixa, mas aquilo não significava nada além de que era bem mais fácil pegar uma criança de rua do que o filho de um nobre. Pensei em minha conversa na noite anterior com Beaconfield. Será que aquele filho da puta doente tinha terminado nossa reunião, virado as costas e pegado uma criança? Será que Avraham estava escondido em algum canto da mansão do Espada, amarrado a uma cadeira, chorando à espera do tormento que estava por vir?

Dei mais uma cheirada e tentei esvaziar a cabeça. Ainda não tinha nada contra o Espada. Se eu revelasse meu segredo e estivesse errado, acho que o Comandante não iria gostar muito. Melhor seguir a trilha do que perder as pegadas tentando saltar adiante.

Dei uma terceira cheirada e coloquei o resto do frasco na sacola. Eu sempre gostei de Meskie, dentro dos limites que interagimos. Eu não morria de amores pela ideia de me intrometer em seu sofrimento, mesmo que fosse com o objetivo de que ela fosse a última mãe a sofrer.

O Sopro de Fada me sacudiu de meu torpor matinal. Minha mente parecia limpa novamente. Era hora de sujá-la. Peguei meu casaco e desci as escadas.

Garrincha esperava no pé da escada, tenso como um músculo.

— Ela está sozinha. A lei veio e foi embora — relatou.

Fiz um sinal com a cabeça e ele me seguiu para fora.

O Guardião

A Cidade Baixa no inverno é bastante deprimente. Não é tão ruim quanto no verão, quando o ar fede a fuligem e qualquer coisa que não apodreça assa sob o sol quente, mas é quase tão deprimente quanto. Na maior parte dos dias, a mistura da fumaça das fábricas com o nevoeiro congela em um miasma que gruda na garganta e entre isso e o frio os pulmões precisam trabalhar o dobro apenas para dar conta da situação.

De vez em quando, porém, um forte vento vem do sul pelas colinas e afasta da cidade o nevoeiro que a envolve. O sol irradia aquela mistura particularmente perfeita de luz que ele muitas vezes oferece em lugar do calor e você fica com a sensação de que consegue enxergar todo o caminho até as docas, assim como com a sensação de que possa querer. Já fui criança em dias como aquele e todos os muros da cidade mereciam ser escalados, da mesma forma que toda estrutura vazia demandava exploração.

— Você conhecia ele? — perguntou Garrincha.

É verdade, nós não estávamos no meio de um passeio matinal, estávamos? — Na verdade, não. Meskie tem uma ninhada de filhos — disse eu para explicar.

— Acho que tem um monte de crianças na Cidade Baixa, hein?

— Acho que sim.

— Por que ele?

— Então, por que ele?

Eu já estivera na casa de Meskie uma ou duas vezes, deixando coisas para Adeline. Ela sempre me convidava para uma xícara de café, insistia na verdade. A casa dela era pequena, mas bem cuidada, e os filhos dela eram cansativamente educados. Tentei formar uma imagem de Avraham na cabeça, mas não consegui nada. Eu poderia ter passado por ele um dia antes sem saber, uma nova oferenda Àquela que Espera por Trás de Todas as Coisas feita por sua congregação mais devota.

Se Avraham tivesse morrido, a casa dele estaria cheia de pessoas em luto, de mulheres aos prantos e de montes de comida recém-preparada. Como ele estava apenas desaparecido, o bairro não sabia como reagir, uma vez que os gestos comuns de compaixão seriam prematuros. As únicas pessoas na frente da casa de Meskie eram suas cinco filhas, plantadas em pé uma ao lado da outra.

— Olá, meninas. Sua mãe está em casa?

A mais velha fez que sim com a cabeça, com seus cabelos negros balançando para cima e para baixo.

— Ela está na cozinha — respondeu.

— Garoto, espere aqui com as filhas da senhora Mayana. Voltarei em alguns instantes.

Garrincha pareceu deslocado. Crianças domesticadas eram uma espécie à parte para ele, com suas insondáveis brincadeiras triviais. As conversas amistosas entre elas eram estranhas a seus ouvidos. As experiências de sua infância o marcaram de outra forma e o status quo não tem defensor mais rigoroso que o adolescente. Mas ele teria que aguentar aquilo por alguns minutos. Já era uma questão delicada demais sem ter um adolescente ao meu lado.

Bati de leve na porta, mas não houve resposta, então entrei. Estava escuro. Os castiçais da parede estavam apagados e as sombras avançavam. Um corredor curto levava à cozinha. Entrei e vi Meskie inclinada sobre sua mesa larga, a pele escura espalhada como uma mancha de tinta sobre a mesa lixada. Limpei a garganta com um barulho alto, mas ou ela não ouviu ou preferiu não se manifestar.

— Oi, Meskie.

Ela levantou um pouco a cabeça.

— É bom vê-lo novamente — disse ela, apesar de o tom de sua voz indicar o contrário. — Mas acho que não vou poder lavar nada hoje — prosseguiu. O desespero em seu rosto era nítido, mas os olhos estavam limpos e a voz, firme.

Reuni coragem para continuar.

— Estou investigando o que anda acontecendo no bairro nas últimas semanas — disse eu. Ela não respondeu. Justo. Eu era o intrometido ali. Era hora de jogar as cartas na mesa. — Fui eu que encontrei Tara. Você sabia disso?

Ela balançou a cabeça.

Eu tentava encontrar um jeito de explicar por que eu estava batendo em sua porta antes da hora do almoço, praticamente um estranho a violar as fronteiras da intimidade para conseguir dela informações de um filho provavelmente morto.

— Temos de olhar pelos nossos do melhor jeito que pudermos — a frase pareceu mais pueril em voz alta do que enquanto reverberava em minha cabeça.

Lentamente ela levou seus olhos aos meus, sem nada dizer. Depois os desviou e balbuciou:

— Eles mandaram um agente. Ele me fez perguntas sobre Avraham, colheu meu depoimento.

— Os gélidos vão fazer o que for possível, mas eles não ouvem tudo o que eu ouço e nem sempre estão de ouvidos abertos — aquilo era tudo o que eu podia dizer a favor da Casa Negra.

— Estou tentando descobrir se existe alguma ligação entre Avraham e as outras crianças, se há algo nele que salte aos olhos, algo que o torne especial... — silenciei com delicadeza.

— Ele é quieto — respondeu ela. — Ele não fala muito, não tanto quanto as meninas. Tem dias que ele acorda cedo e me ajuda a lavar. Ele gosta de acordar antes do resto da cidade, diz que isso o ajuda a ouvir melhor as coisas — ela sacudiu a cabeça e as contas coloridas de seu cabelo balançaram com o movimento. — Ele é meu filho. O que você quer que eu diga?

Foi uma resposta à altura, eu suponho. Apenas um idiota perguntaria a uma mãe o que torna seu filho especial. Para ela, cada sarda no rosto dele o torna especial, mas aquilo não me seria de muita utilidade.

— Desculpe-me. Foi falta de tato de minha parte. Mas eu preciso entender por que Avraham — era difícil mensurar a imprecisão de qual eufemismo eu deveria usar — por que Avraham pode ter desaparecido.

Ela sufocou a resposta no fundo da garganta.

Segui adiante com o máximo da sutileza de que era capaz.

— Você ia dizer alguma coisa. O que era? — perguntei.

— Não importa. Não tem nada a ver com isso.

— Às vezes a gente sabe mais do que imagina. Por que você não me conta o que estava prestes a dizer? — insisti.

O corpo dela parece expandir-se e retrair-se de acordo com a respiração, como se a única coisa que a mantivesse em pé fosse o ar em seus pulmões.

— Às vezes ele sabia de coisas que não tinha como ele saber, coisas sobre o pai dele, outras coisas, coisas que eu nunca tinha contado a ele, coisas que ninguém jamais poderia ter contado. Eu perguntava como ele tinha descoberto, mas ele só dava um sorriso estranho e... e... — o autocontrole dela, firme como uma pedra até aquele ponto, desmoronou, completamente. Ela afundou o rosto nas mãos e chorou com toda a força de seu corpo matronal. Tentei pensar em algo para acalmá-la, mas não consegui. A empatia nunca foi meu ativo de troca.

— Você vai salvá-lo, não vai? A guarda não pode fazer nada, mas você irá trazê-lo de volta pra mim, não vai? — ela me pegou pelo pulso, uma pegada forte. — Eu lhe dou o que você quiser. Pago o preço que for, qualquer coisa que eu tenha, por favor, mas ache meu menino!

Soltei os dedos dela com a maior delicadeza que pude. Ia além da minha força dizer a uma mãe que ela não veria mais seu filho vivo, mas eu não mentiria para ela, não daria meu nome como garantia para uma promessa da qual eu jamais poderia me redimir.

— Farei tudo o que puder.

Meskie não era boba. Ela sabia o que aquilo queria dizer. Ela colocou as mãos sobre o regaço e acabou com o desânimo por total força de vontade.

— É claro — disse ela — eu entendo — seu rosto estava tomado por aquela terrível calma advinda do sepultamento de todas as esperanças. — Ele está nas mãos de Sakra agora.

— Todos nós estamos — disse eu, apesar de duvidar que o pobre Avraham estivesse mais do que todo o restante de nós. Pensei em deixar algum dinheiro com ela, mas não queria insultá-la. Adeline apareceria mais tarde com alguma comida, apesar de Meskie não precisar. Os ilhéus eram uma comunidade unida. Ela teria ajuda.

Garrincha me esperava do lado de fora, junto com as filhas de Meskie, mas à vontade o bastante para se afastar delas. Contrariando a descrição da mãe, as meninas estavam todas bem quietas. — É hora de ir.

Garrincha voltou-se na direção das meninas. — Sinto muito — disse ele. Era provavelmente a primeira coisa que ele dizia desde a hora que entrei na casa.

A mais nova começou a chorar e foi correndo para dentro.

Garrincha ficou envergonhado e começou a se desculpar, mas coloquei minha mão sobre seus ombros e ele ficou quieto. Voltamos a pé para o Conde em nosso silêncio habitual, que de alguma forma parecia mais profundo desta vez.

CAPÍTULO 25

deixei o garoto e fui ver Yancey. Quanto mais eu remoia a conversa da noite anterior com Beaconfield, menos eu gostava dela. Ele sabia onde eu dormia. Não havia nada que eu pudesse fazer quanto a isso. Mas se o Espada decidisse partir para cima de mim, ele começaria pelo Rimador, e esta era uma coisa que eu podia tentar influenciar.

Bati de leve na porta. Depois de um momento ela se abriu, revelando a mãe de Yancey, uma nativa da ilha com idade na casa dos cinquenta. Estava envelhecendo, mas continuava bonita. Tinha os olhos castanhos, sorridentes e vivos.

— Bom dia, senhora Dukes. É um prazer vê-la novamente depois de tão longa ausência — cumprimentei. Havia algo na Mama Dukes que despertava o cortesão que havia em mim.

Ela desconsiderou meu cumprimento e me abraçou. Depois ela me afastou delicadamente, segurando maus braços com os dedos longos de suas mãos.

— Por que você não tem passado para me ver atualmente? Já encontrou uma moça?

— Muito trabalho. Sabe como é.

— Sei tudo sobre seu tipo de trabalho. E por que você ficou tão formal de repente?

— Nenhuma reverência além da devida a tão honrada matriarca.

Ela riu e me conduziu para dentro.

A casa de Yancey era quente e clara, independentemente da estação. Os ilhéus eram considerados os melhores navegadores das Treze Terras e acabavam servindo mais do que sua cota na Marinha Imperial. Naturalmente, o filho mais velho dela pegava o cobre da Rainha e passava nove meses por ano no mar, mas mesmo com um morador a menos a casa parecia cheia, inundada de bricabraques conseguidos em portos estrangeiros e da coleção de tambores e de curiosos instrumentos feitos à mão de Yancey. Mama Dukes levou-me até a cozinha e sentou-se em uma banqueta junto à mesa.

— Você já comeu? — perguntou ela enquanto me servia um prato com o conteúdo das panelas fumegantes que estavam no fogão.

Eu ainda não tinha comido, mas não que isso importasse. O almoço era peixe frito com vegetais e eu avancei sobre a comida com gosto.

Uma vez cumpridas suas obrigações de anfitriã, Mama Dukes acomodou-se em uma cadeira de frente para mim.

— Está bom, né?

Murmurei alguma coisa afirmativa com a boca cheia de cebola e pimenta.

— É uma receita nova. Peguei de uma amiga minha, Esti Ibrahim — contou ela.

Mandei mais um pedaço de peixe para o bucho. Aquilo não falhava nunca. Em algum momento da vida Mama Dukes convenceu-se que todos os meus problemas decorriam da ausência de uma mulher da ilha para dividir comigo a cama e cozinhar minhas refeições e estava determinada a suprir aquela ausência. Isso tornava minhas visitas um pouco cansativas.

— Viúva, cabelo bonito. Podia ser bem pior.

— Não tenho certeza de que eu seja a aposta mais estável no momento. Lembre-me disso na próxima vez que me vir.

Ela balançou a cabeça, numa expressão próxima da decepção.

— Você está com problemas de novo? Sempre se metendo em encrencas, pelo Primogênito. Poder rir o quanto quiser, mas você não é mais criança. Você está mais perto da minha idade que da de Yancey, estou errada?

Eu esperava que aquilo não fosse verdade, mas poderia ser.

— Ele está lá em cima — disse ela, batendo em meu braço com uma esponja molhada. — Diga a ele que o almoço já está pronto, se quiser comer — os olhos dela então tornaram-se duros. — Ele fica de fora de qualquer coisa que você estiver dentro. Não se esqueça que você é um convidado em minha casa.

Dei um beijo de leve em seu rosto e subi as escadas.

O fundo da casa de Yancey dava para a Fortaleza dos Indigentes, um despenhadeiro escarpado que funciona como fronteira de facto entre os ilhéus e os habitantes brancos das docas. O fundo da fenda era repleto de lixo e a vista disso poderia trair a impressão de que a divisão natural era um adendo positivo à paisagem. Mas do alto, a quebra na linha do horizonte que a fenda proporcionava era bastante tranquilizadora. Quando eu apareci, o Rimador estava queimando uma folha de bananeira cheia de vinonífera. Dividimos o fumo e a vista durante alguns momentos em silêncio.

— Preciso de dois favores — comecei.

Yancey tinha uma das melhores risadas que eu conhecia, gostosa e satisfeita. Todo o corpo dele sacudiu com a risada.

— Você tem um jeito de começar as conversas.

— Esse é o meu encanto — admiti. — Primeiro, preciso de alguém que possa me manter informado sobre Beaconfield.

— Essa pessoa não sou eu, cara. Eu só o vi duas vezes até hoje — ele riu com um ar conspiratório e sua voz ficou uma oitava mais grave. — Além disso, não é muito inteligente para um empregado ficar prestando atenção ao mestre da casa, não é mesmo? — ele soltou uma série de anéis de fumaça, esverdeados e alaranjados. O vento os levou na direção do porto, ao sul, e a agitação das docas era perceptível até mesmo àquela distância. — Mas pode ser que eu conheça alguém. Já ouviu falar na Mairi Olhosnegros, que cuida de um negócio ao norte do centro chamado Arca de Veludo?

— Uma casa de orações, sem dúvida.

— Pode apostar sua vida nisso, irmão. Glória ao Primogênito! — disse ele rindo e me dando um tapa nas costas. — Nem, cara, ela é uma velha amiga. Dizem que ela foi amante do Príncipe Herdeiro, tempos atrás. Agora ela vende rabos de alta classe a nobres e banqueiros e — ele piscou para mim — chama pelo primeiro nome todos os esqueletos escondidos em armários daqui até Miradin.

— Bruxa total.

— Ela tem talentos múltiplos — confirmou ele. — Vou avisar que você passará lá para falar com ela.

— Este é o primeiro favor. Você não vai gostar do segundo. Preciso que você suma por um tempo.

Ele se inclinou sobre a grade, o baseado pendurado em seus lábios.

— Qual é agora? Não me diga uma coisa dessa.

— Viaje para a costa por uns dias ou, se quiser ficar na cidade, vá visitar seus amigos ashers. Apenas fique longe dos lugares onde costuma ir e não faça apresentações.

— Não estou no clima de fazer nenhuma viagem, cara.

— Se for por causa de dinheiro — comecei.

— Não é por causa de dinheiro. Tenho dinheiro suficiente. Não preciso mendigar — os olhos dele atravessaram a cortina de fumaça com uma ferocidade inebriada. — É você, seu merda, é tudo o que você faz. Você é um veneno. Todo mundo que você conhece torna-se uma pessoa pior por causa disso, sabia? Todo mundo. Eu não tenho problemas com ninguém, até que um dia lhe faço uma gentileza e o que acontece? — o tom da fala de Yancey mudou da crítica para a lamentação. — Viro um exilado em minha própria cidade — sentenciou. Ele soltou um suspiro e deu outro trago, soltando a seguir uma fumaça multicolorida no ar. — É por causa do Espada?

— Sim.

— Eu lhe disse que ele era perigoso. Você não presta atenção em ninguém?

— Provavelmente não o bastante.

— Por que ele está atrás de você?

— Tenho certeza que...

Yancey me interrompeu com uma quebrada de mão:

— Desencana, cara. Eu não quero saber.

Seria provavelmente melhor assim.

— Vou contornar isso pra você.

— Não vou botar muita fé nisso.

Ficamos um bom tempo inclinados sobre a barreira, passando o fumo de um para o outro até ele ficar reduzido a um toco. Yancey finalmente rompeu o silêncio.

— Minha mãe tentou te arrumar namoro de novo?

— Esti Ibrahim, acho que era esse o nome dela.

Ele sugou os dentes em contemplação.

— Faz o melhor peixe frito de Rigus, mas tem uma bunda do tamanho de um forno que daria pra cozinhar você.

— O peixe era realmente maravilhoso — admiti.

Ele deu risada e eu deveria ter rido também, como cortesia pelo menos. Mas a conversa com Meskie havia me deixado desorientado e tinha dificuldade em ser uma companhia alegre naquele momento.

— Então você fala com a Mairi pra mim?

O vislumbre de bom-humor do Rimador logo se desfez e ele deu as costas azedamente para a grade.

— Eu já disse que falaria, não disse? Eu olho pelos meus. Quando digo que vou fazer uma coisa, eu faço. Vou mandar alguém lá depois do almoço. Você pode ir vê-la na maldita hora que quiser — ele deu uma última baforada na vinonífera e expeliu uma fumaça alaranjada. — Se não houver mais nada que eu possa fazer por você, por que é que você não vai embora da minha casa? Tenho que encontrar um lugar pra dormir hoje à noite.

A profissão de Yancey exigia uma certa habilidade com a língua e acredito que eu merecia a extremidade mais afiada dela. Para enfatizar a dispensa ele atirou a ponta no vazio abaixo de nós. Fiquei pensando se um dia voltaríamos a fumar juntos. Sem nada mais a fazer eu desci pelas escadas e me dirigi à porta tomando cuidado para que Mama Dukes não me pegasse saindo. Depois de hoje ela provavelmente não teria mais tanto entusiasmo para me achar uma namorada.

Mais uma ponte queimada, creio eu.

CAPÍTULO 26

oltei para o Conde e passei o restante da tarde tentando repor o sono perdido. Por volta das seis eu me coloquei em ação, primeiro mandando Garrincha para uma missão inútil apenas para ter certeza que ele não estaria por perto. Minha última interação com Crispin ocorrera naquela fronteira entre o antagonismo e a intimidade que não carece de espectadores. Parecia provável que esta seguiria na mesma direção, especialmente por ser provável que Crispin me fizesse engraxar seus sapatos em troca da informação que havia descoberto. O Guardião dos Juramentos sabia que eu teria que aceitar.

A caminhada até a Ponte Hermes foi um raro momento de silêncio, uma breve meia hora ao cair da noite. Era uma época do ano em que valia a pena ter consciência de cada último raio de luz e sopro de ar quente, já que o calor já reduzido em breve seria um refém do implacável inverno. Durante alguns poucos minutos os acontecimentos dos últimos dois dias permaneceram meio esquecidos nos retiros da minha mente.

Suponho ser da natureza dos devaneios o fim.

Não há nada que se assemelhe a um corpo e, mesmo com o avanço da noite borrando a paisagem, eu estava certo de que a pessoa caída no pé de um cruzamento era Crispin. Dei uma rápida corrida até lá, mesmo sabendo que seria inútil, que o que quer que tivesse acontecido com Crispin não o tinha deixado meramente ferido.

Ele fora terrivelmente mutilado. Seu belo rosto fora machucado e espancado, o nariz aquilino estava empastado de sangue e pus. Um olho estava estourado, um líquido branco gotejava, o brilho de sua íris apagado ali dentro. O rosto dele ficara congelado em uma careta abominável e em algum momento de seu tormento ele mordera a maior parte da carne de sua bochecha.

Estava escuro, mas não tão escuro assim, e a Ponte Hermes não é um beco sem saída, mas sim um ponto de passagem relativamente movimentado. Alguém mais logo se depararia com o corpo. Ajoelhei-me do lado do corpo e tentei não pensar na ocasião em que ele me convidou à casa de sua família para o solstício de inverno, a mãe excêntrica e a irmã solteirona tocando piano, todos bebendo ponche de rum até eu desmaiar ao lado da lareira. Vasculhei os bolsos de seu casaco. Nada. Uma rápida inspeção pelo restante de sua roupa deu o mesmo resultado. Disse a mim mesmo que o odor era uma alucinação, que ele não estava morto havia tempo o bastante para já estar apodrecendo, que o frio o manteria inteiro ainda por algum tempo, que eu precisava me concentrar em minha tarefa. Era o que ele faria: seguiria o roteiro.

Por fim eu tive a brilhante ideia de checar suas mãos e, depois de um momento de frustração tentando abri-las, encontrei um pedaço meio rasgado de papel que Crispin segurava com firmeza. Se foi para protegê-lo de seu agressor ou usá-lo como uma espécie de talismã eu nunca irei saber.

Era um formulário do governo. No alto havia alguma espécie de código burocrático seguido de uma advertência contra leitura não autorizada. Abaixo, sob o título *Praticantes, Operação Ingresso*, havia uma lista com os nomes e uma descrição em uma palavra da situação de cada um deles: *Ativo, Inativo, Morto*. Não fiquei surpreso em ver que havia vários com o status marcando a terceira classificação. Fui lendo até embaixo e senti meu coração descompassar. O último nome legível na lista, logo acima do rasgo, era Johnathan Brightfellow.

Então Beaconfield estava realmente por trás de tudo isso. Foi um jeito desgraçado de ter minhas suspeitas confirmadas, um jeito desgraçado.

Fiz mais uma coisa então, algo em que praticamente não pensei enquanto fazia, algo barato e feio e apenas parcialmente justificado pela necessidade. Alcancei a garganta de Crispin, arranquei o Olho da Coroa de seu pescoço e o guardei em meu bolso. Os gélidos pensariam que quem quer que o tivesse assassinado o teria levado e, apesar de eu ainda não saber como, eu tinha a sensação de que ele me seria útil.

Forcei-me a ficar em pé e olhei para o corpo destroçado de Crispin. Senti como se devesse dizer alguma coisa, mas não sabia o quê. Depois de alguns instantes coloquei o papel dentro de minha bolsa e caí fora. Nostalgia é para os tolos e a vingança não dispõe de arautos. Crispin teria sua memória reconhecida quando eu acertasse as contas com o Espada.

Segui na direção do cruzamento principal num passo rápido, parando diante de uma casa com terraço parcialmente construída de frente para o rio. Depois de me certificar de que não havia ninguém olhando, eu forcei uma tábua e me enfiei para dentro, me desmoronando em uma parede em meio a escuridão.

Pouco tempo depois um grupo de trabalhadores tropeçou no corpo de Crispin. Eles ficaram algum tempo gritando entre si coisas que eu não conseguia entender, até que um deles saiu correndo e voltou com uma dupla de guardas que degradou ainda mais a cena do crime antes de sair para fazer contato com a Casa Negra. Aproveitei a oportunidade para voltar uma quadra e comprar uma garrafa de uísque em um boteco para em seguida retornar a meu esconderijo.

Voltei a tempo de passar uns vinte minutos sem fazer nada enquanto os gélidos reagiam ao assassinato de um de seus homens com um impressionante entusiasmo. Quando apareceram, vieram com tudo, num grupo enorme, com dez ou doze mais entrando e saindo nas horas seguintes. Eles enxamearam em torno do corpo de Crispin como se fossem formigas, procurando evidências e caçando testemunhas, seguindo procedimentos considerados irrelevantes pelo fato de o assassinato de Crispin contar com poucos paralelos na história da cidade. Em um momento eu pensei ter visto o rosto aristocrático de Guiscard em pé ao lado do corpo de seu parceiro enquanto conversava animadamente com um dos outros agentes, mas havia um monte de gélidos rondando o local e havia a possibilidade de eu estar enganado.

Eu alternava os goles em minha garrafa de uísque com cheiradas no frasco de Sopro de Fada. Eram quase onze quando eles encerraram as investigações no local e atiraram o corpo de Crispin em um carro mortuário. A mãe e a irmã dele haviam morrido alguns anos antes e fiquei pensando em quem cuidaria dos funerais ou daquela estrutura comicamente monstruosa na qual fora criado. Foi difícil imaginar o fim daquilo, com as antiguidades liquidadas em leilão e o título ancestral repassado a qualquer coletor de impostos que tivesse dinheiro para comprar.

Saí da casa abandonada, a rua a este ponto já vazia de movimento, agentes ou do que quer que fosse, e iniciei a longa caminhada de volta ao Conde enquanto o desespero tomava conta de minha tentativa de intoxicação.

CAPÍTULO 27

Acordei na manhã seguinte com meu travesseiro empapado em um líquido que eu sinceramente esperava que não fosse vômito. Ao despertar do sono eu cocei meu nariz e constatei uma crosta de sangue ressecado. Não havia bile, somente os efeitos colaterais de uma noite de abuso de Sopro de Fada. Não sabia ao certo se isso era bom ou ruim.

Uma espessa camada de fleuma pousou no penico e foi seguida de uma série de outros dejetos. Depois abri a janela e o esvaziei na viela abaixo, recuando da rajada congelante que entrou enquanto o fazia. Uma nuvem negra pairava sobre a cidade, engolindo a luz de forma a dificultar até mesmo saber que horas eram. Pela rua eu pude ver as poucas pobres almas que caminhavam apertando seus casacos enquanto lutavam contra a ventania.

Lavei o rosto com a água da bacia. Estava fria e velha, ali desde ontem ou anteontem. O reflexo em meu espelho de mão revelava os olhos injetados, com cada veia perversamente inchada.

Estava com uma aparência de merda e me sentia pior que isso. Desejei que não fosse tarde demais para um café e alguns ovos.

Lá embaixo o salão dianteiro estava vazio. O tempo ruim afastava os clientes. Adolphus e a esposa estavam ocupados nos fundos. Sentei-me no bar e retirei o formulário que peguei de Crispin, lendo o nome de cada praticante relacionado e tentando ver se algum deles deflagrava alguma lembrança.

Nenhum deflagrou. Com a exceção de Brightfellow, cujo nome não era tão comum ao ponto de eu razoavelmente imaginar que havia um homônimo por aí, eu não tinha ouvido falar de nenhum deles. Li então a segunda coluna. Dos doze outros nomes na lista de feiticeiros, oito estavam mortos e três continuavam na ativa. Sobre os mortos seria difícil escavar informações e eu não podia conceber alguém ainda a serviço da Coroa empolgado em falar de uma experiência secreta solta por eles uma década antes. Tudo isso deixava apenas um nome: Afonso Cadamost, um Mirad adaptado, a julgar por seu nome.

A ajuda de Célia vinha sendo inestimável, fundamental até, mas havia coisas que ela não podia me dizer. Eu precisava saber com exatidão o que estava enfrentando, a essência da terrível criatura de Brightfellow e como detê-la. Para isso eu precisaria conversar com alguém que tivesse as mãos sujas, e eu tinha a impressão de que as de Cadamost estariam tão imundas quanto as dos outros.

Até ali tudo bem. Mas eu não tinha a menor ideia de como encontrá-lo. Eu poderia acionar meus contatos, mas isso provavelmente não daria muito resultado. Ele não estaria necessariamente em Rigus, nem mesmo vivo. Não é só porque o governo não sabe que algo aconteceu que significa que não tenha acontecido, e pode incluir a solvência constante de meu negócio nesta categoria.

Eu estava ruminando isso quando Adolphus apareceu com o rosto pálido e trêmulo, pronto para descarregar a calma da terrível notícia. Aquilo estava se transformando num ritual matinal particularmente desagradável.

— Tudo bem. Eu já soube.

— Já soube sobre Crispin?

Fiz um sinal afirmativo com a cabeça.

Ele pareceu primeiro intrigado, depois aliviado e, por fim, apologético. Adolphus tem um rosto expressivo.

— Sinto muito — limitou-se a dizer. O fato de ele sinceramente sentir muito era mais valioso do que qualquer tentativa de discurso.

— Se você quiser melhorar as coisas para mim, poderia pedir para Adeline me fazer uns ovos — disse eu, interrompendo-o no meio do caminho para a cozinha. — Como você ficou sabendo? — perguntei, mas o questionamento óbvio já não parecia tão óbvio depois de ter passado a noite judiando do cérebro.

— Um agente passou aqui quando você estava dormindo. Ele disse que voltaria depois.

— A Coroa apareceu e não foi para cima de mim?

— Ele não estava em missão oficial. Ele disse ter vindo apenas por cortesia.

Aquilo sugeria um grau de civilidade improvável sob as melhores circunstâncias.

— Qual era o nome dele? — perguntei.

— Ele não disse e eu não estava muito interessado em saber. Sujeito jovem, loiro platinado, meio indesejável.

O que Guiscard queria comigo agora? Revanche? Não consigo imaginar Crispin sendo tolo ao ponto de divulgar a ação altamente ilegal que havia praticado.

Adolphus recomeçou a viagem até a cozinha.

— E passe um café, quando voltar aqui — gritei enquanto a porta se fechava por trás dele.

Ponderei as circunstâncias que me envolviam enquanto tentava me desvencilhar de minha dor de cabeça. O grandalhão voltou depois de alguns minutos com o desjejum.

— Adeline cozinhou isso aqui? — perguntei, mastigando um pedaço de toucinho queimado.

Ele sacudiu a cabeça.

— Ela foi com Garrincha ao mercado. Isto é obra minha.

Cuspi um pedaço de casca de ovo.

— Chocante.

— Se não gostou, você mesmo pode fazer seu próprio café da manhã.

— Não creio que nosso amigo seja um grande cozinheiro — comentou uma voz vinda de trás de mim.

— Feche a porta — disse eu.

Guiscard fez justamente aquilo e o uivo do vento tornou-se novamente inaudível. Adolphus olhou por cima do meu ombro para o recém-chegado com uma expressão indisfarçada de desgosto.

O agente acomodou-se em um banco próximo de onde eu estava. Ele parecia cansado e irritado e tinha os cabelos louros despenteados. Havia até mesmo uma pequena mancha de comida em sua lapela direita, evidência da perturbação que a morte do ex-parceiro estava provocando nele. Lançou para mim um rápido cumprimento com a cabeça e disse a Adolphus:

— Café preto, por favor.

— Não estamos abertos — disse Adolphus, atirando seu paninho no balcão e desaparecendo pelos fundos.

Eu tomava minha xícara de café em silêncio.

— Ele não gosta muito de mim, não é? — perguntou Guiscard.

Adolphus na verdade tem um coração macio e uma política de acesso mais macia ainda. Ele provavelmente atenderia o Chefe de Estado da República Dren, caso sua eminência desse o ar da graça. Desconfio que as crueldades por ele sofridas na última vez que a Coroa entrou em seu estabelecimento o deixaram menos enamorados das forças da lei.

— Tenho certeza de que eu teria uma recepção similar em seu bebedouro predileto.

— Você provavelmente teria. Ele pelo menos lhe repassou meu recado?

— Já soube da notícia.

— Sinto muito.

Todo mundo ficou tão pesaroso de repente.

— Não sinta por mim. Eu mal conversei com ele durante meia década. Você era o parceiro dele.

— Um parceiro bem menor, e isso durante apenas seis meses. Acho que ele nem gostava de mim.

— Eu sei que ele não gostava de mim e mesmo assim sinto muito pela morte dele. Alguma pista na Casa Negra?

— A investigação inicial não revelou nada. A Cadela de Gelo está indo agora para a cena do crime. Alguns dos homens queriam interrogar você, mas recebemos ordens de cima para deixá-lo quieto. Acho que você ainda tem alguns amigos nos andares superiores.

O Comandante não era amigo, por mais maleável que alguém considere a palavra, mas não queria interferência em minha investigação.

— E quanto a você? Tem alguma ideia? — perguntou Guiscard.

Olhei para minha bebida, o líquido grosso e negro.

— Tenho minha suspeitas — disse eu.

— Devo supor que você as queira compartilhar?

— Suponha o que você quiser.

Pela primeira vez na conversa eu tive um vislumbre do homem que conheci sobre o corpo da Tarinha. Ele estava tentando se desarmar e, a seu favor, quando abriu a boca novamente sua voz estava livre de qualquer desdém.

— Eu gostaria de ajudar se possível.

— Eu pensei ter ouvido que você não gostava dele?

— Eu disse que ele não gostava de mim. Eu sempre gostei dele, mas isso não vem ao caso. Ele era meu parceiro e existe um código em relação a essas coisas. Se a Casa Negra não puder descobrir quem o matou, creio que minha aposta melhor é com você.

Esse último comentário parecia cheio demais do sentimentalismo dos jovens para o meu gosto. Cocei o rosto e pensei na possibilidade de ele estar mentindo, e também em que diferença isso faria.

— Por que eu deveria confiar em você?

— Eu não tinha percebido que você estava tão inundado de recursos para poder se dar ao luxo de rejeitar uma oferta de ajuda.

— Tudo bem — disse eu, mostrando para ele o pedaço de papel que tinha guardado em meu bolso. — Foi por causa disso que Crispin foi morto. Peguei isso do corpo dele antes de vocês chegarem. É uma informação fundamental para a solução de um crime. Ao não entregar isso imediatamente para o agente encarregado da investigação você viola seu juramento de árbitro imparcial da Justiça do Trono; ao não me entregar para a Casa Negra você está ajudando um potencial suspeito de relação com um crime capital. O primeiro caso pode resultar em rebaixamento de posto e o segundo em exoneração.

— Por que você está me mostrando isso?

— Existe um homem citado nesta lista com o qual eu gostaria muito de falar, uma pessoa que pode lançar alguma luz sobre a morte de Crispin. Eu não posso encontrá-lo, mas você pode. E se você o encontrar e eu estiver ali para ouvir... isto me seria útil. Desde que, é claro, eu não seja engaiolado por ter violado uma cena de crime.

Nós nos encaramos. O costume obrigava uma última rodada de desafio. Então ele disse com firmeza:

— Você não será.

— É o Mirad, terceiro nome de baixo para cima.

Ele se levantou da banqueta.

— Aviso quando descobrir algo.

— Agente, você se esqueceu de uma coisa.

— E o que foi? — perguntou ele, com o que parecia ser uma confusão honesta.

— Você não devolveu meu formulário.

— É verdade, desculpe-me — respondeu ele, retirando-o do casaco e entregando-o para mim antes de dirigir-se para a saída.

Talvez Guiscard não fosse tão lerdo quanto eu acreditava. Beberiquei meu café e pensei nos passos seguintes do dia.

Adolphus voltou dos fundos.

— O sangue-azul já foi? — perguntou.

— Ele não está escondido embaixo da mesa.

Bufando, Adolphus procurou em seu bolso e depois me entregou um pergaminho branco selado com cera.

— Isto chegou antes de você acordar.

Segurei-o contra a luz, prestando atenção ao selo, um leão cortado por um trio de diamantes.

— No futuro você pode simplesmente me informar de qualquer coisa que eu não saiba logo quando me vir. Não precisava me passar tudo em conta-gotas, como um velhinho mijando.

— Eu não sou carteiro.

— Você não é cozinheiro, você não é carteiro, o que você faz aqui então?

Adolphus revirou seu olho e começou a limpar as mesas. Os bêbados da tarde logo começariam a chegar, com ou sem tempo inclemente. Parti o selo de cera com a unha do polegar e li a missiva.

Percebi que os suprimentos pedidos na noite em que nos conhecemos provaram-se insuficientes para minhas necessidades. Talvez você possa vir aos Jardins de Seton amanhã, antes das nove, com uma quantidade similar, e devemos conversar depois que eu concluir alguns negócios não relacionados a este.

De seu amigo de confiaça,
Sua Alteza o Lorde Beaconfield

Normalmente Meus Amigos de Confiança não me dão ordens disfarçadas de pedidos, mas era preciso dar um desconto para os hábitos da crosta superior. Dobrei a nota e a coloquei em minha bolsa.

— Está aberto? — perguntou um cliente de voz indistinta atrás de mim.

Aquela pareceu uma boa deixa e já estava quase na hora de a prostituta mais cara de Rigus cuidar dos meus problemas. Peguei meu casaco no quarto e saí para a tempestade.

CAPÍTULO 28

Eu estava de frente para a entrada de uma casa de tijolos avermelhados enfileirados ao norte do centro, já perto do Morro de Kor e dos palacetes da nobreza. Modesto e despretensioso, não havia nada além da palavra de Yancey confirmando que aquele lugar abrigava um dos mais caros bordéis da cidade. As prostitutas de Cidade Baixa conduzem seus negócios honestamente, com os seios descobertos espreitando pelas cortinas vermelhas, convites feitos pelas janelas abertas. Aqui era diferente. Perto da porta acinzentada havia uma placa de bronze com os dizeres A ARCA DE VELUDO gravados nela.

Bati com firmeza na porta e depois de um intervalo ela se abriu para revelar uma mulher atraente em um modesto mas gracioso vestido azul. Ela tinha cabelos negros e olhos azuis e deu um encantador sorriso, bem praticado nesse tipo de negócio.

— Posso ajudá-lo? — perguntou ela, com a voz doce e clara.

— Estou aqui para ver Mairi — respondi.

Os lábios dela curvaram-se em desapontamento. Fiquei impressionado com a habilidade dela para transmitir calor e complacência em igual medida.

— Temo que Mairi não receba muita gente e que, as pessoas que recebe, já o faz há um bom tempo. Na verdade, ninguém na casa está interessado em novos amigos no momento.

Eu a interrompi antes de ela pensar em fechar a porta na minha cara.

— Você poderia dizer à dona da casa que o amigo de Yancey está aqui fora? Ela deve estar à minha espera.

O sorriso dela tornou-se um pouco mais natural depois de eu ter mencionado o Rimador.

— Vou ver se ela está disponível.

Pensei em enrolar um cigarro, mas achei que aquilo poderia denotar uma certa falta de classe. Em vez disso esfreguei as mãos em um esforço inútil para me manter aquecido. Quando a porta se abriu depois de alguns minutos, a moça de cabelos negros trocara a cordial indiferença por ardentes boas-vindas.

— Mairi tem alguns momentos para conversar. Entre, por favor.

Entrei por um elegante corredor com piso de mármore que levava a uma escadaria recoberta por veludo vermelho e ladeada por corrimãos de ébano. Um homem muito grande e muito mal-encarado vestindo um terno bem cortado me media discretamente desde o lado da entrada, desarmado, mas com punhos do tamanho de uma peça de presunto. Eu não tinha dúvida do incômodo de que eram capazes.

A bela recepcionista parou no pé das escadas, as mãos juntas atrás das costas.

— Acompanhe-me, a dona da casa está logo ali.

Tentei sem sucesso evitar olhar para a bunda dela enquanto subia as escadas na minha frente. Fiquei pensando na idade que ela tinha e em como teria vindo parar nesse emprego. Supus que houvesse meios piores de ganhar dinheiro. Era melhor que trabalhar dez horas por dia na linha de uma fábrica ou ser garçonete em algum boteco da Cidade Baixa. De qualquer forma, deitar é deitar, mesmo que os lençóis embaixo de você sejam de seda.

Entramos à direita no alto e seguimos por um estreito corredor com uma fileira de quartos que terminava em frente a uma porta de madeira, levemente dourada para ser diferenciada das demais. A garota bateu levemente. Uma voz gutural respondeu e nos chamou para dentro e minha guia abriu a porta diante de mim.

No centro do quarto, talvez não de maneira chocante, uma suntuosa cama com dossel cercada de renda branca. Tudo no interior remetia a dinheiro antigo e gosto refinado, assemelhando-se mais ao quarto de uma duquesa que ao de uma prostituta. Sentada em uma penteadeira no canto estava a mulher que imaginei ser Mairi Olhos Negros.

Pela imagem mental estimulada por Yancey, devo dizer que não fiquei impressionado. Ela era uma tarasaihgn de cabelos negros abaixo da meia-idade, mas não muito longe dela. Bem apessoada, mesmo com uns poucos quilos a mais na cintura, mas não bonita, certamente não excepcionalmente bela. Se tivesse que escolher entre as duas, preferiria a recepcionista, mais jovem e firme que era.

Mairi então virou-se para mim e eu vi seus olhos, dois profundos lagos negros que prenderam minha atenção por mais tempo que a educação permitiria. De repente eu já não conseguia entender o que me havia levado a comparar a mulher diante de mim à menina que me levou até ela. Minha boca estava seca. Esforcei-me para não lamber os lábios.

Num movimento suave, Mairi levantou-se de sua cadeira e diminuiu a distância entre nós, estendendo a mão com ar casual.

— Obrigada, Rajel, isto é tudo — disse Mairi em um nestriano sem sotaque.

Rajel fez uma reverência e saiu, fechando a porta por trás dela. Mairi ficou em silêncio, deixando-me inspecionar o terreno antes de iniciar sua jogada.

— Você fala nestriano? — perguntou ela.

— Nunca tive um ouvido bom pra ele.

— Mesmo? — perguntou ela olhando em meus olhos e depois dando uma sonora gargalhada, como o coaxar de um sapo-boi. — Acho que você está mentindo.

Ela tinha razão. Eu falava nestriano, não como um nativo, mas bem o suficiente para não ser atacado no caminho para a Catedral de Daeva Maletus. No primeiro ano da guerra, meu setor atacou as linhas nestrianas. Eles eram um bando de camaradas decentes para servos que chafurdavam na lama. O capitão deles caiu em pranto quando descobriu que seus generais haviam assinado um armistício em separado, mas o ódio e a incompetência da parte dos superiores foi uma coisa universal durante nosso infeliz conflito.

Ela saiu ao ataque e sorriu.

— Você percebe que me contou mais sobre si mesmo mentindo do que respondendo a verdade.

— E o que eu disse a você?

— Que a mentira é mais espontânea que a honestidade.

— Talvez eu só esteja querendo me adequar ao ambiente, ou cada gemido que sai desses quartos é autêntico?

— Todos. Cada. Um — ela pontuou cada palavra com ênfase. Havia um bar num canto. De uma garrafa no alto ela despejou um líquido esfumaçado em dois copos e entregou um para mim. — A quem nós vamos brindar? — perguntou ela num tom muito próximo do obsceno.

— À saúde da Rainha e à prosperidade de seu povo.

A velha saudação foi uma deselegância, mas ela era profissional o bastante para saber lidar com isso.

— À saúde da Rainha e à fertilidade de sua terra.

Tomei um gole. Era bom, muito bom.

Mairi acomodou-se em um sofá de couro vermelho e indicou que eu me sentasse em um divã em frente. Segui a orientação e nos sentamos um de frente para o outro, com nossas pernas quase se tocando.

— Como você conheceu Yancey? — perguntou ela.

— Como a gente conhece as pessoas? No meu ramo de negócio, a gente precisa conhecer as pessoas.

— E qual é o seu ramo exatamente?

— Eu angario recursos para viúvas de guerra e órfãos. Nos dias de folga eu cuido de bichinhos abandonados.

— Que coincidência impressionante. É exatamente essa a nossa linha de trabalho aqui.

— Suponho que seu canil fique nos porões.

— Onde você mantém seus órfãos?

Ri e beberiquei meu drinque.

A boca dela se curvou para cima e seus olhos negros me acariciaram.

— É claro que eu sei quem você é. Fiz perguntas depois que o Rimador me procurou.

— Você sabia?

— Não tinha a menor ideia, quando Yancey falou comigo, de que teria a oportunidade de conhecer uma personagem tão famosa do submundo.

Deixei aquela afirmação pairando no ar entre nós. Ela ignorou a insinuação e seguiu adiante, confiante em que eu estava gostando de seu avanço.

— Sempre me perguntei o que havia acontecido com Eduardo Maluco e o resto de sua turma. Imagine a minha surpresa ao descobrir que o homem que acabou com a presença das organizações na Cidade Baixa estava vindo para uma visita vespertina a mim.

As fontes de Mairi eram boas. Havia apenas uma meia dúzia de pessoas cientes da verdade em relação ao que aconteceu com a gangue do Eduardo Maluco e duas delas estavam mortas. Precisava descobrir quem dos quatro restantes estava dando com a língua nos dentes.

A ponta da língua dela percorreu a metade inferior de seu lábio.

— Imagine a minha ansiedade.

Uma das poucas vantagens de ser fisicamente desfigurado é que geralmente você pode descartar o interesse honesto como motivo para os avanços de uma mulher. No caso de Mairi eu não tinha nem ao menos certeza de que havia uma finalidade. No fundo, eu suspeito que ela apenas não se lembrava de como fazer para se desligar. A situação toda parecia azeda, das minhas provocações sagazes às respostas mecânicas dela.

— Fascinante — dei um outro gole em minha bebida, tentando tirar da boca o gosto de ser usado. — Mas eu não vim aqui para ouvir minha história. Estou bastante familiarizado com ela, de modo abrangente, pode-se dizer.

Ela reagiu à grosseria sem absoluta tranquilidade. A cor de seu rosto se apagou para se igualar ao clima. De uma caixa de prata sobre uma mesa próxima ela pegou um fino cigarro preto e o prendeu nos lábios vermelhos, acendendo-o com uma rápida passagem do fósforo.

— Então você está aqui para que, exatamente?

— Yancey não disse nada — perguntei.

Uma coluna de fumaça escapou por suas narinas.

— Eu quero que você me conte.

Eu já havia sofrido insultos que me machucaram mais. Yancey disse que você tem um ouvido aguçado e uma memória afiada. Eu gostaria de saber o que poderiam oferecer sobre lorde Beaconfield.

— O Espada? — ela fez algo que subentendia a intenção de girar os olhos, mas sem a grosseria de o fazer. — Além do talento que lhe rendeu o apelido ele é um aristocrata típico, enfadonho, sangue-frio, amoral e cruel.

— Trata-se mais de observações que de segredos — comentei.

— E ele está falido — ela concluiu.

— Então a mansão, as festas, o dinheiro que ele usou para me pagar...

— A primeira está empenhada para pagar pelos outros dois. O lorde Beaconfield foi abençoado com um nome tradicional, uma arma mortífera e nada muito além disso. E, como a maioria dos nobres, suas habilidades pecuniárias não vão muito além de gastar. Ele investiu dezenas de milhares de ocres no financiamento da dívida da Óstria e perdeu tudo no último outono, quando eles deram o calote. Dizem que os credores estão fazendo fila na porta e que seu alfaiate particular não está aceitando os honorários. Ficarei surpresa se ele chegar ao fim da estação sem declarar falência.

— E aqueles diamantes no brasão? — perguntei.

— Digamos que o leão é a parte mais pertinente.

A iminência da pobreza podia levar um homem a atos terríveis. Eu já havia visto muita coisa assim. Mas a ideia de perder aquela bela casa teria realmente levado o Espada Sorridente a matar crianças e a atos de magia negra?

— E as conexões dele com o Príncipe? — perguntei.

— Exageradas. Eles foram colegas em Aton, uma daquelas escolas sombrias, sufocadas pela tradição e cheia de funcionários pedófilos. Mas o querido Henry... — fiquei pensando se aquela menção espontânea ao primeiro nome do príncipe indicaria uma semente de verdade por trás dos rumores da ligação entre eles ou se ela queria apenas que eu pensasse isso — é um pouco conservador demais para o jeito louco do Espada.

— Interessante — disse eu, como se não fosse. — E quanto aos parasitas em torno dele, você sabe de algo? Ele tem um feiticeiro barato realizando missões para ele, atende pelo nome de Brightfellow?

Ela empinou o nariz com cara de nojo, como se eu tivesse cagado no chão.

— Eu conheço o homem, apesar de não ter ouvido que ele andava envolvido com o seu duque. Brightfellow faz parte de uma cepa desagradável de artistas que rondam as periferias da corte, vendendo seu talento a qualquer nobre que esteja entediado ou que seja burro o bastante para pagar por seus truques de salão. Nunca tive Beaconfield na mais alta estima, mas também não pensava tão mal dele ao ponto de achar que ele fosse se misturar com um lixo desses. Ele deve realmente estar desesperado.

— Que tipo de trabalho Brightfellow poderia estar fazendo para o Espada?

— Eu realmente não sei dizer, mas conhecendo os dois, imagino que não envolva filantropia — respondeu.

Imaginei que ela estivesse provavelmente certa.

Depois de alguns instantes ela pigarreou, um som que me fez pensar em açúcar e fumo, e que nossa reunião estava encerrada.

— Então é isso. Esta é toda a informação que posso lhe repassar quanto aos negócios secretos do Espada Sorridente — ela descruzou as pernas, depois as cruzou novamente. — A não ser que tenha algo mais que você deseje.

Levantei-me abruptamente, colocando meu copo sobre a mesa próxima de minha cadeira.

— Não, é só isso mesmo. Você foi de grande ajuda. Você dispõe de crédito comigo caso precise.

Ela também se levantou.

— Estou tentada a dispor desse crédito agora — disse ela, com os olhos voltados na direção da cama.

— Não, você não está, nem mesmo um pouquinho.

Seu olhar devasso se apagou e foi substituído por algo mais próximo de um sorriso genuíno.

— Você é um homem interessante. Volta aqui qualquer hora dessas. Vou gostar de vê-lo — ela chegou perto o bastante de mim para que eu sentisse o cheiro de seu perfume. Embriagante, como tudo o mais que havia nela. — E estou sendo sincera.

Não tinha certeza se acreditava também naquilo. Rajel não estava em nenhum lugar onde eu a pudesse ver no caminho até a saída, mas o leão de chácara fez um cumprimento mal-humorado quando me aproximei da saída.

— Aqui é um lugar divertido para trabalhar? — perguntei.

Ele deu de ombros. — Três semanas por mês.

Fiz um aceno simpático e saí.

CAPÍTULO 29

Eu seguia rumo ao sul quando o avistei, um anão ossudo me acompanhando pelo lado oposto da rua, meia quadra atrás de mim. Ele poderia ter me abordado a qualquer momento depois que saí da Mairi. Teria sido fácil escapar por um beco qualquer em meio àquela espessa neblina.

Eu parei em uma barraca de um velho kiren e inspecionei suas mercadorias.

— *Duoshao qian*? — perguntei, posicionando um bracelete escovado contra a luz como pretexto para poder olhar atrás de mim. O vendedor me deu um preço dez ou doze vezes maior do que valia aquela porcaria. Eu simulei desapontamento e joguei a bugiganga numa caixa. Ele a pegou rapidamente e a botou na frente do meu nariz, iniciando um monólogo incoerente sobre os méritos excepcionais de seus produtos. Naquele ponto, a pessoa que me seguia já estava perto o bastante para eu captar alguns detalhes. Eu não conseguia imaginar o Espada contratando o bandidinho barato caricaturado por aquele tipinho briguento e obviamente ele não era um herege, então Ling Chi também não era. É claro que havia um monte de outras pessoas espalhadas pela cidade que não se importariam em me ver caindo em cima de algo afiado, alguém traficante que se sentia injustiçado ou algum dono de favela que me via como ameaça a seus negócios. Nós descobriríamos isso logo.

Eu não tinha me armado antes de sair para ver a Mairi, pois parecia um jeito ruim de deixar uma boa impressão, mas eu não precisaria de uma arma para saltar em cima daquele bastardinho pele e osso. A única coisa melhor do que armar uma emboscada para um filho da puta é armar uma emboscada para o filho da puta que acha que está emboscando você. Saí da barraca, fui na direção de uma viela lateral e dobrei a esquina, acelerando um pouco o passo ao contornar.

Quando me dei conta, estava no chão, com a estranha sensação de luz e calor que acompanha um golpe forte contra a cabeça que distorcia minha visão, motivo pelo qual a figura em pé sobre mim foi, por um instante, irreconhecível. Mas apenas por um instante.

— Oi, Crowley.

— Oi, bicha.

Tentei pegá-lo pelos tornozelos, mas meus movimentos eram lentos e desajeitados. Crowley acabou com qualquer esperança minha de escapar com um bico em minhas costelas. Curvei-me contra a parede na esperança em que este último golpe não me tivesse quebrado nenhum osso, mas a dor agonizante sugeria que tamanho otimismo não tinha fundamento. Meus pulmões tinham dificuldade para funcionar adequadamente, numa pausa durante a qual Crowley teve a delicadeza de segurar a vontade de me bater novamente, apesar de o ter feito com um sorriso exageradamente inamistoso. Consegui tossir algumas poucas frases.

— Problemas com a aritmética? Ainda tenho cinco dias, Crowley. Cinco dias. Se números grandes o confundem, tire os sapatos e use os dedos do pé para fazer as contas.

— Eu não te disse que ele era engraçado — disse Crowley a alguém atrás dele. Então eu percebi que ele não estava sozinho. Ele tinha o apoio de três homens. Acho que não eram agentes, mas eram durões, músculos do crime organizado talvez. Independentemente disso, inamistosos ao extremo. Eles me observavam com expressões que iam numa escala do absoluto tédio ao júbilo sádico.

Fui enganado como um amador. O primeiro se deixou avistar, desviando a atenção enquanto Crowley e os demais ficaram na espera. Pelo Cicatrizado, como eu pude ser tão burro?

— Você vê algum uniforme em mim, seu inútil? Isto não tem nada a ver com a Coroa ou com o Comandante. Ele acentuou a última frase com um chute em meu ombro. Eu recuei e mordi a língua. — Hoje é meu dia de folga.

— Então ter trombado comigo foi apenas um desvio do destino? — perguntei enquanto sentia o gosto do sangue, que escorria pelo meu rosto.

— Eu não atribuiria nada disso ao acaso. Deve ter algo a ver com o fato de eu achar que você já viveu muito além de sua inutilidade. Outro corpo apareceu hoje cedo. É um menino desta vez.

Pobre Avraham Mayana.

— Não finja que você se importa com as vítimas.

— Você tem razão. Não tem nada a ver com elas — disse ele, esfregando o rosto embrutecido no meu, o bafo quente entrando pelo meu nariz. — Tem a ver com você. Eu odeio você pra caralho. Odiei você durante dez anos, desde que você me atravessou no caso da Banda Manchada. Quando o Comandante deu as ordens para te buscar na semana passada, quase pulei de alegria. Então te deixamos ir — ele sacudiu a cabeça e abriu os braços.

— Dez anos esperando para acertar as contas e você consegue mais uma chance por causa dessa sua lábia? Eu sei que eles dizem que não se deve levar trabalho para casa, mas... o que eu posso dizer? Talvez eu seja um servidor público muito dedicado.

— O que você acha que o Comandante vai dizer quando souber que você acabou comigo?

Ele gargalhou de um jeito cômico, mas nem por isso menos ameaçador.

— Quando eu sair desse beco você estará bem vivo — ele disse isso e molhou um dedo gordo no sangue que escorria de meu nariz e inspecionou com cuidado, quase com carinho, a mancha vermelha e úmida. — É claro que eu não tenho como falar por estes cavalheiros. Destreinados, sabe, mas cheios de entusiasmo. Além disso, eu não contaria muito com o bom humor do seu benfeitor. Segundo minha última checagem, você não fez muito para conter a violência em seu guetinho. Nós encontramos o menino no rio hoje, e eu acho que você já sabe da morte infeliz de seu velho parceiro.

Alguma coisa queimou em meu estômago.

— Não fale de Crispin, seu gorila sodomita.

Ele bateu com a ponta da bota na minha testa e minha cabeça bateu na parede atrás de mim.

— Você está muito mal-humorado para um homem prestes a ter as entranhas demoradamente analisadas.

Um de seus rapazes, um Mirad magrela com cicatrizes faciais ritualísticas usadas para marcar os criminosos naquela infeliz teocracia, sacou um punhal de dentro de seu casaco, grande demais para ele, e disse algo que não consegui entender.

Crowley tirou os olhos de mim para resmungar com ele, o rosto tomado pelo ódio.

— Não ainda, seu degenerado de merda. Eu já disse a vocês: primeiro ele sangra.

Era a melhor oportunidade possível. Dei um coice com o pé direito na rótula de Crowley. Minha visão ainda estava embaçada, porém, e acabei por acertar sua tíbia.

Tinha sido o suficiente. Ele uivou, recuou um passo e caiu aos meus pés. Acho que Crowley pensou que o primeiro golpe me deixaria derrubado por mais tempo. Burro filho da puta. O sujeito me conhecia havia uma década e ainda não tinha aprendido a levar em conta a grossura do meu crânio.

Dobrei uma esquina e ouvi o barulho do metal contra a pedra, indicando que o punhal do Mirad havia errado o alvo por pouco. Depois eu estava um passo adiante de outro com o máximo da diligência que meu corpo espancado podia desempenhar, seguindo a oeste na direção do canal com cada gota restante de energia.

Os becos daquela parte da Cidade Baixa cercam os cruzamentos principais como se fossem a teia de uma aranha bêbada, indo para lá e para cá sem uma regularidade. Nem eu mesmo conheço todos eles muito bem, fato reforçado sempre que uma ou duas vezes eu me deparava com entroncamentos que já havia cruzado antes. Mas se eu estava com problemas, podia afirmar com segurança que Crowley e sua gangue não estavam se saindo melhor. Os gritos nervosos de meus perseguidores ecoavam nas paredes cinzas, dando um ímpeto desnecessário a meus movimentos.

Consegui me proteger nas vielas e sair no amplo bulevar que margeia o canal. Naquele ponto o canal tem sua máxima largura, logo ao sul do Rio Andel, com a Ponte Rupert ligando uma margem à outra. Corri o mais que pude, chegando à parte inferior da ponte e subindo seu arco de pedra calcária. Num dia normal essa região estaria cheia de viajantes se acotovelando rumo a seus destinos e de pessoas fazendo piquenique e aproveitando a vista, mas o tempo estava ruim e eu era a única pessoa à vista. Pelo menos a princípio.

Cruzando a ponte, do outro lado, com uma adaga longa e curvada presa ao braço, estava o homem que eu vira me seguindo havia pouco, e ele parecia bem maior do que antes. Atrás de mim, o Mirad com a cicatriz saiu da viela, com suas características turvas em meio à densa neblina.

Parei no zênite da Ponte Rupert, pensando desesperadamente em alguma saída. Pensei na possibilidade de sair correndo na direção do capanga e estreitar a distância entre nós, mas, desarmado como estava, ele me seguraria ali por tempo o bastante até que o resto da gangue chegasse e me cortasse em pedaços. Dali eu podia ouvir Crowley amaldiçoando minha linhagem em meio a promessas de punição gratuita. Uma rápida olhada me permitiu ver que ele vinha logo atrás do Mirad, que diminuiu o passo, esperando a chegada do bando antes de investir contra mim.

De vez em quando o êxito depende de estratagemas complicados, como o sacrifício de um peão ou de um bispo encurralado. Na maior parte das vezes, porém, ele depende de velocidade e surpresa. Crowley jamais poderia ser confundido com um gênio, mas eu não era o primeiro bastardo que ele perseguia pelas ruas de Rigus. Com mais alguns segundos para pensar ele saberia que eu preferia tomar um banho a entrar no corpo a corpo com seus capangas. Mas, quando virou a esquina, ele ainda não tinha processando essa possibilidade e ficou paralisado ao me ver escalar a grade e saltar de cabeça no canal abaixo.

O gelo não estava tão fino quanto parecia do alto da ponte e eu me machuquei bem no ombro ao atravessar a camada. Não senti o machucado por algum tempo, já que a água gelada me anestesiava até os ossos. Ao me ajeitar, consegui me livrar do casaco pesado e arrancar as botas, já que minhas mãos dormentes tateavam os cadarços, mas os dedos não respondiam.

Crowley imaginaria que eu seguiria rio abaixo, mas eu nunca fui um grande nadador e não tinha esperança de ir mais rápido que ele e seus capangas. Em vez disso, tomei impulso e fui ainda mais fundo. O canal era cheio de lixo, muito sujo para se enxergar algo mesmo que eu fosse tolo o bastante para abrir meus olhos, então eu tinha que esperar que Crowley caísse na minha. Segurei a respiração pelo máximo que consegui e depois fui até a superfície em busca de ar, levantando a camada superior de gelo apenas alguns centímetros acima da água e depois mergulhando novamente para o fundo. Eu não aguentaria muito tempo daquele jeito. Meus membros já estavam pesados e lentos e cada movimento era cada vez mais difícil. A vontade de meu corpo de obedecer a meus comandos diminuía a cada segundo que se passava.

Fui à superfície duas vezes em busca de ar antes de o frio tornar-se demasiado, então eu nadei até a margem oeste e me arrastei pelo lado do canal. Durante alguns segundos fiquei prostrado sobre o pavimento sujo, querendo me movimentar, mas com meu corpo machucado antipático a minhas vontades. Até que o pensamento em relação ao que poderia acontecer se Crowley e seus homens me encontrassem, o que significava dizer a ameaça iminente de tortura e morte, me deu energia suficiente para me levantar.

Em qualquer outra tarde aquilo não teria funcionado. Eles me veriam sair da água e me pegariam. Mas a neblina estava bastante espessa naquele dia, protegendo até quem fosse azarado demais para ser visto e tornando a perseguição praticamente impossível. Crowley teve que engolir minha artimanha. À distância eu conseguia ouvi-los gritando uns com os outros, tentando entender onde tinham me perdido.

Eu sabia que jamais conseguiria retornar ao Conde. Eu nem tentei. Simplesmente dirigi-me ao sul por uma viela lateral e me desloquei o mais rápido que pude. O vento batia com força contra meu rosto e eu tive a peculiar sensação de que meu cabelo congelava na minha cabeça. Se eu não tirasse logo aquelas roupas e fosse para a frente do fogo logo, o frio faria o que Crowley foi incapaz de fazer, talvez com menos dor, mas tão definitivamente quanto.

As ruas estreitas iam e vinham, minha visão começava a sair de foco e uma dor terrível subia pelo meu peito. Restavam apenas alguns quarteirões. Imaginei que seria uma aposta de meio a meio se eu iria conseguir.

Minha corrida virou uma meia corrida, depois uma lenta caminhada e, por fim, um tropeço desajeitado.

Mais um passo.

E mais um.

Debrucei-me sobre o muro de pedra branca com uma impressionante falta de dignidade, arrastando os joelhos enquanto o fazia. Até mesmo aquele muro pequeno era difícil de ser vencido com meus membros congelados. Passei então pelo último, caindo de cabeça erguida de frente para a torre. Minhas mãos apalparam por dentro da camisa em busca do Olho de Crispin, numa ideia atrasada de que poderia romper as defesas do Ninho, mas meus dedos não se moviam e de qualquer forma eu sabia que jamais teria como reunir a concentração de forças exigida. Fiquei em pé e bati inutilmente contra a porta. Meus gritos para que me deixassem entrar perdiam-se no vento.

A gárgula permanecia muda, testemunha silenciosa enquanto eu desmoronava no chão.

CAPÍTULO
30

o auge do verão de meus dezenove anos Rigus estava tomada pela febre da guerra. Havia alvoroço nas ruas por conta do fracasso da Conferência Hemdell e das notícias de que nossos aliados no continente, Miradin e Néstria, haviam se mobilizado para defender suas fronteiras contra o avanço da República Dren. O Alto Chanceler Aspith havia convocado um contingente inicial de vinte mil homens, o maior recrutamento de soldados já promovido pelo Império. Pouco era capaz de fazer alguém avaliar que este primeiro sacrifício se mostraria nada mais do que combustível para a conflagração que deixaria o continente em chamas.

Nos anos depois que ela acabou eu ouvi uma série de diferentes razões pelas quais nós fomos à guerra. Quando eu me alistei disseram a nós que estávamos sendo enviados à morte para manter os tratados assinados com nossos companheiros de armas. Mas qual seria o meu interesse em assegurar a integridade do antigo Império Mirad e de seu degenerado Sacerdote-Rei, ou ajudar os nestrianos a vingar os danos que a jovem Comunidade Dren causara a eles quinze anos antes eram coisas que estavam além de minha compreensão, tanto naquela época quanto agora. Não que isso importasse. As forças ocultas abandonaram esse argumento rapidamente, tão logo nossos aliados eternos capitularam dois anos depois de iniciado o conflito. Depois disso eu comecei a ouvir que minha presença a centenas de quilômetros de casa era necessária para proteger os interesses do Trono no exterior, para impedir que os drens conquistassem um porto de águas quentes que permitiria a eles ameaçarem as joias espalhadas de nosso Império. Um professor que eu conhecia, cliente meu, certa vez tentou me explicar que a guerra foi a consequência inevitável do que chamava de "movimento de expansão dos interesses financeiros da oligarquia". Nós estávamos bastante chapados de Sopro de Fada naquele momento, porém, e eu tinha dificuldade em acompanhar o raciocínio dele. Ouvi um monte de explicações. Porra, até hoje metade da Cidade Baixa atribui a culpa de tudo aos bancos ilhéus e sua sobrenatural influência sobre a corte.

Eu ainda me lembro, no entanto, da organização da guerra e das longas filas nos centros de recrutamento. Ainda me lembro dos gritos de guerra, "*Os drens, os servos, vamos jogá-los em suas covas!*", que podiam ser ouvidos em todos os bares da cidade, a qualquer hora do dia ou da noite. Ainda me lembro dos relâmpagos no ar, dos namorados se despedindo nas ruas, e só posso dizer o que penso: nós fomos à guerra porque guerrear é legal, porque existe algo no coração humano que sufoca o pensamento, se não a realidade, de que se está assassinando semelhantes em grandes números. Lutar numa guerra não é divertido. Lutar numa guerra é uma verdadeira tristeza. Mas deflagrar uma guerra? Bom, iniciar uma guerra é melhor que uma noite boiando em mel de Daeva.

Quanto a mim, bem, ter passado a infância brigando com os ratos pelo lixo novo não contribuiu muito para inculcar em mim as virtudes das classes média do patriotismo e da xenofobia que fazem ignorar o pensamento de que se está matando pessoas que você nunca viu antes. Mas um período no exército era melhor do que mais um dia nas docas, ou pelo menos era isso que eu imaginava. O recrutador disse que eu regressaria em seis meses e me deu um jogo de armadura de couro e um quepe que não cabia direito na minha cabeça. Havia pouca coisa em relação a treinamento. Eu jamais havia visto uma lança até desembarcar na Néstria.

Eu me alistei na primeira onda de recrutamento, a que eles chamariam eufemisticamente de as Crianças Perdidas, quando as baixas nos terríveis primeiros meses da guerra alcançaram três em cada quatro e quatro em cada cinco. A maior parte dos rapazes com quem lutei não chegou a viver doze semanas. A maior parte morreu berrando com uma flecha na barriga ou uma chuva de estilhaços.

Só que tudo aquilo ainda estava no futuro. Durante aquele verão eu andei pela Cidade Baixa enfiado em meu uniforme. Os mais velhos me cumprimentavam e me ofereciam cerveja, enquanto as meninas bonitas coravam quando eu passava pela rua.

Eu nunca fui um tipo sociável e duvidava que o restante dos homens das docas choraria minha ausência, então não tive uma despedida muito elaborada. Mas dois dias antes de minha presença no *front* ser requisitada, fui ver as duas únicas pessoas vivas que em minha opinião chorariam a minha morte.

Quando entrei o Grou estava de costas para mim e uma brisa fresca entrava pela janela. Eu sabia que o guardião já o havia avisado de minha chegada, mas ainda sim demorei a cumprimentá-lo.

— Mestre — disse eu.

Seu sorriso era largo, mas seus olhos estavam tristes.

— Você está parecendo um soldado.

— Um do nosso lado, espero eu. Não quero ser apunhalado já no navio que nos transportará até lá.

Ele assentiu com uma seriedade desnecessária. O Grou geralmente não se interessava pela política, pendendo, como a maior parte das pessoas de seu tipo, a ter interesses mais esotéricos. Apesar de seu status de Feiticeiro de Primeiro Escalão, ele raramente ia à corte e exercia pouca influência. Mas ele já era um homem de grande sabedoria e creio que ele já sabia que o resto de nós não sabia: aquilo que estava por vir não iria acabar no solstício de inverno e, uma vez solta aquela besta chamada guerra, não seria fácil levá-la de volta para a jaula.

É claro que ele não dizia nada disso para mim. Eu iria de uma maneira ou de outra. Mas eu podia ler a preocupação em seu rosto.

— Célia irá para a Academia no outono. Tenho a sensação de que o Ninho ficará muito frio durante o inverno, sem ela por aqui. E também sem suas visitas, inconstantes, mas que acabam se concretizando.

— Você decidiu enviá-la?

— O convite não foi escrito como um pedido. A Coroa quer consolidar os praticantes da nação dentro de sua própria esfera de influência. Nada mais de vidas errantes em torres nas charnecas expostas ao vento. Não estou empolgado com isso, mas... há pouca coisa que um velho possa fazer em relação ao futuro. É para um bem maior, ou pelo menos foi isso o que me disseram. Parece que hoje muitas coisas grandiosas estão sendo sacrificadas em nome de um ideal nebuloso — e talvez percebendo que sua crítica poderia se aplicar também à minha situação, ele adotou um tom mais animado. — Além do mais, ela está empolgada. Será bom para ela passar mais tempo com pessoas. Ela passa muito tempo sozinha com seus estudos. Há momentos nos quais temo que... — ele sacudiu a cabeça na tentativa de afastar pensamentos ruins. — Eu nunca tive planos de ser pai.

— Você se adaptou muito bem.

— Não é tão fácil assim, você sabe. Talvez eu ache que a tenha tratado muito como uma pessoa adulta. Quando percebi que ela tinha talento para a Arte... Às vezes imagino o que teria sido se não a tivesse adotado tão cedo como aprendiz. Eu tinha doze anos quando fui viver com Ruão. Tinha o dobro da idade dela e além disso era um menino. Houve coisas que ela aprendeu, coisas às quais foi exposta... — ele encolheu os ombros. — Foi o único jeito que eu tive de criá-la.

Eu nunca antes tinha ouvido o Grou falar tão abertamente de suas preocupações. Era perturbador e eu já estava cheio de coisas com que me preocupar.

— Deu tudo certo, Mestre. Ela se transformou numa bela jovem.

— É claro que sim, certamente — disse ele, sacudindo a cabeça com um vigor exagerado. Um momento se passou enquanto ele mastigava o bigode. — Ela alguma vez lhe contou o que aconteceu com ela antes de você a encontrar? O que aconteceu com a família dela? Como ela foi parar na rua?

— Eu nunca perguntei. Uma criança tão pequena, e ainda menina? — deixei no ar, preferindo não responder à pergunta, não pensar tão profundamente no assunto.

Ele concordou, tendo os mesmos pensamentos sombrios que eu.

— Você vai vê-la antes de partir.

— Irei.

— Seja gentil. Você sabe dos sentimentos dela por você.

Não era uma pergunta e eu não disse nada.

— Queria poder garantir sua segurança com a minha Arte, mas não sou um mago de combate. Não imagino que meu pião que gira sem impulso será de grande utilidade numa batalha.

— Creio que não.

— Então eu suponho que não tenha nada a oferecer além de minha bênção — disse ele. Por falta de prática, nosso abraço foi desajeitado. — Tenha cuidado — disse ele. — Pelo amor de Sakra, tenha cuidado.

Deixei aquele comentário sem resposta, vacilante demais para dizer alguma coisa.

Desci as escadas na direção do quarto de Célia. Bati na porta com as articulações dos dedos. Uma voz suave respondeu:

— Entre.

Ela estava sentada no canto da cama, uma gigantesca monstruosidade roxa que em nada combinava com seu pequeno zoológico de animais empalhados. Ela andara chorando, mas se esforçava para não demonstrar.

— Você foi lá então? Você se alistou?

— Era uma precondição para pegar o uniforme — respondi.

— Você... você vai ter que ir?

— Eu assinei um contrato. É ir para a Néstria ou para a prisão.

Os olhos dela transbordaram, mas ela deu duas piscadelas e seguiu adiante:

— Por quê?

Como eu poderia responder àquela pergunta? Como resumir milhares de noites perdidas olhando para o teto de um cortiço, com três amontoados na mesma cama, joelhos roçando em você, o sono infinitamente interrompido pelo ronco sem graça do sujeito meio idiota ao seu lado? Como descrever a percepção de que o mundo está feliz em vê-lo exaurir todas as suas forças a serviço de outro homem, matar seu espírito na construção de uma fortuna que você nunca verá? Como explicar que o baralho está na mesa e que, se jogar limpo, acabará falido?

— Esta é a minha chance. As guerras mudam as coisas, sacodem a ordem. Aqui eu não sou nada, sou lixo arrastado pela chuva. E lá? — continuei. — Lá eles vão ter que transformar os alistados em oficiais. Não será muitos que poderão comprar suas patentes. Vou virar tenente. Você pode dobrar suas apostas nisso. E depois? Existe espaço no mundo para um homem capaz de manter os olhos abertos para o futuro.

Quando terminei, os olhos de Célia estavam do tamanho dos de um cachorrinho e achei que teria sido melhor ficar de boca fechada. Não era para aquilo alimentar sua paixão cega.

— Eu sei que você vai. Você será um general antes dessa guerra acabar — ela corou e levantou-se da cama. — Eu o amei desde a primeira vez que te vi, resplandecendo ferocidade na escuridão — eu estava bastante consciente de sua proximidade e do fino tecido que separava o corpo dela do meu. — Vou esperar por você. Vou esperar por você pelo tempo que for preciso — as palavras vieram como a água que transborda de uma represa, as sílabas escorrendo uma após a outra. — Ou, se você não quiser esperar... — ela me abraçou. — Você não tem namorada. Eu sei que você está se poupando.

Coloquei minhas mãos nas costas dela de modo desajeitado. Era melhor fazer aquilo rápido, um momento agudo de sofrimento.

— Quando eu tinha treze anos paguei duas pratas a uma prostituta nas docas para me levar atrás de um banheiro. Eu nunca ter trazido uma mulher para te conhecer não justifica o que você pensa.

Eu não teria conseguido um efeito mais expressivo nem se tivesse batido nela. Ela precisou de um tempo longo para se recompor e então voltou a jogar seu corpo contra o meu.

— Mas eu te amo. Sempre te amei. Somos iguais, você e eu. Você não percebe?

O rosto dela estava enterrado em meu peito e seus braços delgados me apertavam com força as costelas. Coloquei um dedo em seu queixo e ergui seus olhos de encontro aos meus.

— Você não é como eu. De jeito nenhum você é como eu — disse. O rosto dela estava molhado de lágrimas. Passei meus dedos por seus cabelos negros. — Eu te entreguei naquela noite ao Grou para ter certeza disso.

Ela me empurrou e foi correndo para a cama, chorando. Seria melhor assim. Ela sofreria, por um tempo. Mas ela era jovem, aquilo ia passar e nos anos seguintes a lembrança não passaria de um frágil constrangimento.

Retirei-me dali da maneira mais silenciosa e rápida que pude, desci as escadas e saí para a tarde. Então estava de volta a meu quarto de pensão para dois dias de bebedeira e putaria, certificando-me de gastar todo o cobre do mísero bônus distribuído pela Coroa em reconhecimento a meu futuro serviço. Quando fui tropeçando até as docas quarenta e oito horas depois eu estava totalmente falido e com uma dor de cabeça que mais parecia um coice na têmpora. Era um início inauspicioso para um empreendimento não lucrativo.

Quanto à Célia e ao Grou, bem, eu escrevi cartas e eles também me escreveram. Mas, como tudo mais no maldito exército, a comunicação era terrível. Então eu não recebi a maior parte das cartas deles e eles não receberam a maior parte das minhas. Levaria mais de cinco anos até que eu voltasse a vê-los. Nesse período, muita coisa mudou para todos nós e pouco, suspeito eu, foi para melhor.

CAPÍTULO 31

Quando acordei eu estava deitado em uma cama, olhando para uma cobertura translúcida e para os postes que a sustentavam. Alguém havia tirado toda a minha roupa molhada e me vestido num robe branco e liso. O frio agonizante e a terrível sensação de cansaço tinham passado, substituídos por um calor que emanava do meu peito e alcançava cada uma de minhas extremidades.

— Estou morto? — perguntei para ninguém em particular.

A voz de Célia surgiu de fora do meu campo de visão.

— Sim, aqui é o Chinvat.

— Fico imaginando no que fiz para conseguir a eternidade cercado de rendas.

— Algo maravilhoso, imaginaria eu.

Aquilo não condizia muito comigo.

— Como você me trouxe até aqui em cima?

— Magia, obviamente. Uma utilidade menor de minha Arte.

— Estou meio lerdo para acompanhar. Deve ser culpa da hipotermia. Devo supor que você também tenha feito um truque para ela passar?

Agora eu podia vê-la com o canto dos meus olhos, depois que ela veio se sentar ao meu lado.

— Apenas um toque. A maior parte do truque foi tirar aquelas roupas molhadas de você e colocá-lo de frente para o fogo. — Você passou a última hora dormindo, mais ou menos — ela posicionou minha cabeça em seu colo. — Lamento por tê-lo feito esperar. Eu estava fazendo uma experiência na estufa e estupidamente não pude prever que você estava vindo me visitar seminu e congelado.

— O segundo na linha de comando de Operações Especiais estava incomodado com minha higiene pessoal. Decidi melhorar nosso relacionamento com um banho rápido no canal.

— Pensei que a Casa Negra não estivesse mais no seu rastro — o amuleto dela balançou no pescoço. Célia exalava felicidade e canela fresca.

— Aparentemente eu evoquei um nível de ódio que torna a proteção do Comandante ineficaz. Além disso, eu não cumpri exatamente minha parte no acordo. Mais uma criança foi morta.

— Fiquei sabendo.

— E Crispin também.

— Sinto muito — disse ela.

— Como está o Grou?

— Não muito bem. Um pé cá outro lá.

— Preciso subir e ir vê-lo. Depois de colocar as calças.

— É melhor não.

— Eu sempre uso calças — disse eu. — Não sei o que fazer sem elas.

Ela deu uma risada suave e tirou o corpo debaixo de mim.

— Você precisa descansar agora. Volto daqui a pouco para ver como você está. Conversamos mais depois.

Esperei ela sair da sala e sentei-me na cama, rápido demais, como percebi a seguir. Minha vista rodou, meu estômago revirou e achei que fosse sujar as belas cobertas de Célia. Voltei a deitar a cabeça no travesseiro e esperei meu corpo me perdoar pela mais recente rodada de péssimas decisões.

Depois de alguns minutos de suplício, coloquei os pés no chão e levantei-me lentamente. Minha barriga manifestou sua reprovação, mas com menos ênfase que antes. Peguei minha bolsa no pé da cama, saí pela porta, fui para a escada e subi dois lances até o andar de cima.

A sala estava vazia, as janelas bem fechadas e a lareira repleta de cinzas. Fiquei ali por alguns momentos. O Grou era um homem de generosidade ilimitada e de uma paciência praticamente infinita, mas preservava sua privacidade. Desde que o conheci, nunca entrei no quarto particular dele. Mas eu também não podia voltar para casa com o robe de algodão que estava vestindo.

Sentindo-me quase um intruso, esgueirei-me para dentro do quarto do Mestre. Seu aposento era menor que o de Célia, com pouca coisa além da cama, de uma mesa de cabeceira e de um armário num canto. Os candeeiros das paredes estavam apagados e uma cortina escura se estendia sobre as janelas, bloqueando a parca luz dos dias cinzentos.

Célia havia me avisado quanto ao declínio do Grou e, ao vê-lo, não a poderia acusar de exagero. Ele estava deitado todo torto na cama, com o corpo contorcido de quem tinha febre. A maior parte de seu cabelo tinha caído e o que restava pendia de tufos que desciam por seu pescoço. Ele tinha os olhos vidrados e sem foco e sua cor estava mais próxima da de um cadáver do que da de uma pessoa saudável, uma expressão mais envelhecida em comparação com minha visita de apenas alguns dias antes.

Eu queria estar de calças.

Ele não reagiu à minha entrada. Quando falou, sua voz estava fraca e tremida, de acordo com a decadência do restante de seu corpo.

— Célia... Célia, é você? Querida, me ouça, por favor, ainda há tempo...

— Não, Mestre. Sou eu — disse isso e sentei-me em uma banqueta ao lado de sua cama. Ele não parecia melhor quando visto de perto.

Os olhos dele tremeram e depois centraram o foco em mim.

— Oh, me desculpe. Eu... eu não tenho recebido visitas ultimamente. Não ando me sentindo muito bem.

— É claro, Mestre, é claro. Existe algo que eu possa fazer por você? — perguntei com a esperança de que ele não me pedisse para alcançar o decantador com líquido verde que estava na mesinha de cabeceira. Todo homem tem o direito de escolher como vai encontrar a morte, mas era uma coisa difícil ser cúmplice da erosão da mente fértil e imaginativa do Grou.

Ele sacudiu a cabeça, mas o movimento pareceu mais com um calafrio.

— Não, nada. Está tarde demais para o que quer que seja.

Passei cinco ou dez minutos sentado ao lado de sua cama enquanto ele caía num sono cortado. Eu estava prestes a me levantar e fuçar o guarda-roupa dele quando me ocorreu que devia algo àquele homem. Então procurei na minha bolsa a corneta que Garrincha havia roubado e a coloquei sobre uma mesa próxima.

As mãos do Grou de repente saíram por debaixo das cobertas, agarraram meu punho e eu tive que segurar um grito.

— Ruão, você estava certo. Lamento por não o ter ouvido.

Em seu delírio ele pareceu me confundir com seu antigo tutor.

— Sou eu, Mestre. Ruão, o Implacável, já morreu faz meio século.

— Eu tentei manter isso longe, Ruão, tentei proteger. Mas ele conseguiu entrar, ele sempre consegue.

— Suas proteções estão mantidas, Mestre — disse eu.— O povo da Cidade Baixa se lembra e lhe é grato por isso.

— Não há nada a ser mantido longe, Ruão. É como você dizia. Era o que você dizia e eu não conseguia entender. A podridão vem de dentro. Ela já está entranhada.

Tentei pensar em algo apaziguador para dizer, mas nada me ocorreu.

— Isso esteve sempre por aí. Entendo isso agora. Como se constrói um muro para manter longe o que sempre esteve por aí? É impossível, é impossível — ele estava quase gritando agora. — Levante uma cerca, cave um fosso, erija uma barricada e mine os arredores. Não vai adiantar nada, pois já estava lá! No fundo não há nada além de sangue e merda! — ele soltou aquelas últimas palavras e eu me encolhi inconscientemente. Eu nunca tinha ouvido o Mestre dizer palavras assim antes. Ele também não era muito dado a demonstrações de raiva. Fiquei a pensar em quanto de suas habilidades ainda lhe restavam e se, em sua demência, ele não seria capaz de incinerar o Ninho e tudo a seu redor.

— Quem pode manter isso longe? — perguntou ele enquanto gotas de saliva saltavam para sua barba. — Quem pode acabar com isso?

Eu queria confortar meu velho mentor e disse sem pensar:

— Eu posso. Vou cuidar disso. Você pode contar comigo.

Ele então gargalhou e eu tive a terrível certeza de que a loucura havia passado e que agora ele me reconhecia, de que sua gargalhada não era um reflexo insano, mas sim uma avaliação honesta do meu caráter. Forcei-me a ficar de boca fechada.

Foi assim que acabou, apesar de que ainda esperei por alguns minutos para ter certeza. O Grou voltou a dormir levemente, mas não dava sinais de que iria acordar. Fui até seu guarda--roupa e peguei um calção que não servia direito e uma blusa que caía até o joelhos, mas que era apertada no peito. Peguei um par de botas de um baú no corredor e desci para a cozinha.

Célia estava ao fogão, colocando uma chaleira para ferver. Seus cabelos escuros balançavam para cima e para baixo.

— Lembra da vez que tentamos fazer chocolate quente e quase botamos fogo no Ninho? — perguntei.

— Você não deveria estar em pé. Se você tivesse chegado aqui cinco minutos depois do que chegou, eu estaria agora procurando um túmulo ao invés de fazendo o jantar.

— Você não tinha dito isso antes.

— Não o estava querendo preocupar com a gravidade dos seus ferimentos. Dada a sua dificuldade em diferenciar a loucura da coragem, eu provavelmente deveria ter exagerado.

— Tudo sempre é claro em retrospectiva. Se eu tivesse que viver esse dia de novo, teria tentado evitar me dar mal desse jeito.

Aquele era o máximo de repreensão a que alguém poderia chegar diante de meu devastador e contínuo ataque de deboche. A chaleira apitou. Célia serviu uma xícara para si mesma, adicionou umas folhas e já sabia, sem perguntar, que eu não iria querer um pouco.

— Conversei com o Mestre — contei.

— Suponho que foi assim que você conseguiu os calções.

— Ele achou que eu fosse Ruão, o Implacável.

— Como eu disse antes, um pé cá outro lá — ela suspirou. — Às vezes ele me chama pelo nome da mãe dele, às vezes pelos nomes de mulheres que nunca mencionou antes.

Era estranho imaginar o Mestre tendo um passado antes de se tornar o Grou, sendo um adolescente cheio de acne ou um jovem dando suas escapadas.

— Quanto tempo você acha que ele tem?

Célia soprou suavemente seu chá.

— Não muito — disse ela, e aquilo era o bastante.

Ficamos sentados juntos em silêncio. Lembrei-me que tinha muita coisa na cabeça para começar a gastar energia com a iminente morte do Grou. Era cruel, e verdadeiro, assim como muitas outras coisas. — Estive escavando — disse eu por fim.

— E?

— Você sabe de alguma coisa sobre um praticante chamado Brightfellow? Ele deve ter sido da sua classe na Academia. A asa da xícara ocultava sua boca e seus olhos estavam escuros. Depois de algum tempo ela colocou a porcelana sobre a mesa. — Vagamente — disse ela. — Não muito. Ele era do grupo do Adelweid, sempre mexendo em áreas que seria melhor não explorar.

— Parece que você se lembra de mais coisas do que pensa.

— Tente acompanhar meu raciocínio — pediu ela. — Eu já disse a você. Era uma turma pequena. Eu não o conhecia bem... não queria isso. Ele tinha vindo de alguma das províncias, não me lembro qual. Ele era do campo e aparentemente nunca superou a impressão de que o mundo todo ria de sua cara por ter sido criado em um celeiro. Ele andava por aí procurando alguém para atingir. Mas ele era próximo de Adelweid, viviam grudados.

Eu não conseguia imaginar o idiota altivo que conheci durante o cerco a Donknacht tendo muito a ver com Brightfellow. Mas, à exceção disto, tudo o que Célia havia me contado coincidia com o que eu sabia do homem.

— Você acha que o Espada e o Brightfellow estão trabalhando juntos? — Célia perguntou.

— Eles estão fazendo alguma coisa juntos. Eu só não tenho certeza do que é ainda.

— E o talismã ainda aponta para o duque?

— Sim.

— Então do que mais você precisa? Você não poderia simplesmente... — ela fez um movimento com a mão que poderia sugerir prendê-lo ou matá-lo.

Preferi interpretar como o primeiro.

— Com base em quê? Um pedaço de uma prova roubada sugerindo a culpabilidade de um indivíduo de alguma forma ligado e um nobre poderoso? A informação de Crispin vai na direção de confirmar minhas suspeitas, mas no que diz respeito à Casa Negra... — eu sacudi a cabeça. — Eu não tenho nada.

Ela roeu a unha do polegar.

— Deve haver algo que eu possa fazer para ajudá-lo.

— Você me conhece. Eu sou orgulhoso demais para pedir ajuda, mas não tão orgulhoso ao ponto de rejeitá-la.

— Posso fazer alguma adivinhação na casa do duque. Isso poderia lançar alguma luz sobre as atividades dele, ou pelo menos indicar onde você poderia procurar por mais evidências.

— Qualquer ajuda que você puder dar será bem-vinda — disse eu, pensando em por que ela não havia pensado em tentar aquilo antes.

— Vou precisar de um ou dois dias. Vou mandar um mensageiro procurá-lo assim que tiver algo.

— Obrigado — disse eu, com sinceridade.

Célia assentiu e então se serviu mais uma xícara de chá, mexendo a seguir dois cubos de açúcar na infusão.

— Tive um encontro outro dia com uma das videntes da Casa Negra — relatei.

Ela enrolou uma mecha de cabelo em seu dedo indicador.

— Estou surpresa em saber que a Casa Negra lhe permita acesso a seus recursos.

— Você diz isso logo depois de um de seus agentes ter acabado de tentar me matar? Existe uma coisa irônica em relação a essas organizações clandestinas: uma parte tende a ignorar as atividades de seus parceiros, mesmo que isso envolva assassinato.

— Eles conseguiram colher algum sinal do corpo?

— Nada sobre o assassino. Mas a vidente captou sinais de que a menina foi sacrificada.

— Suponho que se trate do que estávamos temendo. Nós sabíamos que o duque estava penetrando na sombra. Faz sentido que ele vá até o fim.

— Partindo do princípio que se trata do Espada.

Ela fez um aceno com desprezo. Para ela aquele assunto já estava resolvido.

Eu preferia ter deixado as coisas como estavam. Célia tinha um coração muito bom para se envolver em um negócio tão sujo. Mas havia coisas que eu precisava saber e não tinha ninguém mais a quem perguntar.

— O que você pode me dizer sobre isso?

— Sobre sacrifício humano? Temo que eu não tenha muito a dizer. Eles não ensinavam esse tipo de coisas na Academia.

Por que não? Eles haviam ensinado Adelweid a evocar demônios da escuridão, a trazer horrores para o mundo e lançá-los contra seus semelhantes.

— Não estou tentando recriar a mecânica disso. Estou apenas tentando elucidar o motivo. O que se teria a ganhar com um ato desses?

Célia fez uma pausa antes de responder.

— A maior parte dos trabalhos é desencadeada pela energia inata do praticante, filtrada e dirigida de acordo com sua vontade. Para trabalhos maiores, a energia pode ser obtida junto a outras fontes ou de objetos criados com esse propósito. Em casos extremos, o praticante pode até mesmo extrair a essência de uma forma de vida inferior e usá-la para criar um feitiço. Em teoria, o sacrifício de um humano proporcionaria a mesma oportunidade, mas numa escala muito maior.

Deixei aquela informação entrar na minha cabeça, na tentativa de dar a ela um equilíbrio coerente.

— Não consigo juntar os pontos. O Espada está falido, muito bem. Para um homem como Beaconfield este é um grande motivo. Se ele perde o dinheiro, perde tudo, perde o status, até mesmo seu nome. Não que ele não possa ir pra rua e arrumar um trabalho de verdade. Seja como for, então ele se alia a Brightfellow, começa a evocar monstros do vazio e a matar crianças, para quê? Para recompor sua conta bancária? Não é suficiente.

— Você está pensando pequeno — disse ela. — Se eles andaram sacrificando crianças, a energia que têm para extrair é praticamente ilimitada. Ele poderia transformar uma montanha de lixo em ouro. Ele seria capaz de refazer a própria estrutura da existência. É esse o tipo de poder que você gostaria de ver nas mãos de um homem como o Espada?

Pressionei a têmpora em círculos com meus dedos indicadores. O efeito do que quer que Célia tenha feito por mim estava passando e eu já podia sentir o início de uma dor de cabeça.

— Houve mais uma coisa que a vidente me mostrou. Mesmo que Caristiona tivesse sido assassinada, não iria ficar muito tempo neste mundo. Ela tinha a peste.

— Isto é... improvável — disse Célia.

— Eu vi a mancha.

— Uma mancha pode ser sintoma de um monte de coisas.

— Era a peste — insisti, um pouco mais grosseiro, para depois voltar a um tom mais delicado. — Tive contato suficiente para ter certeza. Será que as proteções do Grou estão perdendo efeito?

— Isto não é possível.

— Como você sabe?

— Porque eu assumi a responsabilidade por elas — disse Célia, erguendo a xícara de chá até a boca enquanto disparava uma cápsula de artilharia contra minhas defesas.

O Guardião

— Você não tinha me contado isso — disse eu.

— A cidade dorme à noite porque sabe que o Mestre está olhando por ela. É melhor não fazer nada capaz de abalar essa certeza. Apenas algumas pessoas na cúpula da Birô de Assuntos Mágicos sabe da mudança. Foi por isso que eu fui promovida a feiticeira de primeiro escalão, para que eu esteja pronta quando o Mestre não puder mais executar suas funções — era um baita de um eufemismo para a morte de um pai, mas era bom ver que Célia estava lidando com a situação de modo tão desapaixonado, tendo em vista que todo o peso do futuro de Rigus aparentemente estava prestes a recair sobre seus estreitos ombros. — Eu saberia se as proteções estivessem cedendo, e elas não estão — afirmou.

— Você está dizendo que é impossível que Caristiona estivesse com a peste?

— Não, eu não estou dizendo isso. Não existe meio de a peste eclodir naturalmente, mas ela pode ser disseminada deliberadamente. Se alguém a introduzir na população, espalhá-la entre um número suficiente de pessoas... as proteções do Mestre não são impermeáveis. Elas podem ser vazadas pelo peso da quantidade.

— Você acha que o Espada poderia estar infectando crianças com a peste? Com que fim? O que ele ganharia com isso?

— Quem saberia dizer qual tipo de pacto o duque pode ter feito para receber ajuda do vazio? Não consigo imaginar que a criatura que você viu agiria sem uma contrapartida. Talvez a parte de Beaconfield no acordo seja disseminar a febre.

— Você acha que isso é alguma espécie de... pacto diabólico? Como é possível ter certeza disso?

— Não tenho porra nenhuma de certeza — respondeu Célia. O palavrão soou constrangedor em sua boca e evidenciava o quanto ela estava assustada. — Não posso ler a mente desse homem. Não saberia dizer cada detalhe de sua trama doentia. O que eu sei é que, se ele continuar, será uma questão de tempo até que as proteções comecem a fraquejar. Enquanto você investiga em círculos, a Cidade Baixa flerta com a morte.

Podia sentir o sangue começar a subir.

— Eu vou cuidar disso.

— Quantas crianças mais vão ter que morrer antes que você consiga dar conta de suas responsabilidades? — insistiu ela.

— Eu vou cuidar disso — repeti, nervoso por estar sendo pressionado, mas no fundo ciente de que Célia estava certa, que eu não devia ter deixado aquilo se desenrolar por tanto tempo. Havia muita coisa em jogo para mais demora. Beaconfield era o meu homem. E logo ele descobriria o significado disso.

— Não podemos permitir que o trabalho do Mestre tenha sido em vão.

— Isso não vai acontecer — eu disse. — Pelo Primogênito, vou garantir que isso não aconteça.

Aquilo pareceu tê-la acalmado um pouco. Ela colocou uma mão sobre a minha e ficamos sentados daquele jeito durante algum tempo.

Estava ficando tarde e a caminhada de volta para casa não seria mais curta por conta disso.

— Tem uma outra coisa que eu gostaria de comentar. Eu conversei com a mãe da última criança. Ela contou que o filho dela sabia de segredos que ninguém contara a ele. Isto me fez lembrar de algumas das coisas que fizeram o Grou ter certeza de que você poderia ser treinada para a Arte.

Célia respondeu sem olhar para mim:

— Estou certa de que isso não é nada. Para um pai, todo filho é especial.

Aquilo era verdade. Despedi-me dela e fui embora. Já estava no começo da noite e o vento gelado que afligiu meus deslocamentos anteriores havia diminuído, deixando para trás uma espessa névoa acinzentada. Havia mais coisas que eu queria fazer, negócios que eu precisava cuidar, pistas que eu tinha que seguir. Mas em minha frágil situação, tudo o que eu podia fazer naquele momento era voltar pra o Conde, engolir alguma coisa quente e desmaiar na minha cama, que era, e eu notei isso com azedume, muito menos confortável que a de Célia.

CAPÍTULO 32

Acordei no dia seguinte com um inchaço do tamanho de um ovo no ombro, mas nada mais que demonstrasse que eu chegara muito perto da morte menos de vinte e quatro horas antes. Eu já havia vivido a cura pela magia antes, mas nada que se assemelhasse àquilo. O Grou ensinara muito bem a Célia.

Afastando os últimos resquícios de sono, puxei a gaveta de baixo de minha escrivaninha, levantei o trinco escondido e abri o nicho. Tirei algumas dúzias de ampolas de Sopro de Fada de meu estoque de negócios, assim como um punhado de outros produtos químicos, sentei-me à escrivaninha e me pus a trabalhar. Foi demorado e quarenta e cinco minutos se passaram antes de eu vestir as roupas e arrumar minhas armas. Eu precisava me apressar para meu encontro com o Espada.

Garrincha estava sentado a uma mesa, ouvindo as bobagens de Adolphus sobre sua juventude. Era agradável descer as escadas sem ser submetido à notícia de mais alguma terrível tragédia, só pra variar.

— É verdade. Uma vez eu comi um pernil inteiro de uma vez só.

— Ele comeu mesmo. Eu estava junto. Foi tão impressionante quanto grotesco. Ele ficou um mês e meio fedendo a porco. Os drens chamavam ele de *Varken van de duivel* e desmaiavam com o cheiro de toucinho cozido.

Adolphus começou a gargalhar e até Garrincha ensaiou uma risada.

O porco do diabo levantou e ajeitou as calças.

— Quer que eu peça a Adeline para lhe fazer um desjejum?

— Acho que não. Já estou atrasado.

— Vou pegar meu casaco — disse Garrincha.

— Não precisa, está bem quente aqui.

Com o olhar enfurecido ele disse:

— Eu vou junto.

— É interessante, mas você não vai. Você vai ficar aqui fazendo companhia a Adolphus, mas é bom ver que você tem uma imaginação tão fértil assim — respondi. A expressão de fúria que ele me dirigiu foi um esforço em vão. Havia gente demais tentando me matar pra eu ficar preocupado com a raiva de um adolescente.

A neblina do dia anterior havia se dissipado, deixando como resultado a manhã de céu limpo que costuma anteceder a neve. Segui ao norte pela Rua Pritt, em direção à Cidade Velha. Eu chegaria alguns minutos atrasado para minha reunião com Beaconfield, mas poderia conviver com isso. Um pouco de rudeza é sempre bom quando se lida com sangues-azuis, lembra-os que você não está tão interessado neles quanto eles mesmos. No meio do caminho começou a nevar e os flocos anunciavam o início de uma nevasca. Acelerei meu passo e tentei esquematizar na cabeça o andamento da hora seguinte.

O Guardião

Os Jardins de Seton são um parque agradável na direção da periferia da cidade, perto das antigas muralhas e logo ao norte do enclave asher. Avenidas ladrilhadas conduzem pelo meio de um bosque preservado, uma grande área verde no meio de uma paisagem cinza, longe o bastante dos cortiços para manter a ralé afastada. No centro há uma amável fonte de granito perto de uma área verde impecavelmente bem cuidada, uma adição estranha à topografia e que não teria o menor significado para o visitante comum. Na maioria das manhãs ela fica praticamente vazia, longe demais do interior para ser muito frequentada.

Em raras ocasiões, porém, a solidão pacífica dos jardins é interrompida pelo atrito das espadas e pelo rasgar das camisas de seda. Por tradição, o parque foi designado a arena onde a camada superior diminui seu rebanho. Aquela curta faixa de gramado bem cuidado já ficou quase tão empapada de sangue quanto as planícies da Gália. Duelos são ilegais no Império, mas só no papel, já que na prática a Coroa normalmente fica contente em fazer vista grossa a assassinatos ocasionais. Nesse aspecto pelo menos a lei trata os de cima e os de baixo igualmente.

Aquele era o principal motivo pelo qual não queria Garrincha junto a mim. O lorde Beaconfield não tinha me chamado para um passeio no parque. Ele havia me chamado para vê-lo matar alguém. Pelas minhas contas, seria a quarta pessoa naquela semana.

Entrei no parque e fui logo envolvido por suas árvores. Algumas centenas de metros caminhando pela trilha cultivada e o barulho da cidade já estava perdido no silêncio da manhã. Mais adiante a quietude foi perturbada pela comoção de uma pequena multidão. Aparentemente eu não seria o único presente entre o público.

Um pequeno grupo estava reunido em frente aos campos de duelo. Uns vinte ou trinta homens, amigos e conhecidos dos participantes. Essas coisas não costumam ser exatamente anunciadas. Abriguei-me abaixo de uma árvore erma e fiquei observando. Eu estava na presença de alguns nomes tradicionais. Fazia tempo que eu não precisava estar familiarizado com a corte, mas minha memória esfarrapada foi suficiente para identificar dois condes e um marquês que costumava passar informações para a Casa Negra. Provavelmente ainda o fazia, se formos pensar nisso.

No lado oposto ao público estavam os combatentes e seus grupos, separados entre si por uma faixa de cerca de vinte metros de grama. Beaconfield estava sentado em uma banqueta, reclinado confortavelmente vestido em uma túnica multicolorida e por um longo casaco preto. Ele estava cercado por meia dúzia dos membros de sua turma, todos eles vestidos com menos extravagância para a festa, mas segundo minha própria estética ainda em trajes inadequados para o que iria acontecer. Eles estavam se divertindo entre si, dando cambalhotas por seu capitão, que sorria, mas não gargalhava.

Do outro lado a atmosfera era totalmente diferente. O oponente do Espada estava praticamente sozinho, a não ser por um ajudante, e ambos davam pouca demonstração de estarem alegres. O duelista sentado no banco tinha o olhar distante, sem foco, mas duro. Ele estava mais para a meia-idade do que para a juventude, não muito velho, mas velho demais para se envolver nesse tipo de insensatez. Seu ajudante estava em pé a seu lado. Tinha a saliência da barriga visível mesmo usando um sobretudo e esfregava as mãos nervosamente.

Nunca descobri por que eles estavam brigando. Alguma desobediência à etiqueta, algum tipo de bobagem nebulosa pela qual as classes mais altas adoram derramar sangue. Suspeitava que a falta tivesse sido cometida por Beaconfield. As pessoas gostam de demonstrar o que faz delas excepcionais, e a excepcionalidade do Espada Sorridente estava em sua cintura.

O duque percebeu minha presença e fez um discreto aceno. Ele fazia aquilo com tanta frequência ao ponto de poder usá-lo como um ponto de exclamação em nosso relacionamento? Filho da puta doente.

De canto de olho vi o mordomo de Beaconfield descolar-se da multidão e vir em minha direção.

— Você trouxe a mercadoria? — perguntou como se aquilo fosse jeito de cumprimentar uma pessoa.

— Não vim andando até aqui só porque faz bem para a saúde — respondi, repassando a ele um pacote sem nada escrito contendo a vinorífica e o Sopro de Fada no valor de alguns ocres.

Ele colocou tudo por dentro da cinta e me entregou uma bolsinha que parecia mais pesada do que devia. Nobres gostam de esbanjar dinheiro, se bem que, se Mairi estivesse correta, Beaconfield não dispunha de tanto assim para desperdiçar. Tuckett parecia estar à espera de que eu dissesse mais alguma coisa. Quando percebeu que eu não diria mais nada, ele disse:

— Espero que você aprecie o privilégio que tem. Você foi convidado a testemunhar um espetáculo extraordinário.

— Sinto muito por lhe contar uma coisa assim, Tuckett, mas a morte não é um acontecimento tão raro. Nem o assassinato, pelo menos não lá de onde venho.

Ele fungou e voltou para o meio da multidão. Eu enrolei um cigarro e fiquei olhando os flocos de neve derreterem em meu casaco. Alguns minutos se passaram. O juiz se posicionou no centro do campo e fez um sinal para os dois ajudantes, que se aproximaram.

— Eu falo em nome do senhor Wilkes — disse o gordo, cuja voz era firme o bastante para não o constranger.

O adjunto do Espada não era tão ruim quanto poderia. Até onde eu sabia, o *código duello* não exigia que os participantes enrolassem o cabelo, mas ele pelo menos caminhava ao invés de saltitar.

— Eu falo em nome do duque Rojar Calabbra Terceiro, o lorde Beaconfield.

O ajudante de Wilkes voltou a se pronunciar, suando apesar do frio.

— Não pode haver um acordo entre os dois cavalheiros? Meu lado, por sua vez, deseja fazer uma admissão de que sua informação foi obtida de segunda mão e não representa uma exata transcrição da conversa.

Não pude decifrar inteiramente o juridiquês, mas a linguagem parecia um passo no sentido da reconciliação.

O assessor de Beaconfield respondeu com arrogância:

— Meu lado não se satisfará com nada que não seja uma completa retratação e um pedido de desculpas feito em fórum público.

Já essa declaração não tinha nada de aparentemente conciliadora.

O gordo olhou de volta para Wilkes, com um olhar implorador e o rosto pálido. Wilkes não olhou para ele, mas sacudiu a cabeça uma vez, negativamente. O gordo fechou os olhos e engoliu seco antes de começar a falar:

— Então o assunto deve ir adiante.

O juiz então falou novamente:

— Cavalheiros, aproximem-se de mim com suas armas desembainhadas, mas abaixadas. O combate continuará até que haja desistência ou a primeira ferida de sangue.

O Espada desvencilhou-se de sua massa de simpatizantes vivamente coloridos e dirigiu-se até o centro do campo. Wilkes ergueu-se da banqueta e fez o mesmo. Eles ficaram a apenas alguns poucos metros um do outro. Beaconfield deu um sorriso, como de costume. O rosto de Wilkes estava impassível. Contra minhas próprias noções de probabilidade, peguei-me torcendo por ele.

— Ao meu sinal — disse o juiz, saindo do gramado. Wilkes ficou em guarda. Beaconfield manteve a ponta de sua espada arrogantemente para o lado.

— Comecem.

Descobri ainda bem jovem que Aquela que Espera por Trás de Todas as Coisas é uma senhora que não discriminava ninguém, quando a peste levou velhos e crianças bem nascidas sem distinção. A Guerra reforçou essa lição. Anos e anos vendo lançadores drens e guerreiros ashers morrendo ao serem atingidos por cápsulas de artilharia bem disparadas corrigiriam qualquer ilusão tardia em relação à inviolabilidade da carne. Ninguém é tão bom ao ponto de não poder perder de um amador se a luz estiver errada ou se o pé prender num buraco. Algumas dezenas de quilos de carne, uma estrutura óssea não tão vigorosa quanto parece. Nós não fomos desenvolvidos para a imortalidade.

Dito isto, eu jamais vi ninguém como Beaconfield. Nem antes e nem depois. Ele era mais rápido do que pensei que uma pessoa fosse capaz de ser, rápido como um raio vindo do vazio. Ele lutava com uma espada pesada, algo no meio do caminho entre um florete e uma espada longa, mas com a destreza de quem maneja uma navalha. Nenhum movimento era desperdiçado, nenhuma gota de energia era exaurida desnecessariamente.

Wilkes era bom, muito, e não apenas no estilo arcaico e formal de duelo. Ele já havia matado homens antes, talvez na Guerra, talvez em algum daqueles pequenos tête-à-têtes nos quais os ricos se envolvem ao invés de trabalharem honestamente, mas ele não era estranho ao derramamento de sangue. Fiquei pensando se eu seria capaz de duelar com ele e achei que talvez pudesse vencê-lo, se tivesse um pouco de sorte ou se meu estilo o surpreendesse.

Independentemente disso, ele não tinha a menor chance de competir com seu oponente, sua habilidade embaraçosamente inferior. Enquanto assistia ao Espada duelar com ele me pus a pensar em o que em nome de Maletus pode ter convencido esse pobre bastardo a cruzar espadas com Beaconfield, em qual absurda questão de honra o obrigava a um gesto tão tolo.

No meio do mêlée, os olhos do Espada se levantaram e se prenderam nos meus, um floreio que teria custado a vida de qualquer outra pessoa. Ao perceber uma abertura, Wilkes foi com tudo ao ataque, projetando-se, com a ponta de sua arma em busca de carne. O Espada esquivou-se dos golpes de seu oponente, desviando de cada investida com a ajuda de algum instinto sobrenatural.

Beaconfield então atacou num piscar de olhos. Um golpe tão rápido que quase não fui capaz de acompanhar e Wilkes tinha um buraco no peito, para o qual olhou sem jeito antes de deixar sua arma cair e afundar no chão.

Vou admitir que cheguei a pensar uma ou outra vez depois que o conheci em até que ponto a reputação do Espada Sorridente derivava de rumores e diz-que-diz. Eu não perderia mais tempo. É importante conhecermos nossas limitações, não sermos cegados pelo orgulho ou pelo otimismo em relação à própria capacidade. Eu nunca pelearia como Adolphus nem tocaria tambores melhor do que Yancey, jamais seria aceito de volta pelo Comandante, nunca seria o tipo de homem de valor que se permite recomeçar a vida, jamais conseguiria sair da Cidade Baixa. E eu nunca, jamais, seria capaz de vencer o lorde Beaconfield em um duelo justo. Erguer a espada contra aquele homem era um ato de suicídio, assim como engolir leite de viúva.

Wilkes teve o que pediu, eu suponho. Não se pode sair por aí brigando com gente que leva "espada" no apelido. Ainda assim, a pequena multidão não parecia muito empolgada com o resultado. O *golpe de misericórdia* de Beaconfield fora um mau hábito. Uma coisa é o combatente sangrar até a morte de um corte na barriga sofrido no meio da luta, outra é ser abatido com um golpe deliberadamente mortal. Havia um código de conduta para essas coisas. O primeiro sangue derramado também não era o último. Os homens do Espada fizeram as mesuras adequadas, é claro, cumprimentavam-se entre si, mas o restante do público não estava com muita pressa para enaltecer o vitorioso. Um médico correu para o campo, seguido pelo adjunto de Wilkes, mas eles não deviam estar com muita esperança e, se estavam, ela logo foi frustrada. Eu pude ver que o ferimento fora mortífero de cinquenta metros de distância.

O Espada voltou para seu poleiro no banco de madeira, cercado por seu entourage de cortesãos, bajulando-o com congratulações pelo assassinato ritual. A camisa dele estava desabotoada abaixo de seu pescoço e flocos de neve acumulavam-se em seu cabelo negro. À exceção de um rubor vigoroso, havia pouco que indicasse sua recente participação em alguma forma de disputa atlética. O bastardo nem suava. Ele ria de algo que eu não sabia o que era quando me aproximei.

Cumprimentei-o com uma reverência.

— Devo dizer que foi um prazer ver meu senhor demonstrar suas habilidades a serviço de tão nobre esforço.

Ele assumiu um leve ar de desdém e eu fiquei impressionado em como seu comportamento mudava diante de seus lacaios.

— Fico contente que você tenha tido a oportunidade de testemunhar isso. Como você não respondeu ao meu convite, eu não tinha certeza que viria.

— Ainda sou um criado de meu senhor, tanto nisto como em todas as outras coisas.

Os bajuladores interpretaram aquilo como a adulação devida a seu líder, mas o duque me conhecia bem o bastante para apreciar o sarcasmo. Ele se levantou e afastou os parasitas que o cercavam:

— Caminhe ao meu lado.

Fiz como ele mandou, entrando em um estreito caminho de pedra que saía da fonte. O céu esbranquiçado emitia luz, mas nenhum calor atravessava os galhos das árvores. A neve caía forte agora e apenas pioraria depois.

Beaconfield manteve-se em silêncio até sairmos do alcance dos ouvidos das demais pessoas e então saltou na minha frente e disse:

— Analisei nossa última discussão.

— É elogioso saber que tenho um lugar nos pensamentos do meu senhor.

— Suas palavras me deixaram perturbado.

— Ah?

— Assim como suas ações contra mim no intervalo.

— E quais alterações em meu comportamento satisfariam meu senhor?

— Para com essa merda. Eu não acho isso engraçado — disse ele, projetando-se com a arrogância de um galo agora que tinha por trás de si o rastro de um homicídio. — Pare de investigar. Diga a seus superiores o que precisarem ouvir para sair de trás de mim. Farei compensar o seu lado. Tenho influência na corte e tenho dinheiro.

— Não, você não tem.

Seu rosto, vermelho do esforço recente, tornou-se pálido e ele respondeu sem jeito, não tão habilidoso com as palavras como com sua arma.

— Tenho outros meios de quitar minhas dívidas.

— Você gasta muito verbo — disse eu — para uma pessoa com tantos trunfos.

Ele deu um sorriso discreto e eu me lembrei que havia algo nele que não era totalmente condizente com o arquétipo que ele gostava de personificar.

— Eu falei sem pensar — ele engoliu seco. A humildade tinha um gosto desconhecido em sua boca. — Tomei algumas decisões ruins, mas não vou permitir que a Casa Negra as use para me destruir. Ainda não foi longe demais. Não é tarde para perdoar.

Pensei no corpo arrebentado de Tara, no de Crispin caído na podridão da Cidade Baixa e discordei.

— Eu o avisei da outra vez, Beaconfield. Isto não existe.

— Isto me desagrada — disse ele então, projetando-se imperiosamente. — E você dispõe de evidências suficientes em relação ao que acontece com quem me desagrada.

Como se eu já tivesse esquecido da parte da manhã na qual ele matou um homem para me impressionar.

— Você justifica o apelido, mas eu não vou me preparar pra isso nem marcar a melhor hora para ser assassinado. Não construí minha reputação esfaqueando nobres em gramados bem cuidados. Eu a construí na escuridão, nas ruas, sem um grupo de cortesãos para me aplaudir nem um manual para me ensinar a agir — expus os dentes em um sorriso agudo, feliz por não ter mais que dissimular, feliz por finalmente pôr na mesa o ódio nutrido em banho-maria por esse almofadinha monstruoso. — Se vier atrás de mim, é melhor começar a pensar torto, e também é melhor começar a colocar seus assuntos em ordem — disse eu e saí andando, sem querer dar a ele a chance de uma última palavra.

Porém, ele a aproveitou mesmo assim:

— Mande lembranças a Wilkes quando o vir!

Você vai encontrá-lo primeiro, seu filho da puta, pensei, seguindo ao leste de volta para a cidade. Você vai encontrá-lo primeiro.

CAPÍTULO 33

Eu estava atravessando Alledtown quando vi a ponta do horrível casaco de lã de Garrincha quando ele se agachava atrás de uma barraca de maçãs. Fiquei pensando se ele teria me esperado fora dos jardins, mas descartei a possibilidade como improvável. Ele deve ter ficado no meu encalço desde a hora que saí do Conde, por toda a Cidade Baixa, pelo bosque e agora de volta à cidade. Aquilo não era fácil de se fazer. Eu diria que era impossível se alguém me perguntasse antes de ele ter conseguido.

Assim que assimilei minha surpresa eu fiquei furioso, irritado de verdade, fiquei revoltado com a ideia de imaginar aquela criança idiota logo atrás de mim enquanto Crowley, Beaconfield e só quem mais Sakra saberia dizer empenhavam seus melhores esforços para acabar com a minha existência.

Entrei numa rua lateral, contornando a saída dos fundos de um boteco. Então me escondi atrás de uns caixotes e encostei as costas na parede, puxando as lapelas do casaco para encobrir a parte de baixo do rosto e deixando as sombras fazerem o resto do serviço.

Garrincha deve ter achado que eu estaria distraído àquela altura e entrou na rua com menos cuidado do que deveria. Antes que ele tivesse a ideia de checar o canto, eu já o tinha erguido do chão, segurando seus braços ao lado de sua cabeça.

Ele xingava e se debatia, tentando ganhar terreno, mas ainda era um filhotinho. Dei uma boa sacudida nele e o apertei mais até ele começar a ficar mole. Então soltei, fazendo-o cair de bunda na lama.

Ele ficou em pé a seguir, cerrou os punhos e os posicionou em guarda diante de seu rosto, com fogo nos olhos. Eu precisava dizer a Adolphus que as tardes que ele passou ensinando o garoto a boxear não tinham sido nenhuma espécie de desperdício.

— É assim que você se mostra útil? Ignorando minhas ordens toda vez que lhe convém?

— Estou cansado de ser sua porcaria de garoto de recados! — ele gritou. — Tudo o que eu faço é servir clientes no bar e entregar mensagens! Então eu vim atrás de você, que mal há nisso?

— Que mal? — eu ginguei e atingi a testa dele com as costas da mão. Garrincha recuou, tentando manter o equilíbrio. — Ontem à tarde uns caras perigosos se empenharam realmente em me matar. E se eles voltassem e percebessem que você estava me seguindo? Você acha que é novinho demais para que um homem abra suas entranhas?

— Eu cheguei até aqui — respondeu ele, orgulhoso e desafiador.

Perdi a compostura e minha raiva fluiu numa torrente. Bati do lado de sua guarda e o atirei contra a parede do beco, forçando meu antebraço contra seu esterno. — Você chegou até aqui porque é um lixo, pior do que um rato, não vale o esforço de se eliminar. Levante sua cabeça do esgoto e veja como virão bem rápido atrás de você, com as facas afiadas para cortar sua garganta.

Percebi que gritei essas últimas palavras a poucos centímetros do rosto dele e que a minha lição provavelmente deixaria uma ferida permanente no garoto se eu não parasse. Tirei o cotovelo do peito de Garrincha e ele caiu no chão, e desta vez continuou ali.

— Você precisa ser mais esperto do que é, entendido? Há fileiras e mais fileiras de garotos espertos da Cidade Baixa deitados em valas comuns por aí. Você precisa ser mais esperto que isso, esperto o tempo todo, esperto em cada minuto do seu dia. Se você fosse o filho de um mercador de algodão, tanto faria, você poderia aproveitar sua juventude. Mas você não é, você é um lixo do gueto, e não se esqueça disso, pois Sakra sabe que eles não vão se esquecer.

Ele ainda estava com raiva, mas estava me ouvindo. Esfreguei a neve derretida do meu cabelo. A água escorria pela testa e pelo rosto. Então eu estendi a mão e o ajudei a se levantar.

— O que você viu? — perguntei, surpreso com a velocidade que minha cabeça esfriou, surpreso por ela ter ficado tão quente apenas alguns momentos antes.

Ele parecia tão disposto quanto eu a se acalmar enquanto nos recompúnhamos.

— Eu vi um nobre matar o outro e vi você sair com ele. Aquele era o Espada, certo?

— Certo.

— O que ele te disse?

— Ele apontou para a improbabilidade de eu morrer dormindo.

Garrincha olhou com arrogância, ainda convencido da minha invencibilidade.

— E o que você disse a ele?

— Eu disse a ele que tem gente fazendo fila para me matar e que, se não se apressar, vai acabar chegando atrasado à festa

— eu disse isso e ele riu. Apesar do que disse antes, fiquei feliz por mantê-lo com suas ilusões, e talvez até um pouco orgulhoso por ele pensar tão bem de mim. — Onde Adolphus acha que você está?

— Eu disse a ele que você me mandou à casa do Yancey, que você queria mais alguma coisa sobre o Beaconfield.

— Tente não mentir para eles — aconselhei.

— Vou tentar — respondeu.

A nevasca estava piorando e ficar parado ali daquele jeito estava começando a me deixar tremendo.

— Se eu deixar você me seguir por um tempo, você promete que volta ao Conde quando eu mandar?

— Eu prometo.

— E sua palavra tem valor?

Ele cerrou os olhos e a seguir fez um rápido aceno afirmativo com o queixo.

— Tudo bem então — desci pelo beco e depois de um momento ele me alcançou.

— Aonde estamos indo?

— Preciso ver a vidente?

— Por quê?

— Agora seria a hora da manhã que você caminha ao meu lado em silêncio.

Chegamos à Caixa depois de trinta minutos. Quando disse ao garoto para me esperar do lado de fora, ele aceitou e se encostou na parede. Felizmente o ilhéu que me havia deixado entrar na vez anterior estava cuidando da porta. Apesar de sua idade, ele ainda era afiado o bastante para me reconhecer e teve a decência de me deixar entrar desacompanhado.

Marieke estava inclinada sobre sua mesa quando entrei, revirando um velho caderno de capa de couro com uma intensidade que assustaria um durão do crime organizado. Bati a porta e ela virou a cabeça, preparando-se para descascar o bastardo idiota que ousava atrapalhar seu trabalho. Quando ela me viu, expirou lentamente o ar e um pouco de sua raiva aparentemente inesgotável saiu junto.

— Você voltou — disse ela, com cuidado para não parecer feliz com isso. — Guiscard veio aqui mais cedo. Imaginei que você fosse vir junto.

— Brigamos. Eu queria minha liberdade e ele é uma garota de um homem só.

— Você acha isso engraçado?

— Me dê mais alguns minutos e a gente pode tentar de novo — respondi. Na laje no centro da sala um lençol cobria um corpo do tamanho de uma criança. Sob o lençol, o corpo de Avraham jazia em permanente repouso, prestes a ir para baixo da terra. Para ele não haveria nenhum grande funeral, nenhuma manifestação pública de pesar e com o tempo do jeito que estava eu duvidava que o Sumo-Sacerdote deixaria sua capela para se dirigir ao lote de terra perto do mar onde os ilhéus sepultavam seus mortos. A Cidade Baixa havia gozado o patos outonal, um momento de luto comunitário em meio a folhagens vibrantes, mas com as temperaturas caindo ninguém tinha muita pressa de deixar suas casas apenas para manifestar pesar à família de um garotinho negro. Além disso, na velocidade que as crianças estavam desaparecendo da Cidade Baixa, a coisa toda acabou perdendo sua novidade.

— Suponho que você não teve muito mais sucesso do que no caso anterior ao tentar captar algo dele.

Ela fez um sinal negativo com a cabeça.

— Tentei todos os truques conhecidos, realizei todos os rituais, refleti em cima de cada prova encontrada, mas...

— Nada — concluí o raciocínio por ela, e pela primeira vez Marieke aparentemente não se incomodou por ter sido interrompida.

— Você encontrou algo de concreto de seu lado.

— Não.

— Você continua falando desse jeito e eu nunca consigo uma palavra na direção certa.

— Isso — até aquele momento a conversa estava muito perto de ser prazerosa. Eu poderia até mesmo me enganar com ilusão de que a vidente teria uma quedinha por mim.

— O Birô de Assuntos Mágicos já sabe do talismã no seu ombro? — ela perguntou.

— É claro. Tenho o hábito de manter o governo informado de todas as minhas atividades ilícitas — respondi.

Um sorriso começava a se formar no rosto de Marieke, mas ela retesou o pescoço antes que ele pudesse amadurecer.

— Quem colocou isso aí?

— Não consigo me lembrar. Eu estava meio alto.

Ela posicionou as mãos na mesa atrás dela e arqueou a coluna para trás, uma exposição assustadoramente desinibida para alguém de autoconsciência quase patológica como ela, no equivalente grosseiro a um humano funcionalmente normal tirando a roupa e defecando no chão.

— Tudo bem, não precisa me dizer.

Era assim que eu preferia mesmo.

— Se eu levantar o lençol e procurar manchas no menino — perguntei — vou encontrar alguma?

Ela olhou para os lados de modo conspirador, desnecessário pelo fato de estarmos em uma sala fechada, mas compreensível.

— Sim — disse ela —, você vai.

Era o que eu esperava ouvir, mas isso não facilitava a assimilação. O Espada havia matado mais uma criança, tirado ela de bem debaixo do meu nariz, escondido-a nas catacumbas de sua mansão, tirado sua vida e atirado seu corpo no rio. E, como se toda essa blasfêmia já não fosse suficiente, ele infectou o garoto com a peste, enfraquecendo as proteções que guarneciam a cidade contra o retorno da doença. E tudo isso porque ele não consegue suportar o pensamento de trabalhar honestamente, ou de abrir mão de suas extravagâncias.

— Se você levantou o lençol e viu a mancha — perguntou ela —, você já tem alguma ideia quanto ao motivo de ela estar ali?

— Estou investigando — disse eu, apesar do pouco significado de meu esforço se a cidade voltasse a ser atingida pela Febre Vermelha.

Os olhos dela, normalmente claros como o céu limpo, ficaram nebulosos. A incerteza era um modo que Marieke assumia com pouca frequência, o que a incomodava mais que o comum.

— No momento você é a única pessoa que sabe disso. Eu não confio na Casa Negra e não quero causar pânico, mas se aparecer mais uma...

— Eu compreendo — disse eu. Depois de alguns momentos, fiz a pergunta óbvia: — Por que contar a mim?

— Captei algo de você na primeira vez que nos vimos, quem é você e aonde está indo. Algo que me dizia que eu devia deixá-lo a par.

Aquilo explicaria o merecimento. Aquilo explicaria, por exemplo, por que alguém tão naturalmente incapaz de gentileza perderia seu tempo falando comigo.

— Você não quer saber o que eu vi? — ela perguntou. — Todo mundo sempre quer saber o que está logo adiante de si.

— As pessoas são tolas. Não é preciso um profeta para lhe dizer o futuro. Olhe para ontem, olhe para hoje. Amanhã provavelmente será igual, e depois de amanhã também.

Era hora de ir embora. Garrincha estava lá fora no frio e eu ainda tinha coisas a fazer antes de merecer o descanso do dia. Olhei demoradamente para Avraham. Ele seria o último, disse a mim mesmo, de um jeito ou de outro.

Marieke interrompeu meus devaneios.

— Você sobreviveu a isso, na primeira vez?

— Não, eu morri. Você não viu?

Ela corou um pouco e seguiu adiante:

— Eu quis dizer...

— Eu sei o que você quis dizer — disse eu. — E sim, eu sobrevivi.

— E como foi?

As pessoas às vezes me perguntavam aquilo, como se já soubessem que eu estava na Cidade Baixa no pior momento. "Conte-me sobre a praga", como se isso fizesse parte de alguma fofoca do bairro ou de uma conversa sobre o resultado de uma briga. E o que você pode contar a essas pessoas? O que elas querem ouvir?

Conte a elas sobre os primeiros dias, quando não parecia ser nada pior do que apenas mais um verão, um ou dois em uma quadra, o mais velho e o mais novinho. Como as marcas de doenças nas casas começaram a se espalhar, a se disseminar, a se multiplicar, até que não houvesse nenhuma barraca ou prédio sem um "X" pintado na porta da frente. Quanto aos homens do governo que vinham incinerar essas habitações, às vezes eles não eram cuidadosos o bastante para confirmar se lá dentro todos estavam mesmo mortos, ou então para conter as chamas.

Conte a elas então sobre a segunda noite, quando colocaram mamãe e papai num carrinho, quando os vizinhos saquearam nossa casa, simplesmente entraram, não com felicidade, mas também não com vergonha, saindo com as poucas pratas que meu pai havia conseguido economizar, dando-me um soco na cara quando tentei contê-los. Os mesmos vizinhos de quem emprestávamos açúcar e cantávamos hinos no solstício de inverno. E quem os poderia culpar afinal, já que ninguém mais se importava com que os outros faziam?

O Guardião

Conte a elas sobre os cordões de isolamento em torno da Cidade Baixa, os mesmos guardas de rosto arredondado que se empanturravam de subornos, mas não deixavam nenhum pobre bastardo sair, pois até onde eles sabiam nós éramos a escória e era melhor nos manter longe das pessoas decentes com a ajuda das pontas das lanças. Que eu fiquei de olhos abertos durante anos e anos depois de tudo aquilo com a intenção de acertar as contas, que fico de olhos abertos até hoje.

Conte a elas sob a cara de Henni quando voltei para casa sem comida nenhuma pelo terceiro dia seguido. Não estava brava, não estava triste. Estava apenas resignada. Minha pobre irmãzinha pondo sua mão em meu ombro e me dizendo que tudo ia ficar bem, que no dia seguinte eu teria mais sorte, com a voz tão doce e o rosto tão magro que cortava o coração, que cortava a porra do seu coração.

Acho que eu poderia ter contado a ela um monte de coisas.

— Não foi grande coisa — disse eu. E pelo menos naquela vez Marieke teve o bom senso de manter sua boca idiota fechada.

E naquela altura era hora de ir embora, hora de sair antes de fazer algo que não devia. Fiz um último e rápido aceno com a cabeça para Marieke e acho que eu parecia nervoso porque ela tentou se desculpar de alguma forma, com um poderoso olhar de arrependimento, mas eu a ignorei, voltei para rua e dispensei Garrincha de um modo curto e grosso. E apesar de eu estar perto demais do centro para fazê-lo com segurança, coloquei uma ampola de Sopro de Fada sob meu nariz e puxei até minha cabeça ficar tão tomada pelo zumbido que não havia espaço para muita coisa mais. Então recostei-me a uma parede até me sentir firme o bastante para iniciar a longa caminhada de volta para casa.

CAPÍTULO

34

Fiquei no Conde durante algumas horas, bebendo café com canela enquanto a tempestade sepultava a cidade em uma espessa camada de neve. Perto do fim da tarde fumei uma mistura de vinonífera enquanto via Adolphus e Garrincha construírem uma fortaleza de neve que, na minha avaliação, carecia de princípios saudáveis de arquitetura. Minha estimativa provou-se correta quando um pedaço de uma das paredes laterais desabou, oferecendo uma avenida decisiva para a entrada de uma força invasora.

Eles estavam curtindo a companhia um do outro. Eu estava com mais dificuldade para entrar no espírito da estação. Pelas minhas contas, havia pelo menos um grupo de pessoas tentando me matar, mas o número total podia chegar a três. Além disso, a certeza de que o prazo do Comandante era onipresente, como um cristal posicionado bem diante de meus olhos. Eu não conseguia parar de fazer contas: sete dias menos três dava quatro, sete menos três dava quatro, quatro dias, quatro dias, quatro dias.

Se tudo desse errado eu poderia fugir da cidade. Já havia feito um plano de contingência para situações similares, vidas que eu levaria em regiões remotas para onde faria as malas para nunca mais retornar. Mas com o Comandante envolvido eu não podia ter certeza de que nenhum daqueles planos daria certo. Nenhum lugar de Rigus seria remoto o bastante se ele colocasse na cabeça que iria me apagar. Eu teria que escolher, oferecer tudo o que pudesse para a Néstria ou para as Cidades Livres em troca de ser acomodado em alguma província distante. Eu ainda sabia onde muita sujeira estava escondida para poder interessar para alguém, esperava eu. Mas aquilo significaria que eu teria que fazer provisões para Adolphus e Adeline, e agora também para Garrincha. Eu não os poderia deixar na mão.

Lide com isso quando for a hora, eu dizia a mim mesmo e começava a repassar tudo de novo na cabeça, na esperança de desta vez pensar em algo diferente. Juntei as peças em minha mente, uma de cada vez, reconstruindo como Beaconfield passara de um amador a um assassino em massa.

Ele acorda certo dia e percebe que não tem dinheiro suficiente em mãos para pagar seu alfaiate e começa a pensar em um jeito de corrigir essa situação. Provavelmente Brightfellow não foi sua primeira opção. É provável que ele tenha tentado primeiro outras coisas que não deram certo. Em algum momento ele entra em contato com o feiticeiro e os dois começam a conversar. Ele não foi sempre um esfarrapado, fazendo truques para as classes mais abastadas. Ele já foi um praticante de verdade e deve ter algo em mente, algum final feliz na manga, desde que o duque não tenha melindres em relação aos meios. O duque não tem. Eles encomendam Tara a um kiren, algum conhecido de Brightfellow, mas escolhem mal, o homem estraga o serviço e eles precisam matá-lo antes que sua trilha possa ser seguida. Eles deixam a operação em suspenso por alguns meses e a reformulam. Nada mais de repassar os trabalhos para outros. Os sequestros serão realizados por eles mesmos. Primeiro Caristiona, depois Avraham, roubados e sacrificados, depois desovados onde seus corpos não podem ser rastreados.

Era raso, muito raso. Eu tinha o motivo e os meios, mas nada além disso. O que ligava as crianças? Por que as últimas duas foram infectadas com a peste? Perguntas demais e evidências concretas de menos. O nome de Brightfellow em um pedaço de papel que nem estava mais comigo, perdido durante meu mergulho no canal. Algumas ameaças durante uma conversa com o Espada que ele negaria ter feito. Eu sabia que Beaconfield era culpado, mas um pressentimento não seria o bastante para o Comandante e agir contra Beaconfield não resultaria em nada bom para mim se eu não conseguisse ficar em linha com a Casa Negra.

Agora eu lamentava não ter aproveitado a oportunidade de extrair mais do Espada durante nossa última conversa, na qual acabei preferindo marcar pontos. O Comandante costumava me esculhambar por causa disso, ainda na época que eu estava sob seu abrigo, por eu não conseguir controlar meu temperamento. Ele dizia que era por isso que eu jamais seria tão bom quanto ele, porque eu permitia que o ódio encontrasse seu caminho pela minha boca. Ele era um doente filho da puta, mas provavelmente estava certo.

Eu precisava falar com Guiscard, precisava encontrar Afonso Cadamost, precisava descobrir com o que estava lidando. Eu não estava tão preocupado com os homens que Beaconfield poderia reunir, mas o que dizer do animalzinho blasfemo de Brightfellow? Ele poderia ser direcionado a mim? De que distância? Como eu poderia me defender dele e, o mais fundamental de tudo, como eu poderia matá-lo?

Todas essas eram perguntas para as quais eu queria ter tido as respostas antes de declarar guerra total contra o Espada Sorridente.

Eu estava sentado de frente para o fogo, lendo a *História da Terceira Campanha Isocrata*, de Elliot, quando um mensageiro entrou vestindo um casaco pesado e chamando meu nome. Eu acenei e ele veio me entregar uma carta.

— Está ruim lá fora? — perguntei.

— Está piorando.

— É assim que costuma ser — atirei uma prata para ele de gorjeta. Imaginei que aquela moeda não fosse fazer falta no meu fundo de aposentadoria, mas ele quase desencaixou meu braço pelo entusiasmo com que me agradeceu.

O envelope era feito de um pergaminho cor-de-rosa fino com um "M" maiúsculo estilizado na face posterior.

Achei nossa primeira conversa tão cativante que empenhei todas as ações necessárias para tentá-lo a uma segunda. Isto quer dizer que obtive mais informações que podem ser de seu interesse. Você retornaria à minha cabana, vejamos, às onze?

Aguardando impacientemente por sua chegada.
Mairi

Eu reli a mensagem mais duas vezes antes de jogá-la no fogo. Fiquei vendo o papel rosa ser consumido pelas chamas e desaparecer rapidamente. Aparentemente, Mairi achava que o que quer que tivesse a me dizer ficaria melhor na calada da noite. Voltei para Elliot e à tolice dos grandes homens.

O público do Conde foi pequeno durante a maior parte da noite. A forte tempestade atrapalhou até mesmo a vinda dos frequentadores das vizinhanças. Peguei o de sempre da torneira de Adolphus, ganhando tempo, tentando não pensar na pele bronzeada e nos olhos negros da Mairi, mais ou menos com sucesso na melhor das hipóteses.

Saí por volta das dez, depois de ter certeza de que Adeline e o garoto estariam nos fundos. Depois de dois minutos debaixo da tempestade eu tinha certeza de que aquilo seria um erro. Eu já não era mais um jovenzinho para sair na neve seguindo cheiro de boceta. O que quer que Mairi tivesse para me dizer poderia esperar até a manhã seguinte. Mas depois que começava alguma coisa, eu era teimoso demais para voltar atrás. O tempo estava tão ruim que eu preferi ir reto por Brennock ao invés de seguir pelo canal para o norte.

Eu estava no meio do caminho quando percebi que tinha companhia, o que foi fácil porque eles não estavam tentando se esconder. Provavelmente imaginaram que o número em que estavam seria vantagem suficiente, mas a experiência os teria ensinado a nunca ajudar o inimigo, por mais certa que a vitória possa parecer.

Apesar da exuberância infantil, eles armaram a emboscada de um jeito bem profissional. Na hora que a dupla atrás de mim chamou minha atenção, seus outros camaradas já haviam completado o cerco à minha frente. Uma rápida olhada foi suficiente para eu saber que não estava sendo atacado por uma gangue de valentões de rua enfrentando o frio. Por baixo de seus pesados casacos negros eu percebi flashes de caxemira. Cada um deles usava uma meia-máscara da mesma cor de suas capas como disfarce, feitas para cobrir a parte inferior do rosto como se fosse a face de um animal selvagem.

Eu não estava dando muita atenção para aquilo, imaginando que a falta de regularidade de meus horários seria proteção suficiente. Mas será que o convite era falso, pensava eu agora, forjado pelo Espada para me tirar do esconderijo? Não parecia ser isso, mas também não era impossível imaginar Mairi e seus lindos olhos negros virando as costas e me vendendo no momento em que a porta se fechou atrás de mim.

Guardei aqueles pensamentos na pilha de coisas que teria que avaliar melhor se estivesse vivo depois de mais cinco minutos e me enfiei numa viela, dando um pique pelo gelo esburacado. Por trás de mim eu podia ouvi-los gritando, como animais atrás de sua caça. Os prédios daquela área eram todos fábricas de roupas construídas no novo estilo: longas filas de trabalhadores em máquinas implacáveis, mas todas fechadas desde a guerra comercial do ano anterior com a Néstria. De canto de vista eu percebi a entrada lateral de uma delas e lancei meu ombro contra a porta, arrombando a fechadura podre que a mantinha trancada.

Entrei em uma estrutura cavernosa de uns bons cem metros de tamanho. As janelas quebradas deixavam entrar luz suficiente para o deslocamento entre as imensas máquinas de costura que envelheciam no interior. Perto da parede do fundo vi uma escada de metal e acima um par de escritórios abandonados havia muito tempo. Corri para os degraus. A passagem levava a uma segunda escada e a outra porta fechada, mas que não era nenhum grande empecilho, assim como a porta de baixo.

Saí em um teto plano de tábuas tortas e traiçoeiras. A vista da cidade surgiu diante de mim, um cenário de podridão cívica cortado pela imensa chaminé industrial que saía pelo alto da fábrica. Minha tática havia rendido apenas alguns segundos e saquei minha espada para lidar com um que tinha vindo atrás de mim.

A máscara dele era entalhada na forma de um bico estreito, como o de um tentilhão, e ele gargalhava, gargalhava e sacava sua arma, uma espada de esgrima fina que mais se parecia com um brinquedo de criança do que com um meio de se cometer assassinato. Ele começou a dizer alguma coisa, mas eu estava sem tempo para brincadeiras e avancei rápido, na esperança de derrubá-lo e dar sequência a minha fuga.

O Guardião

Ele era rápido e mais jovem que eu uns bons dez anos, mas uma vida inteira de esgrima não era um bom preparativo para o que estava acontecendo. A neve prejudicava seu trabalho de pés e seu estilo, desenvolvido em circunstâncias menos letais, desenvolvido sob medida à tendência natural que se adota quando o maior prejuízo causado por um erro de cálculo é a perda de um jogo. Eu o pegaria em um momento. Mas não tinha um momento. Já podia ouvir seus colegas na escada e sabia que, se não acabasse rapidamente com ele, descobriria como é difícil respirar com uma lâmina de aço enfiada nas vísceras. No passo seguinte dele eu simulei um tropeço, caindo sobre um dos joelhos na esperança de que ele mordesse a isca.

A ideia de me acertar provou-se irresistível e ele avançou para tentar um golpe fatal. Eu então me ajoelhei um pouco mais, quase enfiando o rosto na superfície do telhado, e a espada dele passou por meu ombro sem me ferir. Apoiando o braço esquerdo na madeira congelada eu me levantei e acertei minha espada em seu braço, arrancando-o. Ele deu um grito e eu passei uma fração de segundo impressionado com o tom agudo de sua voz antes de meu golpe seguinte quebrar seu pescoço. Ciente dos homens que vinham logo atrás, corri por cima do cadáver dele e segui em frente.

Subi uma escada de ferro forjado de mais de três metros que levava ao topo da chaminé. Chegando ao alto, agachei-me e olhei para baixo para observar meus perseguidores, quando me ocorreu que se qualquer um deles tivesse levado um arco eu estaria morto. Nenhum tinha levado. Dois ficaram parados me olhando, segurando suas espadas com firmeza, enquanto o terceiro conferia o parceiro morto. Eu gargalhei, tomado pela euforia que acompanha a violência.

— O sangue azul escorre como qualquer outro — gritei, com a secreção pingando da ponta de minha arma. — Venham me pegar se tiverem colhões.

Dei três passos rápidos, saltei no ar e encolhi os braços enquanto atravessava os vidros do prédio de escritórios adjacente. Caí de um jeito desengonçado e não sem me machucar. Depois de me levantar, corri para a sala ao lado e tomei posição no interior escuro, com a esperança em que meus perseguidores fossem idiotas o bastante para seguir pelo mesmo caminho que eu havia feito.

Cerca de meio minuto havia se passado quando ouvi um grito juvenil e vi dois deles caírem no chão. A roupa que usavam aparentemente não impedia o sucesso da manobra. O salto não deixou nenhum de meus dois perseguidores caído por muito tempo. Eles logo saíram a me procurar, cientes dos perigos da hesitação.

Atirei uma adaga na direção do primeiro através da porta, mirando o peito, mas lancei alto demais e a lâmina o atingiu na garganta, em um raro dividendo da incompetência. Ele caiu no chão. Seus últimos segundos foram de dor. Não perdi tempo velando a morte dele e parti para cima do que vinha atrás. Entre a morte de seu camarada e a parca iluminação do local, ele não duraria muito. Houve um momento de terror enquanto eu o empurrava na direção das janelas quebradas e o derrubava com uma série de golpes.

Fiquei em pé na beirada e pensei em saltar a altura de dois andares e desaparecer na noite, mas não tinha muita certeza de que meu tornozelo suportaria uma nova queda. E verdade seja dita, eu queria pegar o último, queria ver sua cara quando percebesse o que eu havia feito com os outros dois, queria botar as mãos em alguém depois de dias perambulando na escuridão. Então corri para o local de pouso do segundo andar bem a tempo de vê-lo arrombar a porta. Em algum ponto do caminho ele havia tirado o capuz, mas não o bico preto que ocultava sua identidade. Ele era maior que seus camaradas e, em vez das espadas de duelo dos outros, ele ostentava um longo sabre com uma espessa empunhadura de bronze.

Busquei em minha bota pela outra adaga, mas ela não estava mais ali. Devia ter caído em algum momento daquela confusão. Inclinei o punhal até as costas da mão, com a parte mais grossa já encostando em meu antebraço. Faríamos aquilo à moda antiga. Nós dois nos encarávamos com cuidado, estudando um ao outro, até que ele ameaçou um golpe em meu peito e eu me concentrei no choque entre as lâminas.

Ele era bom e sua arma era bem adequada para lidar com a grossa extremidade da minha arma. A dor no meu tornozelo não estava facilitando as coisas e percebi que estava com dificuldade para manter meu ritmo. Eu precisava fazer alguma coisa para melhorar minhas chances. Quando se trata de choques mortíferos, três para um não é uma boa marca.

Travamos nossas espadas, joguei meu peso sobre ele e cuspi um escarro espesso em seu rosto. Ele teve a presença de espírito de não tentar limpar a escarrada, mas eu pude sentir que aquilo o havia abalado.

Dei alguns passos atrás e disse:

— Aqueles que eu matei eram seus amigos?

Ele nada respondeu, encurtando a distância que eu havia criado entre nós e me deixando desconfortavelmente ciente do pouco espaço que havia para manobras. Tentei atingir sua cabeça, mas ele se esquivou sem dificuldade e contragolpeou de um jeito que quase arrancou a minha. Pelo Primogênito, como ele era rápido. Eu não conseguiria aguentar por muito mais tempo.

— Aposto que eram. Amigos desde os tempos da escola, eu aposto.

Nós voltamos a nos atracar e mais uma vez me restou a pior parte. Um corte no meu braço livre indicava sua vantagem em termos de velocidade. Continuei provocando, fazendo o máximo que podia para fazer parecer que não estava preocupado com o ferimento.

— Não se esqueça de conferir se a mão daquele primeiro estará junto na hora do enterro, se não ele vai passar a eternidade maneta.

O cheiro do sangue o acendeu e ele veio para cima de mim dando um rugido. Enfiei a mão livre rapidamente no bolso e agarrei meu soco-espinhado, escapando por pouco de um feroz ataque com as duas mãos que teria afundado meu crânio se tivesse acertado. Quando ele perdeu o equilíbrio, eu ataquei duas vezes, desfechando um par de ganchos em seu corpo. Cada um dos golpes empapou minha mão de sangue. Uma das mãos dele caiu e acertei um soco firme em sua boca, atravessando a máscara e acertando a carne sob ela. Ele gritou, o som vazando pelos dentes quebrados e pelo tecido mutilado. A seguir atingi seu peito com minha espada, num golpe marcado pelo barulho de ossos partindo em seu peito. Ele gritou novamente e caiu.

As roupas e as armas já seriam evidências suficientes, mas eu precisava do máximo de provas do envolvimento de Beaconfield que conseguisse. Com o rosto dele descoberto, reconheci o homem morrendo a meus pés como o adjunto do Espada no duelo daquela manhã.

Agachei-me ao lado dele. Gotas de seu sangue pingavam de minha arma.

— Por que o Espada está matando crianças?

Ele sacudiu a cabeça e tossiu uma resposta:

— Vá se foder!

— Responda as minhas perguntas e você pode ser enfaixado. Caso contrário, vou te fazer sofrer.

— Bobagem — a palavra tinha três sílabas, marcadas por sua fala ofegante. — Não vou morrer me rebaixando.

É claro que ele estava certo. Não havia meios de eu levá-lo a um médico depois que o espírito saísse de seu corpo. Eu não acabaria com ele pelo mesmo motivo. E, de qualquer modo, acho que não faz parte de mim torturar alguém daquele jeito.

— Posso tornar isso mais fácil para você.

Ele teve dificuldade para mexer a cabeça e dizer:

— Vai logo.

Aquela arma não era talhada para uso frontal, mas eu a usaria daquela forma. Escorreguei a ponta dela pelo peito. Ele arfou e levantou as mãos instintivamente, cortando as palmas no metal. Então morreu. Puxei a arma de suas costelas e me levantei.

Eu não matava ninguém fazia três anos. Machucar, com certeza, mas o Lábio Leporino e os capangas dele ainda estavam vivos. Se não estivessem, não tinha sido por minha causa.

Maus negócios por todos os lados.

Eu havia subestimado o Espada. Ele havia agido com rapidez e segurança. Ainda que sua abordagem tenha carecido de sutileza, por pouco não compensou por sua eficácia brutal. Mas ele também me subestimou, e os cadáveres espalhados de seus companheiros eram um atestado disso. Eu duvidava da possibilidade de Beaconfield organizar outro ataque, mas ainda parecia imprudente voltar para o Conde. Eu pararia em algum dos apartamentos que tinha espalhados pela cidade e voltaria no dia seguinte.

Com a diminuição do calor do combate, meu corpo começou a se lembrar de seus ferimentos. Meu tornozelo doía por causa da queda e o ferimento em meu braço começava a incomodar de maneira desagradável. Limpei minha arma com um pedaço de pano sobressalente e comecei a sair. Brennock era um centro fabril e eu achava improvável que alguém tivesse ouvido os gritos, mas eu não me importava em esperar um pouco para ver minhas suspeitas confirmadas. Ao passar pela porta arrombada e sair para a noite, descobri que a neve acumulara-se novamente, ainda mais forte do que antes, e saí andando, sabendo que qualquer pegada que eu deixasse logo estaria coberta pela tempestade.

CAPÍTULO 35

Acordei na manhã seguinte em um apartamento de um cômodo na área mais sombria do cotovelo do canal e descobri que o corte em meu bíceps havia se transformado em uma coisa asquerosamente colorida, brilhante e lívida. Vesti as roupas e o casaco, tentando evitar contato do tecido com o ferimento. Ao sair, bati o ombro na parede da pocilga e tive que me segurar para não dar um berro.

Eu não podia voltar ao Conde daquele jeito. Iam acabar amputando meu braço em metade de um dia. E eu não queria alarmar Célia mais do que já tinha, então o Ninho também estava fora de cogitação. Em vez disso rumei para o sul na direção do porto e de uma médica de rua que eu conhecia, uma senhora kiren que costurava ferimentos nos fundos de uma loja de roupas. Ela não sabia uma palavra de rigun e o dialeto herege que ela falava era suficientemente diferente do que eu conhecia para tornar o diálogo praticamente impossível. Mas apesar dessas coisas e de seu jeito irascível, ela era a melhor médica de campanha que se poderia procurar: rápida, experiente e discreta.

A tempestade de neve da noite anterior havia parado, apesar de parecer que ela continuou durante a maior parte da noite e que provavelmente voltaria dentro de uma ou duas horas. Nesse entreato, porém, parecia que toda a cidade tinha resolvido sair para a rua na mesma hora, com os entroncamentos cheios de casais de namorados andando de braços dados e as crianças comemorando a aproximação das festividades. Essas manifestações da estação começaram a diminuir quando eu entrava em Kirentown, onde os habitantes não tinham interesse no feriado que estava por vir, partindo-se do princípio de que eles estavam cientes disso.

Entrei em uma viela sem nome, na esperança em que a dor no meu peito não fosse sinal de febre. O beco era organizado de acordo com os instintos comerciais dos hereges, uma dúzia de lojas subdividindo o trecho de cem metros de rua, cada uma anunciando seus produtos com placas coloridas cheias de ideogramas kirens misturados com rigun. Parei numa porta mais ou menos no meio da viela, diferenciada do resto apenas por uma placa curiosamente simples, uma inscrição gasta em pastilhas que dizia apenas "ROUPAS".

Dentro da loja estava sentada uma senhora carrancuda, velha como pedra, o tipo de criatura antediluviana cuja existência os mais jovens considerariam até mesmo teoricamente impossível, como se tivesse sido tirada do útero já velha e decadente. Ela estava cercada por todos os lados de roupas e faixas coloridas, espalhadas sem nenhuma preocupação de organização ou estética. Qualquer pessoa tola o bastante para querer comprar alguma das mercadorias anunciadas rapidamente mudaria de ideia ao perceber o mau estado de conservação das coisas, mas a velha carrancuda ganhava mais que o suficiente com seus negócios ilícitos para se preocupar com problemas secundários do mercantilismo legítimo.

Sem dizer nada, a proprietária fez um sinal para que eu me dirigisse aos fundos. Era um lugar escuro e sujo, com um banquinho giratório no centro. As paredes eram cobertas de prateleiras com suprimentos médicos, emplastros, manais e ingredientes alquímicos de todos os tipos. A maior parte de tudo aquilo era certamente inútil, mas a própria medicina já é metade ilusão, e dois terços no caso dos hereges.

Sentei-me na cadeira e comecei a tirar o casaco enquanto a matrona observava com ar de infeliz. Assim que tirei a camisa ela segurou meu braço, não com brutalidade, mas com menos delicadeza do que eu gostaria, dada a agonia das pontadas em meu lado esquerdo. Ela inspecionou a ferida e tagarelou algo em sua língua estrangeira. As palavras eram indecifráveis, mas de tom austero.

— O que você queria que eu fizesse? Você está certa, eu deveria ter previsto. O próprio Beaconfield me avisou. Achei que ele fosse precisar de mais tempo para se envolver pessoalmente nisso.

Ela começou a tirar potes das prateleiras, inspecionando e reinspecionando os recipientes sem rótulo de um jeito não muito positivo para minha confiança. Ela então pegou um dos potes, despejou o conteúdo em uma chaleira de aparência esquisita e a colocou sobre um forno de ferro que emanava calor em um dos cantos da sala. Esperamos até o conteúdo ferver, em um intervalo no qual a matrona me olhava com raiva e murmurava ofensas incompreensíveis. Ela tirou uma pequena ampola de um dos bolsos de sua roupa e o chacoalhou de maneira sugestiva.

— Eu não devia. Sigo firme minha regra de não consumir opiáceos antes do almoço.

Ela avançou com aquilo em minha direção novamente, insistindo em sua cantilena.

Eu suspirei e sinalizei para que ela seguisse adiante.

— É por sua própria conta e risco.

Ela tirou um conta-gotas da ampola e pingou uma gota em minha língua. O gosto era ácido e desagradável. A droga voltou rapidamente para o bolso, de onde ela tirou então uma faquinha cuja lâmina limpou em um lenço.

Minha visão estava ficando dilatada e era difícil me concentrar. Ela apontou para o meu braço. Tentei pensar em algo inteligente a dizer, mas não fui capaz de pensar em nada que prestasse.

— Vá em frente — falei.

Com mão firme ela empurrou meu ombro contra a cadeira e moveu a faca com rapidez no abscesso que havia se formado no lugar onde o homem do Espada havia me atingido. Mordi a língua até sentir o gosto de sangue.

A matrona passou para a etapa seguinte de seu trabalho sem proporcionar nada em termos de simpatia. Quando ela voltou para o canto eu tive a infeliz ideia de olhar a ferida agora reaberta, com efeitos previsíveis em meu trato digestivo. Ao me ver ficando verde, ela veio até mim e me bateu no rosto, apontando o dedo na minha cara e proferindo alguma série de xingamentos. Virei a cabeça para o outro lado e ela voltou para o fogão, despejando o conteúdo da chaleira agora fumegante em um pequeno copo de barro.

Ela voltou na direção da cadeira e o seu olhar foi suficiente para que eu soubesse que o que estava por vir não iria ser legal. Segurei na parte de baixo da banqueta com o máximo de força que meu corpo permitia e fiz um sinal rápido com a cabeça. Ela ergueu o copo.

Então eu gritei, numa clara exultação ao tormento enquanto ela gotejava o óleo fervente em minha ferida, a feroz tortura do calor contra meu músculo lacerado. Inspirei profundamente algumas vezes enquanto lágrimas escorriam de meus olhos.

— Por que você não pega de novo aquela ampola?

Ela me ignorou, à espera de que a cera secasse. Depois de algum tempo ela pegou uma dura peça de ferro e começou a raspar o excesso de resina.

— Você é uma vadia maldita — disse eu. — Pelo caralho balançante de Sakra, eu te odeio.

Era impossível imaginar que ela não entendesse nada desses xingamentos depois de tantos anos fornecendo atendimento médico a criminosos, mas, se entendeu algo do que eu disse, não deu sinais. A dor diminuiu e se transformou num calor entorpecente. Sentei-me em silêncio quando ela pegou uma agulha e começou a costurar meu braço. O que quer que houvesse naquele pote era simplesmente incrível. Eu já quase nem notava a presença dela. Depois de alguns minutos ela levantou a cabeça com ar de curiosidade e gaguejou o que pareceu ser uma pergunta.

— Eu já disse. Foi o Espada Sorridente que fez isso. Você deveria ficar orgulhosa disso. Não sou um qualquer que veio aqui porque perdeu uma briga de faca em um bar. Pessoas importantes estão querendo me apagar.

Ela sorriu e passou o dedo em frente à garganta, o símbolo universal do assassinato, o mal se fazendo a língua mãe do homem.

— Eu adoraria, creia-me, mas não é possível simplesmente entrar no quarto de um nobre e enfiar uma espada em sua traqueia.

Naquele ponto seu interesse já havia diminuído e ela voltara a costurar meu ferimento. Tive alguns momentos de conforto em um estático calor narcotizante, tão profundamente anestesiado que eu só percebi que ela tinha acabado quando sacudiu meu ombro rudemente, ameaçando desfazer o trabalho que acabara de concluir.

Afastei a mão dela e conferi o trabalho. Tinha ficado nota dez, como sempre.

— Obrigado — disse eu. — Espero que eu fique um bom tempo sem a ver.

Ela murmurou algo sugerindo sua pouca fé em minha capacidade profética e ergueu a mão mostrando cinco dedos.

— Você está louca! Eu podia ter meu braço reimplantado por esse preço.

Ela me olhou firme e baixou dois dígitos.

— Assim está melhor — disse eu. Despejei três ocres na mesa. Ela os recolheu rapidamente e os colocou num bolso. Peguei a camisa e o casaco, vestindo-os novamente enquanto caminhava para fora. — Como sempre, seja qual for a língua que você fale, se alguém souber dessa visita você vai precisar de alguém melhor com o bisturi do que você mesma.

Ela nada respondeu, mas já não esperava que ela dissesse nada mesmo. Na hora que começou a passar o efeito do anestésico que ela me deu eu estava no meio do caminho para a Cidade Baixa e tinha começado a nevar novamente.

CAPÍTULO 36

de volta ao Conde tive que ver Adolphus tentar fingir que não estava preocupado comigo. Os ombros dele se ergueram quando me viu entrar, mas ele logo voltou a secar o balcão com pouco mais do que uma rosnada. Sentei-me junto ao bar.

— Está tudo bem? — perguntou ele, fingindo falta de interesse.

— Tudo bem — respondi. — Apenas saí muito tarde e não quis voltar para casa com aquele tempo.

Estava claro que Adolphus não acreditava em mim.

— Isto chegou enquanto você estava fora — disse ele, entregando-me um par de envelopes e esperando enquanto eu abria os selos.

O primeiro, escrito em um papel cor de creme, era de Célia.

Meus trabalhos renderam frutos. Você vai encontrar evidências dos crimes do Espada em uma câmara escondida na mesa do escritório dele, sob um fundo falso. Boa sorte.

C

Curto daquele jeito, eu tive de lê-lo novamente para ter certeza de que havia entendido direito. Depois eu o coloquei de lado, tentando evitar que um sorriso surgisse em meu rosto. Eu tinha praticamente esquecido do trabalho prometido por Célia. Essas coisas raramente saem como esperado e nunca com a rapidez necessária para ter alguma utilidade. Mas se ela estivesse certa eu poderia sair de lá com algo concreto para mostrar à Casa Negra. Comecei a pensar na mansão de Beaconfield e nas maquinações necessárias para poder voltar a entrar lá.

Garrincha veio correndo da sala dos fundos, tão bem harmonizado com o clima do lugar que pôde pressentir minha chegada. Aquilo era bom, pois havia um homem com quem eu precisava entrar em contato e eu não estava a fim de andar.

— Preciso que você leve uma mensagem para mim.

A expressão dele se manteve inalterada, mas eu já dispunha de demonstrações suficientes da qualidade de sua memória para precisar de evidências externas de atenção.

— Pegue a Rua Pritt à esquerda pelas docas, entre em Alledtown, mas antes de chegar ao enclave Asher — expliquei, concluindo a orientação com o nome da rua e o número da casa. — Diga à mulher na entrada que você quer falar com Mort, o Peixe. Ela vai deixar você subir. Diga ao Mort que eu preciso ver o Doutor. Diga a ele que é urgente. Diga a ele que o Doutor vai ficar contente com o desafio.

— Não se esqueça do seu casaco — acrescentou Adolphus, apesar de que o garoto já estava indo pegá-lo. Garrincha vestiu o casaco e saiu na neve.

— Ele aguenta o clima — disse eu depois que o garoto se retirou.

— Eu não quero que ele fique gripado.

— Não é porque você está com ele há três meses que ele tem três meses de idade.

Adolphus deu de ombros e pegou a outra carta.

— O aristocrata veio aqui mais cedo atrás de você. Pediu a mim que lhe entregasse isto. Se você for fazer mais negócios com esse cara, que seja fora do meu bar.

— Guiscard não é tão ruim assim.

— Eu não confiaria nele.

— Não estou confiando, estou usando ele — respondi e li o bilhete. — E parece que ele está sendo útil.

Afonso Cadamost passa a maior parte das horas que está acordado em um reduto de erva na Rua Tolk com sinal de uma lanterna cinza na frente. Você estava certo. Nós ainda estamos de olho nele.

Guiscard seria muito cabaço se não soubesse que a Casa Negra estava de olho em praticamente todo mundo. Olhei para Adolphus.

— Você vai me dar o desjejum ou não vai?

Ele revirou os olhos, mas voltou-se para os fundos e fez o pedido para Adeline.

Eu estava massacrando meu prato de ovos quando Garrincha retornou, com o cabelo alisado pela neve e o rosto vermelho de entusiasmo, ou talvez de frio.

— Ele disse que tudo bem. Ele disse que o Doutor irá encontrá-lo no *pub* Daeva's Work, perto de Beston, dentro de duas horas.

Fiz um sinal com a cabeça e voltei-me para terminar com minha salsicha.

— Quem é o Doutor? — Garrincha perguntou.

— Você vai descobrir daqui a duas horas — respondi. — Tire seu casaco. Está quente aqui dentro.

Garrincha me olhou, deu de ombros e voltou na direção do cabide.

CAPÍTULO 37

Existem dois meios infalíveis de se encontrar com o melhor gatuno de Rigus. O primeiro é rápido e fácil. Tome uma facada em qualquer lugar entre o cotovelo do canal e Kirentown. Se você tiver sorte o bastante para não sangrar até a morte na rua mesmo, você será levado ao Hospital da Misericórdia de Prachetas. Dentro desse edifício triste, caso não seja esquecido pela imensa e incompetente burocracia, você acabará sendo levado a um profissional da medicina sobrecarregado de trabalho que vai declarar seu ferimento intratável e prescreverá algumas gotas de ataráxio para acelerar sua ascensão ao além-túmulo. Quando as luzes estiverem se apagando, você provavelmente ficará chocado ao descobrir que o cavalheiro baixinho e cordial que está acelerando seu encontro com Aquela que Está por Trás de Todas as Coisas é o responsável por três dos cinco mais lucrativos roubos da história de Rigus, inclusive pelo lendário assalto ao Pagode de Âmbar, cujos detalhes exatos nunca foram reconstituídos com êxito.

Se a primeira opção não for a mais adequada, é possível escolher por uma segunda: passar uma informação qualquer para o agente dele, algum rouender desagradável e de cara gorda, e esperar que o cliente dele decida que seu trabalho é interessante o bastante para se abrir um espaço na agenda.

Para este fim, eu estava sentado à mesa de um pequeno bar de bairro na periferia da Cidade Velha. Eu havia deixado Garrincha em uma mesa no canto, sem querer assustar meu enviado prospectivo. Se bem que o Doutor teria que ser um homem de pouquíssimo sangue frio para se acabrunhar com a imagem de um pré-adolescente com menos de cinquenta quilos.

Eu já estava esperando havia uns vinte minutos quando ele chegou. O mais talentoso gatuno desde a execução do cruel Jack Libre era um tarasaihgn baixinho, com a pele de certa forma mais bonita que a da maioria dos habitantes do pântano, mas com exceção disso nada fora da média. Nós havíamos nos encontrado algumas vezes antes, sempre em circunstâncias previsivelmente clandestinas que não estimulavam nenhuma espécie maior de intimidade.

— Quanto tempo — disse ele.

— Doutor Kendrick, é um prazer.

Ele pendeu o casaco em um cabide perto de nossa mesa e sentou-se de frente para mim.

— Não por isso. Na verdade eu fiquei surpreso quando Mort me disse quem havia me contatado. Sempre tive a impressão de que você nunca me deu muita bola.

A impressão dele era correta. Nunca gostei muito do Doutor Kendrick. Ele era amistoso e suas habilidades estavam fora de qualquer questionamento, mas nunca trabalhei com ele e preferia que continuasse assim.

O código do crime é claro, ainda que desonesto, baseado cruamente em interesses próprios e acúmulo de capital. Não é necessário respeitar um homem para se trabalhar com ele, nem ao menos confiar nele. Você só precisa estar ciente de que está dando a ele o melhor negócio. Mas Kendrick não se importava com dinheiro. Médicos não são pobres. Além disso, ele havia angariado, por intermédio de seus vários assaltos, dinheiro suficiente para se aposentar rico por umas doze vidas. Ele estava nessa pela excitação. Era possível enxergar isso nos olhos dele.

No fim do dia eu não me importaria com quantos ocres ele havia roubado nem que seu nome fosse pronunciado em tom de reverência em todo o submundo. Eu não me importava com o fato de ele conseguir escapar um muro difícil ou de ser capaz de destrancar fechaduras complicadas enquanto virava doses de aguardente de milho. Aprendi rápido ao crescer na Cidade Baixa que a única desculpa aceitável para o crime é a sobrevivência. Excitação e renome são coisas que ocupam uma pessoa de barriga cheia. O Doutor estava atrás de frio na barriga. Para ele não se tratava de um negócio, mas de um jogo. Não se pode confiar em um homem assim. Ele é capaz de ferrar tudo em momentos inoportunos.

É claro que nenhum profissional que se dê o respeito chegaria a cem metros de um trabalho tão mal esquematizado. Eu não me dei nem ao menos ao trabalho de acionar o restante de meus contatos. A natureza peculiar da missão limitava minhas opções.

— Não costuma ter necessidade de subcontratar. Normalmente eu mesmo prefiro cuidar dos meus negócios. Mas tenho uma situação que requer seus talentos especiais.

— Mesmo — disse ele, acenando para nossa humilde atendente e pedindo uma cerveja. Esperei até ela se afastar para poder continuar.

— Também não me refiro a sua reconhecida habilidade com o bisturi.

— Imaginei que você não tivesse vindo aqui para discutir minha pesquisa sobre a cavidade ocular.

Tomei um gole de cerveja. — Você já executou algum trabalho sem muito aviso prévio, sem muito planejamento?

Ele fez um sinal afirmativo com a cabeça, sem se impressionar com a pergunta.

— Você já trabalhou em público? Tipo, durante um jantar?

— Uma ou duas vezes. Não é meu estilo normal, mas... — ele deu de ombros. — Já fiz de tudo um pouco.

— Você já fez as duas coisas no mesmo trabalho?

— Não ainda.

A garçonete retornou com a bebida de Kendrick e tentou olhar nos olhos dele, mas ele não estava prestando atenção. Ela se afastou aborrecida e eu tomei um longo gole para deixar o Doutor na expectativa.

— Preciso que você entre na casa do lorde Beaconfield amanhã à noite e invada o escritório dele. Será durante a festa de Solstício de Inverno, então metade da nobreza de Rigus estará por lá. Tenho apenas um conhecimento superficial da topografia. Posso lhe passar uma ideia geral da coisa, mas é só isso.

— Você fala do Espada Sorridente — ele mordeu o lábio para não rir na minha frente. — O que eu terei que roubar?

— Na mesa do escritório, sob um fundo falso, você encontrará um compartimento secreto. Eu gostaria de ler com atenção o que tem ali dentro — percebi que o interesse dele estava diminuindo, então eu precisava dar uma exagerada. — Está bem selada, tenho certeza. E é claro que a fechadura será a melhor que o dinheiro pode comprar.

— Como você sabe que tem alguma coisa ali?

— Estou bem informado.

— Uma fonte interna, né? Por que sua fonte não faz isso?

— Porque caso contrário eu não teria o prazer desse nosso encontro.

— Se está fechado como você diz, não haverá jeito de eu disfarçar minha presença. Haverá alguém atento às coisas dele e o que tiver desaparecido será notado logo a seguir.

— Sem problema. Eu prefiro que ele saiba que desapareceu.

— Uma dessas, hein? — ele mordeu a ponta do polegar com ar de preocupação. — Eu não costumo fazer esse tipo de coisa.

— Seria um favor. Pode perguntar por aí e você vai ouvir que sou um homem bom para se fazer favores.

— É o que dizem — ele arrancou a pelinha da ponta de um dedo e a cuspiu no chão. — Por que durante a festa?

— Precisa ser feito logo e a festa será a melhor oportunidade.

— Haverá bastante gente por perto. Eu poderia usar alguma distração.

— Por coincidência — disse eu. — Já arranjei uma.

A semente de um sorriso espalhou-se como se contagiasse o rosto dele quando contei o que havia planejado para a festa de Solstício de Inverno do Espada. Quando terminei, o Doutor deu a resposta que eu esperava.

— Parece divertido.

Imitei seu gesto simpático na esperança em que não tivesse de depositar minha vida nas mãos daquele diletante.

— Qual seu preço?

Ele era estrelinha demais para gostar de discutir dinheiro.

— Normalmente eu ganho uma participação sobre uma porcentagem, mas suponho que isso não esteja à venda — ele coçou o queixo com ar pensativo. — Vinte ocres?

Absurdamente pouco para o trabalho diante dele, mas eu não iria reclamar.

— Tem mais uma coisa que devo lhe dizer — disse eu — em relação ao homem que você vai roubar, às coisas que você vai roubar. Se você for pego, a fraude será a última das suas preocupações.

— Melhor eu não ser pego.

— É melhor — respondi, desejando que ele fosse tão habilidoso quanto era confiante.

Ele estendeu a mão e se levantou.

— Preciso retornar ao hospital. Meu turno começa em vinte minutos. Vou dar uma olhada no local hoje à noite. Darei notícias depois de amanhã.

— Entre em contato se precisar de qualquer coisa.

— Não vou — ele vestiu o casaco. — Quem é aquele garoto que está com você?

Pelos urros de Kor, ele era ligado. Eu não tinha percebido nenhum sinal.

— Ele é uma espécie de protegido. Esperava que se o trouxesse aqui talvez você pudesse dar a ele algum conselho de carreira.

— Sobre qual delas?

— Sobre qual você prefere dar?

— Roubar — respondeu com confiança.

— Então é melhor pularmos a introdução.

Ele gargalhou e saiu.

Depois de alguns instantes Garrincha se aproximou.

— É tudo por agora? O tempo está piorando.

— Ainda não. Preciso ver uma pessoa e preciso que você leve uma nova mensagem. Preciso que você visite o Espada. Diga ao guarda no portão da frente que eu irei à festa de amanhã.

— Eu não sabia que você tinha sido convidado.

— Nem o lorde Beaconfield.

Garrincha esperou que eu dissesse mais alguma coisa. Como eu não disse nada, ele saiu. Esperei um ou dois minutos depois da saída dele e tomei meu caminho.

CAPÍTULO 38

Eu estava no meio da Rua Tolk quando percebi que o Mirad com cicatriz de Crowley estava me seguindo, mais ou menos meia quadra atrás de mim. Eu não tinha tempo para aquela insensatez, precisava ir ver Cadamost, ouvir o que ele tivesse a dizer sobre Brightfellow. Mas não imaginava que Crowley fosse sensível às complexidades de minha situação. Despistá-lo também estava fora de questão. Meu ex-colega era um filho da puta tenaz e a situação estava ficando muito agitada para deixar fios soltos por aí.

Então decidi fazer uma coisa sobre a qual já vinha pensando desde o mergulho que dei no canal dois dias antes. Parei repentinamente para que ele soubesse que eu o havia visto, entrei numa viela lateral e segui ao sul na direção de Kirentown. Eu andava rápido, mas não rápido demais, para ter certeza que Crowley e seus rapazes não me perderiam na escuridão. Eles seguiram o tom, astutos o bastante para seguir no meu encalço, mas ansiosos demais para virem para cima. Quinze minutos mais tarde eu estava em pé, de frente para o Dragão Azul, e no momento seguinte atravessei a porta.

O bar estava cheio de gente e eu ignorei os olhares pouco amistosos a mim direcionados. No balcão da frente, o baleia estava conversando com um cliente, mas então ele me viu, parou e assumiu o ar vago que adota sempre que fazemos negócios. Não era a hora de fazer aquilo com sutileza, então forcei minha passagem até a frente.

Eu me inclinei, ciente do cheiro ruim que subia de seu excesso de carne.

— Preciso ver Ling Chi. Imediatamente — ele não deu a menor indicação de me ter ouvido, pesando suas opções, plenamente consciente da política de Ling Chi quanto a porteiros tolerantes. — Em três anos alguma vez eu desperdicei o tempo do homem?

Ele concordou e eu segui para a porta que levava à antecâmara. Se os dois guardas ficaram surpresos em me ver, não demonstraram. Qualquer que tenha sido o sinal que o gordo tenha dado a eles, aparentemente foi silencioso e eficaz. Joguei minhas armas na mesa e me submeti a uma rápida revista antes de ser autorizado a entrar para ver o homem em pessoa.

Eu ainda tinha suspeitas quanto à autenticidade dos hábitos de Ling Chi, mas se havia alguma encenação, ele era capaz de organizá-la com uma rapidez impressionante. Seus trajes estavam impecáveis, desde a diadema prateada sobre sua cabeça às marcas de beleza que davam ênfase a sua maquiagem. Ele tinha as mãos diante do peito como se estivesse rezando e o amarelo dourado de suas unhas postiças havia sido substituído por um jogo verde jade.

— A alegria que se faz em meio peito pela chegada sem aviso de meu companheiro é quase demasiada para que meu velho coração aguente.

Eu me curvei, acatando a repreensão.

— É uma mancha em minha honra que eu seja forçado a invadir a tranquilidade do meu mentor, uma mácula que trabalharei incansavelmente para apagar.

Ele deixou de lado minha preocupação, contente por poder começar a discussão de uma posição fortalecida.

— As preocupações de meu amado amigo honram seu senso de princípio. Mas que necessidade temos de cerimônia, nós que somos mais próximos que irmãos? Alegremente eu ordeno a abertura de qualquer portão que nos separe. Com toda a pressa eu ordeno que as portas de meu santuário sejam abertas ao meu gêmeo de coração.

— Uma felicidade além da medida é compartilhada por seu servo, por saber que sou respeitado por aquele cuja palavra é a lei, por aquele cujas mãos protegem seus filhos.

Ele piscou duas vezes e foi impossível deixar de notar a alteração de seu plácido semblante.

— Protegem...

— Bem sabe meu protetor que a inocência não protege ninguém dos lobos e que as ações oriundas da amizade são capazes de nos destruir.

— O Imperador Celestial não deposita sobre as costas de nenhum homem mais peso do que ele é capaz de transportar.

— Que ele impere infinitamente — entoei.

— Que ele impere infinitamente.

— Grandes homens estão diante do oceano e comandam as próprias ondas, enquanto nós, os pequenos, temos dificuldade para evitar as pedras.

— Todos estão sujeitos à vontade do Imperador — disse ele cuidadosamente.

— Palavras sabiamente verdadeiras, e ainda onde os sábios encontram pares na Ordem Celestial, nós, as criaturas humildes, temos dificuldade para enxergar o caminho diante de nós. Temo eu que, em minha pressa de ser útil a meu companheiro, tenha me tornado alvo daqueles que agiriam contra ele.

— Isto é uma infelicidade — disse ele, e sua simpatia não era nada palpável. — E quem são esses homens que querem ferir meu mais querido primo?

— Entristece-me falar da corrupção daqueles que deveriam promover a lei de nossa terra e da errônea cruzada deles contra mim e contra meu irmão.

Seus olhos ficaram frios como o gelo do auge do inverno e comecei a temer a possibilidade de ter cometido um erro ao ir ali.

— Grandioso como é meu amor por meu aliado, não posso interferir com os representantes do Trono.

— Os homens que me seguem não estão em uma missão autorizada pela Casa Negra. Nenhum deles, à exceção de um, está oficialmente a serviço dela.

— À exceção de um?

— Um subordinado ao chefe da Casa Negra, cujas injustiças são muitas e incontestáveis. Talvez você esteja familiarizado com ele, um certo agente Crowley?

Um embaraço atravessou suas duras feições.

— Nossos caminhos se cruzaram.

Era o que eu esperava. Crowley tinha um talento particular para ser odiado.

— Para a vergonha de meus ancestrais, houve um tempo em que eu e esse agente tivemos envolvimento. Sem saber de nossos laços de irmandade, o agente Crowley tentou usar meus serviços para causar dano ao lar de Ling Chi. Brevemente, muito brevemente, eu fingi ajudar esse agente duplo, de quem tive de adquirir confiança para saber de seus movimentos. Mas o verniz de um traidor não pode dourar a essência de um homem íntegro e meu logro foi descoberto.

O Guardião

Ling Chi tamborilava firmemente as unhas de jade, peneirando a conversa mole em busca de fatos concretos. A corrupção de Crowley era profunda e antiga. Eu lembrava de cabeça de uma dúzia de ações criminosas com as quais ele lucrou, e provavelmente haveria uma centena mais sobre a qual eu não tinha a menor ideia. O Comandante estava ciente de algumas delas, de mais do que gostaria, tenho certeza, mas o Comandante não era do tipo que punha de lado um bom instrumento só porque ocasionalmente ele operava à revelia de suas ordens.

O mais importante era que tudo se encaixava na grande paranoia de Ling Chi, uma loucura justificada e derivada de uma vida inteira de traições e enganações. Ele podia muito bem achar que eu estava tentando entregá-lo a Crowley e simplesmente mudado de lado quando as coisas esquentaram. Era o tipo de coisa que ele faria, já tinha feito e faria novamente.

— O gato não está ciente da ação de suas patas? — perguntou ele.

— Quem seria capaz de dizer quais segredos são possuídos pelo mestre da Casa Negra? Ele deve saber das atividades de seu subordinado, e não as apoia.

O tamborilar dos dedos foi diminuindo de velocidade até finalmente cessar.

— Tão caro é o meu bem-estar para o meu irmão que ele colocou em risco sua própria segurança e reputação na esperança de frustrar um complô contra mim. Como se poderia esperar que eu, Ling Chi, faça menos que isso por ele? — ele sorriu de forma selvagem e fiquei feliz por não ser o alvo de sua raiva. — A harmonia deve ser prezada acima de todas as outras posses, mas caso meu sócio descobrir que os homens que planejam nossa destruição não têm ouvidos para as palavras de reconciliação, pode descansar confortavelmente ciente de que a escassa força que posso oferecer está a sua disposição.

Curvei-me profundamente, quase até o chão, e saí. Depois de me rearmar no banco da ante-sala, corri para o bar e sentei-me a uma mesa num canto. Quatro kirens me seguiram da sala dos fundos, homens duros, tão diferentes dos demais clientes quanto um lobo de um cachorro. Os trabalhadores na mesa ao lado da minha deixaram o lugar sem nada dizer, permitindo que os recém-chegados tomassem seus lugares. Um dos quatro, um homem sólido com uma elaborada tatuagem de dragão no rosto, olhou para mim e fez um sinal com a cabeça. Retribuí o aceno. Então acenei para um atendente e disse a ele que trouxesse alguns kisvas.

Depois de alguns minutos a porta se abriu e Crowley entrou, acompanhado pelos três rapazes que me havia apresentado antes. O bar ficou em silêncio e Crowley olhou para o mar de rostos hereges com uma cara de desdém não disfarçado. Ele me viu e cochichou alguma coisa para seus homens. Eles se separaram e foram em direção ao balcão, enquanto Crowley veio lentamente até a minha mesa.

Ele parou atrás da cadeira de frente para a minha, ruborizado com uma pequena alegria. A taberna voltara a algo perto da normalidade, caso não se estivesse prestando muita atenção. Crowley não estava.

— Pensei que tivéssemos perdido você — disse ele.

— Estou apenas tomando um drinque — chutei a cadeira na direção dele. — Descanse o corpo. Sei que a caminhada foi longa.

— Mas chegamos até aqui, não é? — respondeu ele, despejando seu corpanzil na cadeira de madeira.

— Pode ficar mais disputado agora que estou armado.

— Se você parasse para pensar em suas chances, não correria.

— Você sempre teve problemas com o conceito de recuo tático.

— Sim, eu sou um ogro e você é um gênio, mas aonde é que toda a sua inteligência vai levá-lo? Morto na sarjeta em uma noite de inverno — sua massa acomodou-se nas costas da cadeira. — Isso não me parece nada brilhante.

— Não quando você fala desse jeito.

— Claro, se você fosse esperto, não estaria aqui. Se você fosse esperto, seria o chefe de Operações Especiais a essa altura. É por isso que o Comandante o odeia tanto, você sabe. Porque você o desapontou.

— Lamento todos os dias não ter atendido às expectativas dele.

— Posso lhe dizer: ele ficou extremamente chocado quando você fez o que fez. Foi a única vez que eu vi o bastardo perder a cabeça — ele mostrou seu feio sorriso, formado ainda criança, na primeira vez em que arrancou as asas de uma mosca, aperfeiçoado durante os longos anos de atos diários de crueldade. — Como era mesmo que ela se chamava?

— Albertine.

— Isso, Albertine — disse ele. — Deixe-me perguntar uma coisa: ela valeu a pena? Porque até onde eu sei todas as bocetas são iguais.

Deixei aquilo penetrar em meus poros, irritante como uma dor de dente, guardando até que pudesse devolver.

O atendente veio para atender a um novo pedido, mas Crowley o dispensou.

— Por que diabos você escolheu esse lugar para se esconder? Malditos kirens — ele olhou ao redor com repugnância. — Ele são como insetos.

— Formigas — disse eu. — Eles são como formigas.

Ele apontou um dedo grosso em minha direção.

— Todos esses filhos da puta que se curvam e te chamam de mestre serão os primeiros a meter o pé no seu pescoço à menor chance que você der.

— Estejam eles bancando os tiranos ou submetendo-se como escravos.

— Exatamente, não são como nós. Nenhum senso de orgulho. Este é o problema.

— Não são como nós — concordei. Atrás de Crowley os homens de Ling Chi estavam ficando impacientes, entendendo o bastante para se sentirem insultados.

— E a língua de macaco deles — Crowley bateu nos joelhos. — Falem rigun, seus bastardos de olhos puxados.

— Não é difícil, desde que você tenha a manha para isso. Aqui vamos praticar um pouco — disse eu antes de beber o fim de meu kisvas. — *Shou zhe cao ni ma* — prossegui.

— *Zou ze ca nee maa* — repetiu ele, rindo da própria falta de jeito. — O que isso quer dizer?

O kiren tatuado disse uma coisa em seu idioma nativo. Fiz um sinal para ele.

— Significa: "acabe com esse filho da puta".

Juro que Crowley era tão burro que ainda levou uns três ou quatro segundos para juntar as peças. Ele finalmente entendeu e tentou se levantar, mas acertei um soco em seu rosto e ele caiu para trás.

A violência entrou em erupção no bar. Os homens que atacaram Crowley primeiro estavam a serviço de Ling Chi, mas não demorou muito até a multidão entrar na briga, feliz em dar ao arrogante de olhos grandes no meio deles uma merecida punição permanente. Os rapazes de Crowley caíram rápido. O bartender, a quem eu normalmente mais comparava com um líquen do que com um mamífero, tirou um cutelo que tinha sob o bar e arrancou a cabeça de um vaalão forte com um desprendimento indicando que aquela não era a primeira vez que ele decapitava um cliente. O mirad conseguiu sacar sua faca antes de ser engolido, gritando enquanto uma multidão o derrubava impiedosamente a pancadas com a primeira arma improvisada que encontrava.

Depois disso eu decidi que seria melhor eu me retirar pelos fundos. Nós não queríamos que os hereges confundissem quem deveria ser morto. Além disso, o murro que dei em Crowley acabou por abrir os pontos de meu ferimento da noite anterior. Meu ex-colega resistiu o quanto pôde, encurvando um dos homens de confiança de Ling Chi com um gancho de esquerda antes de o kiren tatuado derrubá-lo ao chão. Então entrei em ação, afastando o herege antes que ele cortasse a garganta de Crowley. Eu o queria vivo. Os amigos dele não me importavam muito.

Os kirens são pouco profissionais e exaltados, mas são eficientes. Depois de cinco minutos não havia nada ali que sugerisse o assassinado de três homens brancos. Os cadáveres já haviam sido retirados para que fossem desovados em algum dos muitos modos que Ling Chi havia criado para apagar as evidências de suas frequentes execuções. Crowley estava caído no chão e dois dos homens de Ling Chi revezavam-se para dar pontapés toda vez que ele se contorcia. Apontei para uma porta lateral e eles o arrastaram para fora pelos braços.

A tempestade tinha dado uma pausa e a luz da noite refletia na neve. Os joelhos de Crowley deixaram um rastro na neve recém-caída, manchado por gotas de sangue que pingavam da cabeça dele. Paramos em um beco sem saída atrás do bar, com os capangas segurando meu velho castigo com firmeza. O apoio deles era a única coisa que impedia Crowley de desabar. Tirei minha bolsinha de tabaco e enrolei um cigarro enquanto esperava ele voltar a si.

Não foi pouca a minha alegria ao vê-lo despertar e ver a vitória de meu plano de ataque sobre o dele.

— Você está de volta?

Ele soltou algum xingamento agressivo e original.

Puxei uma adaga de meu coldre no ombro e a segurei firmemente na mão esquerda. Um dos kirens disse algo a seu colega rápido demais para que eu entendesse.

— Crowley, olhe para mim.

Pressionei minha faca contra a garganta dele. Em benefício de Crowley, ele não demonstrou medo nem se mijou.

— Eu poderia acabar com você exatamente agora, Crowley, e os hereges fariam seu corpo desaparecer e não haveria nenhuma pessoa em todas as Treze Terras que se importaria — a pele dele estremeceu contra o metal frio.

Deixei a arma cair ao meu lado.

— Mas eu não vou te apagar, Crowley. Vou deixar você sair andando. E quero que você se lembre, de hoje até o dia em que eu decidir te matar, deste ato de gentileza. Eu sou seu benfeitor, Agente, e cada tarde ensolarada, cada trepada e cada refeição que puder desfrutar você deverá a mim — ele piscou duas vezes, confuso. Eu abri um sorriso. — Mas só para o caso de você se esquecer — eu disse isso e minha adaga abriu um corte na parte de baixo de sua testa até a bochecha. Ele deu um grito e amoleceu.

Eu o vi sangrar por um momento e depois fiz um sinal para o kiren tatuado. Os dois trocaram olhares confusos. Aparentemente não havia a tradição de perdões de última hora entre os hereges. Fiz novamente um sinal com a cabeça e eles soltaram Crowley, que desmoronou no chão, imóvel a não ser pela hemorragia involuntária.

Os kirens voltaram para o bar, gargalhando dos hábitos absurdos deste país estrangeiro. Eu, por minha vez, saí pelo beco e retornei ao Conde. Estava muito tarde para ir ter com Cadamost. Eu tinha que esperar que aquela missão colateral não me custasse mais do que valia. Ainda assim, enquanto voltava para casa eu tive que me esforçar para disfarçar o sorriso em meu rosto enquanto pensava na marca permanente que havia deixado em Crowley.

CAPÍTULO 39

Acordei cedo e saí discretamente do bar. O endereço que Guiscard havia passado para mim era de um lugar bem no meio de Kirentown, numa parte da cidade na qual era possível andar cinco quadras inteiras sem ver ninguém que não fosse um servo leal do Imperador Celestial. É claro que, depois de três dias da tempestade do século, era possível caminhar cinco quarteirões sem ver praticamente ninguém, ponto. Na hora que cheguei debaixo da placa da Lanterna Cinza, minhas botas estavam todas ensopadas e me peguei pensando na possibilidade de o Comandante me dar um tempo a mais por conta do mau tempo.

Dentro havia uma frente de loja comicamente pequena, talvez com dois metros e meio da porta até o fundo. As prateleiras estavam repletas de uma distinta variedade de itens diversos: potes e panelas, agulhas e carretéis de linha, consistentes apenas em relação à camada de poeira acumulada. Pouco empenho era feito no que dizia respeito a manter a fachada de que aquele era um empreendimento funcional, mas então supus que, por se tratar de um lugar tão dentro de território kiren, a fraude não aparecia tanto e era facilmente subornável quando aparecia. Um herege de rosto espremido estava sentado em uma banqueta e olhou para mim com uma expressão que me deu vontade de ensinar a ele relações básicas com os consumidores com meus próprios punhos. Ele fez um discreto sinal com a cabeça quando passei por ele, feliz por ter entrado facilmente, mas perturbado por aparentemente não ter sido diferenciado de um viciado qualquer.

Contra uma parede nos fundos uma cerca de ferro havia sido levantada e longos caules de erva pendiam da cela, para ser cortados e vendidos conforme o necessário. Dentro, uma garota kiren esperava pronta para dar algumas horas de esquecimento a qualquer que tivesse uma moeda para pagar. Ela me olhava convidativamente. Eu não tinha certeza se ela estava chapada ou se era apenas burra. O restante da sala era ocupado por todos os tipos de mesas e cabines, adquiridas sem o menor cuidado com uniformidade ou limpeza que tendem a empestear os negócios legítimos. Flutuando sobre tudo aquilo estava a inconfundível mistura da droga em si, nociva e sedutora, como quitutes assados e carnes defumadas.

Era cedo ainda, e o frio desencorajava saídas casuais, mas ainda assim havia uma dúzia de vítimas esparramadas pelo local, soprando seus cachimbos ou perdidas em alguma viagem. Somente uma dessas pessoas não era herege, porém, o que facilitou para que eu encontrasse quem procurava. Ele estava contraído em uma cabine nos fundos, com a cabeça pendendo desajeitada sobre a mesa diante de si. Ele não reagiu a minha aproximação.

— Afonso Cadamost?

Ele respondeu sem levantar a cabeça da mesinha:

— Cai fora.

Joguei uma prata sobre a mesa de madeira diante dele.

O tilintar da moeda fez seu rosto se erguer e desejei que ele ainda estivesse indiferente. A cor castanha de sua raça havia sido alterada para um cinza doentio e sua pele pendia amarelada e sem cor. Dentes podres são a marca mais comum de um viciado em erva, mas mesmo sabendo disso, o sorriso preto-esverdeado dele era inquietante. Mais inquietantes ainda eram os olhos dele, acéticos, nebulosos, com terríveis pontos pretos centrados em meio à íris esbranquiçada.

Sentei-me na cadeira diante dele, com cuidado para não pensar em quem havia sentado a bunda ali antes de mim. — Preciso saber de algumas coisas — disse eu.

Ele mordeu a moeda de prata e temi que seus dentes fracos pudessem se quebrar ao forçar o metal. Isso não aconteceu e ele guardou a moeda no bolso.

— Diga.

— Ouvi dizer que você fez parte da Operação Ingresso.

O medo é a última coisa que um viciado perde. Aparentemente Afonso ainda tinha bastante coisa na cabeça para se amedrontar com a minha menção.

— O que você sabe disso? — perguntou ele, lambendo os lábios e espalhando saliva pela rede de feridas que desfigurava a porção inferior de seu rosto.

Eu pensei em mentir, mas não o fiz. Ele não se lembraria daquela conversa depois de vinte minutos e ninguém daria ouvidos a um degenerado daqueles mesmo que ele falasse no assunto.

— Minha unidade estava no cerco a Donknacht na noite anterior ao armistício. Dei proteção a um colega seu — não muita, eu poderia ter acrescentado, mas ele não precisava saber disso —, o feiticeiro Adelweid.

— Adelweid — repetiu ele lentamente, como se estivesse tendo dificuldade para se situar.

— Vocês dois foram colegas de classe na Academia.

— Eu sei quem ele era — Cadamost respondeu. — Com quem você pensa que está falando?

Com um viciado, obviamente. Cadamost deu uma tragada em seu cachimbo para se acalmar, pouco contribuindo para que eu mudasse de opinião.

— Eu me lembro de Adelweid — recomeçou ele. — Ele foi o início de tudo, sabe, o início de tudo. Um dia ele encontrou um diário no meio de uns arquivos... A Coroa tinha toneladas daquela merda, papéis confiscados ao longo dos anos, mas que ninguém jamais havia se dado ao trabalho de ler. Estava bastante desgastado pelo tempo, escrito numa caligrafia estranha, mas o que havia lá... — ele olhou em volta como se seus olhos fossem lebres em fuga — Você disse que estava lá no final?

— Tenente da Infantaria da Capital. Fomos os primeiros a entrar em Donknacht, apesar de que vocês já haviam facilitado bastante as coisas na hora que chegamos lá.

— Sim, eu suponho que sim. Você... viu uma?

— Sim, eu vi uma — não era difícil imaginar ao que ele se referia.

— De onde você acha que veio aquilo?

— De outro mundo? Eu não sei. Metafísica nunca foi o meu ponto forte.

— Não é de outro mundo, mas de mundo nenhum na verdade, da ausência entre os mundos. Do nada entre os universos, do espaço onde a luz não chega, foi de lá que ela veio.

— Ela? — perguntei eu.

— Ela — confirmou ele. — Ela estava dançando na escuridão quando a chamei, valsando na escuridão do centro da eternidade. À espera de alguém que a cortejasse.

Controlei a náusea e perguntei:

— Como você a evocou?

O hálito dele era putrefato, fedido e artificial.

— Ela não era uma vagabunda qualquer que você chama e ela vem! Ela era uma dama, limpa e decente, como alguma dessas bocetas bonitas que você vê aí pela capital! Ela não abriu as pernas para mim porque eu lhe fiz um sinal! Eu tive de cortejá-la! — ele deu mais uma baforada e soltou no meu rosto.

— O que você quer dizer com isso, que teve de cortejá-la?

— Quem é você? Algum tipo de viado que fica de joelhos no banheiro público chupando pintos por um buraco na parede? Você nunca saiu com uma mulher? Você diz a ela palavras doces, diz como ela é bonita. Quando for o momento certo você dará a ela algo especial, uma chave para o seu amor.

— Que tipo de chave?

— Essa é a pegadinha, não é? Ela nunca enxerga as coisas da mesma maneira que nós. Um ser humano era igual a outro. Ela precisava de algo meu para recordar, algo especial, alguma coisa que contivesse algo meu.

— E o que você ofereceu?

— Um bracelete, que minha mãe me deu quando deixei Miradin — a lembrança pareceu inoportuna e ele não deu mais nenhuma explicação. — Eu o lancei no vazio e, quando ele voltou para mim, ele ecoava o zunido dela, zumbia como ela, de manhã até de noite. Era o elo que nos unia. Ela era linda, e devotada. O amor dela era infinito como o mar de escuridão no qual ela nadava. Mas ela era uma dona ciumenta, ficava nervosa fácil. A chave nos conectava — disse ele antes de assumir um ar sombrio. — Sem a chave, ela ficava muito, mas muito irritada.

Na época eu pensei que a recusa de Adelweid de se desfazer de suas quinquilharias fosse apenas vaidade. Aquilo talvez pudesse também explicar o gosto de Brightfellow por joias, apesar de que o mau gosto daria no mesmo.

— Essas coisas... — disse eu — você é capaz de evocar, mas elas não podem continuar aqui?

— Ela era perfeita, sem nenhuma mistura com os dejetos de nossa realidade. Precisou da força do meu amor para poder atravessar.

Estava de acordo com o que eu havia visto, a criatura de Adelweid dispersando-se depois de concluir sua missão.

— Havia um outro aluno da academia com você, Brightfellow, Johnathan Brightfellow.

Cadamost coçou a pele descascada de sua cabeça com uma unha suja.

— Sim, eu me lembro dele. Ele era alguns anos mais velho que o restante de nós, vindo de alguma província insignificante do norte.

— Do que mais você se recorda?

— Ele tinha um temperamento complicado. Tinha um rabo de saia que ele seguia como um cachorrinho, algum dos rapazes disse alguma coisa sobre ela e ele perdeu a cabeça, estourou a cabeça da pessoa na parede antes que alguém pudesse pensar em fazer algum trabalho — Cadamost se empenhava para fazer a cabeça funcionar e o simples ato de tentar lembrar de alguma coisa exigia um esforço parecido com o de uma maratona. — Ele não era muito talentoso, talvez porque tenha começado tarde demais, mas ele era esperto, mais esperto que você poderia imaginar e mais do que ele deixaria transparecer.

— E ele participou da Operação Ingresso?

— Sim, ele fez parte dela. A maior parte de nós fez, os que tinham percepção e habilidade, era possível prever aonde levaria, a tudo o que fora prometido. Para ver o que vai sair quando você abrir a jaula, para olhar o fundo, bem lá dentro das profundezas, o nada que cria o todo. Não tinha a ver com a Guerra. Nós os deixamos pensar assim, mas não tinha nada a ver com a

Guerra. Havia deuses, e eles queriam olhar para nós, falar conosco, nos tocar, nos amar.

— O que aconteceu com ela? — perguntei, apesar de já saber a resposta.

— Os outros foram covardes. Eles não entenderam, não queriam se permitir entender. Eu sabia o que ela queria, sabia o que ela queria e queria dar isso a ela. Por isso eles me temiam e a levaram embora — ele deu um soco na mesa e olhou para fora da cabine, como se sua obsessão fosse se revelar na distância. — Eu posso senti-la lá fora, em algum lugar. Eles a têm e a mantêm longe de mim! — ele tossiu isso, junto com algo que mais se parecia com sangue.

— E os outros praticantes, eles ainda mantêm suas chaves?

— Fui escolhido por minha genialidade. Todos os outros foram autorizados a manter as suas chaves, eu suponho. Ou eles pelo menos ainda as tinham quando fui exonerado — os olhos dele ficaram tortos em seu rosto decadente. — Por quê? Qual é o propósito de tudo isso afinal?

— Obrigado por sua ajuda — disse eu, despejando mais uma prata na mesa.

A visão de mais uma prata foi suficiente para fazê-lo esquecer suas preocupações.

— Você é um bom homem, por ajudar um companheiro veterano. Há um lugar no Chinvat para você, não tenho dúvida em relação a isso — ele gargalhou e foi buscar mais drogas.

— Vá com cuidado na próxima rodada — disse eu enquanto abotoava meu casaco. — Não quero que seja minha a moeda que o matou — prossegui, mas enquanto saía percebi que não dava a mínima para isso.

CAPÍTULO

Peguei Garrincha e passei o restante da manhã em um alfaiate que eu costumava ir para ajustar a roupa para a festa de Beaconfield. A neve não dava trégua. Eu havia vivido em Rigus durante trinta dos meus trinta e cinco anos, tendo saído apenas para lutar a Guerra contra os drens, e nunca tinha visto nada como aquilo. As ruas estavam desertas, todo o barulho da cidade havia sido substituído por uma quietude quase pastoril, e as festividades do inverno acabaram canceladas.

Na hora que chegamos à torre me arrependi de não ter chamado uma carruagem, mas o tempo inclemente pelo menos eliminou a primeira barreira para se chegar ao Ninho, já que uma pequena montanha de neve cobria totalmente o labirinto. Garrincha parou em um declive.

— Eu não sabia que estávamos vindo aqui — disse ele.

— Vai demorar apenas um minuto. Quero parar para explicar a Célia o que está acontecendo.

— Dê um oi ao Grou se o vir.
— Você não vai entrar?
— Vou esperar aqui.

Ondas de flocos de gelo caíam sobre nós como cortinas. Coloquei uma mão no ombro dele.

— Esqueça o negócio da corneta. Já cuidei disso.

Ele se desvencilhou.

— Vou esperar aqui.

— Seu orgulho vai acabar fazendo você morrer congelado. Engula o orgulho e entre na porra da torre.

— Não — respondeu ele, pura e simplesmente.

Assim terminou a minha vontade de discutir o assunto.

— Se você perder um dedo congelado, não espere agrados — disse eu. O guardião do Ninho abriu sem nada dizer. Ele não conversava comigo desde que o Grou havia caído doente. Eu me sentia vagamente nostálgico de suas concretas tiradas sarcásticas.

Célia estava esperando por mim no último andar, tomando chá ao lado da lareira, a fumaça subindo por seu rosto luminoso.

— Eu não esperava que fôssemos ver você hoje.

— Eu vim ver como vocês estão. Como está o Mestre?

— Melhor. Ele estava ativo hoje cedo. Tomou o desjejum e ficou olhando a nevasca.

— É bom ouvir isso — disse eu. — Eu queria que você soubesse que recebi sua mensagem. Hoje à noite eu irei visitar o lorde Beaconfield, dar uma olhada no que deu seu trabalho. Se tudo der certo, repassarei a informação à Casa Negra amanhã em algum momento.

Célia enrugou a testa, confusa, ou talvez desapontada.

— Pensei que nós concordássemos que isso era importante demais para deixar a lei estragar tudo. Achei que tivéssemos combinado que você cuidaria disso sozinho.

— Infelizmente matar um nobre ainda é considerado crime. E isso não me deixaria quites com os gélidos, não se eu não puder mostrar por que o fiz. Além disso, cruzar com o Espada é algo que eu logo pretendo deixar para alguém cuja vida não seja tão valiosa para mim quanto a minha própria. A Casa Negra vai cuidar disso. Com o que eu conseguir, eles terão o suficiente para colocá-lo sob os holofotes. Depois disso, tudo será apenas uma questão de tempo.

— E se ele fizer alguma coisa contra você antes?

— Ele já fez uma coisa contra mim. Agora será a minha vez de fazer algo enquanto ele se recupera.

Ela segurou seu colar entre os dedos e não respondeu.

— Quando tudo isso acabar, vou trazer o garoto aqui e nós quatro vamos construir uma fortaleza de neve, como quando nós éramos crianças.

A atenção dela se voltou para mim.

— Que garoto?

— O Garrincha.

Houve mais uma longa pausa e então o sorriso voltou ao rosto dela.

— Garrincha — disse ela. — Sim, é claro — ela me deu um leve tapa no braço. — Mal posso esperar.

Desci as escadas um pouco apressado. Qualquer que fosse seu capricho, eu não podia deixar Garrincha esperando lá por muito tempo na tempestade. Adeline me mataria se alguma coisa acontecesse com ele.

CAPÍTULO 41

Quatro horas depois eu desci de uma carruagem e entrei num tapete vermelho. Dois guardas uniformizados abriram as portas para a mansão de Beaconfield, rigorosamente atentos apesar do intenso frio. Era a primeira vez que entrava ali pela porta da frente. Eu me senti muito importante.

Na antessala, um criado com um rolo de pergaminho controlava o acesso às delícias oferecidas no saguão principal. Ele me fez uma deferência, mas minha pose como membro da alta classe não me permitia retribuir. Lati meu nome e aguardei enquanto ele conferia a lista.

Eu deixaria o Espada intrigado por ter pedido para deixar meu nome na lista de convidados depois de ele ter encomendado meu assassinato, e a curiosidade sozinha muitas vezes é suficiente para estimular os nobres, desesperados como são por qualquer coisa que rompa a monotonia de seu hedonismo depravado. Se o instinto para o melodrama não fosse o bastante, o interesse próprio seria. Apesar de o Espada nos ter lançado a uma guerra declarada, eu não imaginava que ele tivesse resistência para mantê-la por muito tempo. Ele esperaria que minha mensagem sinalizasse um desejo de reconciliação e transigiria a qualquer indício de trégua.

Dito isto, um dos muitos obstáculos para meu plano era que, na verdade, eu não tinha sido convidado para a festa de Solstício de Inverno do lorde Beaconfield. Seria uma fria caminhada de volta para casa se eu não fizesse tudo direito.

Não houve problema nenhum, no entanto. O porteiro fez sinal para que eu entrasse. Passei por ele e desci para o saguão.

Qualquer um poderia falar o que quisesse do Espada, mas ele sabia dar uma festa.

O teto estava revestido por uma bem trabalhada cobertura de fios prateados, deixando a impressão de que festejávamos no interior da barriga de algum imenso animal. Pedaços de vidro e pedras semipreciosas pendiam da cobertura, atraindo os olhos para suas formas perspicazes. Um olhar mais minucioso revelava que o terceiro componente de cada um desses pingentes era uma bandeja repleta de vinoríficas enroladas em papéis coloridos. O chão estava coberto por brancos flocos cintilantes que engenhosamente imitavam a neve de verdade. O centro do salão era dominado por uma escultura de gelo de mais de três metros de altura representando Sakra, com os braços esticados, como se abençoasse os convidados da festa. O núcleo da escultura fora preenchido com alguma espécie de luz líquida que se espalhava pelo ambiente, refletindo nos ornamentos e banhando a todos como um íris de cores brilhantes.

Se Beaconfield estava quebrado, a decoração da festa não permitia que se chegasse a essa conclusão. A decoração fora feita para combinar com a opulência dos convidados, que enchiam o salão com um baixo zunido de festividade e encantamento. Perto de mim um nobre gorducho com um brocado de penas de pavão gesticulava exageradamente para um jovem anêmico vestindo uma calça de fios dourados bem justa. À minha esquerda, uma mulher um pouco mais velha que seria bonita se não tentasse tão desesperadamente parecer jovem exibia uma gargantilha com uma esmeralda do tamanho da mão de um bebê.

Uma criada se aproximou, chocantemente bonita em uma roupa de prata que mais exagerava do que escondia sua presença. Em sua bandeja havia taças de champanhe e as ampolas de Sopro de Fada que eu vendera a Beaconfield no dia do duelo. Os dois itens eram acompanhados por um olhar sugerindo que ela tinha uma terceira opção a oferecer. Aceitei uma taça de champanhe, abri mão do restante e a piranha seguiu seu caminho. A champanhe era muito boa, como era de se esperar.

A mulher com a gargantilha aproximou-se, inspecionando-me com a sutileza de uma cadela no cio. Parece que o mau gosto dela em relação aos homens era o mesmo que para as joias. De perto, ela parecia alguém a ser melhor observada de longe.

— Não creio que eu tenha tido o prazer — disse ela.

— Ficou maluca? Eu te comi no baile de primavera do Lorde Addington no ano passado! Fomos atrás daquele santuário e te peguei por trás. Você disse que eu tinha sido a melhor transa da sua vida!

O rosto dela perdeu a cor. Ela claramente não considerava o cenário totalmente implausível. Gaguejando uma desculpa qualquer, ela se afastou, deixando-me sozinho para assistir à celebração. Peguei mais uma taça de champanhe quando a garçonete passou novamente.

Beaconfield estava em pé, de frente para estátua de Sakra, de acordo com seu status de anfitrião e sua importância. Ele acenou para mim como se tivesse acabado de perceber minha presença, mas já estava acompanhando meus movimentos desde a minha chegada.

Mais de perto a luz era ofuscante, de um laranja-amarelado que impediam a observação de detalhes e nuances. O Espada abraçava uma mulher de aparência totalmente mirad e sorriu para mim como se compartilhássemos um piada, como se não houvesse motivo para o fato de eu ter matado seus parceiros estragar nossa florescente amizade.

— Querida, este é o homem sobre quem falei — disse ele sem fazer menção de nos apresentar.

— Encantado — disse eu, sem tirar os olhos de Beaconfield.
— Está uma festa e tanto. Deve ter lhe custado uma prata e tanto.

Beaconfield inclinou-se em minha direção, com a champanhe saindo pelas bordas da taça.

— Mas o que é o dinheiro afinal?

— Nada, quando se tem. Acorde falido um dia e logo começará a recalcular seus parâmetros.

Ele engoliu o restante de sua bebida.

— Tenho de admitir: fiquei surpreso ao saber que você viria. Não achei que você frequentasse esse tipo de tolice — as mãos dele percorreram a nuca da garota, que manteve inalterada sua agradável docilidade.

— Não podia deixar a noite passar sem vir lhe cumprimentar pela estação.

— Eu adoro o Solstício de Inverno, a promessa de renascimento e renovação, o ano anterior para trás e um novo ano inteiro pela frente.

— Se é assim que você enxerga.

— E como é que você enxerga?

— Como um jeito de enganar o frio — respondi.

O Espada assumiu um ar severo.

— O frio chegou cedo este ano.

— É, chegou.

A mulher de Beaconfield rompeu o silêncio.

— Você tem alguma resolução?

— Tenho a resolução de chegar ao próximo Solstício de Inverno — respondi.

— Não parece uma resolução muito desafiadora.

— Alguns de nós teremos problemas com isso.

Aproveitei a aproximação de outro convidado para sair dali.

— Longe de mim querer monopolizar as atenções de nosso anfitrião — disse eu. — Temo que precise encontrar o lavabo.

Curvei-me diante de Beaconfield e da mulher desmazelada e me afastei.

Um guarda protegia a escada principal, claramente sem nenhuma empolgação para ocupar um posto que ficava a quatro salas da nascente orgia. Dei uma balançada no modo de andar.

— Diga, irmão, qual é o caminho? Estou quase molhando as calças — disse eu. Enquanto ele decidia se a segurança da propriedade tinha prioridade sobre as gentilezas aos convidados de seu mestre, passei por ele. Ele ofereceu a minhas costas um atrasado ronco de concordância e eu entrei por um corredor, encontrando o caminho para a entrada de serviço.

Entrar nos jardins da mansão não seria difícil para Kendrick. As defesas eram pouco mais de uma dúzia de acres de árvores protegidas por uma alta cerca viva. Também não imaginei que ele fosse ter muito trabalho com a fechadura, apesar de ela ser nova e bem feita. Mas eu estava envolvido naquilo havia tempo demais para abrir mão de uma vantagem, então destranquei o ferrolho e destravei um trinco inferior antes de voltar pelo caminho que havia feito.

A festa já estava pegando fogo. A convivência jovial do início da noite começava a dar lugar a uma completa bacanal. Nuvens de fumaça multicolorida pairavam sobre os convidados e a antes imaculada neve postiça estava agora espalhada de qualquer jeito. As bandejas pendentes de vinonífera estavam já vazias, num grito distante da cornucópia das delícias narcóticas antes oferecidas. Em um canto vi um gordo fazendo algo com uma das criadas que imaginava ser visto com desdém numa sociedade educada. A luz mágica que emanava da estátua de Sakra havia mudado do laranja para o violeta, tornando os acontecimentos ao mesmo tempo maléficos e quiméricos.

Não sei dizer ao certo o que me levou a ir falar com Brightfellow, já que nossas interações anteriores não haviam sido tão prazerosas para se querer continuá-las. Quando o vi chegar à festa, mais cedo, temi que ele viesse grudar em mim e eu ficasse preso a noite inteira trocando farpas com ele. Em vez disso, Brightfellow sentou-e a uma mesa nos fundos virando todo copo de bebida que chegasse a seu alcance, complementando-os com goladas frequentes em um recipiente que trazia no bolso.

Fazia todo o sentido do mundo deixá-lo sozinho. Se Kendrick aparecesse, e se o trabalho de Célia estivesse certo, não havia razão para desestabilizá-lo, mas não que o feiticeiro se tenha mostrado facilmente suscetível a intimidação. Talvez tivesse a ver com meu inato instinto para arrumar confusão. Talvez eu apenas estivesse com vontade de fazer alguma coisa com o tempo livre.

Na verdade, acho que saboreei a oportunidade de dar alguns fortes pontapés agora que ele estava caindo. Ele era um homem fácil de se odiar. Na verdade, ele quase parecia cultivar isso. É melhor nunca se sentir assim com relação contra quem se vá insurgir. A inimizade pessoal enevoa a mente, mas o autocontrole nunca foi o meu forte. Pensei nas crianças, em Crispin, e ali estava eu, em pé e seguindo adiante.

Brightfellow olhou para cima quando minha sombra se fez sobre ele, com dificuldade para me reconhecer contra o cenário caleidoscópico. Desde que havíamos nos conhecido, eu ainda não tinha visto Brightfellow sóbrio, mas também nunca o tinha visto realmente embriagado. Ele me vencia no que dizia respeito a ser o tipo de pessoa que precisa de uma ou duas doses para encarar o dia, que ainda não está em condições de nada até que algo entre na circulação sanguínea.

Ele tinha isso bem claro, como resultado de um esforço ativo para alcançar a insensibilidade. Os olhos dele eram pontos carmesins cercados de carne inchada e de espessas gotas de suor que empapavam sua testa e seu nariz amassado. No início ele conseguiu fazer um pouco de suas bravatas convencionais, desprezando-me com uma imitação digna de crédito de um ódio homicida. Mas o ímpeto durou pouco tempo, afogado na bebida que ele vinha enxugando e sua cabeça afundando no chão atrás de si.

— Noite longa? — perguntei, puxando a cadeira ao lado dele. Seu cheiro grosseiro misturava-se ao perfume com o qual havia se banhado.

— Que porra você quer? — respondeu ele, forçando cada sílaba pela boca que não o ajudava.

— Você está tão bonito. Pensei em lhe tirar para dançar.

Ele deixou aquela tirada passar. Na realidade, ele mal pareceu ter entendido.

Dei um gole em minha taça de champanhe. Já era meu quarto ou quinto copo e a bebida estava promovendo um caos no meu estômago.

— Tudo um bando de filhos da puta detestáveis, não são? E pensar que metade da nobreza de Rigus está aqui se sujando. Eu diria que eles precisam da religião, mas tenho quase certeza que aquele ali desmaiado na tigela de ponche é o Primeiro Abade — disse eu. O Primeiro Abade não estava desmaiado na tigela de ponche. Ele estava desmaiado ao lado da tigela de ponche, mas soou melhor do jeito que eu disse.

— Vou ver cada um deles apodrecendo no chão — respondeu Brightfellow, e eu quase retrocedi ante a maldade em sua voz. — Eu gostaria de colocá-los lá.

— O Espada escaparia?

— Não se dependesse de mim.

— Então para que tudo isso? Quando tudo vir à tona será o fim de vocês dois.

— Você sabe por que faz tudo o que faz?

— Eu costumo arriscar um palpite.

Houve uma longa pausa, tão longa que cheguei a pensar que o feiticeiro havia caído totalmente em torpor. Finalmente, depois de muito esforço, Brightfellow abriu os olhos e os dirigiu aos meus.

— Você era um agente — disse ele. — E agora não é mais.

— É verdade.

— Foi uma escolha sua?

— De certa forma.

— E por causa de quê?

— De uma mulher.

— É uma bela resposta — disse ele, voltando-se a seguir para o borrão da multidão. — Não imaginei que isso fosse tão longe. Eu não queria assim.

Alguma coisa na autocomiseração de Brightfellow reacendeu minha fúria.

— Não me confunda com um sacerdote. Não estou interessado em suas confissões e não estou aqui vendendo redenção. Você cavou sua própria cova, agora deite-se nela — disse eu e olhei para ele com desprezo, mas ele não estava me olhando e o efeito se perdeu. — Vou jogar o Espada logo a seguir, então você não vai ficar sozinho.

Achei que tivesse sido um bom ataque e que aquilo o tivesse desestabilizado. Mas quando ele respondeu, sua voz estava equilibrada e ele não parecia nervoso, apenas firme e triste.

— Você é um idiota do caralho — disse ele.

Peguei um baseado colorido de vinonífera de uma bandeja próxima.

— Você deve estar certo quanto a isso.

Ele não disse mais nada. Eu me levantei e desapareci no fundo. Depois que terminei minha taça de champanhe, não peguei mais nenhuma.

Mais adiante, o Espada e sua turma bebiam, fumavam e ocasionalmente gargalhavam ruidosamente. Fiquei pensando em onde é que ele arrumava seu estoque de companheiros. Eu havia acabado com quatro deles apenas duas noites atrás, mas ele não estava tendo nenhuma dificuldade em encontrar substitutos. A morte de seu círculo anterior também parece não ter pesado muito sobre a alma do duque. De vez em quando ele lançava em minha direção um olhar que ele acreditava ser ameaçador, mas depois de ter sido apresentado ao mundo da intimidação por homens como Ling Chi, aquilo não me impressionava.

O Doutor estava na mansão àquela hora. A noite estava apenas se estendendo e minha admiração inicial dera lugar a um desprezo generalizado por aqueles seres superiores, sibaritas tão degenerados que até seus prazeres eram sintéticos e vazios. A perspectiva de acariciar alguma das criadas era menos que sedutora, então eu apenas fiquei sentado sozinho, imaginando o que aconteceria se eu tivesse avaliado Kendrick erroneamente, se o trabalho de Célia fosse um alarme falso ou se meus conhecimentos alquímicos não estivessem à altura da missão.

Aconteceu sem preâmbulo. Uma das criadas derrubou sua bandeja e caiu logo a seguir, contraindo-se no chão e chorando, aparentemente depois de uma imersão no estoque do patrão alguns momentos antes. Por coincidência o segundo a entrar na onda foi um almofadinha que vinha atrás dela, caiu de joelhos e encheu o ar de bile. Como uma onda aquilo foi passando entre os convidados, grupos de pessoas por toda a festa derrubadas pela náusea, apertando a barriga e indo desesperadamente atrás de um lugar adequado para vomitar.

Qualquer idiota é capaz de misturar Sopro de Fada com uma substância capaz de matar um homem, seja ela flores-do-mal ou algumas gotas de leite de viúva, mas fazer a mistura com algo não-mortífero já é mais difícil. E é claro que não teria sido possível se Beaconfield não tivesse acabado com a primeira carga de Sopro de Fada e encomendado mais para a festa. Mas eu consegui, ele pediu mais e aqui estávamos. O que quer que tenha pensado o Espada, eu não estava ali para negociar nem para me engajar em um novo tête-à-tête. Ele não era um parceiro de briga e a caminhada era longa demais para se dizer a um homem que eu odiava que eu o odiava.

Estava ali para ter certeza que a hora que eu passei despejando três sementes de praga-de-mãe em cada ampola de Sopro de Fada que vendera a Beaconfield aquele dia nos jardins não tinha sido desperdiçada. Além disso, eu havia prometido uma distração ao Doutor.

O duque ainda não havia feito a conexão entre mim e o mal-estar que se espalhava entre seus convidados, então achei melhor ir embora antes que isso pudesse mudar. Pelo menos eu poderia dormir descansado por saber que tinha feito minha parte para aquela ser provavelmente uma das mais memoráveis festas de Solstício de Inverno do Espada.

Passei pela porta principal e comecei a voltar para a Cidade Baixa. Se Kendrick não conseguisse arrombar o escritório de Beaconfield com praticamente todo mundo na festa passando muito mal, então sua reputação era demasiadamente superestimada. Peguei o baseado do bolso e o coloquei entre os lábios, acendendo-o apesar da neve. Levando-se tudo em consideração, a noite tinha sido ótima, perfeita como uma engrenagem.

Por isso não consegui entender por que passei toda a caminhada de volta para casa em um silêncio ansioso, sem conseguir afastar a incômoda sensação de que eu estava totalmente fodido.

CAPÍTULO
42

a manhã seguinte eu me agasalhei bem e saí para ver o Doutor. Ao caminhar contra a tempestade eu sentia um otimismo no andar que não vinha sentindo havia dias. A não ser que meu gatuno tivesse estragado totalmente sua missão, eu conseguiria limpar minha barra com o Comandante com um dia inteiro de vantagem. Esse pensamento foi suficiente para me fazer esquecer da neve durante alguns minutos.

Assim que cheguei ao *pub* Daeva's Work sentei-me em um banco no fundo e pedi uma xícara de café. O Doutor chegou alguns minutos depois, limpando o gelo de seu pesado casaco de frio. Ele se sentou e passou para mim um pacote de papéis por baixo da mesa.

— Estava no fundo falso na mesa dele. O dardo da armadilha estava empapado em peçonha de enguia do brejo.

— Espero que tenha sido difícil o bastante para interessá-lo — disse eu.

O Doutor não respondeu e eu comecei a folhear o arquivo que ele me havia conseguido. Mairi podia ser uma prostituta traiçoeira, mas as fontes dela não eram ruins. A primeira metade do pacote consistia no livro de contabilidade do Espada e não era necessária a ajuda de um contador para perceber que ele estava mais vermelho que uma virgem na noite de núpcias. Eu tinha o motivo.

Aquela, porém, não era a parte interessante. Junto com o livro de contas havia uma série de correspondências trocadas entre Beaconfield e diversos homens que eu sabia serem espiões de uma série de embaixadas estrangeiras. Parece que, antes de ingressar no assassinato de crianças, o Espada andara envolvido em traição. Miradin, Néstria, até a porcaria dos drens. Não existia nenhum país em todo o continente para o qual o pobre Beaconfield não havia tentado vender a alma. Mas não tinha ido muito longe. Como todo amador no ramo da espionagem, Beaconfield confundia fofoca com informação. Na verdade, as cartas continham pouco além de polidas respostas de diversos agentes de baixo escalão, todas elas rejeitando os serviços do Espada. Sua incompetência, no entanto, não serviria de defesa num julgamento e seu status de nobre faria qualquer contato com um emissário estrangeiro um crime passível de enforcamento.

Era interessante, mas nada daquilo estava ligado aos assassinatos, e eu sabia que não seria o bastante para o Comandante, não com a volúpia que ele tinha por mim. Meu coração se acelerou e tentei controlar os batimentos.

— Isto era tudo?

Desde a hora que havia se sentado diante de mim eu pude perceber que Kendrick tinha um ar fechado que contrastava com a afabilidade demonstrada em nossa primeira conversa. A situação agora progredira de tal forma que minha pergunta casual o fez olhar com uma cara feia que não combinava com seu rosto.

— Não, isto não era tudo. Isto não era nada na verdade — por baixo da mesa ele me passou um pacote enrolado em papel pardo.

Desfiz o laço e deixei o objeto que estava dentro cair em minhas mãos.

Se eu a visse numa prateleira ou atrás de um copo, não significaria nada para mim: uma navalha aberta, de um tipo que podia ser comprado em qualquer esquina, um pedaço afiado de lâmina preso a uma armação grosseira de ferro. Mas com ele em mãos eu podia afirmar claramente o que era. Assim que encostei no metal senti a bile subir por minha garganta e meus testículos encolheram. Coisas vis haviam sido feitas com aquela arma, atos que manchavam sua própria substância. Seu contato com o vazio havia penetrado em nossa realidade e deixado para trás uma lembrança de suas blasfêmias. Não era preciso ser um vidente para identificar aquilo, nenhuma espécie de grau extraordinário de percepção. Era possível sentir nas vísceras, na alma. Enrolei a coisa de volta no papel e coloquei dentro da minha bolsa.

O Doutor percebeu tudo e não estava contente com aquilo.

— Você não vai dizer nada sobre isso?

— Eu não sabia disso.

Ele se levantou e disse:

— Mande o dinheiro para o meu agente. E não entre em contato comigo novamente. Não gosto de estar na escuridão.

— É um jeito de merda de se passar o tempo — respondi.

Fiquei ali sentado enquanto ele ia embora e continuei ali por mais um tempo. O Doutor não era a pessoa que eu mais gostava no mundo e eu não passaria outro trabalho para ele nem se ele estivesse a fim de pegar, mas eu não podia deixar de perceber que no fim das contas eu estava convencendo muita gente a parar de falar comigo.

De qualquer forma, eu tinha em mãos o que precisava. Não havia como o Comandante ignorar o instrumento de sacrifício com o qual Beaconfield havia disposto de duas crianças.

Cheguei ao Conde em vinte minutos. Entre sair e voltar eu havia levado menos de uma hora. Gritei uma saudação, pavoneado com o êxito e à espera dos aplausos das galerias. Eu sabia que Adeline teria saído para ir às compras, mas achei que Garrincha e meu parceiro estariam por ali para se condoerem de meu sucesso.

O garoto, no entanto, não estava à vista e Adolphus estava sentado ao lado do fogo, com o rosto endurecido e um pedaço de papel aberto em uma das mãos. Ele me passou o bilhete sem nada dizer e antes de o abrir eu já tinha uma boa ideia do que devia ser.

Estou com a criança.
Você não vai fazer nada enquanto eu não entrar em contato.

Esmaguei o bilhete na mão e amaldiçoei a mim mesmo por ter sido tão burro.

CAPÍTULO

Eu e Adolphus estávamos conversando no canto quando Adeline chegou, rechonchuda e esbaforida, apressada para a festa de Solstício de Inverno que estava prestes a preparar. Se eu estivesse sozinho, acho que poderia ter conseguido enganá-la, mas não se divide a cama com um homem durante dez anos sem conseguir alguma habilidade para avaliar seu temperamento. Além disso, Adolphus não é muito dado a enganar ninguém.

— Qual é o problema? — perguntou ela.

Eu e Adolphus trocamos aquele tipo de olhar que antecipa uma má notícia, mas nenhum de nós disse nada.

Ela me inspecionou com um olhar de causar inveja a muito magistrado.

— Cadê o Garrincha?

Um buraco se abriu no fundo do meu estômago e eu caí dentro dele. Tropecei numa mentira.

— Eu o deixei no Ninho.

— Você não havia comentado nada sobre visitar o Grou hoje.

— Eu não lhe aviso toda vez que esvazio os intestinos, mas o penico ainda tem bastante utilidade e uso.

Num movimento veloz, mais rápido do que eu a julgava capaz, ela estava diante de mim. A voz dela tinha um tom mais elevado que o comum, mas era firme.

— Pare de mentir pra mim. Não sou idiota. Cadê ele?

Engoli seco e fiz um sinal para Adolphus. Ele tirou o bilhete do bolso e o passou para ela.

Não sei dizer ao certo o que esperava, ou como achava que ela reagiria. Por mais que sua voz fosse baixa e ela fosse uma pessoa doce, por todos os delírios de tirania que ela permitia a Adolphus, Adeline não era uma criatura fraca. Mas eu não era capaz de imaginar o que a chegada de Garrincha para uma mulher havia tanto tempo sem filho significava.

Ela leu a mensagem sem que a amargura em seu rosto se alterasse. Ela então olhou para mim, incrédula.

— Como foi que aconteceu? — perguntou. Ela parecia mais confusa do que nervosa.

— Ele deve ter me seguido quando saí do bar. Ele já fez isso antes, mas eu disse para que não fizesse de novo. Mas não tenho certeza. Eu não o vi.

Ela me bateu no rosto, com a palma da mão fechada.

— Seu idiota, idiota — ela voltou a levantar a mão antes de deixá-la cair. — Você é um estúpido.

Engoli aquela.

— Prometa pra mim que você irá encontrá-lo.

— Vou fazer o que puder.

Ela sacudiu a cabeça e me segurou pela lapela do casaco com os olhos abertos e furiosos.

— Não, isso não. Prometa pra mim que você irá trazê-lo de volta, são e salvo.

Minha garganta estava tão seca que minha voz falhou.

— Eu prometo — respondi. Como regra, eu não prometo nada que não seja capaz de cumprir e me arrependi do que disse tão logo abri a boca.

Ela me soltou e desabou sobre Adolphus, a compostura demolida. Ele fez um carinho de leve nas costas dela.

Fui para a saída.

— Devo voltar dentro de uma hora.

— Você não vai... — Adolphus interrompeu a frase no meio.

— Ainda não. Tenho que fazer uma coisa primeiro.

Eu não iria matar um membro da nobreza sem antes notificar as autoridades. Precisava falar com o Comandante.

CAPÍTULO

Abri as portas da Casa Negra como se ainda fosse o maior agente do lugar, e não como um traficantezinho qualquer. Devo ter deixado uma impressão e tanto, pois o guarda da porta me deixou entrar sem problemas. Dali fui entrando pelos labirínticos corredores do prédio e percebi sem nenhuma surpresa que não havia esquecido meu caminho.

O gabinete do Comandante situa-se exatamente no centro do prédio, no coração de um emaranhado de escritórios e de corredores de tapeçaria simples. Entrei sem bater, mas de alguma forma ele já sabia que eu estava chegando e estava acomodado confortavelmente em sua cadeira, dominando completamente o espaço que habitava. A mesa de madeira diante dele não tinha nenhum papel, livro ou quinquilharias em geral. O único adorno era um pequeno pote de doces.

— Um dia antes — disse eu, sentando-me na cadeira de frente pra ele e jogando o pacote sobre a mesa.

O pacote caiu com um estrondo. O Comandante olhou para mim, depois para o dossiê e mais uma vez para mim. Ele pegou o arquivo e recostou-se na cadeira, folheando-o com uma demora agonizante. Finalmente ele colocou os papéis sob a mesa.

— Parece uma leitura interessante. Infelizmente, não é a informação que o incumbi de encontrar. Para o seu bem, eu realmente espero que isto não seja tudo o que você trouxe.

A navalha estava dentro de minha bolsa. Tudo o que eu precisaria fazer era colocá-la sobre a mesa e ir embora, livre e com a barra limpa, pelo menos até a próxima vez que eles quisessem alguma coisa de mim. A navalha estivera em sintonia com o vazio e servia como uma confissão assinada. Mas com o garoto desaparecido aquilo estava fora de cogitação. Um menino de rua não significava nada para o Comandante, não valia um cílio nem uma unha do pé.

O Espada chamaria muito a atenção se simplesmente desaparecesse dentro da Casa Negra e para nunca mais ser visto novamente. Se fosse atrás dele, a Casa Negra manteria sua pretensa legalidade, forçaria semanas de intimações e disputas judiciais e eu não imaginava que Beaconfield deixaria Garrincha sair vivo dessa situação. Isto, é claro, partindo-se do princípio que o Comandante fosse tentar derrubá-lo, o que eu duvidava. O mais provável era que ele usasse minha prova para enquadrar Beaconfield, colocá-lo a serviço da Casa Negra. Afinal, o duque era mais valioso em seu bolso do que pendurado pelo pescoço.

A única chance que eu teria de sair com o garoto são e salvo era tendo as rédeas da situação, e isso significava que eu precisava segurá-las com firmeza, repassar o suficiente para que o duque fosse punido, mas sem soltar demais as mãos nem permitir que o Comandante assumisse o controle. Peguei um doce do pote, desenrolei o papel lentamente e coloquei o confeito na boca.

— Isto que eu lhe passei é apenas o motivo, certamente. Suponho que Guiscard já tenha lhe contado sobre a conexão de Beaconfield com a Operação Ingresso — disse eu. A repentina boa vontade do agente em me ajudar nunca cheirou bem, mas foi só diante do chefe dele que resolvi externar minha suspeita. Foi um belo tiro no escuro e fiquei satisfeito ao ver um soluço de surpresa atravessar a compostura perfeita do Comandante. — Depois de não ter conseguido ninguém que contratasse seus serviços ilícitos, o Espada partiu para um Plano B. Alguém, provavelmente Brightfellow, contratou o kiren para o sequestro. Quando viram que não funcionou, eles decidiram fazer tudo com as próprias mãos. Posso continuar, se você quiser. Eu sei que já faz tempo que você não faz um trabalho policial de verdade.

O rosto do Comandante retomou o ar amistoso e vazio. Ele então sacudiu a cabeça, entristecido com a má notícia que estava prestes a me dar.

— Não é suficiente. Não é nem perto do suficiente. Talvez tenha sido minha a culpa. Talvez eu não o tenha motivado o bastante. Talvez eu devesse ter mandado alguém ao seu bar, para uma agradável visitinha aos seus amigos.

Deixei aquela provocação passar sem cair na dele.

— Pode não ser suficiente para um mandado, mas é suficiente para que nós dois saibamos.

— O que você está querendo sugerir?

— Vou tratar disso, por fora.

Ele fez um som reprovador.

— Sangue demais, barulho demais. Vai parecer o quê?

— Você é a Operações Especiais. Vai parecer o que você disser que parece. Não finja que não saboreia a ideia de pegar um nobre, um aliado do Príncipe Herdeiro. Estou lhe fazendo um favor, e você sabe disso — avancei na cadeira, encurtando a distância entre nós. — A não ser que você queira esperar o Espada e seu feiticeiro de estimação concluírem o ritual.

Os olhos do Comandante estavam azuis como uma tarde de verão.

— Você está se oferecendo para retornar ao serviço da Coroa?

Eu sabia que ele estava jogando uma isca, mas não iria mordê-la.

— É uma proposta singular. Eu e o lorde Beaconfield tivemos uma discussão e amanhã você acorda com um problema a menos para tratar.

— E por que você está tão disposto a assumir a responsabilidade pela morte do bom duque?

— Eu me entedio com facilidade. Mas o que importa? Eu vou fazê-lo.

O Comandante esfregou as mãos diante do rosto, dando a impressão de pensar seriamente no assunto. Depois de quinze segundos de um desconfortável silêncio ele tirou as mãos do rosto e se reclinou na cadeira.

— Acidentes acontecem — disse ele.

Levantei-me para ir embora, abri a porta e voltei-me na direção dele.

— É bom que você saiba que será necessária uma limpeza. Vai ser rápido, mas será barulhento.

— Como você disse, nós somos a Operações Especiais.

— Quando eu chegar para sua vez, será tão silencioso como uma capela.

Ele soltou um riso constrangido, decepcionado com meu mau comportamento.

— Mas que temperamento! Você nunca vai chegar à minha idade se não aprender a curtir um pouco mais a vida.

Eu nada respondi. Fechei a porta do insípido gabinete atrás do homem mau que ali vivia.

CAPÍTULO 45

Eu estava então no caminho de volta ao Conde, caminhando lentamente pela neve na altura dos joelhos. Aquele frio todo estava me cansando. Conseguia me lembrar de um tempo no qual o céu era claro e as nuvens não soltavam gelo, mas apenas vagamente.

Cheguei ao Conde e descobri que o bar ficaria fechado durante a noite. Não que houvesse muito movimento, estando o clima como estava. O salão dianteiro estava deserto. Adolphus provavelmente estava no fundo cuidando da esposa. Eu não tinha tempo para ir atrás dele. Eu não tinha planos de fazer nada contra o Espada antes do cair da noite, mas eu precisava de cada minuto daquele intervalo para deixar tudo organizado.

No meu quarto percebi um pequeno envelope sobre a penteadeira. Adolphus havia rabiscado sobre ele uma rápida mensagem: *o mensageiro de Grenwald passou aqui depois que você saiu.* Sob outras circunstâncias aquela situação mereceria uma boa gargalhada. Pensei que pelo menos uma vez em sua existência fodidamente inútil meu velho major finalmente acabara fazendo alguma coisa para me ajudar, mas era tarde demais para me servir. Ignorei o envelope e passei a me dedicar a tarefas mais prementes.

Retirei o embrulho marrom do estojo sob minha cama, sentei-me em minha mesa e comecei a abri-lo. Duas horas foram gastas na tarefa importante mas enfadonha de deixar o equipamento pronto para uso. Peguei um par de adagas e um rolo de arame fino antes de escorregar uma lata de tinta de camuflagem para dentro do bolso e descer as escadas.

Eu estava tão concentrado no que fazia que quase não percebi a presença de Adolphus no pé da escada, que estava quase invisível por conta da luz fraca e de sua sinistra imobilidade. Sob seu pesado sobretudo, um áspero e apertado casaco de couro com pregos cobria seu peito. Ele também tinha desencavado seu velho capacete, cujo aço estava amassado por cinco anos de escapadas por pouco. Além das roupas, ele estava enfeitado de armas: duas espadas curtas, uma em cada lado da cintura, e um machado de combate preso nas costas.

— Que porra é essa que você está vestindo? — perguntei espantado.

A ferocidade nos olhos dele não me deixou com nenhuma dúvida quanto à seriedade de meu camarada em relação à escolha de suas roupas.

— Você acha que está nessa sozinho? Não é a nossa primeira extravagância. Estarei na sua retaguarda, como sempre.

Será que ele estava bêbado? Tentei sentir o hálito dele. Aparentemente não estava.

— Não tenho tempo pra isso. Cuide de Adeline. Estarei de volta dentro de algumas horas.

— O Garrincha é meu filho — disse ele, sem nenhuma espécie de afetação ou de exaltação. — Não vou ficar sentado de frente pro fogo enquanto a vida dele estiver em perigo.

Que o Guardião dos Juramentos nos poupe de tamanha nobreza sem sentido.

— Sua oferta de ajuda é apreciada, mas desnecessária.

Tentei passar por Adolphus, mas ele botou uma mão no meu pescoço e me segurou contra o corrimão.

— Não se trata de uma oferta.

Os fios grisalhos superavam os negros em seus cabelos, que um dia foram pretos como o carvão. Seu rosto cheio de marcas era grosseiro. Será que eu também estava velho daquele jeito? Será que eu parecia tão estúpido, seguro pelo colarinho como um rufião, as armas salientes em meus bolsos, um homem de meia-idade fazendo as brincadeiras de um adolescente?

Eu não queria pensar daquela forma. Garrincha precisava de mim. Eu poderia entrar numa crise existencial se estivesse vivo dali a seis horas.

Tirei a mão de Adolphus de meu pescoço e voltei um degrau na escada, ganhando um pequeno espaço de manobra.

— Você está gordo. Sempre foi grande, mas está gordo agora. Você é lento, não tem esquiva e não possui mais o ímpeto de matar um homem, não da forma como irei fazer. Não tenho certeza de que você já tenha feito isso, aliás. Não tenho tempo para inflar sua vaidade. A cada minuto perdido o garoto fica mais perto da morte. Saia da porra da minha frente.

Por um instante achei que havia exagerado e que ele iria arrancar minha cabeça dos ombros. Mas então ele olhou para o chão e toda sua energia pareceu vazar de dentro dele, como se saísse por um buraco no fundo de uma caneca. Ele saiu da frente da escada. Sua coleção de armas tilintava.

— Cuide da Adeline — disse eu. — Estarei de volta daqui a uma ou duas horas — afirmei. Aquela previsão estava longe de ser exata, mas não havia sentido em deixar aquilo claro. Saí para a noite.

CAPÍTULO 46

Agachei-me ao lado de um arbusto a uns vinte metros do portão dos fundos da mansão de Beaconfield. Havia camuflado meu rosto com a tinta e os arames que eu levava nas mãos reluziam ao luar. Eu tentava contemplar um jeito por meio do qual Dunkan não tivesse que morrer. Até aquele momento, porém, nenhuma ideia me ocorrera.

Eu não podia deixá-lo desacordado. Isso não funcionava do jeito que as pessoas achavam, com um golpe rápido na nuca e a vítima acorda uma hora depois só com uma dor de cabeça. Na metade das vezes elas se movem se você não as atinge direito e quem fica parado ali feito um bobo é você. Se você não a deixar desacordada, ela provavelmente vai voltar a si a tempo de causar problemas. E se você a derrubar e ela ficar, isso provavelmente significa que o cérebro dela foi danificado e ela vai passar o resto da vida se borrando nas calças, e eu aposto meu dinheiro que isso não é nada melhor do que estar morto.

Tudo aconteceria no limiar. Mesmo se tudo desse certo, seria a coisa mais perto do extremo que eu já havia feito. Mas eu tinha empenhado minha palavra a Adeline.

A noite estava avançando e cada minuto que passava era um a mais para Beaconfield decidir a melhor forma da usar Garrincha para alimentar a abominação de Brightfellow. A munição que eu levava dava-me a chance de lutar, mas não se alguém me visse enquanto estivesse me preparando. Amaldiçoei a ironia do destino de ter sido invocada a presença daquela sorridente sentinela ali, e não ao lado de uma fogueira bebericando seu uísque, mas não havia nada que pudesse ser feito.

Fechei os olhos por alguns instantes.

Então me levantei, arremessei uma pedra na área externa e atraí a atenção da sentinela, que veio se aproximando, dez metros, cinco metros e logo eu estava por trás dela aplicando uma firme gravata.

O estrangulamento foi silencioso, mas demorado. Dunkan levou muito tempo para morrer. Primeiro ele pegou os arames, com os dedos arranhando furiosamente a garganta fechada. Depois de algum tempo os braços dele caíram de lado e ele parou de lutar. Mantive a gravata com firmeza até ele ficar roxo e suas pernas tremerem em um espasmo final. Depois eu o abaixei no chão, atrás de um muro onde ninguém pudesse ver seu corpo.

Desculpe-me, Dunkan. Eu gostaria que tivesse sido de outra forma.

Apaguei a lanterna sobre o portão aberto. Os outros guardas logo notariam a ausência de luz. Desejei que o assassinato de meu amigo tivesse me rendido pelo menos tempo suficiente.

Rastejei pelo perímetro, assegurando o que precisava para que tudo funcionasse. Ninguém percebeu. A segurança era falha. Beaconfield podia ser burro o bastante para não perceber que eu iria até ele. Pelo menos era o que eu esperava.

Depois de tudo preparado voltei para a porta dos fundos e arrombei a fechadura, não tão habilmente quanto o Doutor, mas sem nenhuma dificuldade. Comecei a contar os segundos em minha cabeça assim que entrei, avançando com as costas nas paredes, parando a cada barulho. As defesas estavam estranhamente frágeis, sem patrulhas nem ninguém plantado ao pé da escada.

Quando abri a porta do escritório do Espada ele estava em pé de frente para as amplas janelas instaladas atrás de sua mesa, bebendo algo em um copo com gelo e vendo a neve cair. Ele girou a cabeça com limitada celeridade. Houve um momento do mais puro choque quando ele me reconheceu. Então um sorriso se fez em seu rosto. Ele virou o restante de sua bebida e colocou o copo sobre a mesa.

— Esta é a segunda vez que você entra em meu escritório sem ser convidado.

Fechei a porta atrás de mim.

— É só a primeira. Ontem eu mandei um homem aqui.

— É assim que os amigos se comportam? Tirando vantagem da hospitalidade para roubar a correspondência íntima dos outros?

— Nós não somos amigos.

Ele pareceu um pouco chateado.

— Não, eu suponho que não sejamos, mas isso é apenas circunstancial, realmente. Acho que se as coisas tivessem se desenrolado de outra forma você me consideraria um homem totalmente razoável. Afável até.

Dois minutos e meio passados.

— Vocês de sangue azul são muito tortos pro meu gosto. No fundo eu sou uma criatura simples.

— Sim, correto e leal. É justamente como eu me referiria a você.

Estávamos os dois esperando para ver qual dos dois iria acabar primeiro com a pretensa amabilidade. Dentro da minha cabeça o relógio continuava andando. Três minutos agora.

O Espada reclinou-se contra a mesa.

— Tenho de admitir: estou surpreso em relação a como você decidiu participar disso.

— Eu admito que é um jeito um pouco direto, mas não se pode dizer que eu tenha tido muita escolha.

— O Comandante o mandou aqui então? Fico chocado com a lealdade que aquele maluco inspira. Não é ele que vai perder a vida em sua missão suicida.

— Nada de lealdade. Eu praticamente tive de obrigá-lo — um vacilo de surpresa cruzou o rosto dele. — E o que o faz ter tanta certeza de que sou eu quem não vai sair andando daqui?

Ele explodiu numa gargalhada.

— Ninguém aqui está dizendo que você é incompetente, mas não vamos exagerar seu talento.

Três minutos e meio.

— Você diria isso aos homens que mandou para me matar?

Ele fechou os olhos, numa rara demonstração de lamentação.

— Aquilo foi ideia de Brightfellow. Ele queria desde o início que eu tivesse ido atrás de você. Depois que Mairi nos avisou que você estava atrás de nós... achei que pudéssemos assustá-lo, ou comprá-lo. Suponho que você tenha mais medo do Comandante do que de mim.

— Você está certo quanto a isso — disse eu. — Onde está o feiticeiro, aliás?

— Não tenho a menor ideia. Não o vejo desde a festa. Acho que ele fugiu. Nem todo mundo tem estômago para o desfecho.

— Nem todo mundo tem — concordei, imaginando que ele estivesse mentindo, acreditando que o feiticeiro estava enfiado no porão com as mãos no pescoço de Garrincha.

Beaconfield levou a mão à empunhadura de sua espada.

— Não somos tão diferentes quando você finge. Nós dois somos lutadores, crianças nascidas dos gritos dos homens e do derramamento do sangue. Não pode haver desonestidade entre nós, não pode haver prevaricação na perfeição do golpe nem no candor do contragolpe. E por isso falo contigo como irmão. Os homens que você matou, meus amigos, não eram minha mais pálida sombra. Ninguém é. Nunca houve ninguém tão bom quanto eu, ninguém em nenhuma era, desde que o primeiro homem acertou o segundo com uma pedra. Sou a máquina mortífera perfeita, o ápice do predador, um artista na mais antiga e nobre das atividades humanas.

— Você ensaiou isso de frente para o espelho?

— Olhe como fala.

— Conheci gente do seu tipo durante minha vida inteira, garotos inúteis que pegavam um pedaço de lâmina nas mãos e decidiam que era isso que os tornava homens. Você se acha especial só porque sua mão é um pouco mais rápida? Passo por uma dúzia de pessoas iguais a você no desjejum todas as manhãs. A única diferença entre você e eles é o preço do seu casaco.

— Então por que você insiste em conversar se sou de tão pouco interesse?

— Por que será? — já haviam se passado cinco minutos. Pelo caralho de Sakra, por que estava demorando tanto? Se Beaconfield não fosse um megalomaníaco tão desesperado eu já estaria morto. Não tinha ilusões quanto ao resultado. — Por que você fez tudo isso? — perguntei. — Eu entendo os eventos. Estou apenas tentando colocar em perspectiva.

— O que eu poderia dizer? Eu precisava de dinheiro, eles tinham, ou pensei que tinham. Nunca tive o desejo de trair o país, mas eis que, como você gosta de dizer, certas coisas acontecem.

Eu já estava contando os segundos desesperadamente agora.

— Não estou interessado em suas patéticas tentativas de espionagem. Como você se envolveu com Brightfellow. Quando vocês começaram a mexer com as crianças?

Ele me olhou com uma expressão de curiosa surpresa e, para meu terror, percebi que ele não estava fingindo.

— Que crianças?

O chão abaixo de nós desabou, atirando-me de costas contra a parede.

Desconfio que na história do combate nunca houve uma linha de logística mais incompetente do que a que me afetou durante a Guerra. Durante cinco anos nós tínhamos que seguir em frente sem os suprimentos mais básicos: ataduras, pregos, camuflagem. Dois dias em Donknacht e o fluxo de suprimentos não parava. Selas para cavalos mortos, armaduras que ninguém sabia vestir, caixas de meias de lã, como se a Guerra tivesse multiplicado nosso número de braços ao invés de diminuí-lo. Quando me dei conta, dispunha de pequenos itens suficientes para abrir uma loja, assim como de outros produtos normalmente achados nas prateleiras dos mercadores locais: mais de dez quilos de pólvora e os componentes explosivos necessários para detoná-la.

Parte disso usei quando ainda era um gélido. Outra parte usei para forjar meu nome depois de que deixei o serviço à Coroa. O restante eu usei para apresentar ao Espada os benefícios da guerra moderna.

A explosão nos jogou cada um para um extremo oposto da sala, mas eu já estava esperando que ela fosse acontecer e consegui me levantar primeiro. Peguei uma adaga em minha bota e avancei sobre Beaconfield com toda a velocidade que pude. Ele estava caído num canto, grogue, mas consciente. Aquilo não era bom. Eu queria que a descarga o tivesse apagado por tempo suficiente para que eu me certificasse de que ele não representava uma ameaça. Inverti a empunhadura da adaga e saltei sobre ele. Os olhos dele palpitaram, mas ele reagiu com extraordinária velocidade, desviando meu golpe e prendendo minha arma de mão entre os dedos.

Ele era mais forte do que eu imaginava, e isso porque eu imaginei que ele fosse um lutador. Não era apenas habilidoso com a espada, o que eu já sabia, mas um lutador, o tipo de homem que ataca quando está ferido, que não retrocede ante a dor ou o choque. Ele tinha coragem, apesar de não se poder afirmar isso pela forma como se vestia. Acho que isso merece ser lembrado, apesar de não apagar muita coisa. Tentei acertar um soco na garganta do Espada, mas ele conteve o golpe com sua costumeira e surpreendente agilidade.

Não sei como teria terminado se tivesse sido uma luta honesta, mas o jogo limpo não é bem o meu forte. A segunda bomba explodiu, bem debaixo de nós desta vez. Eu estava olhando para o teto e houve um clarão em meus olhos, uma luz tão forte que pareceu me surpreender, além de me cegar. Logo a luz começou a diminuir, mas um terrível zumbido em meus ouvidos persistiu. Encostei a mão neles. Não havia sangue, mas isso também não queria dizer nada. Na Guerra vi muitos homens ficarem surdos sem nenhum sinal claro de ferimento. Dei um grito, minha garganta raspou, mas não ouvi o som.

Manter o controle, manter o controle. O zumbido vai parar ou não vai. Se ficar aqui você vai morrer de um jeito ou de outro. Levantei-me sabendo que estava inutilizado para uma luta, pedindo a Meletus que o Espada estivesse pior que eu.

E ele estava. O piso do escritório estava estourado, com buracos na madeira e estilhaços por todos os lados. Uma lasca de madeira do tamanho de um braço estava enfiada na barriga de Beaconfield. Ele estava com as costas arqueadas sobre uma viga de sustentação caída e o sangue escorria por sua boca. Corri em direção a ele, com o equilíbrio bastante abalado.

— Onde está o Garrincha? — perguntei. — O garoto, onde está?

O Espada ainda teve forças para um último sorriso, e o manteve pelo tempo que foi capaz, pronunciando as palavras devagar o bastante para que eu as entendesse apesar do zumbido nos ouvidos:

— Você mata melhor do que investiga.

Eu não teria como contestar aquela.

Sua energia toda se esgotou e Beaconfield desabou sobre a lasca enfiada em seu torso. Depois de alguns segundos ele estava morto. Fechei seus olhos e me levantei.

Nenhum homem desperdiça seu último suspiro com uma mentira. Ele repassou o segredo só de raiva, num último golpe antes de se encontrar com Aquela que Espera por Trás de Todas as Coisas. Ele não estava com Garrincha. Eu havia deixado escapar alguma coisa. Eu havia deixado alguma coisa passar terrivelmente, mas não sabia dizer o quê.

O tempo estava passando e era provável que alguém tivesse notado a explosão na mansão do lorde Beaconfield. Desci as escadas cientes de que estaria morto se me enfiasse em confusão.

A parte de trás da casa parecia ter desabado inteira. Toneladas de madeira e tijolos sepultavam o corredor que levava aos fundos. No saguão principal as antes belas tapeçarias estavam destruídas pela fuligem. Cacos de vidro dos candelabros quebrados estavam por todos os lados. Uma das explosões deu início a um incêndio na cozinha e as chamas rapidamente avançavam para tomar o restante da casa.

O mordomo do Espada estava prostrado ao lado da porta, com a cabeça curvada de um jeito que nenhum contorcionista jamais conseguiria imitar. A morte parecia uma punição injusta por sua arrogância e por seus modos desagradáveis, mas poucos de nós têm o que merecem. Passei por cima dele e saí na neve.

Eu tropicava na direção do portão quando percebi que o zumbido em meus ouvidos havia diminuído, não muito, mas o suficiente para que eu soubesse que não estava me iludindo. Eu não estava surdo e tinha vontade de me agachar e chorar para agradecer ao Primogênito por me poupar disso. Em vez disso, porém, continuei indo pelo gelo, pulei a cerca quando vi luzes pela trilha diante de mim e voltando ao Conde o mais rápido que um homem aturdido era capaz.

CAPÍTULO 47

Entrei no bar fazendo o máximo possível de silêncio. Eu precisava de tempo para pensar, para descobrir onde meu raciocínio havia falhado. De um jeito ou de outro, Garrincha continuava desaparecido e ele não estava mais seguro só porque não era o Espada que o tinha em seu poder. Assim que subi peguei uma ampola de Sopro de Fada em meu estoque e a levei ao nariz. Minha audição estava retornando lentamente e depois da primeira cheirada eu não conseguia perceber nada além dos batimentos do meu coração, acelerado pela droga.

A carta de Grenwald continuava sobre a penteadeira. Eu a abri com os dedos moles e cortei o polegar na pressa de confirmar meus crescentes temores, untando de vermelho o pergaminho branco.

O cabeçalho do documento era idêntico ao do que Crispin havia conseguido, mas a parte de baixo não estava rasgada. A página listava todos os participantes envolvidos na Operação Ingresso. Reconheci os nomes de Brightfellow e Cadamost.

Então reconheci mais um nome, bem no fim da lista, abaixo do rasgo que prejudicou minha conclusão inicial.

Vesti a camisa, peguei a navalha que repousava no fundo de minha bolsa e a abri. Todo o peso dos meus pecados começou a pesar sob minhas costas e, em um momento de autoindulgência, pensei em onde enfiar a navalha para obter o melhor efeito. Então fiz uma incisão superficial sob a safira em meu ombro, retrocedendo de dor enquanto o fazia.

Cinco minutos depois eu corria pelas ruas da Cidade Baixa, sangrando por baixo do curativo apressado que havia feito com uma camiseta.

Por todos os Daevas, eu esperava que ainda tivesse tempo para deter aquilo.

CAPÍTULO 48

OGrou Azul estava morto havia cerca de seis horas. O corpo dele estava reclinado na cadeira de madeira de seu gabinete, com os olhos azuis revirados. As feridas em seus braços e a faca caída no chão confirmavam que sua morte fora autoinfligida. Na mesa diante dele, em um pedaço de pergaminho, duas palavras com seus garranchos.

Sinto muito.

Eu também sentia. Fechei os olhos dele e desci as escadas.

A porta da sala dela estava aberta e eu entrei. Célia e Brightfellow estavam de costas para mim. Garrincha estava sentado em uma cadeira num canto, desatado e com os olhos vidrados, insensíveis.

— Digo para fazermos isso agora — disse Brightfellow, que no decorrer do último dia escorregou ainda mais em direção à ruína. Ele vestia as mesmas roupas da festa do Espada e gesticulava loucamente. — Vamos fazer isso logo e desová-lo, antes que alguém se dê conta.

Célia, em contrapartida, estava firme como um bloco de pedra, com as mãos ocupadas arrumando os equipamentos alquímicos na mesa diante dela.

— Você sabe tão bem quanto eu que a febre leva metade de um dia para se alojar e nós ainda nem a passamos para o garoto. Não vou arruinar tudo o que já fizemos só porque você está apreensivo — ela despejou o conteúdo de uma proveta em outra menor e depois virou o rosto na direção de Garrincha. — Por que você não se senta e fica de olho nele?

— Ele não vai a lugar nenhum. Meu feitiço o deixará derrubado pelo resto da noite.

— Ele tem o dom, assim como os demais, mesmo que não saiba usá-lo. Você não tem como saber como ele irá reagir.

Brightfellow roeu uma unha suja entre os dentes.

— Você disse que não consegue mais sentir a gema.

— Sim, Johnathan, foi isso que eu disse.

— Isto significa que ele está morto, certo?

— Significa o que significar — respondeu ela, mas sem nenhuma espécie de nervosismo.

— Ele deve estar morto — repetiu Brightfellow.

Célia levantou a cabeça e cheirou o ar.

— Duvido muito — disse ela, deixando de lado um alambique e virando o rosto em minha direção. — Há quanto tempo você está aqui?

— Há tempo suficiente — respondi.

Ao me ver, o que restava do equilíbrio de Brightfellow sumiu completamente. Ele ficou branco como um cadáver e os olhos dele migravam de Célia para mim, de mim para ela, como se a distância entre nós fosse salvar a situação.

— Isto significa que Beaconfield... — Célia começou, implacavelmente calma, como se minha chegada não representasse o menor contratempo para seus planos.

— Deu sua última festa de Solstício de Inverno — completei. — Pobre bastardo idiota. Ele nunca soube de nada, não é mesmo? Acho que vocês o envolveram nisso depois que eu comecei a fazer perguntas, para garantir que havia um otário para levar a culpa.

— Johnathan já mantinha negócios anteriores com ele. Ele preenchia os requisitos.

— Ele era perfeito. Eu o odiei na primeira vez que o vi, queria que ele fosse envolvido nisso, fiquei feliz por entender o que sua pedra me dava como prova. E é claro que você estava sempre lá com seus conselhos, assim como para ocasionalmente plantar provas — disse eu, retirando a navalha de minha bolsa e atirando-a no chão. — Acho que você tem outra preparada para o Garrincha.

Célia olhou para o instrumento com o qual havia sacrificado já duas crianças, depois olhou casualmente para mim.

— Como você entrou no Ninho?

— O Olho da Coroa tem a capacidade de desfazer feitiços menores. Usei o de Crispin para forçar minha entrada. Você se lembra de Crispin? Ou tudo já começa a se misturar?

— Eu me lembro dele.

— Vejamos agora. Houve Tara e o kiren que vocês pagaram para sequestra-la. Também Caristiona e Avraham. Já mencionamos meu ex-parceiro. Lá em cima o Mestre preferiu curar-se pela navalha a encarar o que você se transformou, mas acho que não podemos adicionar um suicídio em sua contagem.

Brightfellow ficou rígido de surpresa, mas Célia apenas piscou.

— Entristece-me muito ouvir isso.

— Você parece realmente arrasada.

— Eu estava preparada para isto.

— Imagino que estivesse. Este foi o motivo de tudo, não foi? A preparação para a morte do Grou. Você jamais assumiu o controle das proteções, era mentira. Você não consegue e sabia que assim que o Mestre morresse suas proteções iriam embora junto.

— O Mestre era um gênio — disse ela. Um vacilo de lamentação passou por seu rosto. — Ninguém é capaz de fazer o que ele fazia. Fui obrigada a buscar alternativas.

— Você quer dizer matar adolescentes.

— Se você prefere colocar nessas palavras.

— E infectá-los com a peste?

— É uma exigência lastimável do ritual. Desagradável, mas necessária.

— Para eles principalmente.

Brightfellow entrou na conversa com entusiasmo.

— Por que você está dizendo tudo isso a ele. Mate-o antes que ele arruíne tudo.

— Ninguém vai fazer nada precipitado — Célia ordenou.

— E quanto a você, Brightfellow? Você entrou nessa pelo bem da cidade? Não achei que você fizesse trabalhos humanitários.

— Não dou a mínima para este esgoto. Quero que ele arda em chamas.

— É por causa de mulher então?

Ele virou-se de costas, mas eu já sabia a resposta.

— O que você achou? Que mataria duas crianças e ela cairia de amores por você?

— Não sou idiota. Sei que não significo nada para ela. Nunca signifiquei nada para ela, nem na época da Academia nem nunca. Ela disse que precisava da minha ajuda. Eu não podia deixar que ela fizesse tudo isso sozinha — ele não estava falando comigo, mas eu era a única pessoa que estava ouvindo.

— Ninguém significa nada para ela. Algo se quebrou dentro dela muito tempo atrás. Ela não superou, mas isso não importa mais, não pode ser consertado. Ela fala de Rigus, fala da Cidade Baixa, mas eles não são reais para ela. As pessoas não são reais para ela.

— Você é — disse ele. — Você é o único, e vai morrer por causa disso.

Célia chamou a atenção dele.

— Johnathan — disse ela, mas ele já havia tomado sua decisão.

Quatro coisas aconteceram então, mais ou menos simultaneamente. Brightfellow levantou o braço para executar algum tipo de feitiço, mas antes que ele pudesse consumá-lo ouviu-se o barulho de fritura e o ar foi tomado por um cheiro de carne queimada. Esta foi a segunda coisa. A terceira foi eu me abrigar atrás de Célia, ou algo parecido com isso. A quarta aconteceu muito rapidamente e Célia nem percebeu. Brightfellow olhou para o espaço vermelho que agora não estava mais recoberto por carne, uma abertura grande o bastante para expor o branco de suas costelas. Ele virou a cabeça para cima para olhar para Célia e depois caiu pra frente.

As mãos de Célia ainda emanavam o calor do feitiço que matara Brightfellow. Célia desatou a falar imediatamente, com o corpo diante de nós esquecido assim que ela começou.

— Antes de você fazer qualquer coisa, antes de você dizer qualquer coisa, há algumas coisas que você precisa ouvir — ela se afastou, saindo efetivamente do meu alcance. — Aquilo que o Mestre fez, o trabalho que ele executou, não pode ser duplicado. Você entende isso? Eu não queria usar crianças, acredite em mim, eu não queria. Eu passei os últimos dez anos nessa porcaria dessa torre me preparando para hoje, para a morte do Pai. Eu queria ser melhor do que sou — ela fechou os olhos por alguns instantes e depois os reabriu. — Pelo Primogênito, eu queria ser melhor, mas não sou. Com a morte do Mestre, suas proteções perderão o efeito. Nós estamos no inverno agora, mas assim que o tempo esquentar, você não imagina como vai ser se a peste voltar.

— Eu me lembro como era. Não repita isso.

Ela suspirou uma admissão.

— É, eu sei que você lembra.

Pensei que ela fosse continuar a falar. Como ela não retomou, perguntei:

— Pra que você precisa do Garrincha?

— Nós precisamos de uma criança com potencial para a Arte. Não é fácil encontrar uma — a voz dela continha um vestígio mínimo de arrependimento, mas tão mínimo que era possível imaginá-lo. — Não tivemos tempo de procurar mais longe.

— E você sabia que, se o pegasse, me levaria a ir atrás do Espada.

— Sim.

Tentei esconder o jeito que me sentia com relação ao que ela dizia bem diante de mim, mas não devo ter conseguido porque ela apertou os lábios e disparou contra mim.

— Você não olhe para mim assim. Eu poderia ter matado você, e você sabe disso. Eu poderia ter lançado aquela coisa sobre você a qualquer hora, ou ter deixado você congelar na neve.

— Você é um doce — respondi. Sentia como se alguma coisa estivesse furando meu cérebro, alguma criatura com tentáculos havia se enfiado no meio do meu crânio e agora bagunçava meus miolos. A única coisa que me mantinha em pé era o Sopro de Fada. Eu tinha que me esforçar para conseguir ouvir Célia, tão forte era o barulho que ecoava em meus ouvidos. — O que aconteceu com você?

— Admito a troca que fiz. Não tenho nenhuma ilusão. Mas eu não deixaria o trabalho do Mestre ter sido em vão. Não vou deixar voltar a ser como foi antes. Dez mil mães, vinte mil pais, corpos empilhados, mais do que era possível contabilizar. Verão após verão, ano após ano. Não espero que você me perdoe. Não acredito que alguém me perdoaria, mas quando o próximo verão chegar o povo da Cidade Baixa não vai apodrecer como cadáveres ao sol.

— Acho que daqui do alto é difícil enxergar os rostos. Desenterre uma criança da lama e você vai começar a fazer as contas de um modo diferente.

— Eu não achei que você fosse entender.

— Talvez eu não seja tão altruísta quanto você. Eu matei gente hoje. Algumas dessas pessoas não mereciam morrer.

— As pessoas morrem — disse ela, e não há argumento contrário a isso. — Fiz o que fiz. Não queria que você ficasse sabendo. Mas tudo já foi longe demais para parar. Não vou deixar que os sacrifícios sejam em vão. Não vou deixar ninguém me deter, nem mesmo você. E você vai tentar, não vai?

— Vou.

— Você se lembra do dia antes de ir para a Guerra?

— Lembro.

— Você se recorda do que disse a mim?

— Sim.

— Eu acho que você estava enganado. Sou mais parecida com você do que é possível imaginar.

— Não, Célia — respondi segurando o colar dela, aquele que ela usava no dia em que nos conhecemos, aquele que ela usava para conectar aquela abominação com sua alma, aquele que eu peguei enquanto ela salvava minha vida momentos antes. — Você não é nada parecida comigo.

Ela levou as mãos ao pescoço.

— Como... como você...

— Vou levar o Garrincha agora — disse eu, pegando-o da cadeira e colocando-o sobre meus ombros. Mantive o pingente entre nós. Eu o sentia agitar-se na minha mão e sentia um calor sinistro.

— Ele está bem. Não está infectado. Não tem nada errado com ele — Célia gaguejou, com os olhos arregalados fixados no penduricalho. — Você precisa soltar isso. Você não entende o que é essa coisa, você precisa...

Parti o pingente ao meio.

— Sangue demais, Célia. Sangue demais.

O rosto dela perdeu a cor. Um baixo assobio preencheu o ar e uma rajada de vento abriu as janelas. Ficamos olhando um para o outro. Ela parecia querer dizer alguma coisa, mas não falou nada.

Agradeço ao Guardião dos Juramentos por qualquer que seja sua bênção.

Eu senti a coisa vindo e fui para a escada. Meu estômago contorcia-se de terror. A criatura cristalizou-se na parede atrás de Célia. Ela me deu um último olhar, desolado e condenador.

Nem tudo precisa ser narrado. Basta dizer que depois disso a situação ficou terrível.

CAPÍTULO 49

Eu estava sentado no alto de uma das casas de Kid Mac alguns dias depois, a mais ou menos uma quadra do Ninho, vendo Rigus velar o Grou Azul. O corpo dele, cuidadosamente preservado e vestido com sua melhor túnica, uma que eu nunca o tinha visto usar, foi colocado sobre um pedestal dourado no alto de um palanque. Sentada no palco estava a nata da elite aristocrática e empresarial e uma dúzia de nobres que o Mestre não teve a oportunidade de escolher. O palanque estava cercado por seguranças. Não era a fraude, mas militares com suas alabardas em posição, de olho na multidão em busca de qualquer sinal de distúrbio. Ao redor desse núcleo, praticamente toda a Cidade Baixa saíra à rua para prestar sua última homenagem.

Continuava muito frio, mas já não nevava desde aquela última noite. O que restou transformou-se em uma mistura nada atraente de neve, sujeira e merda que caracteriza as nevascas na cidade. Eu e Mac estávamos passando o fumo um para o outro, lançando uma fumaça grafite no céu já acinzentado. Aquela última leva de vinonífera estava particularmente ruim. Se a coisa não melhorasse eu teria que começar a procurar outro fornecedor.

O Patriarca estava elogiando as virtudes do morto numa plataforma abaixo. Pelo menos era isso que eu achava que estava acontecendo. Minha audição ainda não estava completamente recuperada e, diante disso e dos murmúrios na multidão, eu tinha dificuldade para entender o que era dito. Mac não parecia impressionado. Tive dúvidas quanto à possibilidade de estar perdendo algo de substância.

— Você conhecia ele, né? — perguntou Mac.

Atrás de nós duas prostitutas fumavam e choravam baixinho, felizes pela oportunidade de externar sua capacidade inata de melodrama.

— Sim.

— Como ele era?

— Ele era bem alto — respondi.

Yancey estava em algum lugar lá embaixo, cercado pela multidão suada que se aglomerou para a cerimônia. Avisei para que saísse de seu esconderijo depois que tudo acabou. Ele disse que estávamos quites, mas eu não acreditei nele. Independentemente disso, ele estava certo em relação ao que disse aquele dia em sua casa: demoraria muito até eu voltar a ser chamado por Mama Dukes para almoçar lá.

Olhando em retrospectiva, não acho que o Espada teria chegado ao ponto de machucá-lo. Eu havia interpretado mal Beaconfield. Eu tinha interpretado erroneamente um monte de gente. O Comandante limpou a bagunça, e não se importaria se soubesse que peguei a pessoa errada, guardando isso para usar contra mim em algum momento mais propício. Até onde lhe interessava, tudo tinha acabado de modo suficientemente ordenado. Os assassinatos na Cidade Baixa pararam e um famoso e irrelevante membro da nobreza sofreu um infeliz acidente com sua fornalha. O lorde Beaconfield era o último de sua linhagem e, ao contrário da esplendorosa festa de noites atrás, seu funeral não foi nada concorrido. Mesmo com toda a sua celebridade, o Espada não era amado e, à exceção de seus credores, pouca gente lamentou a morte dele.

Garrincha estava encostado na grade. Se dependesse dele, ele estaria lá embaixo junto com o restante da cidade. Mas desde que ele voltou Adeline tem medo de deixá-lo sem ninguém por perto. Se ele se lembrava de algo em relação a quando foi levado, ou do tempo que passou enfeitiçado por Brightfellow, nunca disse nada para mim. Garrincha era um anãozinho duro na queda. Ele ficaria bem.

Eu já não tinha a mesma certeza em relação à Cidade Baixa. Falava-se em transformar o Ninho em uma clínica gratuita, mas ainda não se sabia o que aconteceria. O Grou não tinha família. Com a morte de Célia, não havia ninguém mais para reivindicar suas posses. Era difícil imaginar o governo dispondo da propriedade do Grou de maneira vantajosa para a população em geral. Como quer que fosse, a Cidade Baixa sentiria falta de seu protetor.

No que dizia respeito aos feitiços de proteção, ainda teríamos que esperar até o verão para ver o que aconteceria. A peste não voltava todos os anos. Além disso, os serviços médicos e sanitários da cidade melhoraram muito desde a epidemia que me deixou órfão.

Em certas noites, porém, nem a vinonífera era suficiente para evitar que eu acordasse suado, pensando nas carroças enviadas para recolher os corpos, amontoados em armadilhas humanas de carne em decomposição. Em noites assim eu alcançava uma garrafa de uísque, sentava-me ao lado da lareira e bebia até não conseguir lembrar por que havia começado. Não havia muito a ser feito.

— Vou voltar pra casa — disse eu. Mac assentiu e virou-se para acompanhar a cerimônia. Garrincha olhou para mim quando passei. — Se você ficar fora da minha vista, promete que não vai morrer?

Ele gargalhou e desceu as escadas correndo. Ele ficaria bem. Mais adiante, quando ele tivesse idade suficiente, eu o incentivaria a passar pelos treinamentos que os talentos dele exigiam. Mas não na Academia. Ele jamais teria um verme do governo sussurrando conselhos em seus ouvidos. Ainda existiam praticantes sem ligação com a Coroa. Eu acharia um.

O caminho de volta pareceu mais longo que de costume, e não apenas porque minhas botas estavam ensopadas de barro. Não havia nada que me impelisse a voltar ao Ninho, não mais. Meus dias de trilhar o labirinto de pedra estavam acabados. Teria sido melhor para todos se nem tivessem começado.

O Conde estava devagar na hora que entrei. Adeline preparava-se para o movimento do jantar e Adolphus estava reclinado sobre o bar, as raízes se estendendo pela adega, um sorriso cansado no olhar. Ele acenou para mim e eu retribuí o cumprimento. Nenhum de nós disse nada.

Tomei assento em uma mesa nos fundos. Adolphus levou para mim uma caneca de cerveja escura. Esperei o bar encher, bebericando meu drinque até acabar. Não ajudou em nada, mas pedi outro de qualquer jeito.

AGRADECIMENTOS

Muitas pessoas me ajudaram a terminar este livro e muita gente simplesmente me ajudou. Eis algumas delas:

Chris Kepner, que apostou em mim (sem exageros) quando ninguém tinha interesse.

Robert Bloom, fundamental para transformar o texto que recebeu em mãos em uma coisa que realmente fizesse sentido, ao invés de apenas fazer sentido.

Oliver Johnson, pelos conselhos e pela assistência, e obviamente por publicar meu livro.

Sahtiya Logan, que sem a ajuda e o encorajamento iniciais eu ainda estaria trabalhando das 9h às 5h.

Peter Backof, por ter encontrado um equilíbrio adequado entre ser positivo e crítico no início do processo e pelo apoio de mais de uma década.

David Polansky, que tive a delicadeza de dar retorno sobre um manuscrito exagerado, mal editado e com uma cena de sexo extremamente gratuita. E por muito mais que isso.

Michael Polansky por editar o livro e ajudar a compor a trilha sonora para os últimos cinco anos de minha vida.

John Lingan, que também teve a delicadeza de dar retorno sobre o manuscrito exagerado e mal editado, e ainda mais por ter mulher e filho.

Dan Stack, cuja experiência como fotógrafo mascarou minhas deficiências como sujeito, e a quem ainda devo alguns milhares de dólares.

Marisa Polansky, minha maior fã e fiel torcedora, uma princesa com o coração de uma leoa.

Aos Polanskys de Boston, inclusive Ben, apesar de ele não conseguir atender o telefone.

Aos Mottolas em geral, com um pedido de desculpas por ter deixado passar dois feriados de Ação de Graças. Em particular para meu tio Frank, para minha tia Marlene, que me hospedou por uma semana e a quem eu nunca agradeci direito, e para minha tia Connie, também conhecida como minha segunda mãe.

Minha avó, Elaine.

Robert Ricketts, cujos conselhos sobre assuntos médicos foram menos relevantes do que ele supôs, mas pelos anos de amizade que representam um presente incomparável. Aliás, é ele quem deveria me agradecer por enfiá-lo no texto.

Michael Rubin, o cavalheiro mais gentil e nobre que ainda não tive o prazer de conhecer pessoalmente. Desculpas por não ter conseguido inserir um anão judeu de língua preta no manuscrito. Talvez numa sequência.

Will Crain, simplesmente por ser o cara.

Alex Cameron, que certamente não é como o anterior, mas um cara legal mesmo assim, creio eu, talvez.

Lisa Stockdale, herdeira de Edward the Black, "Hindoo" Stuart e T. E. Lawrence, e uma verdadeira e querida amiga.

Alissa Piasetski, pelos conselhos.

John Grega, um paradigma de virtude e sabedoria, por compartilhar um pouco de seu estoque comigo.

Kristen Kopranos, descanse em paz.

J Dilla, que mudou minha vida.

David 'Rasta' Mackenzie, pedindo desculpas por não saber soletrar seu nome. Espero que as coisas estejam bem com você, onde quer que esteja.

Julie, Tim e o resto da turma do Snaprag.

Envictus, cuja ajuda foi tão inconsciente quanto fundamental.

Todo mundo que me ajudou durante minhas diversas viagens. Espero poder retribuir um dia.

A tantas outras pessoas mais, desculpas por não mencioná-las especificamente aqui.

Por fim, mas definitivamente não por último, Martina.